# বারাণসীর বার্তা

AF687097

স্বাতী সরকার

notionpress
.com

INDIA · SINGAPORE · MALAYSIA

Copyright © Swaati Sarkar 2026

All Rights Reserved.

This book has been published with all efforts taken to make the material error-free after the consent of the author. However, the author and the publisher do not assume and hereby disclaim any liability to any party for any loss, damage, or disruption caused by errors or omissions, whether such errors or omissions result from negligence, accident, or any other cause.

While every effort has been made to avoid any mistake or omission, this publication is being sold on the condition and understanding that neither the author nor the publishers or printers would be liable in any manner to any person by reason of any mistake or omission in this publication or for any action taken or omitted to be taken or advice rendered or accepted on the basis of this work. For any defect in printing or binding the publishers will be liable only to replace the defective copy by another copy of this work then available.

My special acknowledgement to all the persons who helped me to achieve the experience and meet the goal.

1) Dr. Pratik P. SURANA (PhD)

2) Dr. Vishal YADAVE (PhD)

3) DR. Satyapal Yadev (PhD) – Assistant Professor of History, BHU

4) Varanasi Walks, The owner Dr. Jeremy Oltmann.

5) Pragati Bachhawat, alias Preet

6) S.K. Sukhla – Sub Inspector, RPF, Varanasi.

7) Anuraag, the host from Airbnb.

8) The Ruby Guest House at Mahmoor Gang.

9) Mr. Amardeep Singh

# বারাণসীর বার্তা

সূর্যোদয়ের সঙ্গে
পৃথিবীর প্রাচীন শহর কাশী,
পবিত্র গঙ্গার জলে
যখন প্রথম আলোর ছটা ফেলে।

আমি চোখ মেলে দেখি,
আমি পারি না ভুলে যেতে।
দূরে মন্দিরের ঘণ্টা বাজে,
নির্বিকার সুরে সময়কে সাজে।

এক এক করে সব মাঝিরা,
যাত্রী বোঝাই করে নৌকা ভাসায় জলে।
আমি শুধু চেয়ে দেখি,
আমি পারি না চোখ ফেরাতে।

গঙ্গার ঢেউয়ের মৃদু আলাপ,
আলো-ছায়ায় আঁকা প্রাচীন অনুভব।
শহরের অলিতে গলিতে লুকিয়ে আছে
অতীতের গান, হারিয়ে যাওয়া সুর।

আমি কান পেতে শুনি,
আমাকে কেবলি দেয় হাতছানি।
কাশীর পথে জেগে ওঠে জীবন,
মৃত্যুরও মাঝে খুঁজে পাই চিরন্তন।

আলো আর অন্ধকারের এই মিলনভূমি,
আমার আত্মা ছুঁয়ে যায় প্রতিটি ক্ষণ।
আমি শুধু অনুভব করি,
আমি পারি না দূরে সরে যেতে।

আপনি যথেষ্ট ছুটে চলেছেন।
এবার একটু বিশ্রাম নিন।

যাঁরা বেনারসকে তাঁদের বাসস্থান বলে মনে করেন, তাঁদের জীবনদর্শনের সারমর্ম অনুভব করার জন্য এখানে 'বিশ্রাম' শব্দটি বিশেষভাবে ব্যবহৃত হয়েছে।

আমরা প্রায়ই মনে করি, অগ্রগতি মানেই কেবল চলতে থাকা। কিন্তু সত্যিকারের অগ্রগতি নিহিত রয়েছে ভ্রমণ ও বিশ্রামের মধ্যে সঠিক সামঞ্জস্য খুঁজে পাওয়ায়। ভ্রমণ আমাদের বাইরের পৃথিবীকে জানতে সাহায্য করে, আর বিশ্রাম আমাদের নিজের অন্তরকে বুঝতে শেখায়। দুটিই সমান গুরুত্বপূর্ণ। একটি আমাদের অভিজ্ঞতা বাড়ায়, অন্যটি আমাদের অন্তর্জগতের গভীরতার সম্প্রসারণ ঘটায়।

আমরা প্রায়ই ধ্রুব গতির সঙ্গে অগ্রগতিকে গুলিয়ে ফেলি। অথচ প্রকৃত অগ্রগতি আসে তখনই, যখন যাত্রা ও বিশ্রামের মধ্যে ভারসাম্য বজায় থাকে। ভ্রমণ আমাদের বহির্জগতকে উন্মোচিত করে, আর বিশ্রাম আমাদের অন্তর্জগতের অনুসন্ধানে সাহায্য করে।

বুদ্ধদেব একটি বৃক্ষের নীচে বসে ধ্যান করেছিলেন এবং সেখানেই সিদ্ধিলাভ করেছিলেন।

মানুষ হিসেবে আমরা একটি সামাজিক সত্তা। আমাদের অস্তিত্বের গভীরে সর্বদা নিরাপত্তা ও সংযুক্তির অনুভূতির খোঁজ থাকে। এই উপলব্ধিই বেনারসের মতো এক প্রাচীন শহরের আধ্যাত্মিক যাত্রাকে অনুপ্রাণিত করেছে, যেখানে অগণিত মানুষ শান্তি ও মোক্ষ লাভের আশায় আসেন।

একটি আধ্যাত্মিক যাত্রা মানে নিজের অন্তর্মনের গভীরে প্রবেশ করা। এটি বস্তুগত জগতের বাইরে সংযোগ, উদ্দেশ্য ও প্রজ্ঞার সন্ধান। এই পথে মানুষ অন্তর্দৃষ্টি, আত্মসচেতনতা এবং জীবনের গভীর প্রশ্নগুলোর মুখোমুখি হওয়ার সাহস অর্জন করে। কখনও আসে স্পষ্টতার মুহূর্ত, কখনও সংশয়, আবার কখনও রূপান্তর। ধীরে ধীরে এই উপলব্ধি জন্ম নেয় যে, আধ্যাত্মিকতার সারমর্ম হৃদয়, দেহ ও আত্মার সামঞ্জস্যে নিহিত।

এই যাত্রা প্রত্যেকের জন্য আলাদা। এটি গঠিত হয় ব্যক্তিগত অভিজ্ঞতা, বিশ্বাস এবং অস্তিত্ব ও মহাবিশ্ব সম্পর্কে গভীর বোঝাপড়ার অনুসন্ধানে।

বেনারস শুধু হিন্দুধর্মের একটি পবিত্র কেন্দ্র নয়, বৌদ্ধ ধর্মের ইতিহাস ও শিক্ষার ক্ষেত্রেও এর গভীর তাৎপর্য রয়েছে।

# Contents

# মানস ভ্রমণ

এই অনুপ্রেণামূলক কাহিনী মৈথিলীর জীবনকে অনুসরণ করে রচিত হয়েছে। তিনি একজন মধ্যবয়সী নারী, যিনি এক গভীর আধ্যাত্মিক যাত্রায় পা রাখেন। এক অদৃশ্য ঐশ্বরিক ডাকে সাড়া দিয়ে তিনি কাশী শহরের দিকে যাত্রা করেন। কাশী তার সমৃদ্ধ সংস্কৃতি, চিরন্তন ঐতিহ্য এবং গভীর আবেগের জন্য পরিচিত।

কাশী কেবল একটি প্রাচীন শহর নয়, এটি একটি জীবন্ত অনুভব। এর সংকীর্ণ গলি, শান্ত ঘাট, পবিত্র মন্দির এবং গঙ্গার অনন্ত প্রবাহ মিলেমিশে এক অনন্য অভিজ্ঞতা তৈরি করে।

মৈথিলীর এই যাত্রা শুধুমাত্র শারীরিক নয়, এটি এক গভীর ব্যক্তিগত অনুসন্ধান, যেখানে কাশীর অন্তরে লুকিয়ে থাকা রহস্য ধীরে ধীরে উন্মোচিত হয়। প্রতিটি পদক্ষেপে সে যেমন শহরের গোপন স্তরগুলো আবিষ্কার করে, তেমনি নিজের আত্মার গভীর সত্যের মুখোমুখি হয়।

এই রূপান্তরমূলক অভিজ্ঞতার মধ্য দিয়ে মৈথিলী উপলব্ধি করে যে শহরের সারাংশ, তার আত্মা, ইতিহাস এবং ঐশ্বরিক শক্তি কেবল দৃশ্যমান রূপে নয়, মানুষের হৃদয়েও বাস করে।

বারাণসীর বার্তা বিশ্বাস, আত্ম-আবিষ্কার এবং অতীত ও বর্তমানের অবিচ্ছিন্ন বন্ধনের এক সংবেদনশীল কাহিনি। এই বই পাঠকের মনে রেখে যাবে নীরবতা, উপলব্ধি এবং এক গভীর অন্তরযাত্রার অনুভব।

# কৃতজ্ঞতা স্বীকার

'বারাণসীর বার্তা' একটি বিশেষ সংবেদনশীল কাহিনি, যা আমার পূর্বপ্রকাশিত ইংরেজি গ্রন্থ *Kashi's Calling: Emotions on the Bank of the River*-এর বাংলা সংস্করণ। এই রূপান্তর শুধুমাত্র ভাষার পরিবর্তন নয়, বরং অনুভূতির এক নতুন প্রকাশ, যেখানে একই গল্প নতুনভাবে ধরা দিয়েছে।

এই কাজের পিছনে সবচেয়ে বড়ো অনুপ্রেরণা আমার মা, শ্রীমতী রাধারানী দেবী। তাঁর আন্তরিক অনুরোধেই আমি এই গল্পটিকে বাংলায় রূপ দেওয়ার সিদ্ধান্ত নিই। তাঁর বিশ্বাস, ভালোবাসা এবং নিরন্তর উৎসাহ আমাকে এই পথ চলার সাহস দিয়েছে।

এই বইটি তাঁর প্রতি আমার আন্তরিক শ্রদ্ধাঞ্জলি।

# প্রথম পরিচ্ছেদ

মৈথিলী, বাহান্ন বছরের একজন সম্ভ্রান্ত মহিলা। সে ভারতের এলাহাবাদ শহরে জন্মগ্রহণ করেছিল এবং সেখানেই তার বড়ো হয়ে ওঠা। বিয়ের পর সে প্রথমে যুক্তরাজ্যে এবং পরে তার স্বামী সন্দীপের সঙ্গে কানাডায় চলে যায়। সন্দীপ একজন সুপরিচিত, সাফল্যবান, সুপ্রতিষ্ঠিত এবং সম্ভ্রান্ত নিউরোসার্জন। তাঁদের সাতাশ বছর বয়সী একমাত্র ছেলে শান্তনু সম্প্রতি এক সুন্দরী আইরিশ মহিলাকে বিবাহ করেছে। শান্তনু এবং তার স্ত্রী একই কোম্পানিতে আইটি সেক্টরে কাজ করে।

বর্তমানে পরিবারটি টরেন্টোতে বসবাস করছে। টরেন্টোতে বড়ো সংখ্যক এশিয়ান জনসংখ্যা রয়েছে, যার মধ্যে প্রায় সাত লাখ ভারতীয়, তবে বেশিরভাগই পাঞ্জাবি। মৈথিলীর বিয়ের সময় বয়স ছিল মাত্র চব্বিশ বছর। তখন সন্দীপ কানপুরে ডাক্তারি চর্চা করছিলেন। সময়ের সঙ্গে সঙ্গে মৈথিলী এবং সন্দীপ উভয়েই তাঁদের বাবা-মাকে হারান। সবকিছু ধীরে ধীরে এক স্থির ছন্দে গড়ে উঠেছিল, যেখানে বাহ্যিকভাবে কোনও অভাব ছিল না, তবুও কোথাও যেন এক নীরব অপূর্ণতা থেকে গিয়েছিল।

বিয়ের সময় সন্দীপ সিদ্ধান্ত নেন যে, তিনি যুক্তরাজ্যের একটি নামকরা বিশ্ববিদ্যালয় থেকে মাস্টার্স করবেন।

সন্দীপের পরিবার মৈথিলীর পরিবারের কাছে অনুরোধ করেন যে, তাঁরা যেন সন্দীপের উচ্চশিক্ষার খরচটি বিবাহের যৌতুক হিসেবে

বহন করে, কারণ তাঁরা জানতেন মৈথিলীর পরিবার আর্থিকভাবে স্বচ্ছল। মৈথিলীর বাবা সম্মতি দেন, কারণ তিনি মনে করেছিলেন যে, সন্দীপের পরিবার শিক্ষিত এবং সম্মানিত। তিনি ভেবেছিলেন, এই সাহায্যের বিনিময়ে তাঁর কন্যাকে শ্বশুরবাড়িতে সম্মানের সঙ্গে থাকার যোগ্য স্বীকৃতি দেওয়া হবে।

যদিও মৈথিলী সর্বদা বিবাহে পণের বিরোধিতা করত, তবুও এই প্রাচীন প্রথার শেকল সে ভাঙতে পারেনি।

বিয়ের ছয় মাস পর মৈথিলী সন্দীপের সঙ্গে যুক্তরাজ্যে চলে যায়। তাঁরা একসঙ্গে বিভিন্ন শহর ভ্রমণ করেন এবং বিশ্বের নানা প্রান্তে বসবাস করেন।

মৈথিলী সন্দীপকে গভীরভাবে ভালোবাসত, এবং সন্দীপও তাকে সবসময় যত্ন, সম্মান এবং ভালোবাসায় ভরিয়ে রাখতেন। সন্দীপের মেডিকেল ক্যারিয়ার তাঁকে ব্যস্ত রেখেছিল, তবে তিনি সবসময় মৈথিলীর সিদ্ধান্তকে সম্মান করেছেন এবং তাকে নিজের মতো করে চলার স্বাধীনতা দিয়েছেন। মৈথিলীও সবকিছু সুশৃঙ্খলভাবে সামলে নিত।

সন্দীপের মাস্টার্স শেষ হওয়ার পর তাঁরা কয়েক বছর যুক্তরাজ্যে ছিলেন। এরপর কানাডায় একটি বড়ো সুযোগ আসায় তাঁরা সেখানে চলে যান।

তখন তাঁদের ছেলে শান্তনুর বয়স ছিল মাত্র চার বছর। সেই সময় মৈথিলী একাই অনেক কিছু সামলেছিল, নিজের ক্যারিয়ার ও সন্তান পালনের মধ্যে সুষ্ঠুভাবে ভারসাম্য রক্ষা করেছিল। প্রতি

দুই বছর অন্তর তাঁরা ভারতে আসতেন, এবং সন্দীপও মৈথিলীর পরিবারের সঙ্গে দেখা করতে তার সঙ্গে আসতেন।

মৈথিলীর জীবন ছিল সুখী ও শান্তিপূর্ণ। শান্তনু সম্প্রতি বিয়ে করে নিজের অ্যাপার্টমেন্টে বসবাস শুরু করেছে। মৈথিলী ভালোবেসে তার ছেলের নাম রেখেছিল শান্তনু, যা তার গভীর আবেগের প্রতিফলন।

শান্তনু ছিল এক সদয় ও স্নেহশীল যুবক। পরিবারটি শিগগিরই ভারতে যাওয়ার পরিকল্পনা করছিল, কারণ অনেক আত্মীয় শান্তনুর বিয়েতে উপস্থিত হতে পারেননি। মৈথিলী এবং সন্দীপ ভারতে পরিবার ও বন্ধুদের জন্য একটি সংবর্ধনার আয়োজন করার পরিকল্পনা করছিল। জীবন যেন এক শান্ত স্রোতে এগিয়ে চলছিল, যেখানে কোনও অস্থিরতার স্পষ্ট ইঙ্গিত ছিল না।

মৈথিলী তার পুত্রবধূ অরলাকে খুব পছন্দ করত, যার নামের অর্থ স্বর্ণকন্যা। তবে সে ভালোবেসে তাকে সৃষ্টি বলে ডাকত। এই নামটি সে নিজের মেয়ের জন্য রাখতে চেয়েছিল। যেহেতু মৈথিলী আর কোনও সন্তানের জন্ম দিতে পারেনি, তাই বহুদিন আগেই সে ঠিক করে রেখেছিল যে, তার ছেলে বিয়ে করার পর সে তার পুত্রবধূকে ঐ নামে ডাকবে।

শান্তনু এবং সৃষ্টির একটি ভালোবাসায় ভরা সুষ্ঠ দাম্পত্য জীবন তৈরি হয়েছিল, এবং তাদের এই মধুর বন্ধন মৈথিলীর জীবনে আনন্দ বয়ে এনেছিল।

একদিন, যখন সবকিছু স্বাভাবিক মনে হচ্ছিল, মৈথিলী দুপুরের শিফ্‌টে কাজে যাওয়ার প্রস্তুতি নিচ্ছিল। ঘরের ভেতর এক শান্ত, পরিচিত পরিবেশ ছিল, যেন প্রতিটি দিন একই ছন্দে ধীরে ধীরে এগিয়ে চলেছে। সন্দীপ সকাল আটটা নাগাদ ডিউটির জন্য হাসপাতালে আগেই চলে গিয়েছিলেন।

হঠাৎ মৈথিলীর ফোন বেজে উঠল। ফোনটা শান্তনু করেছে। শান্তনুর ফোন দেখে সে খানিকটা অবাক হল, কারণ সাধারণত শান্তনু দুপুরে ফোন করত না।

"মা, তুমি কি দ্রুত পাপার হাসপাতালে একবার আসতে পারবে? খুব তাড়াতাড়ি।" শান্তনু তড়িঘড়ি করে বলল।

"কী হয়েছে, শান্তনু? কোনও জরুরি কিছু?" মৈথিলী জিজ্ঞেস করল, তার হৃদয় কেঁপে উঠছিল।

"মা, দয়া করে তাড়াতাড়ি এসো। সময় নষ্ট করার মতো পরিস্থিতি নেই।" শান্তনুর কণ্ঠস্বর ভীষণ উদ্বিগ্ন শোনাল।

মৈথিলীর মনে হঠাৎ এক অজানা ভয় ছড়িয়ে পড়ল। দ্রুত বাড়ি থেকে বেরিয়ে সে হাসপাতালে রওনা দিল, মনের মধ্যে এক অদৃশ্য আশঙ্কা নিয়ে।

সে তখনও জানত না, এই একটি ফোন তার জীবনের সমস্ত স্বাভাবিকতাকে বদলে দিতে চলেছে।

# দ্বিতীয় পরিচ্ছেদ

সন্দীপের আকস্মিক মৃত্যু মৈথিলীর জীবনে এক দুঃস্বপ্নের মতো এসে দাঁড়িয়েছিল, যা থেকে সে কোনওভাবেই বেরোতে পারছিল না। দুই মাস পেরিয়ে গেলেও মৈথিলী এখনও এই সত্যিটাকে মেনে নিতে পারছিল না যে, মাত্র ৫৮ বছর বয়সে সন্দীপ, যিনি সবসময় নিজের শরীরের প্রতি যত্নশীল ছিলেন, নিয়মিত স্বাস্থ্যচর্চা, স্বাস্থ্যকর খাবার এবং শৃঙ্খলাপূর্ণ জীবনযাপন করতেন, তিনি কেমন করে এমন আকস্মিকভাবে চলে যেতে পারেন!

এমন একজন মানুষের হঠাৎ হৃদরোগে মৃত্যু মেনে নেওয়া সত্যিই কঠিন ছিল। সন্দীপ সবকিছু শুধু নিজের জন্য নয়, মৈথিলীর জন্যও করতেন। একজন ডাক্তার হিসেবে তিনি স্বাস্থ্য সচেতনতার গুরুত্ব জানতেন, আর তাঁর আকস্মিক চলে যাওয়া সবাইকে হতবাক করে দিয়েছিল। সহকর্মী, প্রতিবেশী এবং হাসপাতালের স্টাফ, সবার কাছেই এই ক্ষতি ছিল অপূরণীয়।

সন্দীপ মৈথিলীর জন্য একটি সুন্দর জীবন গড়ে তুলেছিলেন। তিনি নিশ্চিত করেছিলেন, যাতে মৈথিলী সব সুখ-স্বাচ্ছন্দ্য উপভোগ করতে পারে। কিন্তু এক মুহূর্তের মধ্যে সেই সমস্ত সুখ যেন ভেঙে পড়ল।

মৈথিলীর সবচেয়ে বড়ো কষ্ট ছিল, সে সন্দীপকে কোনও বিদায় জানাতে পারেনি। মৈথিলী হাসপাতালে পৌঁছোনোর আগেই সন্দীপ

চিরকালের জন্য বিদায় নিয়েছিলেন। এই বাস্তবতা মৈথিলীকে অবিশ্বাসের এক গভীর অন্ধকারে ডুবিয়ে দিয়েছিল, যেন শোকের ধাক্কায় সে পাথরের মতো স্থির হয়ে গিয়েছিল।

সন্দীপের আত্মীয়রা অনেক দূরে থাকায় অন্ত্যেষ্টিক্রিয়ায় উপস্থিত হতে পারেননি। তাই শান্তনু সবাইকে মেসেজের মাধ্যমে খবর দিয়েছিল।

সন্দীপ ছিলেন ভীষণ প্রাণোচ্ছ্বল একজন মানুষ। তিনি কখনওই মৈথিলীর চোখের জল সহ্য করতে পারতেন না। অথচ আজ তিনি মৈথিলীর জীবনে এমন এক চিরন্তন দুঃখ রেখে গেলেন, যার ভার বহন করা তার কাছে অসহনীয়।

সন্দীপের মৃত্যুর পর থেকে শান্তনু এবং সৃষ্টি প্রতি সপ্তাহে মৈথিলীর কাছে বেশি করে থাকতে শুরু করল। মৈথিলী কাউকে কিছু বলত না। দিনের পর দিন সে সন্দীপের ঘরে বসে তাঁর জিনিসপত্র আঁকড়ে ধরে সময় কাটাত।

সন্দীপের শেষ ব্যবহৃত বালিশটাও ধোয়ার কথা সে ভাবতে পারত না। সেই ঘ্রাণ, সেই উপস্থিতি, যেন এইভাবেই সে সন্দীপকে আঁকড়ে ধরে বেঁচে থাকতে চাইছিল।

তাদের শোবার ঘরের এক কোণে রাখা ছিল সন্দীপের প্রিয় চেয়ারটি। বহুদিন ধরে কেউ সেখানে বসেনি। চেয়ারটি ঠিক যেমন করে তিনি রেখে গিয়েছিলেন, তেমনই নিঃশব্দে পড়েছিল।

মৈথিলী প্রায়ই দরজার কাছে দাঁড়িয়ে তাকিয়ে থাকত, যেন এক মুহূর্তের জন্য মনে হত, এই বুঝি সন্দীপ এসে বসবেন সেখানে। কিন্তু মুহূর্তের নিষ্ঠুরতা তাকে মনে করিয়ে দিত, সেই অপেক্ষার আর কোনও বিশ্রাম নেই।

মৈথিলী কাজেও যাওয়া বন্ধ করে দিয়েছিল, এবং তার এই নীরবতা শান্তনুর ওপর গভীর মানসিক চাপ সৃষ্টি করছিল। সে বুঝতে পারছিল, তার মা ধীরে ধীরে শোকে ডুবে যাচ্ছে।

মাকে সাহায্য করার জন্য শান্তনু একজন মানসিক স্বাস্থ্য বিশেষজ্ঞের সঙ্গে অ্যাপয়েন্টমেন্ট বুক করল। যদিও মৈথিলী সেখানে যেতে চাইছিল না, শান্তনু এবং সৃষ্টি তাকে অনেক বুঝিয়ে শেষমেশ রাজি করাল।

কিন্তু থেরাপিস্টের সামনে বসেও মৈথিলী খুব বেশি কিছু বলল না। তার মনের যন্ত্রণা এত গভীরভাবে গেঁথে গিয়েছিল যে, ভাষা যেন তার কাছে হার মেনেছিল। সে শুধু একটাই কথা বারবার বলতে লাগল, "সন্দীপ কিছুই বলে গেল না আমাকে, কিছু বলার আগেই চলে গেল চিরতরে।"

থেরাপিস্ট বুঝতে পারলেন, মৈথিলীর শোক কতটা গভীর। তিনি বললেন, "পরিবেশের পরিবর্তন হলে ভালো হতে পারে। একটা ভ্রমণ তার মানসিক অবস্থার জন্য সহায়ক হতে পারে।"

শান্তনু বিষয়টি বুঝে ভাবল, তার এবং সৃষ্টির ছুটি নেওয়ার অসুবিধা থাকায় যদি মৈথিলীকে ভারতে পাঠানো যায়, তবে হয়তো তার জন্য ভালো হবে। সেখানে আত্মীয়-স্বজনের সঙ্গে সময় কাটালে মা হয়তো কিছুটা শান্তি খুঁজে পাবে।

মৈথিলী বহু বছর বিদেশে থেকেও ভারতের সংস্কৃতি ও ঐতিহ্যের সঙ্গে গভীরভাবে যুক্ত ছিল। এই সংযোগ এতটাই গভীর ছিল যে, সে তার ছেলের মধ্যেও সেই ভালোবাসার বীজ বপন করেছিল। শান্তনুও ভারতের বৈচিত্র্য ও ঐতিহ্যকে ভালোবাসত, বিশেষ করে তার দাদু-দিদার স্মৃতিগুলো তাকে গভীরভাবে প্রভাবিত করেছিল।

মৈথিলী এবং সন্দীপ যখনই একসঙ্গে ভারতে আসতেন, তাঁরা দেশের বিভিন্ন জায়গায় ঘুরতে যেতেন।

সকালবেলা মৈথিলী রাধা-কৃষ্ণের জন্য ভজন গাইত। তার এই ভক্তিময় সত্তা আশেপাশের সবার মন ছুঁয়ে যেত। কিন্তু সন্দীপের মৃত্যুর পর থেকে সে ভজন গাওয়া বন্ধ করে দিয়েছিল। ঈশ্বরের কাছে প্রার্থনাও যেন থেমে গিয়েছিল।

যখন শান্তনু তাকে ভারতে যাওয়ার কথা বলল, মৈথিলী প্রথমে অস্বীকার করল। কারণ সন্দীপের বাড়ি ছেড়ে সে কোথাও যেতে চাইছিল না, সেখানে সন্দীপের প্রতিটি স্মৃতি ঘরের প্রতিটি কোণে জড়িয়ে আছে।

এক মাস ধরে অনেক অনুরোধ এবং বোঝানোর পর শান্তনু এবং সৃষ্টি শেষমেশ মৈথিলীকে রাজি করাতে পারল। মৈথিলীর ছোটো বোনও এই প্রক্রিয়ায় অংশ নিয়েছিল। কিন্তু মৈথিলী শর্ত রাখল, সে কাশী যাবে। সেই পবিত্র শহর, যেখানে বহু প্রাচীনকাল ধরে মানুষ শান্তি ও মুক্তির খোঁজে আসে।

শান্তনু মায়ের এই সিদ্ধান্তে পুরোপুরি স্বস্তি পাচ্ছিল না। তবুও থেরাপিস্টের পরামর্শ মেনে সে বুঝল, মায়ের মানসিক শান্তির জন্য এই যাত্রা প্রয়োজন। সে পরিকল্পনা করল, সে এবং সৃষ্টি মৈথিলীকে ভারতে নিয়ে যাবে এবং তার মাসির বাড়িতে রেখে আসবে। এরপর মাসির সঙ্গে মৈথিলী কাশী যাবে।

এক রাতে, শান্তনু ও সৃষ্টি যখন তাদের ঘরে বিশ্রাম নিচ্ছিল, মৈথিলী ধীরে ধীরে দরজায় কড়া নাড়ল। শান্তনু দরজা খুলতেই দেখল, মায়ের চোখ কান্নায় ফুলে গেছে, মুখে গভীর বিষণ্ণতা। কিন্তু তার ভেতরে যেন এক অদ্ভুত দৃঢ়তা জন্ম নিয়েছে।

মৈথিলী ফিসফিস করে বলল, "কাশী আমাকে ডাকছে... আমাকে ওখানেই যেতে হবে।"

শান্তনু মাকে এই অবস্থায় দেখে স্তব্ধ হয়ে গেল। এটা শুধু একটি যাত্রা নয়, এটা ছিল তার আত্মার গভীর আকুতি। সে মায়ের কাঁধে আলতো করে হাত রাখল, বোঝাতে চাইল যে সে তার পাশে আছে।

সৃষ্টি দরজার কাছে দাঁড়িয়ে সব বুঝে শান্তনুকে ইঙ্গিত করল। শান্তনু মায়ের দিকে তাকিয়ে বলল, “মা, আমরা তোমাকে নিয়ে যাব। আমরা কাশী যাব।”

মৈথিলীর চোখ থেকে অশ্রু গড়িয়ে পড়ছিল, কিন্তু তার মুখের বিষণ্ণতা যেন একটু কোমল হয়ে এল।

এতদিনের জমে থাকা ব্যথা আজ যেন কিছুটা সবার সঙ্গে ভাগ করে নেওয়া গেল।

# তৃতীয় পরিচ্ছেদ

বারাণসী, যা কাশী বা বেনারস নামেও পরিচিত, এমন একটি শহর যার অনেক নাম এবং সমৃদ্ধ ইতিহাস রয়েছে। এটি উত্তর প্রদেশের দক্ষিণ-পূর্ব অংশে, পবিত্র গঙ্গা নদীর তীরে অবস্থিত। পৃথিবীর সবচেয়ে প্রাচীন স্থায়ীভাবে বসবাসযোগ্য শহরগুলোর মধ্যে এটি অন্যতম, যার ইতিহাস তিন হাজার বছরেরও বেশি পুরোনো।

শহরের নামের পিছনে বহু লোককথা ও গল্প প্রচলিত আছে। হিন্দু পুরাণ অনুযায়ী, বারাণসী প্রতিষ্ঠা করেছিলেন ভগবান শিব। এর নাম দুটি নদী, বরুণা ও অশী থেকে এসেছে, যা শহরের কাছে প্রবাহিত হয়। বর্তমান সময়ে শহরটি এই নদীগুলোর সীমানা ছাড়িয়ে অনেক বিস্তৃত হয়েছে।

কাশী, বারাণসীর আর-এক নাম, সংস্কৃত শব্দ 'কস' থেকে এসেছে, যার অর্থ 'ঝলমলে'। এই কারণেই কাশীকে প্রায়ই 'আলোর শহর' বলা হয়।

কাশীর আরও কয়েকটি নাম রয়েছে। যেমন, কাশিকা, যার অর্থ ঝলমলে। অভিমুক্ত, যার অর্থ শিব দ্বারা কখনও পরিত্যক্ত নয়। আনন্দ কানন, যার অর্থ আনন্দের বন। রুদ্রবাস, যার অর্থ রুদ্র বা শিব যেখানে বাস করেন।

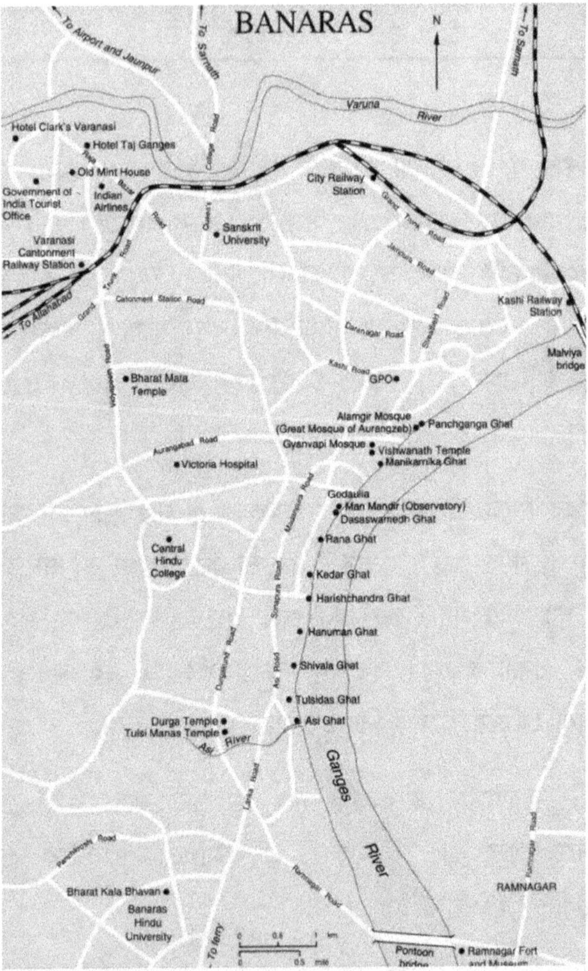


বেনারস নামটির একটি প্রতীকী অর্থও রয়েছে। 'রস' শব্দটি মূল সত্তা বা নির্যাসের ইঙ্গিত দেয়। এটি বিশ্বাস করা হয় যে, ধুতুরা গাছের সঙ্গে এর একটি সম্পর্ক রয়েছে, যা ভগবান শিবের অত্যন্ত প্রিয়।

বারাণসী হিন্দুধর্মের সাতটি পবিত্র শহরের মধ্যে অন্যতম, যা সপ্তপুরী নামে পরিচিত। এই সাতটি তীর্থস্থান হল অযোধ্যা, মথুরা, হরিদ্বার, কাশী, কাঞ্চিপুরম, উজ্জয়িনী এবং দ্বারকা।

যুগ যুগ ধরে বারাণসী শিক্ষা, আধ্যাত্মিকতা এবং সংস্কৃতির কেন্দ্র হিসেবে বিকশিত হয়েছে। এটি বিশ্বজুড়ে পণ্ডিত, তীর্থযাত্রী এবং শিল্পীদের আকর্ষণ করে। শহরটি মৌর্য, গুপ্ত এবং মুঘলদের মতো বহু রাজবংশের উত্থান ও পতনের সাক্ষী, যারা প্রত্যেকে এর ঐতিহ্যের উপর নিজস্ব ছাপ রেখে গেছে।

ব্রিটিশ উপনিবেশকালে বারাণসী বেঙ্গল প্রেসিডেন্সির অংশ ছিল এবং ভারতীয় স্বাধীনতা আন্দোলনেও গুরুত্বপূর্ণ ভূমিকা পালন করেছিল। ১৯৪৭ সালে স্বাধীনতার পর এটি উত্তর প্রদেশের অন্তর্ভুক্ত হয় এবং ধীরে ধীরে একটি গুরুত্বপূর্ণ আধ্যাত্মিক ও সাংস্কৃতিক কেন্দ্র হিসেবে প্রতিষ্ঠিত হয়।

মৈথিলী অবশেষে কাশীতে পৌঁছোয়। সে গভীরভাবে বিশ্বাস করত, এই স্থান তার হৃদয়ে শান্তি স্থাপন করতে সক্ষম হবে। এই যাত্রা শুধুমাত্র শারীরিক নয়, এটি তার আত্মার এক অনুসন্ধান। সে আশা করে, এই প্রাচীন নগরী এবং গঙ্গার পবিত্র উপস্থিতি তার হৃদয়ে জমে থাকা শোককে ধীরে ধীরে প্রশমিত করবে।

মৈথিলী একা আসেনি। তার বোন বৈদেহী তার সঙ্গে এসেছে, কারণ পরিবার চায় না যে, সে এমন মানসিক অবস্থায় একা

থাকুক। শান্তনু নিজেই সমস্ত ব্যবস্থা করেছে। গঙ্গার ঠিক সামনে একটি ছোটো, শান্তিপূর্ণ ভাড়া করা বাড়ির ব্যবস্থা করেছে, যাতে তার মা নদীর কাছাকাছি থাকতে পারে।

যদিও সন্দীপ আর নেই, তাঁর ভালোবাসা এবং যত্ন যেন এখনও মৈথিলীর চারপাশে রয়ে গেছে। সন্দীপ এমনভাবে সবকিছু গুছিয়ে রেখে গেছেন যে, তাঁর অনুপস্থিতিতেও পরিবারের যেন কোনও আর্থিক অসুবিধা না হয়। তবুও মৈথিলী জানে, প্রকৃত শান্তি বস্তুগত নিরাপত্তায় পাওয়া যায় না। সেটি তাকে নিজের মধ্যেই খুঁজে নিতে হবে। আর সে বিশ্বাস করে, কাশী হয়তো সেই পথ দেখাবে।

প্রতিদিন সকালে মৈথিলী গঙ্গার তীরে গিয়ে বসে থাকত। সূর্যোদয়ের আলো ধীরে ধীরে জলের উপর ছড়িয়ে পড়তে দেখত। যেন এই মৃদু প্রবাহ তার ভেতরের ব্যথাকে একটু হলেও ধুয়ে নিয়ে যাবে।

ভোরের আলো ধীরে ধীরে গঙ্গার জলে ছড়িয়ে পড়ছিল। হালকা কুয়াশার আস্তরণ এখনও পুরোপুরি সরেনি। দূরে কোথাও মন্দিরের ঘণ্টাধ্বনি ভেসে আসছিল, তার সঙ্গে মিলেমিশে ভজনের মৃদু সুর। কয়েকজন সাধু নিঃশব্দে বসে ধ্যান করছিলেন, আর কিছু মানুষ ধীরে ধীরে সিঁড়ি বেয়ে নেমে জলে অর্ঘ্য দিচ্ছিল।

মৈথিলী নিঃশব্দে বসে সবকিছু দেখছিল। এই শহরের প্রতিটি মুহূর্ত যেন জীবনের আর মৃত্যুর মাঝখানে এক অদ্ভুত সেতু বন্ধন।

তার মনে হচ্ছিল, এখানে সময় থেমে থাকে না, আবার পুরোপুরি এগিয়েও যায় না। সবকিছু যেন এক অনন্ত প্রবাহের মধ্যে বয়ে চলে।

সে চোখ বন্ধ করল। গঙ্গার হালকা বাতাস তার মুখ স্পর্শ করে গেল। অনেকদিন পর তার ভেতরের অস্থিরতা একটু যেন থেমে গেল, যেন এই শহর ধীরে ধীরে তাকে নিজের ভেতরে টেনে নিচ্ছিলো।

মৈথিলী বারাণসীতে তুলসী ঘাটের কাছে একটি জায়গা ভাড়া নিয়েছিল। এই ঘাটটি অন্য অনেক ঘাটের তুলনায় কিছুটা নিরিবিলি। বেশিরভাগ ঘাটে সবসময় ভক্ত, সন্ন্যাসী এবং পর্যটকদের ভিড় থাকে। সারা বছর শহরটি প্রাণবন্ত থাকে।

প্রতি বছর অসংখ্য দেশি-বিদেশি পর্যটক এবং ছাত্রছাত্রী এখানে আসে। বেনারস হিন্দু বিশ্ববিদ্যালয় তার খ্যাতির জন্য বিশ্বজুড়ে শিক্ষার্থীদের আকর্ষণ করে।

শান্তনু প্রতিদিন তার মাকে ফোন করে। প্রায়ই তার মাসি বৈদেহীর সঙ্গে কথা বোলে মায়ের মানসিক অবস্থার খোঁজ নেওয়ার চেষ্টা করে। কিন্তু বৈদেহী জানায়, মৈথিলী খুব কম কথা বলে এবং কোথাও তেমন একটা যায় না। তার এই বিষণ্ণতা থেকে বেরিয়ে আসা সহজ নয়।

শান্তনু তার মাকে বিভিন্ন কাজে যুক্ত করতে এবং শহরটি ঘুরে দেখার জন্য উৎসাহিত করার চেষ্টা করে। কিন্তু এক মাস পর সে আরও চিন্তিত হয়ে পড়ে, কারণ সে জানতে পারে, মৈথিলী ঠিকমতো খাওয়া-দাওয়া করছে না এবং ওষুধও নিয়মিত নিচ্ছে না। বৈদেহীও দীর্ঘদিন থাকার পর নিজের বাড়ি ফিরে যেতে চায়।

উদ্বিগ্ন শান্তনু মাসিকে আরও কিছুদিন থাকার অনুরোধ জানায় এবং মায়ের দেখাশোনার জন্য একজন প্রাপ্তবয়স্ক পরিচারিকার ব্যবস্থা করতে বলে।

এদিকে সে মায়ের জন্য একজন গাইড খুঁজতে শুরু করে। শেষ পর্যন্ত সে ডক্টর জেরেমি ওটম্যানের খোঁজ পায়, যিনি 'বারাণসী ওয়াক্স'-এর প্রতিষ্ঠাতা। তিনি মূলত মার্কিন যুক্তরাষ্ট্রের বাসিন্দা এবং ১৯৯৭ সালে ভারতে আসেন।

শান্তনু তাঁর সঙ্গে যোগাযোগ করে এবং একটি সাক্ষাতের ব্যবস্থা করে। মৈথিলীর ঘটনাবলি শোনার পর জেরেমি তার সঙ্গে দেখা করতে রাজি হন।

শান্তনুর অনুরোধে মৈথিলী অনিচ্ছাসত্ত্বেও তাঁর সঙ্গে দেখা করতে টেরাকোটা ক্যাফে-তে যায়। ক্যাফেটি একটি সরু গলির মধ্যে অবস্থিত। জেরেমি সেই বাড়ির উপরের তলায় থাকতেন।

মৈথিলী আগেভাগেই পৌঁছে যায়। ক্যাফেটি শান্ত এবং আরামদায়ক। কয়েকজন গ্রাহক নিজেদের কাজে ব্যস্ত ছিল, তাই কেউ তার দিকে বিশেষ খেয়াল করছিল না।

সে এক কাপ কফি অর্ডার করে এবং অপেক্ষা করতে থাকে। সে নিজেও জানে না, ঠিক কী খুঁজে পেতে সে এখানে এসেছে।

কিছুক্ষণ পর জেরেমি এসে উপস্থিত হন। একমাত্র মহিলা হিসেবে মৈথিলীকে চিনতে পেরে তিনি তার দিকে এগিয়ে আসেন। উষ্ণ হাসি দিয়ে বলেন, "হ্যালো, অপেক্ষা করানোর জন্য দুঃখিত।" এবং করমর্দনের জন্য হাত বাড়িয়ে দেন।

মৈথিলী তাঁর দিকে তাকিয়ে এক শান্ত, সংযত ও আধ্যাত্মিক উপস্থিতিসম্পন্ন মানুষকে দেখল। সে করমর্দনের বদলে হাত জোড় করে নমস্কার জানাল।

পরিস্থিতি কিছুটা স্বাভাবিক হলে মৈথিলী বলল, "আমি আপনার সম্পর্কে বিস্তারিত জানতে চাই। যদি তা আমার কাছে গ্রহণযোগ্য মনে হয়, তা হলে আপনাকে গাইড হিসেবে নিযুক্ত করার কথা আমি ভাবব।"

জেরেমি ইতিমধ্যেই শান্তনুর কাছ থেকে মৈথিলীর পরিস্থিতি জেনে গিয়েছিলেন। মৃদু হেসে তিনি বললেন, "আমি ১৯৯৭ সালে পড়াশোনার জন্য ভারতে এসেছিলাম। দিল্লি ও কলকাতায় কিছু সময় কাটানোর পর ২০০১ সালে কাশীতে চলে আসি। বেনারস হিন্দু বিশ্ববিদ্যালয় থেকে সমাজতত্ত্বে পি এইচ ডি করি এবং তারপর থেকেই এখানে গাইড হিসেবে কাজ করছি।"

মৈথিলী তার শান্ত কণ্ঠস্বর ও সংযত ভঙ্গিতে মুগ্ধ হল। সে জিজ্ঞেস করল, "আপনাকে এখানে এতদিন ধরে কী ধরে রেখেছে? মানুষ কেন এখানে আসে? তারা কি সত্যিই শান্তি খুঁজে পায়? আমিও শান্তি খুঁজছি, কিন্তু এখনও পাইনি। আপনি কি আমাকে সাহায্য করতে পারবেন?"

জেরেমি কিছুক্ষণ ভেবে বললেন, "সত্যি বলতে কী, আমি জানি না মানুষ এখানে এসে শান্তি পায় কি না। কিন্তু আমি মনে করি, শান্তি সবসময় মানুষের ভেতরেই থাকে। যদি আপনি তা খুঁজতে চান, তা হলে আধ্যাত্মিকতার পথে চলতে হবে।"

মৈথিলী দ্বিধাগ্রস্ত হয়ে বলল, "আমি কোথা থেকে শুরু করব জানি না। এখানকার পণ্ডিত বা সাধুদের আমি একটু ভয় পাই।"

জেরেমি হেসে বললেন, "কাশীতে একটা কথা প্রচলিত আছে, সিঁড়ি, ষাঁড়, সন্ন্যাসী আর বিধবা নারী থেকে সাবধান থাকতে হয়।"

অবাক হয়ে মৈথিলী এর ব্যাখ্যা জানতে চাইল।

জেরেমি বললেন, "ঘাটের সিঁড়িগুলো খাড়া ও পিচ্ছিল, তাই দুর্ঘটনার সম্ভাবনা থাকে। ষাঁড়গুলো রাস্তায় অবাধে ঘোরে। সন্ন্যাসীদের মধ্যে সবাই সত্যিকারের সাধু নয়, কেউ কেউ প্রতারকও হতে পারে।" কিছুক্ষণ থেমে তিনি আবার বললেন, "আর বিধবা নারীদের প্রসঙ্গটি অত্যন্ত বেদনাদায়ক। একসময়

বহু বিধবাকে পরিবারের বোঝা ভেবে এখানে পাঠিয়ে দেওয়া হত। তাদের জীবন এক মুহূর্তে থেমে যেত, অথচ বেঁচে থাকার দায় থেকে তারা মুক্তি পেত না। একা, অসহায় এবং সম্পূর্ণ নির্ভরহীন অবস্থায় দিন কাটাতে হত তাদের। সমাজ তাদের সুরক্ষা দেয়নি, বরং ধীরে ধীরে তাদের অদৃশ্য করে দিয়েছে। নিদারুণ দারিদ্র আর বেঁচে থাকার তাগিদ অনেককে ভিক্ষাবৃত্তির দিকে ঠেলে দিয়েছে, আর অনেককে এমন পথে নামতে বাধ্য করেছে, যা তারা কখনও নিজের ইচ্ছায় বেছে নিত না। সবচেয়ে কঠিন সত্য হল, তাদের এই পরিণতির জন্যও শেষ পর্যন্ত দোষারোপ করা হয়েছে তাদেরই।"

জেরেমির কথা শুনে মৈথিলী গভীরভাবে ভাবতে লাগল। তাঁর কথায় কাশী যেন নতুনভাবে জীবন্ত হয়ে উঠছিল।

জেরেমির মধ্যে সে এক আন্তরিক, প্রজ্ঞাসম্পন্ন মানুষকে খুঁজে পেল। কাশী সম্পর্কে তাঁর জ্ঞান এবং বোঝাপড়া মৈথিলীকে মুগ্ধ করল।

একজন বিদেশি হয়েও যিনি এই শহরকে নিজের করে নিয়েছেন, তাঁর চোখ দিয়ে কাশীকে দেখতে চাওয়ার এক গভীর আকাঙ্ক্ষা জন্ম নিল মৈথিলীর মনে।

সেই আকাঙ্ক্ষা থেকেই সে জেরেমির সঙ্গে পথ চলার সিদ্ধান্ত নিল।

# চতুর্থ পরিচ্ছেদ

মাসটা অক্টোবর। বেনারসে এই সময়টা বছরের অন্য যে কোনও সময়ের তুলনায় অনেক বেশি ভিড় থাকে। নবরাত্রি ও দীপাবলির আগমনে সারা শহর আলোয় ঝলমল করে ওঠে। অগণিত মানুষের উপস্থিতিতে প্রাচীন নগরীটি যেন আরও জাগ্রত, আরও বর্ণময় হয়ে ওঠে।

ঠিক ভোর পাঁচটায় মৈথিলী আসি ঘাটে পৌঁছে যায়, যেমনটি ডঃ জেরেমি তাকে বলেছিলেন। সে শুনেছিল, ভোর পাঁচটা কুড়ি মিনিট নাগাদ অসংখ্য ভক্ত, পুরোহিত এবং স্থানীয় স্কুলের ছাত্রছাত্রীরা একসঙ্গে গঙ্গারতি করেন। মা গঙ্গার উদ্দেশে নিবেদিত সেই প্রার্থনা শুধু একটি ধর্মীয় আচার নয়, বরং এক গভীর আত্মিক অভিজ্ঞতা।

ডঃ জেরেমি চেয়েছিলেন, কাশীতে মৈথিলীর আধ্যাত্মিক যাত্রার প্রথম ধাপটি শুরু হোক এই পবিত্র মুহূর্তের মধ্য দিয়েই।

ডঃ জেরেমি সময়মতো এসে পৌঁছোলেন, এবং দুজনে একসঙ্গে ঘাটের দিকে রওনা হলেন। এত ভোরবেলাতেও ঘাটে জনসমাগম ছিল চোখে পড়ার মতো। নৌকাচালকেরা একের পর এক ডাক দিচ্ছিল, ভোরের আকাশের নীচে গঙ্গায় নৌকাভ্রমণের আমন্ত্রণ জানাচ্ছিল। কিছুক্ষণের মধ্যেই ভিড় আরও ঘন হয়ে উঠল, আর

মাইকে ভেসে এল ঘোষণা, ভোরের গঙ্গা আরতি শুরু হতে চলেছে।

স্থানীয় স্কুলের ছাত্রছাত্রীরা সংস্কৃত মন্ত্রোচ্চারণ শুরু করল। তাদের কণ্ঠস্বর মিলিত হয়ে এক নৈসর্গিক সুরে বাতাসকে ভরিয়ে তুলল। মৈথিলী ও জেরেমি ঘাটের সিঁড়িতে বসে পড়লেন, শত শত মানুষের সঙ্গে, সবাই নিঃশব্দ প্রত্যাশায়। গঙ্গার সামনে সাতটি মঞ্চ সাজানো ছিল আরতির জন্য। জেরেমি নিচু স্বরে জানালেন, এই প্রার্থনা অনুষ্ঠানটি প্রায় পনেরো মিনিট ধরে চলবে এবং নতুন দিনের সূচনাকে অভিবাদন জানাবে।

আরতি শুরু হওয়ার সঙ্গে সঙ্গেই সাতজন পুরোহিত নিজ নিজ মঞ্চে স্থান নিলেন। ধূপ, প্রদীপ ও কর্পূরের শিখা একে একে জ্বলে উঠল। তখনও সূর্য ওঠেনি, কিন্তু আকাশ ধীরে ধীরে রং বদলাতে শুরু করেছে। গঙ্গার জলে পড়তে লাগল নরম আলো। কর্পূরের সুবাস, ঘণ্টার ধ্বনি আর মন্ত্রোচ্চারণ মিলেমিশে চারপাশকে ভরিয়ে তুলল এক অদ্ভুত শান্তি ও শক্তির অনুভবে।

এই অপূর্ব অভিজ্ঞতা মৈথিলীর হৃদয়ে গভীর ছাপ ফেলে গেল। কাশীতে তার যাত্রা যেন সত্যিই এক নতুন পথ চলার সূচনা হল।

গঙ্গার আরতি শেষ হলে ডঃ জেরেমি মৈথিলীকে হোমে অংশ নিতে আমন্ত্রণ জানালেন। কাছেই একটি পবিত্র হোম চলছিল। নতুন দিনের সূচনার জন্য এর চেয়ে নির্মল আর কিছুই হতে পারে না। পুরোহিতের নির্দেশ মেনে মৈথিলী পবিত্র সামগ্রী হোমকুণ্ডে

অর্পণ করল। সবার সঙ্গে একাত্ম হয়ে মন্ত্রোচ্চারণে তার কণ্ঠ মিশে গেল।

সে মুহূর্তে জ্বলন্ত অগ্নিশিখার উষ্ণতা, মন্ত্রের গভীর মাধুর্য আর ভোরের প্রথম সূর্যোদয়ের কোমল স্পর্শ মৈথিলীর হৃদয়কে আবিষ্ট করে ফেলল। তার মনে হল, এই পরম মুহূর্তটুকু অনুভব করার জন্যই যেন জীবনের সমস্ত পথ চলা। যেন এখান থেকেই তার নতুন যাত্রার শুরু।

নীরবে, গভীর কৃতজ্ঞতায় মৈথিলী মনে মনে ডঃ জেরেমিকে ধন্যবাদ জানাল।

হোম সমাপ্ত হওয়ার পর প্রসাদ বিতরণ শুরু হল। ডঃ জেরেমি তৎক্ষণাৎ মৈথিলীকে তাড়া দিলেন। আকাশের দিকে তাকিয়ে তিনি বললেন, “এবার চলো, তাড়াতাড়ি করো। সূর্য ওঠার সময় হয়ে গেছে। আমি তোমাকে নৌকাভ্রমণে নিয়ে যেতে চাই।”

তাঁর কণ্ঠে এক ধরনের শিশুসুলভ উত্তেজনা ছিল। মৈথিলী সেই উত্তেজনায় সাড়া দিয়ে তাঁর সঙ্গে নদীর দিকে এগিয়ে গেল।

আসি ঘাটের ধারে নৌকাচালক অপেক্ষা করছিল। তাঁদের দেখে সে একটু উদ্বিগ্ন স্বরে বলল, “আপনারা একদম শেষ মুহূর্তে এসেছেন।”

তার আশঙ্কা হচ্ছিল, সূর্যোদয় দেখা বুঝি অসম্পূর্ণই থেকে যাবে।

কিন্তু মৈথিলী তখনও গঙ্গার আরতি আর যজ্ঞের শান্ত, পবিত্র সৌন্দর্যে নিমগ্ন। তার মনে হচ্ছিল, সে যেন এই জগতের নয়। যেন কিছু সময়ের জন্য সে অন্য এক জগতে প্রবেশ করেছে, যেখানে সময়ের কোনও তাড়া নেই, কেবল আছে গভীর অনুভূতি আর নীরব শান্তি।

সে হালকা হাসি নিয়ে নৌকাচালকের দিকে তাকাল। জেরেমির হাত আলতো করে ধরে নৌকায় উঠল। নৌকাটি ঘাট ছেড়ে ধীরে ধীরে গঙ্গার বুকে এগিয়ে যেতে লাগল। পিছনে তৈরি হতে থাকা ছোটো ছোটো ঢেউ যেন নীরবে তাঁদের যাত্রার সাক্ষী হয়ে রইল।

দিগন্ত ধীরে ধীরে আলোকিত হয়ে উঠল। ভোরের প্রথম আলো গঙ্গার জলে সোনালি আভা ছড়িয়ে দিতে লাগল।

সূর্য সম্পূর্ণ উদিত হতেই মৈথিলী বিস্ময়ে অভিভূত হয়ে পড়ল। মা গঙ্গার বুকে পড়া সূর্যের আলো আকাশকে নানা রঙে রাঙিয়ে তুলছিল।

তার চোখের সামনে ধীরে ধীরে উন্মোচিত হচ্ছিল প্রাচীন কাশী। প্রতিটি ঘাট যেন ইতিহাসের গভীর কোনও গল্প ফিসফিস করে বলছিল। সেই আধ্যাত্মিক উপস্থিতি নিঃশব্দে মৈথিলীর মনকে স্পর্শ করছিল, তাকে আরও গভীরে, আরও নীরব এক অনুভূতির দিকে টেনে নিয়ে যাচ্ছিল।

ডঃ জেরেমি নৌকাচালককে অনুরোধ করলেন প্রতিটি ঘাটের সামনে একটু করে থামতে। তারপর ধীরে ধীরে তিনি তাঁর

অভিজ্ঞতা থেকে ঘাটগুলোর ইতিহাস আর পুরাণের গল্প বলতে শুরু করলেন। মৈথিলী গভীর মনোযোগে শুনছিল। প্রতিটি গল্প তার হৃদয়ের ভেতরে নিঃশব্দে গিয়ে বসছিল।

জেরেমি দেবতাদের কথা বলছিলেন, পুরাণের গল্প বলছিলেন, আর সেই সব মানুষের কথাও, যারা একদিন এই পবিত্র ঘাটে এসে দাঁড়িয়েছিল জীবনের কোনও এক সন্ধিক্ষণে। কারুর প্রার্থনা, কারুর বিদায়, কারুর নতুন শুরু। সব গল্প মিলেমিশে গঙ্গার জলের মতোই প্রবাহিত হচ্ছিল।

মৈথিলীর মনে হচ্ছিল, এই গল্পগুলো চাইলে সে ইন্টারনেটে খুঁজে পেতে পারে। কিন্তু এই মুহূর্তের কোনও বিকল্প নেই। সূর্যোদয়ের আলো, নৌকার হালকা দোল, আর এক বিদেশি মানুষের কণ্ঠস্বর, যিনি এই শহরকে নিজের গৃহ বলে গ্রহণ করেছেন, সব মিলিয়ে এই অভিজ্ঞতা ভাষায় প্রকাশ করা অসম্ভব মনে হচ্ছিল তার।

মুহূর্তটি ধীরে ধীরে অবর্ণনীয় হয়ে উঠছিল, ঠিক যেমন গঙ্গার গভীরতা, যা শুধু অনুভব করা যায় মাত্র।

ডঃ জেরেমি তাঁর গল্প শুরু করলেন দশাশ্বমেধ ঘাট থেকে।

## দশাশ্বমেধ ঘাট, বারাণসীর হৃৎস্পন্দন

দশাশ্বমেধ ঘাট বারাণসীর সব ঘাটের মধ্যে যেন এক জীবন্ত হৃৎস্পন্দন। এটি শুধু সবচেয়ে ব্যস্ত ঘাট নয়, এর প্রতিটি শ্বাসে মিশে আছে গভীর আধ্যাত্মিক তাৎপর্য। পবিত্র কাশী বিশ্বনাথ

মন্দিরের কাছাকাছি অবস্থিত এই ঘাটে এসে মনে হয়, কাশীর প্রাণ এখানেই সবচেয়ে স্পষ্টভাবে অনুভব করা যায়।

পুরাণকথা বলে, এই স্থানেই স্বয়ং ব্রহ্মা অশ্বমেধ যজ্ঞ করেছিলেন, যেখানে দশটি ঘোড়া উৎসর্গ করা হয়েছিল। সেই স্মৃতির সঙ্গেই জড়িয়ে আছে ঘাটের নাম। দশ অর্থ দশ, অশ্ব অর্থ ঘোড়া। ইতিহাস আর বিশ্বাস এখানে একে অন্যের সঙ্গে নিঃশব্দে মিশে গেছে।

দিনভর দশাশ্বমেধ ঘাট প্রাণে ভরপুর থাকে। বড়ো বড়ো ছাতার নীচে পণ্ডিত আর পুরোহিতদের কণ্ঠে ভেসে আসে পবিত্র মন্ত্র। সামনে ভক্তেরা ভক্তিভরে হাত জোড় করে বসে থাকেন। এই দৃশ্যের মধ্যে এক ধরনের শান্ত তীব্রতা আছে, যেন মানুষ ধীরে ধীরে নিজের অন্তরের দিকে ফিরে যাচ্ছে।

সন্ধ্যা নামলেই ঘাটের রূপ বদলে যায়। তখন দশাশ্বমেধ হয়ে ওঠে গঙ্গারতির কেন্দ্র। আলো, আগুন আর মন্ত্রের সুরে পুরো পরিবেশ ভরে ওঠে। ঘাটটি তখন আর শুধু একটি স্থান নয়, তা যেন এক জীবন্ত আধ্যাত্মিক উৎসব, যেখানে ভক্তি আর সৌন্দর্য এক হয়ে যায়।

গঙ্গারতি নিছক একটি আচার নয়। এটি গঙ্গা নদীকে, অস্তগামী সূর্যকে, অগ্নিকে এবং স্বয়ং শম্ভুকে শ্রদ্ধা জানানোর এক গভীর প্রকাশ। পর্যটকদের কাছে এটি আকর্ষণীয় হলেও, এর অন্তর্লীন আবেগ আরও গভীর, আরও নীরব।

আরতির সময় ঘাট আর আশেপাশের নৌকাগুলি মানুষের ভিড়ে ভরে যায়। সবার চোখে তখন এক ধরনের মন্ত্রমুগ্ধতা। ঘণ্টার ধ্বনি, মন্ত্রোচ্চারণ আর ধূপের গন্ধ মিলেমিশে চারপাশকে এক অদ্ভুত আধ্যাত্মিক আবহে ভরিয়ে তোলে।

দশাশ্বমেধ ঘাট সকাল থেকে রাত পর্যন্ত জেগে থাকে। কেউ আসে শান্তির খোঁজে, কেউ আসে নিজের আত্মার সঙ্গে মুখোমুখি হতে। এখানে ভক্তি আর দৈনন্দিন জীবনের এক অপূর্ব মিলন দেখা যায়।

ভিড়ের মধ্যে কিছু বিভ্রান্তিকর মানুষ থাকতে পারে, তাই সামান্য সতর্কতা জরুরি। তবু এই ঘাটে কিছু সময় কাটালে জীবনের সম্পূর্ণ রূপ যেন ধীরে ধীরে চোখের সামনে খুলে যায়। গঙ্গার ঢেউ, প্রার্থনার সুর আর মানুষের উচ্ছ্বাস মিলিয়ে এমন এক অনুভূতির জন্ম দেয়, যা মনে থেকে যায় অনেকদিন, অনেক গভীরে।

## আসি ঘাট— বারাণসীর শান্তির ঠিকানা

বারাণসীর দক্ষিণ প্রান্তে অবস্থিত আসি ঘাট, আসি নদীর নামে পরিচিত। দশাশ্বমেধ ঘাটের কোলাহল থেকে দূরে এটি এক প্রশান্তির স্থান। ঘাটটির কাছাকাছি থাকা এলাকাগুলি ছাত্রছাত্রী, দীর্ঘমেয়াদী পর্যটক, এবং আন্তর্জাতিক ভ্রমণার্থীদের প্রিয়। কাশী হিন্দু বিশ্ববিদ্যালয়ের (BHU) সন্নিকটে অবস্থিত এই ঘাটটি

তুলনামূলকভাবে অনেক শান্ত, যা ব্যস্ত দশাশ্বমেধ ঘাট বা কাশী বিশ্বনাথ মন্দির এলাকার চেয়ে বেশি নিরিবিলি।

আসি ঘাটের ইতিহাস পুরাণে গভীরভাবে প্রোথিত। কথিত আছে, অসুর ভাই শুম্ভ এবং নিশুম্ভকে পরাজিত করার পর দেবী দুর্গা তাঁর তলোয়ার আসি নদীতে নিক্ষেপ করেছিলেন। এই স্থানেই গঙ্গা এবং আসি নদীর সঙ্গম হয়। এই ঘাটকে 'সৈম্বেদ তীর্থ' বলা হয়। বিশ্বাস করা হয়, এখানে একবার গঙ্গাস্নান করলে সমগ্র হিন্দু তীর্থস্থানের দর্শনের সমান পুণ্য লাভ হয়। প্রতিবছর মাঘ এবং চৈত্র মাসে (জানুয়ারি থেকে এপ্রিলের মধ্যে), বহু ভক্ত এই পবিত্র স্নানের জন্য আসেন।

আসি ঘাটের সবচেয়ে বিশেষ অভিজ্ঞতার একটি হল সুব্‌হ-এ বারাণসী আরতি। ভোরের এই আচার মনকে শান্ত করে, আত্মাকে স্পর্শ করে। সূর্য ওঠার আগের নরম আলো, মন্ত্রের ধ্বনি আর নদীর নীরব প্রবাহ মিলেমিশে এমন এক অনুভূতির জন্ম দেয়, যা ধীরে ধীরে ভেতরে প্রবেশ করে।

এখানে কিছু সময় কাটালে বারাণসীর আর-একটি রূপ ধরা দেয়। এমন এক রূপ, যেখানে ভক্তি এবং প্রকৃতির এক অপূর্ব মেলবন্ধন ঘটে।

আসি ঘাট যেন সেই জায়গা, যেখানে শহর থেমে যায়, আর মানুষ নিজের সঙ্গে একটু সময় কাটানোর সুযোগ পায়।

## মণিকর্ণিকা ঘাট, মুক্তির প্রবেশদ্বার

মণিকর্ণিকা ঘাট বারাণসীর প্রাচীনতম ও পবিত্রতম ঘাটগুলোর অন্যতম। এটি শহরের প্রধান শ্মশান হিসেবেই পরিচিত, তবে এই পরিচয়ের আড়ালে লুকিয়ে আছে গভীর দর্শন, বিশ্বাস আর আত্মিক উপলব্ধির স্তর। এখানে জীবন ও মৃত্যুর মধ্যকার সীমারেখা ধীরে ধীরে মুছে যায়।

হিন্দু ঐতিহ্যে মণিকর্ণিকা ঘাটের অবস্থান অনন্য। বিশ্বাস করা হয়, এই ঘাটে দেহ ত্যাগ করলে আত্মা মোক্ষ লাভ করে। তাই মৃত্যু এখানে শেষ নয়, বরং মুক্তির এক নতুন যাত্রা। চিতার আগুন দিনরাত জ্বলে থাকে, যেন সময় নিজেই এখানে থেমে আছে। আগুনের শিখা মনে করিয়ে দেয়, সবকিছু নশ্বর, শুধু আত্মার পথচলাই চিরন্তন।

এই ঘাটে দাঁড়ালে ভয় নয়, এক অদ্ভুত শান্তি অনুভব হয়। শোক আর গ্রহণের মধ্যে এক গভীর নীরবতা বিরাজ করে। যারা এখানে আসে, তারা কান্নার সঙ্গে সঙ্গে এক ধরনের মুক্তিও অনুভব করে। কারণ মণিকর্ণিকা ঘাট কেবল মৃত্যুর স্থান নয়, এটি জীবনের গভীরতম সত্যের মুখোমুখি হওয়ার জায়গা।

জীবন, মৃত্যু আর মুক্তি এখানে আলাদা নয়। তারা একে অন্যের সঙ্গে জড়িয়ে আছে। মণিকর্ণিকা ঘাট সেই সত্যকে নিঃশব্দে মনে করিয়ে দেয়, যা মানুষ প্রায়শই ভুলে যায়। এখানে এসে বোঝা

যায়, শেষ বলে কিছু নেই। আছে শুধু রূপান্তর, আর সেই রূপান্তরের মধ্যেই লুকিয়ে থাকে মুক্তির আলো।

## মণিকর্ণিকা ঘাটের কিংবদন্তি

পুরাণকথা বলে, সত্যযুগে একবার ভগবান বিষ্ণু শিবের কাছে প্রার্থনা করেছিলেন, যেন কাশী সৃষ্টির শেষ দিনেও ধ্বংসের স্পর্শ থেকে রক্ষা পায়। বিষ্ণুর এই গভীর ভক্তিতে শিব প্রসন্ন হন এবং কাশীকে চিরন্তন শান্তির আশীর্বাদ দেন।

শিব ও পার্বতীর প্রতি শ্রদ্ধা জানাতে বিষ্ণু তাঁর সুদর্শন চক্র দিয়ে এখানে একটি পুকুর সৃষ্টি করেন। সেই পবিত্র জলে স্নান করার সময় বিষ্ণুর কানের মণি, অর্থাৎ রত্ন, জলে পড়ে যায়। সেই মণির স্মৃতিতেই এই স্থানের নাম হয় মণিকর্ণিকা।

আর-একটি কিংবদন্তি বলে, দেবী সতীর আত্মবলিদানের পর তাঁর কানের দুল এই স্থানেই পতিত হয়েছিল। সেই ঘটনাও মণিকর্ণিকা ঘাটকে আরও গভীর পবিত্রতা আর অর্থপূর্ণ করেছে।

এই সব কিংবদন্তির মধ্য দিয়ে মণিকর্ণিকা ঘাট শুধু একটি শ্মশান নয়, বরং বিশ্বাস, ত্যাগ আর চিরন্তনতার প্রতীক হয়ে ওঠে। এখানে প্রতিটি গল্প জীবন ও মৃত্যুর সীমারেখাকে অতিক্রম করে, মানুষের মনকে মুক্তির ভাবনায় স্পর্শ করে।

## মণিকর্ণিকা ঘাটের আধ্যাত্মিক তাৎপর্য

মণিকর্ণিকা ঘাট হিন্দুদের কাছে সর্বাধিক পবিত্র স্থানগুলির একটি। এই ঘাটকে মোক্ষলাভের দ্বার বলে মনে করা হয়। বিশ্বাস করা হয়, যাঁদের শেষকৃত্য এখানে সম্পন্ন হয়, তাঁদের আত্মা পুনর্জন্মের চক্র থেকে মুক্তি পায়। তাই এখানে মৃত্যু শোকের শেষ নয়, বরং মুক্তির প্রতিশ্রুতি।

আধ্যাত্মিকভাবে গভীর এই ঘাট বাস্তবের দিক থেকে অনেক সময় ভিড়ে পরিপূর্ণ এবং কিছুটা অগোছালো মনে হতে পারে। ঘাটে পৌঁছোনোর পথ জুড়ে কাঠ বিক্রির দোকান চোখে পড়ে। এই কাঠই শ্মশানের অপরিহার্য অংশ। নদীতে ভাসমান নৌকাগুলিতেও কাঠ বহন করা হয়। সব মিলিয়ে এখানে জীবন আর মৃত্যুর প্রস্তুতি পাশাপাশি চলতে থাকে।

মণিকর্ণিকা ঘাটে মৃতদেহের সৎকারকে মৃত্যুর পরম উৎসব হিসেবে দেখা হয়। প্রিয়জনের দেহ নিয়ে যাওয়ার শোভাযাত্রায় অনেক সময় ঢাক আর শঙ্খধ্বনি শোনা যায়। এই শব্দ শোকের মধ্যে এক অদ্ভুত উদ্দীপনা যোগ করে, যেন বিদায়ের সঙ্গে সঙ্গে মুক্তির আহ্বানও উচ্চারিত হয়।

যাঁরা হিন্দু রীতিনীতি সম্পর্কে নতুন, তাঁদের কাছে এই দৃশ্য তীব্র মনে হতে পারে। আগুন, ধোঁয়া আর মানুষের আবেগ একসঙ্গে অনেক অনুভূতি জাগিয়ে তোলে। তবু এটি বারাণসীর বিশ্বাসের

গভীরতম প্রকাশ। যদি এই রীতিগুলি আপনার জন্য অতিরিক্ত মনে হয়, তবে দূর থেকে নীরবে, সম্মানের সঙ্গে পর্যবেক্ষণ করাই শ্রেয়।

## রাজা হরিশচন্দ্র ঘাট: বিশ্বাসের অনন্ত শিখা

রাজা হরিশচন্দ্র ঘাট বারাণসীর আর-একটি প্রধান শ্মশান ঘাট। ইতিহাস আর পবিত্র ঐতিহ্যে সমৃদ্ধ এই ঘাটটি শহরের প্রাচীনতমগুলির একটি। নামকরণ হয়েছে রাজা হরিশচন্দ্রের নামে, যিনি ভগবান রামের পূর্বপুরুষ এবং সত্যের প্রতি অটল নিষ্ঠার জন্য আজও স্মরণীয়। কথিত আছে, এক সময় তিনি এই ঘাটেই ডোম রূপে কাজ করেছিলেন, শ্মশান ক্রিয়ার দায়িত্ব পালন করে সত্যের পথে নিজের প্রতিজ্ঞাকে অটুট রেখেছিলেন।

বলা হয়, হরিশচন্দ্র ঘাটে শ্মশান কার্যক্রম মণিকর্ণিকা ঘাটের চেয়েও প্রাচীন। বারাণসীতে ইতিহাস, পুরাণ আর কিংবদন্তির মধ্যে কোনও স্পষ্ট বিভাজন নেই। এখানে প্রতিটি পদক্ষেপ যেন বিশ্বাসের গভীর পথে এক নীরব যাত্রা।

এই ঘাটের ডোমরা রক্ষা করেন এক পবিত্র অনন্ত শিখা, যা শতাব্দীর পর শতাব্দী ধরে জ্বলছে। এই শিখা সব সময় দৃশ্যমান থাকে এবং ডোম রাজার তত্ত্বাবধানে থাকে, যেন আগুন কখনও নিভে না যায়। যখন কোনও চিতা প্রজ্বলিত হয়, প্রথম স্ফুলিঙ্গটি নেওয়া হয় এই পবিত্র আগুন থেকেই। এই ধারাবাহিকতা জীবনের প্রবাহ আর বিশ্বাসের অমোঘ প্রতীক।

রাজা হরিশচন্দ্র ঘাটে কিছু সময় কাটালে আপনি কেবল একটি স্থান দেখবেন না। আপনি অনুভব করবেন বারাণসীর চিরন্তন আধ্যাত্মিক শক্তি, যা প্রজন্মের পর প্রজন্ম ধরে মানুষের বিশ্বাস আর স্মৃতির ভেতর দিয়ে নিরবচ্ছিন্নভাবে প্রবাহিত হয়ে চলেছে।

## চেত সিংহ ঘাট, ইতিহাস, আধ্যাত্মিকতা ও সংস্কৃতির মেলবন্ধন

চেত সিংহ ঘাট বারাণসীর ঘাটগুলোর মধ্যে এক বিশেষ পরিচয় বহন করে। আঠারো শতকের মাঝামাঝি সময়ে মহারাজা চেত সিংহের নির্মিত বিশাল দুর্গ এই ঘাটের প্রধান বৈশিষ্ট্য। একসময় এই দুর্গই ছিল তাঁর প্রধান বাসস্থান। গঙ্গার তীরে দাঁড়িয়ে থাকা এই স্থাপনা আজও সেই সময়ের ক্ষমতা, সাহস আর ইতিহাসের কথা নিঃশব্দে বলে যায়।

১৭৮১ সালে এই স্থানেই সংঘটিত হয়েছিল এক নাটকীয় যুদ্ধ। মহারাজা চেত সিংহের বাহিনী ও ওয়ারেন হেস্টিংসের সেনাদের মধ্যে এই সংঘর্ষ বারাণসীর ইতিহাসে একটি গুরুত্বপূর্ণ অধ্যায়। যদিও যুদ্ধে মহারাজা পরাজিত হন এবং দুর্গটি ব্রিটিশদের অধিকারে চলে যায়, তবু কথিত আছে, তিনি অসাধারণ সাহস ও বুদ্ধিমত্তার সঙ্গে সেখান থেকে পালিয়ে যেতে সক্ষম হয়েছিলেন। এই কাহিনি আজও চেত সিংহ ঘাটকে ঘিরে এক ধরনের কিংবদন্তির আবহ তৈরি করে।

উনিশ শতকে দুর্গটি রাজা প্রভুনারায়ণ সিংহের মালিকানায় আসে। পরবর্তী সময়ে দুর্গের উত্তর অংশটি নাগা সন্ন্যাসীদের হাতে তুলে দেওয়া হয়। কঠোর তপস্যা ও সংযমী জীবনযাপনের জন্য পরিচিত এই সন্ন্যাসীরা এখানে একটি মন্দির ও আবাসস্থল গড়ে তোলেন। তাদের উপস্থিতি এই ঘাটকে কেবল ঐতিহাসিক নয়, আধ্যাত্মিকভাবেও সমৃদ্ধ করে তোলে।

এইভাবেই চেত সিংহ ঘাট ইতিহাস, আধ্যাত্মিকতা আর সংস্কৃতির এক অনন্য মিলনস্থলে পরিণত হয়েছে। এখানে দাঁড়ালে মনে হয়, সময়ের নানা স্তর একসঙ্গে মিশে আছে। গঙ্গার নীরব প্রবাহের সঙ্গে সঙ্গে অতীতের যুদ্ধ, সাধনা আর বিশ্বাস আজও এই ঘাটের বাতাসে ধীরে ধীরে ভেসে বেড়ায়।

## তুলসী ঘাট— কবিতা, ইতিহাস ও আধ্যাত্মিকতার মিলনক্ষেত্র

তুলসী ঘাট, কবি প্রিয় ষোড়শ শতাব্দীর কবি তুলসীদাসের নামে উৎসর্গীকৃত, বারাণসীর সাংস্কৃতিক ও আধ্যাত্মিক দৃশ্যপটে একটি বিশিষ্ট স্থান ধারণ করে। বিশ্বাস করা হয় যে তুলসীদাস এখানেই পবিত্র **রামচরিতমানস** রচনা করেছিলেন। এই ঘাটটি ভগবান রামের জীবনের নাটকীয় উপস্থাপনা, **রামলীলা**-র জন্মস্থান হিসেবেও পরিচিত, যা পরবর্তীতে ঘাটে ভগবান রামকে উৎসর্গ করে একটি মন্দির নির্মাণে প্রেরণা জোগায়।

তুলসী ঘাট তার শান্ত ও চিন্তাশীল পরিবেশের জন্য পরিচিত। এর প্রশান্ত পরিবেশ, পাশের রেওয়া ঘাটের সঙ্গে, একটি নিখুঁত স্থান তৈরি করে যেখানে মানুষ গভীর চিন্তা-ভাবনা করতে পারে, অন্তর্মুখী আলোচনায় অংশ নিতে পারে, অথবা গঙ্গার নির্মল সৌন্দর্যে নিজেকে মগ্ন করতে পারে।

## জৈন ঘাট, জ্ঞানের ঔজ্জ্বল্যে দীপ্তবান

জৈন ঘাট তার শুভ্র জৈন মন্দিরের জন্য বিশেষভাবে পরিচিত। রাতের বেলায় রঙিন আলোর ছোঁয়ায় এই মন্দির আর ঘাট মিলিয়ে এক মোহময় দৃশ্যের জন্ম দেয়। আলোয় স্নাত এই স্থান যেন নীরবে জ্ঞানের আলো ছড়িয়ে দেয়।

এক সময় এই ঘাট ভাচ্চারাজা ঘাট নামে পরিচিত ছিল। পরবর্তীতে বাবু শেখর চন্দ এটি পুনর্নির্মাণ করেন এবং এক জৈন তীর্থঙ্করের সম্মানে এর নামকরণ করা হয়। এই পরিবর্তনের মধ্য দিয়েই ঘাটটি নতুন পরিচয় লাভ করে, যেখানে ইতিহাস আর বিশ্বাস একসূত্রে বাঁধা পড়ে।

জৈন ধর্মে এই ঘাটের গভীর তাৎপর্য রয়েছে। বিশ্বাস করা হয়, সপ্তম জৈন তীর্থঙ্কর সুপার্শ্বনাথের জন্মস্থান এই ঘাটের নিকটবর্তী। সেই কারণে বহু জৈন ভক্তের কাছে এটি এক পবিত্র তীর্থ। একই সঙ্গে এই স্থান মহাবীরের প্রতিও শ্রদ্ধা নিবেদন করে, যিনি জৈন শিক্ষার অন্যতম প্রধান পথপ্রদর্শক।

এই সব বিশ্বাস আর ইতিহাস মিলিয়ে জৈন ঘাট শুধু একটি দর্শনীয় স্থান নয়। এটি আধ্যাত্মিক শ্রদ্ধা, জ্ঞান আর সৌন্দর্যের এক মিলনকেন্দ্র। এখানে দাঁড়ালে মনে হয়, নীরবতার মধ্য দিয়েই জ্ঞান সবচেয়ে গভীরভাবে কথা বলে।

## জৈন ঘাটের ইতিহাস

জৈন ঘাট শতাব্দীপ্রাচীন এক সমৃদ্ধ ইতিহাস বহন করে। ধারণা করা হয়, আঠারো শতকে এই ঘাটের নির্মাণ সম্পন্ন হয়, সেই সময়েই নিকটবর্তী আদি কেশব মন্দিরটি প্রথম জৈন তীর্থঙ্কর ঋষভনাথের সম্মানে প্রতিষ্ঠিত হয়েছিল। মন্দির ও ঘাট, এই দুইয়ের উপস্থিতি একসঙ্গে জৈন সম্প্রদায়ের ধর্মীয় জীবনে গভীর প্রভাব ফেলে।

এই স্থান কেবল উপাসনার জন্য নয়, ইতিহাস ও স্মৃতির ধারক হিসেবেও গুরুত্বপূর্ণ। প্রজন্মের পর প্রজন্ম ধরে জৈন ভক্তরা এখানে এসে প্রার্থনা করেছেন, তপস্যায় লীন হয়েছেন এবং তাঁদের বিশ্বাসকে আরও দৃঢ় করেছেন।

বারাণসী তার বহুত্ববাদী ধর্মীয় ঐতিহ্যের জন্য সুপরিচিত। এই শহরের গভীর শিকড়ে জড়িয়ে থাকা জৈন সংস্কৃতি, অসংখ্য মন্দির ও উপাসনালয় জৈন ঘাটকে বারাণসীর আধ্যাত্মিক উত্তরাধিকারের এক অপরিহার্য অংশে পরিণত করেছে। এখানে দাঁড়ালে বোঝা যায়, বিশ্বাস কেবল আচার নয়, তা ইতিহাস হয়ে বেঁচে থাকে সময়ের পরতে পরতে।

## কেদার ঘাট: দক্ষিণ ভারতীয় আধ্যাত্মিকতার এক প্রাণকেন্দ্র

বারাণসীর প্রাণকেন্দ্রে অবস্থিত কেদার ঘাট তার রঙিন দ্রাবিড়ীয় স্থাপত্যশৈলীর মন্দিরের জন্য সুপরিচিত। এই ঘাটের নামকরণ হয়েছে পবিত্র কেদারেশ্বর মন্দিরের নামে, যা ভগবান শিবের এক রূপকে উৎসর্গীকৃত। গঙ্গার তীরে দাঁড়িয়ে থাকা এই মন্দিরে দক্ষিণ ভারতের আধ্যাত্মিক ছাপ স্পষ্টভাবে অনুভূত হয়।

কেদার ঘাটের ইতিহাসের সূচনা বিজয়নগর সাম্রাজ্যের শাসনকালের সঙ্গে যুক্ত। সেই সময় থেকেই এই ঘাট এক গভীর ঐতিহ্য বহন করে চলেছে। স্থাপত্য, আচার আর বিশ্বাস মিলিয়ে এখানে উত্তর ও দক্ষিণ ভারতের সংস্কৃতি একে অন্যের সঙ্গে মিলেমিশে গেছে।

এই ঘাটে হাঁটলে প্রায়ই চোখে পড়ে দক্ষিণ ভারতীয় ভক্তদের উপস্থিতি। তাঁরা স্নানকর্ম সেরে মন্দিরে প্রার্থনায় লিপ্ত হন, নিজেদের রীতিনীতি অনুসরণ করে। কাছেই রয়েছে গৌরী কুণ্ড, যা একসময় নিরাময়ের শক্তি বহন করে বলে বিশ্বাস করা হত। বর্তমানে বর্ষাকালে এই কুণ্ড জলে ভোরে ওঠে, তবু তার সঙ্গে জড়িয়ে থাকা বিশ্বাস আজও অটুট।

কেদার ঘাটের আধ্যাত্মিক ইতিহাসে আর-একটি গুরুত্বপূর্ণ স্তর যোগ করে তুলসীদাসের কাঠের পাদুকা, খড়ম। বিশ্বাস করা হয়, রামচরিতমানস রচয়িতা এই মহাপুরুষ সেই পাদুকা ব্যবহার

করতেন। এই স্মৃতি ঘাটটিকে আরও গভীর এক সাংস্কৃতিক ও আধ্যাত্মিক পরিসরে নিয়ে যায়।

কেদার ঘাটে দাঁড়ালে মনে হয়, এখানে কেবল একটি ঘাট নয়। এটি এমন এক স্থান, যেখানে ভিন্ন ভিন্ন ভূগোল, ভাষা আর বিশ্বাস এক হয়ে আধ্যাত্মিকতার এক অভিন্ন সুর সৃষ্টি করে।

## ললিতা ঘাট: বারাণসীর মাঝে এক নেপালি ঐতিহ্য

বারাণসীর ঘাটগুলোর মাঝে ললিতা ঘাট যেন নীরবে লুকিয়ে থাকা নেপালের একখণ্ড আত্মা। নেপালি ঘাট নামেও পরিচিত এই স্থানটি প্রথম দর্শনে শহরের অন্যান্য ঘাটের মতোই মনে হতে পারে। কিন্তু সিঁড়ি বেয়ে উপরে উঠলেই চোখে পড়ে এক অনন্য দ্বি-স্তরীয় প্যাগোডা, যা মুহূর্তেই দৃষ্টিভঙ্গি বদলে দেয়। টেরাকোটা, পাথর আর কাঠে নির্মিত এই স্থাপত্য বারাণসীর মন্দিরগুলোর মাঝে এক স্বতন্ত্র সৌন্দর্য ছড়িয়ে দেয়।

ললিতা ঘাটের উৎপত্তি অন্য ঘাটগুলোর থেকে আলাদা। এটি কোনও ভারতীয় শাসকের নির্মাণ নয়। উনিশ শতকে নেপালের রাজা রানা বাহাদুর শাহের ভাবনায় এই ঘাটের সূচনা হয়।

বর্তমানে এখানে দুটি মন্দির রয়েছে। একটি নেপালি মন্দির, যা তার প্রাচীনত্ব ও উইপোকা প্রতিরোধী কাঠের জন্য বিশেষভাবে পরিচিত। অন্যটি ললিতা গৌরী মন্দির, যা ঘাটের আধ্যাত্মিক পরিচয়কে আরও দৃঢ় করে।

এই ঘাটের নামকরণ হয়েছে ললিতা দেবীর নামে। তিনি দশ মহাবিদ্যার অন্যতম এবং দেবী আদিশক্তির এক শক্তিশালী রূপ। এই দেবীর নামেই ঘাটের মধ্যে এক দৃঢ়, সংযত শক্তির উপস্থিতি অনুভূত হয়।

ললিতা ঘাটের ইতিহাস তার স্থাপত্যের মতোই আকর্ষণীয়।

উনিশ শতকের শুরুতে নির্বাসনকালে রানা বাহাদুর শাহ বারাণসীতে এসে নেপালের বিখ্যাত পশুপতিনাথ মন্দিরের অনুকরণে একটি মন্দির নির্মাণ শুরু করেন। নির্মাণ সম্পূর্ণ হওয়ার আগেই তিনি নেপালে ফিরে যান। পরবর্তীতে তাঁর পুত্র গির্বাণ যুদ্ধ বিক্রম শাহ দেব এই কাজ সম্পন্ন করেন। একটি ধর্মশালা ও ঘাট সহ পুরো প্রাঙ্গণ নির্মাণে দুই দশকেরও বেশি সময় লেগেছিল।

এইভাবে ললিতা ঘাট নেপালের আত্মা আর বারাণসীর পবিত্র পরিবেশকে একসূত্রে বেঁধে রেখেছে। এখানে দাঁড়ালে মনে হয়, দুই ভিন্ন ভূখণ্ডের বিশ্বাস ও সংস্কৃতি গঙ্গার তীরে এসে নীরবে একে অপরের সঙ্গে মিশে গেছে।

যখন মৈথিলী এক ঘাট থেকে আর-এক ঘাটে ভেসে যাচ্ছিল, বারাণসীর পবিত্র শহর যেন তার মনের অপ্রকাশিত আবেগগুলোর নিঃশব্দ প্রতিধ্বনি হয়ে উঠছিল। ডঃ জেরেমি ওটমানের সঙ্গে তার আন্তরিক কথোপকথন তাকে এক অদৃশ্য ভরসায় ধরে রেখেছিল। সন্দীপের প্রয়াণের চার মাস পর এই প্রথম সে জীবনের

স্পন্দনকে আবার অনুভব করল। দীর্ঘদিনের জমে থাকা শোকের ভার যেন অল্প হলেও হালকা হয়ে এল।

ভোরের যজ্ঞানুষ্ঠান আর গঙ্গা আরতির দীপশিখা ও মন্ত্রধ্বনি তার হৃদয়ে এক নরম প্রশান্তি ছড়িয়ে দিল। সেই উষ্ণতা ধীরে ধীরে তার বেদনাকে কোমল করে দিল, যেন ভেতরের অস্থিরতা একটু থেমে গেল।

গঙ্গার অনন্ত প্রবাহ আর প্রাচীন ঘাটগুলোর নীরব উপস্থিতির মাঝে মৈথিলী নতুনভাবে সন্দীপকে স্মরণ করতে শুরু করল। এবার সেই স্মৃতিতে শুধু তীব্র যন্ত্রণা ছিল না, ছিল একসঙ্গে কাটানো জীবনের মুহূর্তগুলোর প্রতি গভীর মমতা ও শ্রদ্ধা।

গঙ্গার প্রবাহ যেন নীরবে তাকে বোঝাতে চাইছিল, জীবন থেমে থাকে না। এগিয়ে যেতে হয়, সঙ্গে করে নিয়ে যেতে হয় ভালোবাসা আর স্মৃতির সৌন্দর্য, আর কোথাও গভীরে রেখে দিতে হয় নতুন সূচনার এক নরম সম্ভাবনা।

## বারাণসীর সমস্ত ঘাটের তালিকা

আদি কেশব ঘাট

অহল্যা ঘাট

অহল্যাবাই ঘাট

আসি

বদ্রী নারায়ণ ঘাট

বাজিরাও ঘাট

বাউলি / উমরাওগিরি / অমরোহা ঘাট

ভাদাইনী ঘাট

ভোঁসলে ঘাট

ব্রহ্মা ঘাট

বুন্দি পারাকোটা ঘাট

চৌকি ঘাট

চৌষট্টি ঘাট

চেটা সিং ঘাট

দাণ্ডি ঘাট

দরভাঙ্গা ঘাট

দশাশ্বমেধ ঘাট

দিগপাটিয়া ঘাট

দুর্গা ঘাট

গাই ঘাট

গঙ্গা মহল ঘাট (১)

গঙ্গা মহল ঘাট (২)

গণেশ ঘাট

গোলা ঘাট

গুলারিয়া ঘাট

হনুমান ঘাট

হনুমানগড়ি ঘাট

হরিশচন্দ্র ঘাট

জৈন ঘাট

জলশয়ী ঘাট

বৈদেহী ঘাট

জাতারা ঘাট

কর্ণাটক স্টেট ঘাট

কেদার ঘাট

খিরকিয়া ঘাট বা নমো ঘাট

খোরি ঘাট

লালা ঘাট

লালি ঘাট

ললিতা ঘাট

মহানির্বাণী ঘাট

মানা মন্দির ঘাট

মানস সরোবর ঘাট

মঙ্গলা গৌরী ঘাট

মনিকর্ণিকা ঘাট

মাতা আনন্দময়ী ঘাট

মীর ঘাট

মেহতা ঘাট

মুনশি ঘাট

নন্দেশ্বর ঘাট

নারদ ঘাট

নতুন ঘাট

নেপালি ঘাট

নিরঞ্জনী ঘাট

নিশাদ ঘাট

পুরানো হনুমানা ঘাট

পঞ্চগঙ্গা ঘাট

পঞ্চকোটা ঘাট

পাণ্ডে ঘাট

ফুটা ঘাট

প্রভু ঘাট

প্রহ্লাদ ঘাট

প্রয়াগ ঘাট

রাজ ঘাট

রাজা গ্বালিয়র ঘাট

রাজেন্দ্র প্রসাদ ঘাট

রাম ঘাট
রানা মহল ঘাট
রেওন ঘাট
সাকা ঘাট
সংকঠা ঘাট
সর্বেশ্বর ঘাট
সিন্ধিয়া ঘাট
শীতলা ঘাট
শিবালা ঘাট
সীতলা ঘাট
সোমেশ্বর ঘাট
টেলিয়ানালা ঘাট
ত্রিলোচনা ঘাট
ত্রিপুরা ভৈরবী ঘাট
তুলসী ঘাট
ভাচ্চরাজা ঘাট
বেনীমাধব ঘাট
বিজয়নগরাম ঘাট

# পঞ্চম পরিচ্ছেদ

নৌকাবিহার শেষ হতে প্রায় দেড় ঘণ্টা কেটে গেল। ঘাটে ফিরে এসে মৈথিলী ডঃ জেরেমিকে তার সঙ্গে চা খাওয়ার আমন্ত্রণ জানাল। সকালবেলা ঘুম থেকে ওঠার পর সে কিছুই খায়নি। চায়ের উষ্ণতা তার শরীরের সঙ্গে সঙ্গে মনকেও আরও খানিকটা শান্ত করে দিল।

চা হাতে নিয়ে বসতেই মৈথিলীর মনে এক স্বাভাবিক কৌতূহল জেগে উঠল। ডঃ জেরেমিকে সে আরও একটু জানতে চাইল। কেন তিনি এতদিন কাশীতে থেকে গেলেন? কেন ভারতের অন্য শহরগুলো ঘুরে দেখার ইচ্ছে তার হল না? এটাই কি মোক্ষের খোঁজ, নাকি নিছক শান্তির আকাঙ্ক্ষা?

ডঃ জেরেমিও যেন এই আলাপের অপেক্ষাতেই ছিলেন। তিনি ধীরে ধীরে নিজের জীবনের গল্প বলতে শুরু করলেন।

"আমি গুজরাটের এক ভারতীয় মহিলাকে বিয়ে করেছিলাম। আমাদের দুটি সন্তানও হয়। কিন্তু দশ বছর পর আমাদের বিবাহ বিচ্ছেদ হয়ে যায়। সেটা আমার জীবনের খুব তিক্ত এক অধ্যায় ছিল।" কিছুক্ষণ চুপ করে থেকে তিনি আবার বললেন, "তবে জীবন থেমে থাকে না। শেষ পর্যন্ত, পঞ্চাশ বছর বয়সে আমি আমার হৃদয়ের পরম বন্ধু খুঁজে পাই। তিনি একজন অসাধারণ স্প্যানিশ মহিলা।"

জেরেমির কণ্ঠে তখন কোনও অভিযোগ ছিল না, ছিল না আক্ষেপের ভার। ছিল শুধু গ্রহণ আর অভিজ্ঞতার নীরব পরিণতি। মৈথিলী মন দিয়ে শুনছিল। অজান্তেই সে বুঝতে পারছিল, দুজন ভিন্ন মানুষের জীবনের ভিন্ন ক্ষত কোথাও এসে এক সুতোয় বাঁধা পড়ছে।

তাঁর গল্প শোনার পর মৈথিলীর মনে এক ধরনের প্রশান্তি ফিরে এল। জীবন কখনও থেমে থাকে না, এই উপলব্ধি তাকে আবার মনে করিয়ে দিল। জীবন তার নিজস্ব নিয়মে এগিয়ে চলে, এমনকি প্রিয় জীবনসঙ্গীকে হারানোর পরও।

কৌতূহল থেকে মৈথিলী প্রশ্ন করল, "আপনি নিজের দেশে ফিরে যাননি কেন। কাশীকেই কেন নিজের গৃহ হিসেবে বেছে নিলেন।"

ডঃ জেরেমি মৃদু হেসে তাঁর যাত্রার কথা স্মরণ করলেন।

"তুমি বলতে পারো, এটা এক ধরনের কাকতালীয় ঘটনা। আমি প্রথমে পর্যটক হিসেবেই ভারতে এসেছিলাম। কিছুদিন দক্ষিণ দিল্লিতে থেকেছি, কাজ করেছি, আর গরমের সময় ভারতের বিভিন্ন জায়গা ঘুরে দেখেছি। হরিদ্বার, ঋষিকেশ, মুসৌরি, মানালি, এমনকি কলকাতাও। হিন্দি ভাষাও শিখেছি। হিমালয়ে যাওয়ার পরিকল্পনাও ছিল।" তিনি একটু থেমে গঙ্গার দিকে তাকালেন, তারপর বললেন,

“কিন্তু যখন কাশীতে এলাম, এখানকার প্রাণবন্ত উৎসব আমাকে মুগ্ধ করে ফেলল। প্রতিদিন নতুন মানুষের সঙ্গে দেখা, প্রতিদিন নতুন কোনও উৎসবের আহ্বান। এই শহর যেন আমাকে ধীরে ধীরে নিজের মধ্যে টেনে নিল। আর আমি বুঝতে পারলাম, আমি আর কোথাও যেতে চাই না।”

তাঁর কথার মধ্যে কোনও নাটকীয়তা ছিল না। ছিল শুধু এক মানুষের নিজের জায়গা খুঁজে পাওয়ার শান্ত স্বীকারোক্তি।

মৈথিলী নীরবে শুনছিল। তার মনে হচ্ছিল, কাশী শুধু শহর নয়, কারও কারও জন্য সত্যিই এক আশ্রয়।

মৈথিলী তখন বুঝে ফেলল, এটাই সেই ‘রস’, যা ডঃ জেরেমিকে কাশীর সঙ্গে বেঁধে রেখেছে। এক অনন্য শক্তি যেন তাঁকে ঘিরে আছে। সেই শক্তি তাঁকে দিয়েছে প্রশান্তি, দিয়েছে এক গভীর আধ্যাত্মিক অনুভব। আর সেই অনুভবের স্পর্শ মৈথিলীর মনকেও নিঃশব্দে আন্দোলিত করে দিল।

ডঃ জেরেমির জীবনদর্শন আর কাশীর উপস্থিতি মিলিয়ে মৈথিলীর জীবনে এক নতুন অর্থ যোগ হল। তার ভেতরে জন্ম নিল এক নরম অথচ গভীর অনুপ্রেরণা। সে বুঝতে পারল, কিছু জায়গা শুধু বসবাসের জন্য নয়। তারা মানুষকে বদলে দেয়, তাকে নিজের সঙ্গে নতুনভাবে পরিচয় করিয়ে দেয়।

চা শেষ করে মৈথিলী ধীরে ধীরে তার ভাড়াবাড়ির দিকে হাঁটতে শুরু করল। হাঁটার সঙ্গে সঙ্গে তার ভেতরে এক নতুন জীবনশক্তির উচ্ছ্বাস আজ সে টের পেল। মনে হল, বহুদিন পর তার বুকের ভেতর কোথাও যেন হালকা বাতাস বইছে।

মৈথিলী ঠিক করে নিল, প্রতিদিন ভোরে সে আসি ঘাটে আসবে। সকালবেলার আরতি আর যজ্ঞানুষ্ঠানে অংশ নেবে। ঘাটটি তার বাড়ি থেকে হাঁটার দূরত্বেই। আজ যে শান্তি আর আধ্যাত্মিক অনুভব তার ভেতরে নেমে এসেছে, তার কোনও মূল্য নির্ধারণ করা যায় না।

তার মনে হল, যদি ডঃ জেরেমির মতো একজন বিদেশি মানুষ বারাণসীতে জীবনের রস খুঁজে পেতে পারেন, তা হলে তার নিজের পক্ষে তা না পাওয়ার কোনও কারণ নেই। কাশী যেন ধীরে ধীরে তাকে ডেকে নিচ্ছে। আর সে ডাকে সাড়া দেওয়ার জন্য মৈথিলীও প্রস্তুত আজ।

মৈথিলীর মনে বারবারই ভেসে উঠছিল একটাই অনুভূতি, কাশী তাকে ডেকেছিল। সেই ডাক উপেক্ষা করার আর কোনও ইচ্ছে তার রইল না।

সে স্থির করল, এই আহ্বানে সাড়া দেবে। এই প্রাচীন শহরের বুকেই সে নিজের অস্তিত্বের মানে খুঁজে নেবে, ধীরে ধীরে, নিঃশব্দে, নিজের মতো করে।

সকালে জলখাবার সেরে মৈথিলী ল্যাপটপ খুলে বসল। বারাণসী শহরের একটি ভালো গাইডবুক খুঁজতে শুরু করল সে। খুঁজতে খুঁজতে হঠাৎ তার মনে হল, এতদিন অহেতুক অলসতায় কতগুলো দিন সে নষ্ট করে ফেলেছে। মনে মনে এক মুহূর্তের জন্য অনুশোচনাও জাগল। কিন্তু সেই অনুভূতিকে সে সঙ্গে সঙ্গেই ঝেড়ে ফেলল। পিছনে তাকানোর আর কোনও প্রয়োজন নেই।

আজ মৈথিলী দৃঢ়প্রতিজ্ঞ। কাশীর রহস্য সে উন্মোচন করবেই। সে নিজেকে প্রশ্ন করল, কেন সে এখানে এসেছে? কে তাকে ডেকেছে? এই প্রাচীন শহরে আসার তার আসল উদ্দেশ্য-ই বা কী?

ল্যাপটপের পর্দার দিকে তাকিয়ে থাকতে থাকতে মৈথিলীর মনে হল, উত্তরগুলো হয়তো বইয়ে লেখা নেই। সেগুলো লুকিয়ে আছে ঘাটের সিঁড়িতে, গঙ্গার ঢেউয়ে, ভোরের আরতির ধ্বনিতে, আর এই শহরের নিঃশ্বাসে। আর সেই উত্তর খুঁজে নেওয়ার জন্য সে এখন প্রস্তুত।

নতুন উদ্যম নিয়ে মৈথিলী তার ফোনে একটি স্ট্রিট ম্যাপ ডাউনলোড করল। তারপর বেরিয়ে পড়ল পথে, কেন্দ্রীয় গ্রন্থাগারের উদ্দেশে, যা বিখ্যাত বি এইচ ইউ ক্যাম্পাসের ভেতরে অবস্থিত। রাস্তায় হাঁটতে হাঁটতে তার মনে হচ্ছিল, আজ সে শুধু তথ্য খুঁজতে বেরোয়নি, নিজের ভেতরের প্রশ্নগুলোর দিকেও এগিয়ে চলেছে।

প্রায় আধঘণ্টার মধ্যেই সে গ্রন্থাগারে পৌঁছে গেল। বিশাল প্রাঙ্গণ আর নীরব পরিবেশ তাকে স্বাগত জানাল। গ্রন্থাগারের অবস্থান নিশ্চিত করার পর সে একজন অফিসারের কাছে এগিয়ে গেল। বিনীতভাবে জানাল, বারাণসী শহর সম্পর্কে যতটা সম্ভব জানতে সে আগ্রহী। ইতিহাস, সংস্কৃতি, আধ্যাত্মিকতা সবকিছুই সে জানতে চায়।

অফিসারের মুখে সহায়তার আশ্বাস পেয়ে মৈথিলীর মনে এক অদ্ভুত তৃপ্তি এল। মনে হল, কাশী সত্যিই তার জন্য দরজা খুলতে শুরু করেছে।

মৈথিলী ইতিমধ্যেই ইন্টারনেট থেকে বি. এইচ. ইউ-র ইতিহাস সম্পর্কে কিছুটা ধারণা পেয়েছিল।

বারাণসী হিন্দু বিশ্ববিদ্যালয়ের গ্রন্থাগার দেশের বৃহত্তম বিশ্ববিদ্যালয় গ্রন্থাগারগুলোর একটি। এর সূচনা হয়েছিল একটি ছোটো কিন্তু মূল্যবান সংগ্রহ থেকে, যা প্রয়াত বিচারপতি কাশীনাথ ত্রিম্বক তেলাং-এর স্মরণে তাঁর পুত্র প্রফেসর পি. কে. তেলাং দান করেছিলেন। এই সংগ্রহটি কেন্দ্রীয় হিন্দু কলেজ, কামাছার তেলাং হলে সংরক্ষিত ছিল। এই গ্রন্থাগারের প্রথম দিকের লালনপালন করেছিলেন খ্যাতিমান ঐতিহাসিক স্যার যদুনাথ সরকার। পরবর্তীকালে ডঃ এস. আর. রঙ্গনাথন, ভারতের গ্রন্থাগার আন্দোলনের জনক, ডঃ জে. এস. শর্মা এবং প্রফেসর পি. এন. কৌলার মতো ব্যক্তিত্বরা এর লাইব্রেরিয়ান ছিলেন।

গ্রন্থাগারটি প্রথমে কেন্দ্রীয় হিন্দু কলেজ, কামাছায় স্থাপন করা হয়েছিল। পরে ১৯২১ সালে এটি আর্টস কলেজ (বর্তমানে ফ্যাকাল্টি অফ আর্টস)-এর কেন্দ্রীয় হলে স্থানান্তরিত হয়। এরপর ১৯৪১ সালে এটি বর্তমান ভবনে স্থান পায়। বর্তমান রাজকীয় ভবনটি ১৯২৭ সালে প্রতিষ্ঠিত হয় এবং ১৯৩১ সালে লন্ডনে অনুষ্ঠিত গোল টেবিল সম্মেলন থেকে ফিরে মহামনা পণ্ডিত মদন মোহন মালব্যজীর পরামর্শে ব্রিটিশ মিউজিয়ামের ধাঁচে এটি নির্মাণ করা হয়। এর বৃত্তাকার পাঠকক্ষটি বার্মা টিক কাঠ দিয়ে তৈরি চমৎকার আসবাবে সজ্জিত।

প্রফেসর পি. কে. তেলাং-এর দানকৃত ছোট্ট কিন্তু মূল্যবান সংগ্রহ থেকে শুরু করে, এই গ্রন্থাগারটি দ্রুত সমৃদ্ধ হতে থাকে। দেশের বিশিষ্ট ব্যক্তিত্ব এবং পরিবারের কাছ থেকে অনুদান হিসেবে নগদ ও সংগ্রহ পেয়ে এটি ১৯৩১ সালের মধ্যেই উল্লেখযোগ্য পরিমাণ বই এবং জার্নাল অর্জন করে। লালা শ্রী রাম (দিল্লি), স্যার অশ্বত্থ চৌধুরী (কলকাতা), শেঠ রূপমাল গোয়েঙ্কা (কলকাতা), জামনালাল বাজাজ (ওয়ার্ধা), কানজি মুলজি (মুম্বাই) প্রমুখের দান গ্রন্থাগারকে সমৃদ্ধ করেছে। এমনকি আঠারো শতকের বিরল বই এবং জার্নালের সংগ্রহও এর গর্ব।

এই সব তথ্য মৈথিলীর মনে কৌতূহল আরও বাড়িয়ে দিল। সে বুঝতে পারল, কাশীর ইতিহাস এবং সংস্কৃতি জানার জন্য এই গ্রন্থাগারই হল শ্রেষ্ঠ জায়গা।

অফিসারটি লক্ষ করলেন যে, মৈথিলী একজন ছাত্র, গবেষক বা এমনকি ভারতীয় নাগরিকও নন। তার ভ্রমণের উদ্দেশ্য বুঝতে এবং প্রয়োজনীয় কাগজপত্র নিরক্ষণ সম্পূর্ণ করতে একঘণ্টার মতো সময় লাগল। অবশেষে, অনুমতি পাওয়ার পর মৈথিলী পত্রিকা এবং জার্নাল ঘাঁটতে শুরু করল, যা সাল অনুযায়ী সাজানো ছিল। তবে মৈথিলী দ্রুতই বুঝতে পারছিল যে, তার কারওর সাহায্যের প্রয়োজন, কারণ সে বুঝতে পারছিল না, সে ঠিক কি খুঁজে চলেছে।

মৈথিলীর ডঃ জেরেমির কথা মনে হল। তিনি হয়তো এই শহরের পথপ্রদর্শক হতে পারতেন, কিন্তু তিনি সবসময় নিজের কাজে ব্যস্ত থাকেন। মৈথিলী বুঝতে পারছিল, বারাণসীর রহস্য উদ্ধার করা একান্তই তার নিজস্ব দায়িত্ব।

মৈথিলী কাজের মধ্যে ডুবে থাকা অবস্থায় লক্ষ করছিল, কাছেই একজন ভদ্রলোক তার এবং অফিসারের কথোপকথন শুনছেন। লাইব্রেরিটি বিশাল, প্রায় মিউজিয়ামের মতো, যেখানে ছড়িয়ে ছিটিয়ে ছাত্রছাত্রীরা পড়াশোনা করছিল। তাদের মধ্যে কিছু বিদেশি ছাত্র এবং কয়েকজন মধ্যবয়সী মানুষও ছিলেন, সম্ভবত তাঁরা নিজেদের গবেষণার কাজ করছিলেন।

তখনই সেই ব্যক্তি তার কাছে এগিয়ে এসে ভদ্রভাবে বললেন, “ম্যাডাম, যদি কিছু মনে না করেন, আমি কি আপনাকে সাহায্য করতে পারি?”

অচেনা ব্যক্তির কাছ থেকে এমন একটি প্রস্তাব শুনে মৈথিলী খানিকটা অবাক হল। তবে তার সত্যিই সাহায্যের প্রয়োজন ছিল। সতর্কতার সঙ্গে সে জিজ্ঞেস করল, "আমি কি আপনার নাম জানতে পারি এবং এখানে আপনার আসার কারণ কী?"

লোকটি একটু এগিয়ে এসে নরম হাসি দিয়ে বললেন, "এই প্রশ্নগুলো তো আমার করা উচিত ছিল, তাই না?"

মৈথিলী তার সরাসরি প্রশ্ন করার জন্য কিছুটা অস্বস্তি বোধ করল, "ওহ, হ্যাঁ, আমি দুঃখিত। আমার ওভাবে বলার উদ্দেশ্য ছিল না; আমি কেবল জানতে চেয়েছিলাম আপনি কীভাবে আমাকে সাহায্য করতে পারেন।"

মৈথিলী ভদ্রলোকটির দিকে তাকিয়ে একটু হাসল এবং খানিকটা স্বস্তি পেল।

"ম্যাডাম, আমি ডঃ বিশাল যাদব," তিনি উৎসাহ সহকারে বললেন, "আমি আগে এখানে একজন ছাত্র ছিলাম এবং পরে বি. এইচ. ইউ-তে অধ্যাপক হিসেবে কাজ করেছি। যদিও এখন অন্যত্র কাজ করি, বারাণসীতে আমি অনেক বছর কাটিয়েছি এবং এখনও প্রায়ই এখানে আসি। আপনার এবং অফিসারের কথোপকথন শুনে মনে হল, আপনি স্থানীয় নন। তাই ভাবলাম আপনাকে সাহায্য করার প্রস্তাব দিই।"

মৈথিলী এক ধরনের স্বস্তি অনুভব করল। সে বারাণসীতে এসেছে এক অজানা প্রশ্নের উত্তর খুঁজতে, আর ডঃ বিশালের সঙ্গে এই সাক্ষাৎ যেন কাশীর রহস্য উন্মোচনের প্রথম পদক্ষেপ বলে মনে হল তার কাছে।

মৈথিলী সংক্ষেপে নিজের পরিচয় দিল এবং জানাল, কাশী সম্পর্কে সে বিশেষভাবে জানতে চায় কিন্তু কোথা থেকে শুরু করবে, সে বিষয়ে তার দিক নির্দেশন প্রয়োজন।

ডঃ বিশাল শান্ত স্বরে বললেন, “ম্যাডাম, আপনার উত্তর আপনাকেই খুঁজে নিতে হবে। আমি শুধু আপনাকে পথটা দেখাতে পারি। বারাণসী কোনও সাধারণ শহর নয়। এটি একটি আজীবনের যাত্রা। এর রহস্য অল্প সময়ে উন্মোচন করা যায় না।”

তিনি একটু থেমে আবার বললেন, “আমার পরামর্শ হবে, বিভিন্ন জায়গায় ঘুরুন। স্থানীয় মানুষের সঙ্গে কথা বলুন। যতটা সম্ভব পড়াশোনা করুন। ইতিহাস, সংস্কৃতি, বিশ্বাস, সবকিছু ধীরে ধীরে আপনার সামনে নিজেই খুলে যাবে। তখন হয়তো আপনি এই শহরটিকে একটু একটু করে বুঝতে শুরু করবেন।”

তার কণ্ঠ আরও গভীর হয়ে উঠল, “তবে একটি কথা মনে রাখবেন। বারাণসীকে সত্যিকারভাবে জানতে হলে আপনাকে হয়তো বারবার ফিরে আসতে হবে। এই প্রাচীন শহরকে বোঝার জন্য এখানে দীর্ঘ সময় বসবাস করা প্রয়োজন। কাশী ধীরে ধীরে

নিজের কথা বলে। যারা ধৈর্য ধরে শোনে, কেবল তারাই তার আসল রূপ দেখতে পায়।”

ডঃ বিশালের কথাগুলো মৈথিলীর মনে গভীর ছাপ ফেলল। মনে হল, সে কেবল তথ্য খুঁজতে আসেনি। সে এক দীর্ঘ যাত্রার শুরুতে দাঁড়িয়ে আছে।

মৈথিলী তখনও পুরোপুরি নিশ্চিত হতে পারছিল না। তাই আবার জিজ্ঞেস করল,

“তা হলে আমি কোথা থেকে শুরু করব?”

ডঃ বিশাল নরম করে হাসলেন। সেই হাসির ভেতরে ছিল অভিজ্ঞতার নিশ্চিন্ততা।

“এই শহর তার লিখিত ইতিহাসের থেকেও অনেক পুরোনো। এর ঐতিহ্য, সংস্কৃতি আর পুরাণ আপনার কল্পনারও বাইরে। বারাণসীতে রয়েছে চৌষট্টি যোগিনী, বারোটি সূর্য, ছাপ্পান্নটি সিদ্ধিবিনায়ক, আটটি ভৈরব, বিয়াল্লিশটি শিবলিঙ্গ, নয়টি দুর্গা, বারোটি জ্যোতির্লিঙ্গ আর নয়টি গৌরী মহালিঙ্গম। এই শহরকে একটি শব্দে ব্যাখ্যা করা প্রায় অসম্ভব।”

তিনি একটু থেমে যোগ করলেন, “আমার পরামর্শ, কালভৈরব মন্দির থেকে শুরু করুন। তারপর কাশী বিশ্বনাথ মন্দিরে যান। সেখান থেকে বাকি পথ এই শহর নিজেই আপনাকে দেখিয়ে দেবে। আপনি অনুভব করবেন, এরপর কী করতে হবে।”

ডঃ বিশালের কথা শুনে মৈথিলীর ভেতরে নতুন এক আলো জ্বলে উঠল। সে বুঝে নিল, বারাণসী তার সামনে একটি বিশাল ক্যানভাসের মতো। আর তার যাত্রা তো সবে শুরু হয়েছে মাত্র।

দুপুর বারোটা ত্রিশ নাগাদ মৈথিলী বুঝে নিল, এবার বাড়ি ফেরার সময় হয়ে এসেছে। ফিরতে আরও আধঘণ্টার মতো লাগবে। যাওয়ার আগে সে ডঃ যাদবের যোগাযোগ নম্বর চেয়ে নিল এবং বিনীতভাবে জানতে চাইল, ভবিষ্যতে প্রয়োজনে গাইডেন্সের জন্য তিনি যোগাযোগ রাখতে পারবেন কি না। ডঃ যাদবের সম্মতিসূচক হাসি তাকে আশ্বস্ত করল।

লাইব্রেরি থেকে বেরিয়ে মৈথিলী এক মুহূর্ত থেমে চারপাশটা দেখল। বি এইচ ইউ ক্যাম্পাসটি বিশাল, শান্ত আর স্নিগ্ধ। ব্যস্ত শহরের মাঝখানে যেন একখণ্ড নিরিবিলি জগৎ। গাছপালার ছায়া, প্রশস্ত রাস্তা আর নীরব পরিবেশ তার মনে অদ্ভুত প্রশান্তি এনে দিল। তারপর সে ক্যাম্পাসের গেট পেরিয়ে বাইরে বেরিয়ে এল, আর মুহূর্তের মধ্যেই ভিড়ের স্রোতে মিশে গেল। বারাণসী চিরকালই জীবন্ত। দিন হোক বা রাত, এই শহরের রাস্তাগুলো কখনও নিস্তব্ধ হয় না।

হাঁটতে হাঁটতেই মৈথিলী ঠিক করল, পরের দিন সকালে সে কালভৈরব মন্দিরে যাবে। ডঃ বিশালের কথাগুলো তার মনে তখনও স্পষ্ট।

লাঞ্চ আর ডিনারের মাঝের সময়টা সে পড়াশোনা করে কাটাল। বারাণসী সম্পর্কে গভীর মনোযোগে পড়তে শুরু করল, এই আশায় যে এই জ্ঞান তার যাত্রার দিশা আরও স্পষ্ট করবে। বইয়ের পাতায় ডুবে থাকতে থাকতে তার দিন ব্যস্ততায় ভরে উঠল। অজান্তেই সে টের পেল, সন্দীপকে হারানোর গভীর শোক ধীরে ধীরে একটু করে ম্লান হয়ে আসছে।

আসলে, সময়ই একমাত্র মহৌষধ। যে ওষুধ কোনও শব্দ করে না, কোনও প্রতিশ্রুতি দেয় না, শুধু ধীরে ধীরে আমাদের প্রতিটি বেদনাকে সহনীয় করে তোলে।

# ষষ্ঠ পরিচ্ছেদ

মৈথিলী প্রতিদিনের মতোই ভোরে জেগে উঠল। নিজের যোগব্যায়াম শেষ করে স্নান সেরে সে মন্দিরে যাওয়ার জন্য প্রস্তুত হল। ভোরের আলো তখনও নরম, আর তার মনটাও অনেকটা স্থির।

কালভৈরব মন্দির নিয়ে কাশীতে এক গভীর বিশ্বাস প্রচলিত। বলা হয়, যিনি বারাণসী ভ্রমণে আসেন, তাঁর প্রথমেই এই মন্দিরে যাওয়া উচিত। কারণ কালভৈরবকে কাশীর রক্ষাকর্তা হিসেবে মানা হয়। এই মন্দির দর্শন যেন কাশীর পথে চলার জন্য এক ধরনের অনুমতি। অনেকেই একে বলেন সুরক্ষিত যাত্রার প্রথম দ্বার।

মৈথিলী আগেই কালভৈরব মন্দিরের গল্প পড়ে রেখেছিল। আজ সে সেই পড়া গল্পকে বাস্তবের সঙ্গে মিলিয়ে দেখতে চাইছিল। নিজের চোখে মন্দিরটি দেখতে, আর কালভৈরবের আশীর্বাদ নিয়ে পরবর্তী যাত্রা শুরু করতে চাইছিল সে।

কালভৈরব মন্দির উত্তরপ্রদেশের বারাণসীতে অবস্থিত একটি প্রাচীন হিন্দু মন্দির। এটি শহরের অন্যতম পুরোনো মন্দির এবং সম্পূর্ণরূপে কালভৈরবকে উৎসর্গীকৃত। 'কাল' শব্দের অর্থ সময় ও মৃত্যু। বিশ্বাস করা হয়, শিব তখনই কালভৈরব রূপ ধারণ করেছিলেন, যখন ধ্বংস অনিবার্য হয়ে উঠেছিল। কাশী ছিল

শিবের প্রিয় নগরী। তাই তিনি কালভৈরবকে এই শহরের রক্ষাকর্তা নিযুক্ত করেন এবং প্রয়োজনে কাশীর মানুষের শাস্তি দেওয়ার অধিকারও দেন।

মন্দিরের অভ্যন্তরে কালভৈরবের একটি রূপালী মূর্তি রয়েছে। তাঁর সঙ্গে উপস্থিত রয়েছে তাঁর বিশ্বস্ত বাহন কুকুর, শ্বন, যদিও কিছু কাহিনিতে এই বর্ণনা ভিন্নভাবে উঠে আসে। তবু ভক্তদের বিশ্বাসে কোনও দ্বিধা নেই। অনেকের মতে, কালভৈরব মন্দিরে না গেলে বারাণসী ভ্রমণ অসম্পূর্ণই থেকে যায়।

মন্দিরের পথে হাঁটতে হাঁটতে মৈথিলীর মনে হচ্ছিল, সে শুধু একজন দর্শনপ্রার্থী নয়, সে যেন কাশীর কাছে নিজের উপস্থিতির অনুমতি চাইতে যাচ্ছে।

## কাশীতে কালভৈরব মন্দিরের উৎপত্তি

কাশীর কালভৈরব মন্দিরের উৎপত্তি হিন্দু পুরাণ এবং কিংবদন্তির সঙ্গে গভীরভাবে জড়িত। এই কাহিনি অনুসারে, সৃষ্টির পর, সৃষ্টিকর্তা ব্রহ্মা এবং সংরক্ষক বিষ্ণুর মধ্যে সর্বোচ্চ কে তা নিয়ে তীব্র বিতর্ক শুরু হয়। তাঁদের এই বিবাদের সময়, হঠাৎ একটি বিশাল অগ্নিময় স্তম্ভ তাঁদের সামনে আবির্ভূত হয়, যা তাঁদের ক্ষমতাকে চ্যালেঞ্জ করে। নিজের শ্রেষ্ঠত্ব প্রমাণ করার জন্য, উভয়েই স্তম্ভের শুরু এবং শেষ খুঁজে বের করার চেষ্টা করেন, কিন্তু কেউই সফল হননি।

তখন প্রলয়ের দেবতা শিব, এক ভয়ঙ্কর এবং শক্তিশালী রূপে প্রকাশিত হন, যা **কালভৈরব** নামে পরিচিত। আসলে সেই অগ্নিময় স্তম্ভটি ছিল শিবেরই প্রকাশ, যা তিনি তাঁর অন্যান্য দেবতাদের উপর শ্রেষ্ঠত্ব দেখানোর জন্য সৃষ্টি করেছিলেন। এই ঘটনাই প্রমাণ করে যে, শিবই পরম দেবতা, আর তাঁর কালভৈরব রূপ তাঁর শক্তির প্রতীক।

ধারণা করা হয়, এই ঐশ্বরিক ঘটনার স্থানই আজকের বারাণসীর কালভৈরব মন্দির। এই মন্দির গঙ্গা নদীর কাছে এবং আর-একটি গুরুত্বপূর্ণ তীর্থস্থান, বিশ্বনাথ মন্দিরের নিকটে অবস্থিত।

যদিও আসল কালভৈরব মন্দিরটি বহু প্রাচীন, বর্তমানে বিদ্যমান কাঠামোটি ষোড়শ শতকে পুনর্নির্মাণ করা হয়। মনে করা হয়, প্রাচীন মন্দিরটি উত্তর ভারতের আক্রমণের সময় ধ্বংস হয়ে গিয়েছিল। কিংবদন্তি অনুসারে, দেবী সতীর একটি অংশ এই স্থানে পড়ে যায়, যা একটি 'পিণ্ড' তৈরি করে। শিব তখন কালভৈরবকে কাশীর রক্ষক নিযুক্ত করেন, যাতে দেবী সতীর দেহের অংশটি সুরক্ষিত থাকে। সেই স্থানটি পরে **বিশালাক্ষী মন্দির** নামে পরিচিত হয়, এবং এটি সতীর ৫১টি শক্তিপীঠের একটি।

আজ, কালভৈরব মন্দির ভক্তদের আশীর্বাদ এবং সুরক্ষা লাভের জন্য একটি গুরুত্বপূর্ণ স্থান। শিবের এই ভয়ঙ্কর রূপের সঙ্গে সংযোগ স্থাপন করতে অসংখ্য তীর্থযাত্রী ও পর্যটক এখানে

আসেন। এর প্রাচীন ঐতিহ্য এবং আধ্যাত্মিক তাৎপর্য কাশীর ধর্মীয় জীবনের একটি অপরিহার্য অংশ হয়ে রয়েছে, যা সারা বিশ্বের ভক্তদের আকর্ষণ করে।

## কালভৈরব মন্দিরের অবস্থান

কালভৈরব মন্দির ভারতের উত্তরপ্রদেশের বারাণসীর বিশেস্বরগঞ্জ এলাকায় অবস্থিত। এটি পবিত্র গঙ্গা নদীর দক্ষিণ তীরে অবস্থিত এবং বারাণসীর অন্যতম গুরুত্বপূর্ণ ও পূজনীয় মন্দির কাশী বিশ্বনাথ মন্দির থেকে মাত্র ১ কিলোমিটার দূরে।

## কালভৈরব মন্দিরের স্থাপত্য

কালভৈরব মন্দির বারাণসীতে প্রচলিত ঐতিহ্যবাহী নাগরা স্থাপত্যশৈলীতে নির্মিত। মন্দিরের প্রাঙ্গণের কেন্দ্রে কালভৈরবের মূল মন্দিরটি দাঁড়িয়ে আছে। কালভৈরবের মূর্তিটি রূপালী মুখযুক্ত, হাতে ত্রিশূল এবং তার বাহন বা যানবাহনের উপর বসানো। ভয়ঙ্কর রূপের এই শিবের মূর্তিতে তার গলায় খুলি মালা ও ময়ূরের পালক রয়েছে। মন্দিরে প্রবেশ করার পর, দর্শনার্থীরা মূর্তির সজ্জিত মুখ দেখতে পান, তবে মূর্তির বাকি অংশ কাপড় দিয়ে আবৃত থাকে। মন্দিরের পিছনের দরজায় কালভৈরবের আর-একটি ভিন্ন রূপের মূর্তি রয়েছে।

মন্দিরের বাইরের দেওয়ালগুলিতে হিন্দু পুরাণের বিভিন্ন দৃশ্য, বিশেষ করে কালভৈরব ও অন্যান্য দেবতাদের কাহিনি, খোদাই

করা থাকতে পারে। মন্দিরের স্থাপত্য কাশীর সমৃদ্ধ সাংস্কৃতিক ঐতিহ্যকে প্রতিফলিত করে এবং উত্তর ভারতের হিন্দু মন্দিরের ঐতিহ্য অনুসারে তৈরি। এর অনন্য বৈশিষ্ট্য ও গভীর ভক্তির পরিবেশের জন্য, মন্দিরটি ভক্তদের আশীর্বাদ ও সুরক্ষা লাভের এক জনপ্রিয় তীর্থস্থান।

### যমের সঙ্গে সংযোগ

কিছু ঐতিহ্যে কালভৈরবকে মৃত্যুর দেবতা যমের সঙ্গেও যুক্ত করা হয়। বিশ্বাস করা হয়, তিনি জীবনের এবং মৃত্যুর চক্র বজায় রাখেন এবং তার ভক্তদের মৃত্যুর ভয় দূর করার ক্ষমতা রাখেন।

### ভৈরব অষ্টমী

মন্দিরের সবচেয়ে গুরুত্বপূর্ণ উৎসব হল ভৈরব অষ্টমী বা কালভৈরব জয়ন্তী। এই উৎসবটি মার্গশীর্ষ মাসের কৃষ্ণপক্ষের অষ্টমী তিথিতে পালিত হয়, যা সাধারণত ডিসেম্বর মাসে পড়ে। এই সময়ে, ভক্তরা বিশেষ প্রার্থনা এবং আশীর্বাদ লাভের জন্য মন্দিরে ভিড় করেন।

### মদ্য নিবেদন

কালভৈরব মন্দিরে পূজার একটি বিশেষ বৈশিষ্ট্য হল দেবতাকে মদ্য নিবেদন করা। ভক্তদের বিশ্বাস, এই নিবেদন তাদের

অহংকার এবং কামনার আত্মসমর্পণ এবং কালভৈরবের সুরক্ষা ও আত্মিক মুক্তির জন্য একটি প্রার্থনা।

## প্রাচীনতা

মন্দিরটির সঠিক নির্মাণকাল নির্দিষ্ট নথিভুক্ত নয়, তবে এটি শতাব্দী প্রাচীন এবং এটি একটি পূজনীয় তীর্থস্থান। মন্দিরটি বিভিন্ন ঐতিহাসিক গ্রন্থ এবং শাস্ত্রে উল্লেখিত, যা এর ঐতিহাসিক গুরুত্বকে বৃদ্ধি করেছে।

## তীর্থযাত্রা ও সুরক্ষা

ভারত এবং বিদেশ থেকে ভক্তরা কালভৈরব মন্দিরে এসে আশীর্বাদ, সাহস, এবং কালভৈরবের সুরক্ষা চান। যাঁরা বাধা অতিক্রম করতে এবং ভেতরের শক্তি অর্জন করতে চান, তাদের জন্য এই মন্দিরটি গভীর আধ্যাত্মিক তাৎপর্য বহন করে।

এই পৌরাণিক কাহিনি এবং বিশ্বাস কালভৈরব মন্দিরকে একটি পূজনীয় স্থান হিসেবে প্রতিষ্ঠিত করেছে। বারাণসীর এই পবিত্র মন্দিরটি ভক্তদের কাছে ভয়ংকর শিবের রূপে থাকা কালভৈরবের আশীর্বাদ লাভ এবং ঐশ্বরিক শক্তি অনুভবের এক বিশেষ গন্তব্য।

কাশীর কালভৈরব মন্দির দর্শনে মৈথিলী এক বড়ো চ্যালেঞ্জের মুখোমুখি হল। ভক্তদের দীর্ঘ লাইন, আর সেই ভিড় সামলাতে গিয়ে ব্যবস্থাপনার অব্যবস্থা সব মিলিয়ে পরিবেশ ছিল নিদারুণ পীড়াময়। যদিও আয়োজনের অভাব ছিল না, তবু ভিড়ের চাপ

সামলানো সহজ ছিল না। কানাডায় দীর্ঘদিন কাটানোর কারণে এমন ঘন ভিড়ের সঙ্গে মৈথিলীর পরিচয় প্রায় ছিল না। বারাণসীর সরু গলিগুলো তার কাছে অপরিচিত আর কিছুটা ভীতিকর লাগছিল। সব গলি যেন দেখতে একই রকম। কোনও স্পষ্ট দিকনির্দেশ বা মানচিত্র নেই, যার ভরসায় পথ খুঁজে নেওয়া যায়।

প্রধান মন্দিরে পৌঁছোতে তার প্রায় এক ঘণ্টা লেগে গেল। সেখানে পৌঁছে দেবতার দর্শন মিলল মাত্র কয়েক মুহূর্তের জন্য। কিন্তু সেই অল্প সময়টুকুই যেন অনেক কিছু বলে দিল। দর্শন শেষ করে, কালভৈরবের কাছে নিজের যাত্রার অনুমতি চেয়ে নিয়ে মৈথিলী গভীর নিঃশ্বাস নিল।

ঠিক সেই মুহূর্তেই তার মন আবার অন্তর্মুখী হয়ে উঠল। সন্দীপের হঠাৎ চলে যাওয়ার বেদনা নিঃশব্দে তার বুকে এক ক্ষীণ যন্ত্রণার সঞ্চার ঘটাল। কেন সে কাশীতে এসেছে, কী খুঁজতে এসেছে, সেই প্রশ্নগুলো আবার তার মনে ভিড় করতে লাগল।

মন্দির থেকে দর্শন করে বেরিয়ে আসার পর তার খুব খিদে পাচ্ছিল। সে আশেপাশে একটু স্বাস্থ্যকর খাবারের জায়গা খুঁজতে শুরু করল। হাঁটতে হাঁটতে তার চোখে পড়ল, বারাণসী কতটা বদলে গেছে। একদিকে প্রাচীন কাশী, তার ঐতিহ্য আর সংস্কৃতির গভীর ছাপ। অন্যদিকে আধুনিক বারাণসী, সময় আর উন্নতির ছোঁয়ায় বদলে যাওয়া এক নতুন রূপ। মাত্র কুড়ি বছর আগেও

এমন পরিবর্তনের কথা ভাবা কঠিন ছিল। তবু পরিবর্তন জীবনেরই অংশ, কখনও কখনও প্রয়োজনীয়ও।

মৈথিলী শেষবার কাশীতে এসেছিল প্রায় পনেরো বা কুড়ি বছর আগে। আজ শহরটিকে আবার নতুন চোখে দেখে সে বিস্মিত হল। তার স্মৃতির কাশীর সঙ্গে বর্তমান কাশীর অনেক পার্থক্য। তবু সেই পরিবর্তনের মাঝেও কোথাও যেন একই আত্মা বেঁচে আছে, যা নীরবে তাকে নিজের দিকে টেনে নিচ্ছে।

রাস্তা ধরে হাঁটতে হাঁটতে হঠাৎ মৈথিলীর মনে হল, তার পুত্রবধূর জন্য যদি একটি সুন্দর বেনারসি শাড়ি কেনা যায়। বেনারসের বেনারসি শাড়ি শুধু একটি পোশাক নয়, এটি এই শহরের চিরন্তন গরিমা ও ঐতিহ্যের বহমান প্রতীক।

প্রজন্মের পর প্রজন্ম ধরে যে শিল্প নিজেকে বাঁচিয়ে রেখেছে, তার প্রতিটি সুতোয় লুকিয়ে আছে এক ইতিহাস।

মৈথিলীর মনে হল, কোনও বস্তু তার উৎপত্তিস্থল থেকে কেনার অভিজ্ঞতাই আলাদা। সেখানে শুধু কেনাবেচা হয় না, আন্তরিকতা আর অনুভূতি জড়িয়ে থাকে।

সেই জায়গার বাতাস, মানুষের কথা, হাতের স্পর্শ সব মিলিয়ে জিনিসটি যেন আরও জীবন্ত হয়ে ওঠে। ঠিক যেমন বেনারস থেকে কেনা একটি বেনারসি শাড়ি, যা শুধু পোশাক নয়, এক আবেগের বহিঃপ্রকাশ।

## বেনারসি শাড়ির ইতিহাস

কাশীতে মানুষের বসবাসের প্রথম চিহ্ন আদি আর্য যুগে, মধ্য গঙ্গা উপত্যকায় পাওয়া যায়। পৃথিবীর প্রাচীনতম সভ্যতাগুলির একটি হিসেবে কাশীর ইতিহাস জুড়ে শিল্প, কারুশিল্প, সঙ্গীত, নৃত্য এবং নানা ধর্মীয় আচার গভীরভাবে জড়িয়ে আছে। এই দীর্ঘ সাংস্কৃতিক উত্তরাধিকারই বেনারসি শাড়িকে শুধু একটি বস্ত্র নয়, এক জীবন্ত ঐতিহ্যে রূপ দিয়েছে।

বেনারসি সিল্ক ও ব্রোকেড, সোনালি ও রূপালী সুতোর অলংকরণে সমৃদ্ধ, আজ কিংবদন্তির মর্যাদা পেয়েছে। যুগে যুগে বণিক আর শিল্পীরা এর সৌন্দর্য ও ঐতিহ্যের গল্প প্রজন্ম থেকে প্রজন্মে বয়ে এনেছেন। প্রতিটি শাড়ির নকশায়, প্রতিটি সুতোর বুননে সময়ের স্মৃতি আর শিল্পীর সাধনা মিশে থাকে।

বারাণসীর অন্যান্য ঐতিহ্যবাহী শিল্পকলা যেমন কাঠের খেলনা, কাচের সামগ্রী, হাতির দাঁতের কাজ, পিতলের শিল্পকর্ম আর হাতে তৈরি নানা দ্রব্য এই শহরের বয়নশিল্পী ও কারুশিল্পীদের অসাধারণ দক্ষতার পরিচয় দেয়। তবে বেনারসি শাড়ির স্থান আলাদা, কারণ এটি কাশীর আত্মার সঙ্গে গভীরভাবে যুক্ত।

বারাণসী বিশেষভাবে তার জোড়ি ও ব্রোকেড বস্ত্রের জন্য বিখ্যাত, যার সাহিত্যিক উল্লেখ উনিশ শতকে প্রথম পাওয়া যায়। সতেরো শতকে, ১৬০৩ সালের দুর্ভিক্ষের পর গুজরাট থেকে সিল্ক বোনারীরা কাশীতে এসে বসতি স্থাপন করেন। তাঁদের সঙ্গে আসে

নতুন বুননপ্রযুক্তি, যা স্থানীয় বয়ন প্রথাকে আরও সমৃদ্ধ করে তোলে।

উনিশ শতকে বারাণসী টেক্সটাইল উৎপাদনের এক প্রধান কেন্দ্রে পরিণত হয়। মুঘল যুগে, বিশেষ করে সম্রাট আকবরের পৃষ্ঠপোষকতায়, ব্রোকেড ও জরি শিল্প নতুন উচ্চতায় পৌঁছে যায়। সেই সময় থেকেই বেনারসি শাড়ি রাজকীয়তা, সৌন্দর্য আর চিরন্তন ঐতিহ্যের প্রতীক হয়ে ওঠে, যা আজও কাশীর পরিচয় বহন করে চলেছে।

## বেনারসি হাতের কাপড় শিল্পের ইতিহাস

চতুর্দশ শতকের দিকে, মুঘল যুগে, কাশীর বয়নশিল্পীরা সোনালি ও রূপালী জরি সুতোর ব্যবহারে সূক্ষ্ম সিল্ক কাপড় বুনতে শুরু করেন। সেই সময় থেকেই বেনারসি বস্ত্র ধীরে ধীরে রাজকীয় রুচি ও শিল্পনৈপুণ্যের প্রতীক হয়ে ওঠে। আঠারো ও উনিশ শতকে বারাণসীর টেক্সটাইল শিল্প আরও খ্যাতি ও পরিশীলিততা অর্জন করে।

এই সময়ে তৈরি শাড়িগুলিকে ভারতের সেরা শাড়ির মধ্যে গণ্য করা হতে থাকে। সোনালি ও রূপালী জরি, উৎকৃষ্ট মানের সিল্ক আর বিলাসবহুল হাতে বোনা নকশা এই শাড়িগুলিকে অনন্য করে তোলে। প্রতিটি শাড়ির বুননে শুধু সৌন্দর্য নয়, শিল্পীর ধৈর্য, অভিজ্ঞতা আর সৃজনশীলতার ছাপ স্পষ্ট।

বেনারসি শাড়ির এক বিশেষ বৈশিষ্ট্য হল এর মুঘল অনুপ্রাণিত নকশা। জটিল ফুলের অলংকরণ, পেইসলি মোটিফ আর ঘণ্টার মতো আকৃতি এই শাড়ির পরিচিত চিহ্ন। আর-একটি উল্লেখযোগ্য দিক হল ঝালর। শাড়ির প্রান্ত জুড়ে থাকা পাতার সারি, যা শাড়িটিকে আরও সৌন্দর্য আর গভীরতা দেয়।

এ ছাড়াও সোনালি অলঙ্করণ, সূক্ষ্ম টেক্সচার, ছোটো ছোটো জটিল মোটিফ, ধাতব দীপ্তি, কোমল রঙের ব্যবহার, গাল বা ওয়েব আকৃতির নকশা এবং এনামেল ডিটেলিং বেনারসি শাড়িকে সত্যিই ব্যতিক্রমী করে তোলে। এই সব বৈশিষ্ট্য মিলিয়ে বেনারসি শাড়ি শুধু একটি পোশাক নয়, বরং কাশীর ইতিহাস, ঐতিহ্য আর শিল্পবোধের এক জীবন্ত দলিল।

মৈথিলী গঙ্গাতীরের বাজার ধরে হাঁটছিল। তার মনে ছিল আগের ভ্রমণের স্মৃতি, সেই পুরোনো, পরিচিত গলিগুলো, প্রামাণিক দোকান আর কারখানার ছবি। কিন্তু চারপাশে তাকিয়ে তার সবকিছুই অপরিচিত লাগছিল। শহর বদলে গেছে। মানুষ বদলেছে। স্মৃতির সঙ্গে বর্তমানের কোনও মিল সে খুঁজে পাচ্ছিল না। অবশেষে সে ঠিক করল, আন্দাজে খোঁজার চেয়ে স্থানীয়দের কাছেই প্রশ্ন করা ভালো।

বারাণসীর হাতে বোনা বেনারসি শাড়ির পুরোনো কারখানাগুলোর কথা জানতে চাইতেই অনেকেই একটু অবাক হয়ে তাকাল। তারপর তারা জানাল, বহু বছর আগে জনপ্রিয় হাতে বোনা

বেনারসি শাড়ির কারিগররা মূলত জঙ্গমবাড়ি এলাকায় কাজ করতেন। কিন্তু সময়ের সঙ্গে সঙ্গে বেশিরভাগ বয়নশিল্পী সেখান থেকে অন্য স্থানে চলে গেছেন। এখন তাঁরা মূলত লাল্লাপুরা আর মাদানপুরা এলাকায় বসবাস করেন, কামাক্ষ্যা মন্দিরের কাছাকাছি। সেখানে অনেকেই আধুনিক যন্ত্রপাতির সাহায্যে কাজ শুরু করেছেন।

লোকেরা আরও বলল, হাতে বোনা শাড়ি তৈরি করতে অসম্ভব সময় লাগে। সেই কারণে এর দামও বেশি হয়। সব ক্রেতার পক্ষে এই শাড়ি কেনা সম্ভব নয়। তাই বাজারের চাহিদার সঙ্গে তাল মিলিয়ে অনেকেই যন্ত্রচালিত উৎপাদনের দিকে ঝুঁকেছেন। তবু এখনও কিছু জায়গায় হাতে বোনা শাড়ি তৈরি হয়। সেগুলি তৈরি হয় সেই সব মানুষের জন্য, যাঁদের কাছে ঐতিহ্য আর শিল্পের মূল্য এখনও অটুট।

এই কথাগুলো শুনে মৈথিলীর মন ভারী হয়ে উঠল, আবার কোথাও এক ধরনের সম্মানবোধও জন্ম নিল। সে বুঝতে পারল, শিল্প বাঁচিয়ে রাখা সহজ নয়। তবু কেউ কেউ নিঃশব্দে সেই দায়িত্ব বহন করে চলেছেন।

বারাণসীর আর-একটি গভীর সৌন্দর্য তার সামাজিক বন্ধনে। এখানে হিন্দু আর মুসলিম সম্প্রদায়ের মধ্যে এক দীর্ঘদিনের সহাবস্থান রয়েছে। কাশী যেমন বিশ্বজুড়ে এক পবিত্র হিন্দু তীর্থস্থান হিসেবে পরিচিত, তেমনি তার সমৃদ্ধ সাংস্কৃতিক ঐতিহ্য

আর শিল্পগুণের বড়ো অংশ গড়ে উঠেছে মুসলিম সমাজের অবদানে।

এই শিল্পের মিলনেই এক অনন্য সৌন্দর্য জন্ম নিয়েছে। মুসলিম বয়নশিল্পীরা ধর্মের সীমানা ছাড়িয়ে বারাণসীর বুননশিল্পকে সমৃদ্ধ করেছেন। সুতো আর বুননের ভেতর দিয়ে তাঁরা এমন এক শিল্পদৃষ্টি সৃষ্টি করেছেন, যেখানে বিশ্বাসের চেয়ে বড়ো হয়ে উঠেছে সৃজনশীলতা আর মানবিক বন্ধন।

*History of weavers*

মৈথিলীর মনটা আজ আশ্চর্য রকম ফুরফুরে ছিল। সে একটি অটো রিকশা ভাড়া করে তাতে উঠে বসল। উদ্দেশ্য বেনারসি শাড়ির কারখানা পরিদর্শন করা এবং সঙ্গে কিছু শাড়ি কেনাকাটা। রিকশাচালক ইতিমধ্যেই তার সঙ্গে সহজ ভঙ্গিতে কথা জুড়ে

দিয়েছে। নানা গল্প, শহরের কথা আর নিজের জীবনের ছোটোখাটো অভিজ্ঞতা ভাগ করতে করতে সে মৈথিলীকে নিয়ে চলল বেনারসি শাড়ির কারখানার দিকে।

ময়দানগির চৌরাস্তা থেকে প্রায় তিরিশ মিনিটের যাত্রার পর তারা মদনপুরায় পৌঁছোল। কারখানায় পা রাখতেই মৈথিলী বিস্ময়ে থমকে গেল। বিশাল পরিসর, সারি সারি আধুনিক যন্ত্রপাতি আর কাজের ব্যস্ততায় ভরা পরিবেশ তাকে অভিভূত করল। শ্রমিকরা আন্তরিক হাসি আর উষ্ণ অভ্যর্থনায় তাকে স্বাগত জানাল। তারা তাকে কারখানা ঘুরে দেখার জন্য উৎসাহ দিল। মৈথিলীও মন খুলে সেই অভিজ্ঞতা উপভোগ করতে লাগল।

কারখানার ভেতর দিয়ে হাঁটতে হাঁটতে সে জানল, একটি শাড়ি তৈরি হতে আট থেকে বারো দিন পর্যন্ত সময় লাগে। সে মুগ্ধ হয়ে দেখল কীভাবে দামি রেশম সুতো যত্ন করে সংরক্ষণ করা হয়, কীভাবে হাতে চালানো মেশিনে ধীরে ধীরে নকশা ফুটে ওঠে। কাঁচামাল থেকে শুরু করে নিখুঁত সমাপ্ত পণ্যে রূপ নেওয়ার প্রতিটি ধাপ তার চোখের সামনে জীবন্ত হয়ে উঠল। পুরো প্রক্রিয়ার স্বচ্ছতা আর শ্রমের গভীরতা মৈথিলীর মনে এই শিল্পের প্রতি এক গভীর শ্রদ্ধা আর ভালোবাসা জাগিয়ে তুলল।

কারখানা দেখা শেষে সে শো-রুমে গেল। শো-রুমটি রুচিশীলভাবে সাজানো, যেন প্রতিটি শাড়ি নিজেই নিজের গল্প বলতে চায়। তখনই তার পুত্রবধূ ওর্লার কথা মনে পড়ল। ওর্লা

শাড়ি পরতে না পারলেও, মৈথিলী জানত এই ঐতিহ্যবাহী একটি শাড়ি উপহার পেলে সে আনন্দ পাবে। কারণ কিছু উপহার ব্যবহার করার, জন্য নয়, অনুভব করার জন্য দেওয়া হয়।

খুশির আবেশে মৈথিলী তার আত্মীয়স্বজন আর টরেন্টোর কয়েকজন বন্ধুর জন্য পাঁচ-ছয়টি সুন্দর শাড়ি বেছে নিল। কেনাকাটা বরাবরই তাকে আনন্দ দেয়, বিশেষ করে যখন সেই কেনাকাটার সঙ্গে শিল্প, ঐতিহ্য আর শহরের সংস্কৃতির ছোঁয়া থাকে। বেনারসি শাড়ি তার কাছে শুধু একটি পোশাক নয়, কাশীর বহমান ইতিহাসের এক অনবদ্ধ গৌরব।

দুপুর একটার দিকে মৈথিলী বাড়ি ফিরল। শরীর তখন বেশ ক্লান্ত। শাড়ির কারখানার অভিজ্ঞতা তার মনকে উজ্জ্বল আর চঞ্চল করে তুলেছিল, কিন্তু শরীর বিশ্রাম চাইছিল। হালকা মধ্যাহ্নভোজন সেরে সে নিজের আরামদায়ক বিছানায় শুয়ে পড়ল। সারাদিনের ধকল তাকে দ্রুত ঘুমের কোলে টেনে নিল।

ঘুমের মধ্যে তার নিশ্বাসের নরম ছন্দ ঘরটাকে শান্ত করে তুলল।

স্বপ্নে সে দেখতে লাগল আলো-ঝলমল দোকান, রঙে ভরা সুন্দর শাড়ি আর কারখানার মানুষের কোলাহল। যেন কাশীর শিল্প আর জীবন তার স্বপ্নের মধ্যেও নীরবে জেগে আছে।

# সপ্তম পরিচ্ছেদ

মৈথিলী আগের রাতেই স্থির করেছিল, সে আবার ভোরবেলার আরতি ও হোমে যোগ দেবে। এই আচার তাকে যে স্বর্গীয় শান্তির অনুভূতি দিয়েছিল, তা সে আবার অনুভব করতে চাইছিল। খুব ভোরে ঘুম থেকে উঠে দ্রুত এক কাপ চা খেয়ে সে আসি ঘাটে যাওয়ার জন্য প্রস্তুত হয়ে নিল।

সূর্য ওঠার ঠিক আগের মুহূর্তে বারাণসী যেন এক অপার্থিব শান্তির সীমারেখায় জেগে উঠেছিল। শহরটা তখনও নীরব, পবিত্র। চারদিক নরম কুয়াশার চাদরে ঢাকা। ঠান্ডা বাতাসে গঙ্গার জলের গন্ধ আর ধূপের সুগন্ধ মিশে ছিল।

সরু গলিপথ ধরে হাঁটতে হাঁটতে মৈথিলীর মনে হচ্ছিল, সে যেন সময়ের স্রোত পেরিয়ে অনেক পিছনে চলে এসেছে। নীরবতা এত গভীর ছিল যে, শুধুমাত্র গাছের পাতার হালকা মর্মর আর দূরে কোথাও থেকে ভেসে আসা মন্দিরের ঘণ্টাধ্বনি ছাড়া আর কিছুই কানে আসছিল না।

গঙ্গা নদী তখন নিঃশব্দ। গভীর শান্তিতে স্থির হয়ে সে যেন অপেক্ষা করছিল সূর্যের প্রথম আলো তাকে ছুঁয়ে দেবে বলে। প্রাচীন পাথরের ঘাটগুলি সেই মুহূর্তে আরও রহস্যময় মনে হচ্ছিল। অগণিত প্রার্থনা আর শত শত বছরের কাহিনির নীরব সাক্ষী হয়ে তারা দাঁড়িয়ে ছিল।

কয়েকজন তীর্থযাত্রী ঘাটের ধাপে বসে ধ্যানে নিমগ্ন। তাদের মুখে ছিল এক গভীর প্রশান্তির ছাপ। মনে হচ্ছিল, এই ভোরে কাশী শুধু একটি শহর নয়, এটি এক জীবন্ত প্রার্থনা, যেখানে নিশ্বাস নেওয়াটাও যেন এক ধরনের পরম সাধনা।

যখন সূর্যের প্রথম আলো আকাশে ছড়িয়ে পড়ল, জীবন ধীরে ধীরে সাড়া দিতে শুরু করল। গঙ্গার জল গাঢ় নীল থেকে সোনালি আভায় রূপ নিল, ভোরের নরম রংগুলো সে ধীরে ধীরে নিজের বুকে ধারণ করতে শুরু করল। পাখিরা গান ধরল, আর চারপাশের পৃথিবী যেন এক গভীর, শান্ত শ্বাস নিল। ঘাটের পাশের মন্দিরগুলোর দরজা খুলে গেল। পুরোহিতরা আচার শুরু করলেন, প্রদীপ জ্বালিয়ে মন্ত্রপাঠ করতে লাগলেন। সেই মুহূর্তে নদী, শহর আর উপস্থিত সবকিছুর সঙ্গে এক অদ্ভুত, অদৃশ্য বন্ধন তৈরি হল।

বারাণসীর এই ভোর কেবল দেখার বিষয় নয়। এটি এমন এক অভিজ্ঞতা, যা হৃদয়ের গভীরে নেমে আসে। এখানে দাঁড়িয়ে মনে হয়, কেউ যেন নিঃশব্দে জীবনের সঙ্গে, সময়ের সঙ্গে, আর চিরন্তনের সঙ্গে যুক্ত করে দিচ্ছে। এক শান্ত, স্থায়ী অনুভূতি ভেতরে বাসা বাঁধে।

মৈথিলী তার ভেতরে এক ধরনের নিরাময়ের স্পর্শ টের পেল। সে জানত, এখানে তার পরিচিত কেউ নেই। তবু তার নিজেকে একদম একা লাগছিল না। মনে হচ্ছিল, কেউ অদৃশ্যভাবে তার

হাত ধরে আছে, তাকে তার দুঃখের ভেতর দিয়ে আলোর দিকে নিয়ে যাচ্ছে। বহুদিন পর সে আবার হাসতে পারল, এক নরম, সত্যিকারের হাসি।

ঘাটে পৌঁছে সে দেখল, গঙ্গা আরতি ইতিমধ্যেই শুরু হয়ে গেছে। আগের দিনের তুলনায় আজ ভিড় বেশি। সিঁড়ির এক পাশে জায়গা খুঁজে নিয়ে সে বসে পড়ল। ভোরের এই আধ্যাত্মিক পরিবেশে সে পুরোপুরি ডুবে গেল। দিগন্তে আলো ছড়িয়ে পড়তেই আরতির ধ্বনি বাতাস ভরিয়ে তুলল। সেই শব্দে ভক্তির এক গভীর আবেশ তৈরি হল।

পুরোহিতরা নৃত্যময় ভঙ্গিতে আরতি করছিলেন গঙ্গা নদীর উদ্দেশে, যাকে মা এবং দেবী হিসেবে মানা হয়। প্রদীপের আলো জলে প্রতিফলিত হচ্ছিল, আর মৈথিলীর মনে হচ্ছিল, এই মুহূর্তে তার জীবনের সমস্ত ভার কিছুক্ষণের জন্য হলেও লাঘব হয়ে গেছে।

আরতির শিখা ভোরের আলোয় ঝলমল করছিল, তার প্রতিফলন গঙ্গার জলে নরমভাবে কেঁপে উঠছিল। শাঁখের ধ্বনি চারদিক ভরে তুলল, এক গভীর কম্পন সৃষ্টি করে। সেই শব্দ যেন দেবতার প্রতি এক নীরব আহ্বান, আবার একই সঙ্গে জীবনের প্রতিও এক গভীর শ্রদ্ধা নিবেদন।

মৈথিলী সেখানে দাঁড়িয়ে গভীর এক সংযোগ অনুভব করছিল। নদীর সঙ্গে, শহরের সঙ্গে, আর এমন কিছু অদৃশ্য মহত্ত্বের সঙ্গে,

যাকে ভাষায় বর্ণনা করা যায় না। এই অভিজ্ঞতা তার ভেতর শান্তি, ভালোবাসা আর এক নিঃশব্দ আনন্দ ভরে দিল।

আরতি ও হোম শেষ হলে ভিড় ধীরে ধীরে ছড়িয়ে পড়তে লাগল। সেই সময় মৈথিলীর চোখে পড়ল এক বৃদ্ধা, যিনি গঙ্গায় স্নান করার প্রস্তুতি নিচ্ছিলেন।

মৈথিলী ধীরে তাঁর কাছে গিয়ে নম্র স্বরে জিজ্ঞেস করল, "মা-জি, আপনি কি একাই এসেছেন স্নান করতে? আপনি কি প্রতিদিন এখানে আসেন?"

বৃদ্ধা একটু অবাক হয়ে তার দিকে তাকালেন। মৈথিলীর বয়স বাহান্ন হলেও তার মুখে ছিল এমন এক আলোর ছাপ, যা তাকে অনেক কমবয়সী মনে করায়, আর তার চেহারায় ছিল এক আভিজাত্যের ছোঁয়া।

বৃদ্ধা মৃদু হেসে উত্তর দিলেন, "আমি প্রতিদিন গঙ্গা আরতির পর এখানে আসি। এতে আমার মন শান্ত হয়। প্রায় পঁচিশ বছর ধরে আমি রোজ ভোরবেলায় এখানে আসছি।"

তাঁর কণ্ঠে ছিল অভ্যাসের গভীরতা আর বিশ্বাসের নির্ভার নিশ্চয়তা।

মৈথিলী অনুভব করল, কাশী শুধু ঘাট আর মন্দিরের শহর নয়। এটি এমন মানুষের শহর, যারা প্রতিদিন নিঃশব্দে জীবনের সঙ্গে প্রার্থনার এক সেতু গড়ে তোলে।

মৈথিলী হতভম্ব হয়ে গেল।

"মা-জি, আপনি কি একা থাকেন?"

বৃদ্ধা ধীরে মাথা নাড়লেন। তারপর শান্ত স্বরে বললেন, "আমি কাছেই এক বিধবা আশ্রমে থাকি। প্রায় প্রতিদিনই এখানে আসি। গঙ্গায় স্নান করলে আমার মন শান্ত হয়।"

এই উত্তরে মৈথিলীর বুকের ভেতর কিছু একটা নড়ে উঠল। সে আর নিজেকে আটকে রাখতে পারল না। ধীরে ধীরে নিজের কথাও বলতে শুরু করল।

"আমার স্বামী চার মাস আগে মারা গেছেন। তিনি একজন ডাক্তার ছিলেন। আমরা কানাডায় থাকতাম। আমি এলাহাবাদে জন্মেছি, সেখানেই বড়ো হয়েছি। আমার একটি ছেলে আছে। স্বামীর হঠাৎ চলে যাওয়া আমাকে ভেতর থেকে ভেঙে দিয়েছে। তাই শান্তির খোঁজে আমি এখানে এসেছি। কাশী যেন আমাকে ডাকছিল। গত এক মাস ধরে আমি তুলসী ঘাটের কাছে থাকছি, নিজেকে একটু সামলানোর চেষ্টা করছি।" কথা বলতে বলতে তার গলা ভারী হয়ে এল। তবু সে প্রশ্নটা করল, যেন উত্তরটা তার খুব দরকার।

"আপনি কি মনে করেন, গঙ্গাস্নান করলে আমিও শান্তি পেতে পারি?"

বৃদ্ধা মৈথিলীর দিকে গভীর দৃষ্টিতে তাকালেন। সেই দৃষ্টিতে ছিল অভিজ্ঞতার নীরবতা, দীর্ঘদিনের সহনশীলতা আর এক আশ্চর্য

কোমলতা। মৈথিলী অনুভব করল, এই অপরিচিত মানুষটির সামনে সে নিজের দুঃখ নির্দ্বিধায় খুলে ফেলতে পেরেছে। যেন কাশীই এই কথোপকথনের ব্যবস্থা করে দিয়েছে।

বৃদ্ধা মহিলাটির নাম লক্ষ্মী। মৈথিলীর বেদনা তিনি বুঝে ফেলেছিলেন। কিছুক্ষণ নীরব থাকার পর তিনি নিজের গল্প বলতে শুরু করলেন।

“আমার বয়স এখন সত্তর। আমিও একদিন ঠিক তোমার মতো কারণ নিয়েই এখানে এসেছিলাম। আমার কোনও সন্তান ছিল না। স্বামী মারা যাওয়ার পর আমি আমার সব সম্পত্তি বিক্রি করে দিয়েছিলাম। এক আত্মীয় আমাকে কাশীর এই আশ্রমের ঠিকানা দিয়েছিল। আমি তাদের বলেছিলাম, তারা যদি আমাকে বাকি জীবন দেখাশোনা করে, তবে আমার যা কিছু আছে, সব তাদের দিয়ে দেব।”

তিনি এক মুহূর্ত থামলেন। তারপর শান্ত স্বরে বললেন, “আমার কোনও আপনজন ছিল না বলেই আমি এখানে এসেছিলাম। কিন্তু তোমার তো একটি ছেলে আছে মা। তুমি এখনও তরুণী। সময়ের সঙ্গে সঙ্গে তুমি নিরাময় পাবে। জীবন ধীরে ধীরে ক্ষত সারায়। মনে রেখো, শান্তি বাইরে কোথাও নেই। সেটা তোমাকে নিজের ভেতরেই খুঁজে নিতে হবে।”

লক্ষ্মী দেবীর কথাগুলো মৈথিলীর হৃদয়ে গভীরভাবে প্রবেশ করল। মনে হল, কেউ যেন তার ভেতরের অজানা প্রশ্নগুলোর উত্তর খুব

সাধারণ ভাষায় দিয়ে দিল। সে কিছুক্ষণ চুপ করে থাকল, তারপর নম্রভাবে বলল, "আমি কি আপনার আশ্রমে যেতে পারি? এখানে আমি কাউকে তেমন চিনি না। আপনি যদি অনুমতি দেন, আমি আবার আপনার সঙ্গে দেখা করতে চাই।"

মৈথিলীর কণ্ঠে ছিল অনুরোধ, কিন্তু তার চোখে ছিল এক গভীর বিশ্বাস। যেন এই অপরিচিত বৃদ্ধার মধ্যেই সে কাশীর আর-একটি আশ্রয়ের ইশারা খুঁজে পেয়েছে।

লক্ষ্মী দেবীর চোখ ভিজে উঠল। মৈথিলীর মৃদু স্বর আর সম্মানভরা আচরণ তাঁকে গভীরভাবে স্পর্শ করেছিল। একটু থেমে তিনি বললেন, "তোমার যদি আমার সঙ্গে দেখা করার ইচ্ছে হয়, তবে এই ঘাটেই আসতে পারো। আশ্রমে যাওয়ার দরকার নেই। ওরা হয়তো তোমাকে বিদেশিনী ভেবে টাকা আদায়ের চেষ্টা করবে। এখানে জীবন খুব সহজ নয়।"

মৈথিলী বুঝতে পারল, লক্ষ্মী দেবীর জীবনের ভেতরে আরও অনেক না বলা ব্যথা লুকিয়ে আছে। সে কিছু বলল না। শুধু নরম করে হাসল। তারপর বলল, "চিন্তা করবেন না, মা-জি। ভগবানের আশীর্বাদে আমার যথেষ্ট আছে। আমি সামলে নিতে পারব। আর যদি কাউকে একটু সাহায্য করতে পারি, তা হলে সেটাই আমার আনন্দ।"

এই কথায় লক্ষ্মী দেবী আর কিছু বললেন না। দুজনের চোখে তখন নীরব এক বোঝাপড়া। তাঁরা একে অপরকে বিদায়

জানালেন। মৈথিলী ধীরে ধীরে ঘাট ছেড়ে বাড়ির পথে হাঁটতে শুরু করল।

তখন সকাল সাতটা পেরিয়ে গেছে। শহর ইতিমধ্যেই জেগে উঠেছে। রাস্তায় মানুষের ভিড়, দোকানের শাটার খোলার শব্দ, জীবনের চেনা কোলাহল চারদিকে ছড়িয়ে পড়েছে। এই ভিড়ের মাঝেই মৈথিলীর ফোন বেজে উঠল।

সে স্ক্রিনের দিকে তাকাল।

ফোন করছে তার ছেলে শান্তনু।

এক উজ্জ্বল হাসি নিয়ে সে ফোন ধরল।

"কেমন আছ তুমি, বাবা? তোমাদের কথা খুব মনে হচ্ছিল।"

শান্তনু খুবই পরিণত ও সহানুভূতিশীল একজন মানুষ, ঠিক তার বাবার মতো। মায়ের কণ্ঠের সুরে সামান্য পরিবর্তন সে টের পেল।

"মা, আমাদেরও তোমার কথা সব সময় মনে হয়। ওর্লা আর আমি ভাবছিলাম, আমরা যদি ভারত সফরে আসি, তা হলে তোমার ট্রিপের শেষে তোমার সঙ্গে যোগ দিতে পারি। তারপর একসঙ্গে সবাই মিলে ফিরে আসব।"

মৈথিলীর হৃদয় আনন্দে ভরে গেল।

"অসাধারণ হবে সেটা। কিন্তু আমি ভাবছিলাম, যদি আমি আরও কিছুদিন এখানে থাকি? এই জায়গাটাকে আমি খুব ভালোবেসে ফেলেছি। তুমি এখন যথেষ্ট দায়িত্বশীল। প্রতি বছর তুমি আমাকে ভারতে দেখতে আসতে পারো।"

শান্তনু একটু অবাক হলেও মায়ের সিদ্ধান্তকে সমর্থন জানাল।

"ঠিক আছে, মা। তুমি যদি ওখানে থাকতে ভালোবাসো, তা হলে আমরা এমন কোনও উপায় খুঁজে বের করব, যাতে তুমি আরও বেশি সময় ভারতে থাকতে পারো।"

মৈথিলী বুঝতে পারছিল, এই জায়গাটা তাকে কতটা নিরাময় করছে, তা বুঝতে শান্তনুর আরও কিছুটা সময় লাগবে। সে কথোপকথনের দিক ঘুরিয়ে তার গত কয়েকদিনের অভিজ্ঞতা শেয়ার করল এবং মিঃ জেরেমিকে গাইড হিসেবে নিযুক্ত করার জন্য শান্তনুকে ধন্যবাদ জানাল।

এরপর মৈথিলী ভিডিও কলে তার বউমা সৃষ্টির সঙ্গে কথা বলার জন্য উদগ্রীব হয়ে উঠল। তারা প্রায় আধ ঘণ্টা গল্প করল, নানা হাসি-খুশির মুহূর্ত ভাগ করে নিল। মায়ের মুখের হাসি দেখে শান্তনু স্বস্তি পেল। তার মনে হল, দুঃখের মেঘগুলো ধীরে ধীরে সরে যাচ্ছে।

সকাল আটটা নাগাদ মৈথিলীর পরিচারিকা অম্বিকা এসে উপস্থিত হল। এসে সে জিজ্ঞেস করল, "দিদি, আজ সকালে জলখাবারে কী খাবেন?"

অম্বিকা খুবই প্রাণবন্ত এবং কথা বলতে ভীষণ ভালোবাসে। মৈথিলী তার বোন বৈদেহীর পরামর্শে তাকে কাজে নিয়েছিল। বৈদেহী কাশী ছাড়ার ঠিক আগে অম্বিকাকে কাজে নিযুক্ত করে গিয়েছিল। অম্বিকার স্বামী একজন অটোচালক, আর অম্বিকা প্রতিদিন প্রায় বারো ঘণ্টা মৈথিলীর বাড়িতে কাজ করত। শহরের ভিড়ে মৈথিলী যেন একা বাইরে না যায়, সে বিষয়টা অম্বিকা নিয়মিত মনে করিয়ে দিত, কারণ মৈথিলী কাশীতে নতুন।

আজ মৈথিলীর মনটা বেশ ভালো ছিল। সে আর এক কাপ চা বানিয়ে ল্যাপটপ খুলে কাশী সম্পর্কে আরও পড়তে শুরু করল। এদিকে অম্বিকা সকালের জলখাবারে গরম গরম পরোটা বানিয়ে দিল। সাধারণত মৈথিলী হালকা কিছু পছন্দ করত, যেমন দুধ আর সিরিয়াল। কিন্তু আজ তার মন চাইল ভারতীয় খাবার খেতে।

পরোটার উষ্ণ স্বাদ উপভোগ করতে করতে সে অম্বিকার দিকে তাকিয়ে জিজ্ঞেস করল, "তুমি কি আসি ঘাটের আশপাশে কোনও বিধবা আশ্রম চেনো?"

অম্বিকা মাথা নাড়ল, "হ্যাঁ দিদি, আমি একটা জায়গা চিনি। গত বছর কিছুদিন সেখানে কাজ করেছিলাম। কেন জিজ্ঞেস করছেন? সব ঠিক আছে তো?"

মৈথিলী মুচকি হেসে বলল, "না না, কিছু না। আজ সকালে ঘাটে এক বৃদ্ধার সঙ্গে আলাপ হল। তিনি বললেন, তিনি কাছেই একটা

আশ্রমে থাকেন। আমি ভাবলাম, কখনও সময় করে জায়গাটা দেখতে যাব।"

অম্বিকা একটু চিন্তিত মুখে বলল, "দিদি, আপনি একা যাবেন না। ওই গলিগুলো খুবই জটিল, আর সহজেই পথ হারিয়ে যেতে পারেন। আমাকে বলবেন, আমি আপনাকে নিয়ে যাব।"

সাধারণত মৈথিলী অম্বিকার সঙ্গে খুব বেশি কথা বলত না। কিন্তু আজ যেন ভিন্ন কিছু অনুভূত হল। তার মনে একটা নতুন আশা, একটা শক্তি জন্ম নিচ্ছিল। মনে হচ্ছিল, কাশীতে থাকার মানে সে ধীরে ধীরে খুঁজে পেতে শুরু করেছে।

সকাল সাড়ে ন'টা নাগাদ মৈথিলী আবার সেন্ট্রাল লাইব্রেরি যাওয়ার জন্য প্রস্তুত হল। আজ সে পুরো বি এইচ ইউ (বেনারস হিন্দু ইউনিভার্সিটি) ক্যাম্পাস ঘুরে দেখার পরিকল্পনা করেছিল। ক্যাম্পাসে পা রাখার সঙ্গে সঙ্গেই সে এক ধরনের শান্তি অনুভব করল। শহরের ব্যস্ত রাস্তার তুলনায় এখানকার পরিবেশ অনেক বেশি প্রশান্ত।

গরমের দিনে পুরোনো বিশাল গাছগুলোর ছায়ায় ক্যাম্পাসটা ছিল ভীষণ স্বস্তিদায়ক। বাতাসে পাতার ঝর ঝর শব্দ ভেসে আসছিল, যেন মৃদু এক সুর বয়ে আনছে। সেই সুর মুহূর্তের মধ্যেই পুরো পরিবেশকে শান্ত করে দিল।

মৈথিলী ধীরে ধীরে গাছের সারি দিয়ে সাজানো পথ ধরে হাঁটতে লাগল। চারপাশের সৌন্দর্যে তার মন ভোরে গেল। সে দেখল, ছাত্রছাত্রীরা দল বেঁধে হাঁটছে, কেউ কেউ আবার গাছের ছায়ায় একা বসে পড়াশোনা করছে। ক্যাম্পাসের এই শান্ত পরিবেশ আর সবুজ প্রকৃতি যেন তার মনের সব ভার ধীরে ধীরে হালকা করে দিল।

এটা যেন এক ছোট্ট আশ্রয়, যেখানে তার আত্মা থমকে দাঁড়িয়ে প্রশান্তি অনুভব করতে পারছিল।

মৈথিলী অনুভব করল, এই জায়গাটাই হয়তো তার জন্য সঠিক সান্ত্বনার এক ঠিকানা, যেখানে সে তার মানসিক ভার লাঘব করে নতুন করে শক্তি সঞ্চয় করতে পারবে।

# অষ্টম পরিচ্ছেদ

## বেনারস হিন্দু বিশ্ববিদ্যালয় (BHU)

কাশীর পবিত্র নগরীতে অবস্থিত বেনারস হিন্দু বিশ্ববিদ্যালয় (বি এইচ ইউ) ভারতের অন্যতম প্রসিদ্ধ শিক্ষাকেন্দ্র। ১৯১৬ সালে প্রখ্যাত নেতা পণ্ডিত মদন মোহন মালব্যের উদ্যোগে এবং ডাঃ এনি বেসান্টের মতো বিশিষ্ট ব্যক্তিত্বের সহযোগিতায় এই বিশ্ববিদ্যালয় প্রতিষ্ঠিত হয়। 'ভারতের বিশ্ববিদ্যালয়' হিসেবে ভাবিত এই প্রতিষ্ঠানটি ১৯১৫ সালের বি এইচ ইউ অ্যাক্টের অধীনে গঠিত হয়।

স্বাধীনতা আন্দোলনের সময় বি এইচ ইউ গুরুত্বপূর্ণ ভূমিকা পালন করে। স্বাধীনতা সংগ্রামী ও আধুনিক ভারতের বহু বিশিষ্ট ব্যক্তি এখান থেকে শিক্ষা গ্রহণ করে পরবর্তী সময়ে জাতি গঠনে অবদান রেখেছেন। আজ এটি দেশের শ্রেষ্ঠ শিক্ষাপ্রতিষ্ঠানগুলোর একটি হিসেবে স্বীকৃত।

বিশ্ববিদ্যালয়ের মুখ্য ক্যাম্পাসটি প্রায় ১,৩০০ একর এলাকা জুড়ে বিস্তৃত। এখানে রয়েছে ছায়াময় পথ, ঘন সবুজ উদ্যান, মন্দির, একটি বিমানপথ এবং বিশেষ স্থাপত্যশৈলীর ভবনসমূহ। উল্লেখযোগ্য যে, এই বিমানপথটি প্রথম বিশ্বযুদ্ধের সময় পাইলট প্রশিক্ষণের উদ্দেশ্যে নির্মিত হয়েছিল। এছাড়াও মির্জাপুর জেলার

বারকাছায় প্রায় ২,৭০০ একর জমির উপর বিশ্ববিদ্যালয়ের আর-একটি ক্যাম্পাস গড়ে তোলা হয়েছে।

বর্তমানে বিশ্ববিদ্যালয়ে ৬টি ইনস্টিটিউট, ১৪টি অনুষদ এবং ১৪৪টি বিভাগ রয়েছে। এখানে মানববিদ্যা, সমাজবিজ্ঞান, বিজ্ঞান, প্রযুক্তি, চিকিৎসাবিজ্ঞান, চারুকলা এবং অভিনয় শিল্প সহ বিভিন্ন বিষয়ে শিক্ষা প্রদান করা হয়। উন্নত গবেষণাকেন্দ্র ও গবেষণার সুযোগ শিক্ষার্থীদের মানসিক ও বুদ্ধিবৃত্তিক বিকাশে সহায়তা করে। শহরের চারটি কলেজও এই বিশ্ববিদ্যালয়ের অধিভুক্ত।

বিশ্ববিদ্যালয়ের বিখ্যাত ভারত কলা ভবন একটি গুরুত্বপূর্ণ জাদুঘর, যেখানে বিরল ঐতিহাসিক নিদর্শনের সংগ্রহ সংরক্ষিত রয়েছে। এছাড়াও ৯২৭টি শয্যাবিশিষ্ট বিশ্ববিদ্যালয় হাসপাতাল আধুনিক সুযোগ-সুবিধাসহ শিক্ষার্থী ও স্থানীয় জনগণের চিকিৎসা সেবা প্রদান করে। ক্যাম্পাসে রয়েছে বড়ো খেলার মাঠ, বিভিন্ন ক্রীড়া সুবিধা, অডিটোরিয়াম, ফ্লাইং ক্লাব, প্রিন্টিং প্রেস, প্রকাশনা অফিস, ফল সংরক্ষণ কেন্দ্র, ক্যান্টিন এবং কর্মসংস্থান ব্যুরো।

বর্তমানে বি এইচ ইউ-তে প্রায় ১৫,০০০ শিক্ষার্থী, ১,৭০০ জন শিক্ষক এবং প্রায় ৮,০০০ কর্মী কর্মরত। মার্কিন যুক্তরাষ্ট্র, ইউরোপ, এশিয়া, মধ্যপ্রাচ্য ও আফ্রিকা সহ বিশ্বের বিভিন্ন দেশ থেকে শিক্ষার্থীরা এখানে পড়তে আসে। জ্ঞান, সংস্কৃতি ও একতার শিক্ষা প্রদান করে এই বিশ্ববিদ্যালয় এক অর্থে একটি ছোট্ট বিশ্ব হিসেবেই আত্মপ্রকাশ করেছে।

## বেনারস হিন্দু বিশ্ববিদ্যালয়: মুখ্য ক্যাম্পাস

বেনারস হিন্দু বিশ্ববিদ্যালয়ের মুখ্য ক্যাম্পাস বারাণসীর দক্ষিণ প্রান্তে, পবিত্র গঙ্গা নদীর তীরে অবস্থিত। ১,৩০০ একর বিস্তৃত এই ক্যাম্পাসের উন্নয়নকাজ শুরু হয় ১৯১৬ সালে, কাশীর মহারাজ প্রভু নারায়ণ সিংহের উদার ভূমিদানের মাধ্যমে। ক্যাম্পাসটির নকশা আধা-বৃত্তাকার, যেখানে রাস্তা আর্ক এবং রেডিয়াস বরাবর বিস্তৃত। বিংশ শতকের প্রথম দিকের ভবনগুলি ইন্দো-গথিক স্থাপত্যশৈলীতে নির্মিত, যা ক্যাম্পাসকে একটি ঐতিহাসিক সৌন্দর্য প্রদান করেছে।

ক্যাম্পাসে ৬০টিরও বেশি হোস্টেল রয়েছে, যেখানে প্রায় ১২,০০০ শিক্ষার্থী আবাসিক সুবিধা পায়। অধিকাংশ পূর্ণকালীন অধ্যাপকের জন্যও আবাসনের ব্যবস্থা রয়েছে। মুখ্য প্রবেশদ্বার ও সীমানা প্রাচীর নির্মাণের ব্যয় বহন করেন বলরামপুরের মহারাজা পটেশ্বরী প্রসাদ সিংহ।

ক্যাম্পাসের কেন্দ্রস্থলে অবস্থিত সায়াজি রাও গায়কোয়াড লাইব্রেরি একটি গুরুত্বপূর্ণ জ্ঞানকেন্দ্র। ২০১১ সালের হিসাব অনুযায়ী এখানে ১৩ লক্ষেরও বেশি বই সংরক্ষিত রয়েছে। ১৯৪১ সালে সম্পূর্ণ হওয়া এই গ্রন্থাগারটি বারোদার মহারাজা সায়াজি রাও গায়কোয়াডের অর্থানুকূল্যে নির্মিত। প্রধান লাইব্রেরি ছাড়াও রয়েছে তিনটি ইনস্টিটিউট লাইব্রেরি, আটটি অনুষদ লাইব্রেরি এবং ২৫টিরও বেশি বিভাগীয় লাইব্রেরি।

ক্যাম্পাসে অবস্থিত সুন্দরলাল হাসপাতাল মেডিকেল সায়েন্স ইনস্টিটিউটের প্রশিক্ষণ হাসপাতাল হিসেবে কাজ করে। এটি ১৯২৬ সালে ৯৬টি শয্যা নিয়ে যাত্রা শুরু করে এবং বর্তমানে ৯০০টির-ও বেশি শয্যা নিয়ে এটি অঞ্চলের বৃহত্তম রেফারাল হাসপাতালগুলোর একটি।

ক্যাম্পাসের অন্যতম দর্শনীয় স্থান হল শ্রী বিশ্বনাথ মন্দির। ২৫২ ফুট (৭৭ মিটার) উচ্চতার এই মন্দিরটি বিশ্বের সর্বোচ্চ মন্দির টাওয়ারগুলির মধ্যে একটি। মন্দির কমপ্লেক্সে মোট সাতটি মন্দির রয়েছে। এর নির্মাণকাজ শুরু হয় ১৯৩১ সালে এবং সম্পূর্ণ হতে প্রায় ৩০ বছর সময় লাগে।

আরও একটি গুরুত্বপূর্ণ স্থান হল ভারত কলা ভবন, যা ১৯২০ সালে প্রতিষ্ঠিত একটি শিল্প ও প্রত্নতত্ত্ব জাদুঘর। এর প্রথম চেয়ারম্যান ছিলেন নোবেল বিজয়ী রবীন্দ্রনাথ ঠাকুর এবং সহ-চেয়ারম্যান ছিলেন অবনীন্দ্রনাথ ঠাকুর। রাই কৃষ্ণদাসের অবদানে জাদুঘরটি বিশেষ খ্যাতি অর্জন করে। ১৯৮৯ সালে আলিস বোনার ফাউন্ডেশনের সহায়তায় আলিস বোনার গ্যালারি যুক্ত হয়, তার ১০০তম জন্মবার্ষিকী উপলক্ষে।

## রাজীব গান্ধী সাউথ ক্যাম্পাস

বেনারস হিন্দু বিশ্ববিদ্যালয়ের রাজীব গান্ধী সাউথ ক্যাম্পাস মির্জাপুর জেলার বারকাছায় অবস্থিত, যা মুখ্য ক্যাম্পাস থেকে প্রায় ৬০ কিলোমিটার দক্ষিণ-পশ্চিমে। প্রায় ২,৭০০ একর বিস্তৃত

এই জমি ১৯৭৯ সালে ভারত মণ্ডল ট্রাস্টের মাধ্যমে বি এইচ ইউ-কে স্থায়ী লিজে প্রদান করা হয়।

এই ক্যাম্পাসে অবস্থিত কৃষি বিজ্ঞান কেন্দ্র (Krishi Vigyan Kendra) বিন্ধ্য পর্বতমালার অঞ্চলের উপযোগী কৃষি গবেষণা, কৃষি-বনায়ন এবং জীববৈচিত্র্য সংরক্ষণ নিয়ে কাজ করে। এখানে লেকচার কমপ্লেক্স, লাইব্রেরি, শিক্ষার্থীদের হোস্টেল, অধ্যাপকদের আবাসন এবং প্রশাসনিক কার্যালয় সহ প্রয়োজনীয় পরিকাঠামো গড়ে তোলা হয়েছে।

এই ক্যাম্পাসের মূল লক্ষ্য হল শিক্ষাদান, প্রশিক্ষণ ও উদ্যোগী হওয়ার সুযোগ সৃষ্টি করা, বিশেষ করে আদিবাসী ও অবহেলিত সম্প্রদায়ের যুবক-যুবতী এবং মহিলাদের জন্য। গবেষণা ও উন্নয়নের মাধ্যমে দীর্ঘস্থায়ী শিক্ষার সুযোগ প্রদান করে এই ক্যাম্পাস অঞ্চলের মানুষের জীবনমান উন্নত করতে সচেষ্ট।

মৈথিলী লাইব্রেরিতে প্রবেশ করল। দায়িত্বপ্রাপ্ত কর্মকর্তা তাকে দেখে হাসলেন, কারণ তিনি তার সঙ্গে আগেই পরিচিত ছিলেন। প্রয়োজনীয় প্রক্রিয়া সম্পন্ন করার পর সে বারাণসীর বিধবা আশ্রম সম্পর্কে একটি বই খুঁজে নিল।

লাইব্রেরির বিভিন্ন কোণে শিক্ষার্থীরা নিজেদের কাজে নিমগ্ন ছিল। মৈথিলী চারদিকে তাকিয়ে পরিচিত কাউকে খুঁজে পেল না। শেষে সে একটি নিরিবিলি কোণ বেছে নিয়ে পড়া শুরু করল।

বইয়ের পাতায় ধীরে ধীরে এক ভিন্ন বাস্তবতা তার সামনে খুলে যেতে লাগল। বারাণসী শুধু আধ্যাত্মিকতার শহর নয়, বহু বিধবার জীবনের এক নীরব আশ্রয়ও। কেউ এখানে এসেছে শান্তির খোঁজে, কেউ পরিবার থেকে বিচ্ছিন্ন হয়ে, আবার কেউ এসেছে বেঁচে থাকার শেষ আশ্রয় হিসেবে।

তাদের জীবনের গল্প এক নয়। কারুর কাছে আছে সামান্য নিরাপত্তা, কারুর কাছে শুধুই সংগ্রাম। সমাজের নিয়ম, আর্থিক নির্ভরতা, আর পারিবারিক অবহেলা মিলিয়ে তাদের জীবন যেন ধীরে ধীরে এক অদৃশ্য সীমাবদ্ধতার মধ্যে আটকে যায়।

মৈথিলী পড়তে পড়তে থমকে গেল। তার মনে এক অদ্ভুত প্রশ্ন জেগে উঠল। কেন এই গল্পগুলো তাকে এত গভীরভাবে স্পর্শ করছে? এটা কি শুধুই তার নিজের অবস্থার প্রতিফলন, নাকি এর চেয়েও গভীর কিছু?

তার মনে হল, কাশীর সঙ্গে এই নারীদের সম্পর্ক শুধু বাস্তব নয়, যেন এক অদৃশ্য বন্ধন। যেন এই শহর তাদের ডাকে, আশ্রয় দেয়, আবার পরীক্ষা নেয়।

মৈথিলী অনুভব করল, এই টানটা খুব ব্যক্তিগত। যেন কাশী তাকে আলাদা করে কিছু বলতে চাইছে। এমন কিছু, যা সে এখনও পুরোপুরি বুঝতে পারেনি, কিন্তু অনুভব করতে পারছে গভীরভাবে।

তার ভেতরে প্রশ্ন ছিল, উত্তরও যেন ছিল, কিন্তু শব্দে ধরা দিচ্ছিল না। শহরটা নীরবে তাকে নিজের দিকে টেনে নিচ্ছিল।

সে সিদ্ধান্ত নিল, এই অংশগুলো সে নিজের জন্য সংরক্ষণ করবে। যেন ভবিষ্যতে কখনও ভুলে না যায়, এই শহরের আর-একটি সত্যিকারের মুখ।

নীচে সেই গবেষণার কিছু অংশ তুলে ধরা হল, যেগুলো মৈথিলীর মনে গভীর ছাপ ফেলেছিল।

Source: *International Journal of Humanities & Social Science Studies (IJHSSS)*

*Volume II, Issue IV, January 2016*

*Author: Moumita De*

বারাণসী বহু দশক ধরে ভারতের নিঃস্ব বিধবাদের জন্য একটি গুরুত্বপূর্ণ আশ্রয়স্থল হিসেবে পরিচিত। বিশেষত পূর্ব ভারতের নারীরা এখানে এসে জীবনের অবশিষ্ট সময় কাটানোর চেষ্টা করেন।

বিধবাদের জীবন সামাজিক, অর্থনৈতিক এবং সাংস্কৃতিক প্রেক্ষাপটে ভিন্ন ভিন্ন রূপ ধারণ করে। জনসংখ্যাগত গঠন, অর্থনৈতিক অবস্থা, সামাজিক দৃষ্টিভঙ্গি এবং পারিবারিক কাঠামো তাঁদের জীবনের অভিজ্ঞতাকে প্রভাবিত করে।

ভারতীয় সমাজে বিধবাদের উপর আরোপিত ধর্মীয় ও সামাজিক বিধিনিষেধ শ্রেণী ও বর্ণভেদে পরিবর্তিত হয়। উচ্চবিত্ত নারীরা কঠোর সামাজিক নিয়মের মধ্যে আবদ্ধ থাকেন, অন্যদিকে নিম্নবিত্ত নারীরা অর্থনৈতিক কাজে যুক্ত থাকায় কিছুটা স্বাধীনতা পেলেও নিরাপত্তাহীনতার মুখোমুখি হন।

বিধবাদের একটি বড়ো অংশ তাঁদের পরিবারের সহানুভূতি ও আর্থিক সহায়তা থেকে বঞ্চিত হয়। বিশেষত মধ্যবিত্ত শ্রেণীর নারীরা সবচেয়ে বেশি অসুবিধার সম্মুখীন হন, কারণ তাঁরা প্রায়ই দুই দিক থেকেই বিচ্ছিন্ন হয়ে পড়েন।

বারাণসীতে বসবাসকারী বিধবাদের মধ্যে বৈচিত্র্য লক্ষণীয়। কেউ আশ্রমে থাকেন, কেউ বৃদ্ধাশ্রমে, আবার কেউ ঘাটের আশেপাশে অস্থায়ীভাবে বসবাস করেন। তাঁদের জীবনযাত্রা, খাদ্যাভ্যাস, আয়ের উৎস এবং সামাজিক সম্পর্ক ভিন্ন ভিন্ন।

উচ্চবিত্ত বিধবারা তুলনামূলকভাবে আর্থিকভাবে সুরক্ষিত হলেও, তাঁরা পারিবারিক বিচ্ছিন্নতার কারণে মানসিকভাবে একাকিত্বে ভোগেন। মধ্যবিত্ত বিধবারা প্রায়শই পরিবারের দ্বারা প্রত্যাখ্যাত হয়ে আশ্রমে আশ্রয় নেন। নিম্নবিত্ত বিধবারা জীবিকার জন্য ভিক্ষাবৃত্তি বা ছোটোখাটো কাজের উপর নির্ভর করেন।

এই সমস্ত বাস্তবতা এক বৃহত্তর সামাজিক সমস্যার দিকে ইঙ্গিত করে, যেখানে নারীরা আর্থিক ও সামাজিকভাবে পুরুষের উপর

নির্ভরশীল হয়ে পড়েন। স্বামীর মৃত্যুর পর সেই নির্ভরতার ভিত্তি ভেঙে গেলে তাঁদের জীবনে নেমে আসে অনিশ্চয়তা ও সংগ্রাম।

তবুও, এই নারীদের মধ্যে এক অদ্ভুত সহনশীলতা এবং মানিয়ে নেওয়ার ক্ষমতা দেখা যায়। তাঁরা নিজেদের মতো করে নতুন জীবন গড়ে তোলার চেষ্টা করেন, কখনও ঈশ্বরের আশ্রয়ে, কখনও একে অপরের সান্নিধ্যে।

মৈথিলী এই নোটগুলো বন্ধ করে দীর্ঘক্ষণ চুপ করে বসে রইল।

লাইব্রেরি থেকে বেরিয়ে আসার পরও মৈথিলীর মন সেই গবেষণার পাতাগুলোর মধ্যেই আটকে রইল। সে বুঝতে পারছিল, এই তথ্যগুলো শুধু পড়ে শেষ করার মতো নয়। এগুলো যেন কাশীর এক অদেখা, অপ্রকাশিত ইতিহাস।

তার মনে হচ্ছিল, এই গল্পগুলো আর শুধু গবেষণার বিষয় নয়। এগুলো জীবন্ত, স্পন্দিত, আর অদ্ভুতভাবে তার নিজের জীবনের সঙ্গেও জড়িয়ে যাচ্ছে।

কাশী যেন তাকে শুধু নিজের সৌন্দর্য দেখাচ্ছে না, বরং তার গভীরতম সত্যগুলোও ধীরে ধীরে উন্মোচন করছে।

# নবম পরিচ্ছেদ

লাইব্রেরি থেকে বেরিয়ে আসার পর মৈথিলী কিছুক্ষণ ধীরে ধীরে হাঁটতে লাগল। চারপাশে একই শান্ত পরিবেশ, একই ছায়াঘেরা পথ, কিন্তু তার ভেতরে যেন কিছু বদলে গেছে। বইয়ের পাতায় পড়া সেই গল্পগুলো এখনও তার মনে ঘুরপাক খাচ্ছিল। মনে হচ্ছিল, সে শুধু কিছু তথ্য পড়ে আসেনি, বরং কিছু জীবনের স্পর্শ নিয়ে বেরিয়ে এসেছে।

ক্যাম্পাসের বাতাসে এক অদ্ভুত স্থিরতা ছিল, কিন্তু সেই স্থিরতার মাঝেও মৈথিলীর মন স্থির হতে পারছিল না। তার ভেতরে যেন অজানা প্রশ্নের ঢেউ উঠছিল। কেন এই শহর তাকে এতটা টানছে? কেন এই অচেনা জায়গায় এসেও সে নিজেকে এতটা জড়িয়ে ফেলছে?

ঠিক সেই সময় দূর থেকে ভেসে এল মন্দিরের ঘণ্টাধ্বনি। শব্দটা প্রথমে মৃদু ছিল, তারপর ধীরে ধীরে স্পষ্ট হয়ে উঠল। সেই ধ্বনির মধ্যে এক ধরনের গভীরতা ছিল, যেন প্রতিটি কম্পন সরাসরি এসে তার ভেতরকে ছুঁয়ে যাচ্ছে।

মৈথিলী হঠাৎ থেমে গেল। সে কিছুক্ষণ নিঃশব্দে দাঁড়িয়ে শুধু শুনতে লাগল। চারপাশের সবকিছু যেন মুহূর্তের জন্য স্থির হয়ে গেছে, কেবল সেই ঘণ্টার ধ্বনি বাতাসে ছড়িয়ে পড়ছে।

তার মনে কৌতূহল জাগল। পাশে দিয়ে হেঁটে যাওয়া একজনকে সে ধীরে জিজ্ঞাসা করল, "এই ঘণ্টার শব্দটা কোথা থেকে আসছে?"

লোকটি মৃদু হেসে বলল, "বিশ্বনাথ মন্দির। এখানেই, ক্যাম্পাসের ভেতর।"

মৈথিলী কিছুক্ষণ তার দিকে তাকিয়ে রইল। সে জানতই না, এই বিশ্ববিদ্যালয়ের ভেতরেই আর-একটি কাশী বিশ্বনাথ মন্দির রয়েছে।

তার ভেতরে হঠাৎ এক অদ্ভুত অনুভূতি জেগে উঠল। যেন কেউ তাকে ডেকে চলেছে। কোনও দৃশ্যমান আহ্বান নয়, তবুও সেই টান অস্বীকার করার মতো নয়।

সে আর দাঁড়িয়ে থাকতে পারল না। ধীরে ধীরে সেই শব্দের দিকে এগোতে শুরু করল। তার পায়ের গতি ছিল শান্ত, কিন্তু মনে হচ্ছিল, তার ভেতরের কোনও অদৃশ্য স্রোত তাকে টেনে নিয়ে যাচ্ছে।

ক্যাম্পাসের পথগুলো যেন তাকে নিজে থেকেই দিক দেখাচ্ছিল। প্রতিটি মোড়, প্রতিটি পথ অতিক্রম করতে করতে তার মনে হচ্ছিল, সে যেন কোনও নির্দিষ্ট গন্তব্যের দিকে নয়, বরং নিজের ভেতরের কোনও অজানা স্থানের দিকে এগিয়ে যাচ্ছে।

ঘণ্টার শব্দ ক্রমশ আরও স্পষ্ট হয়ে উঠছিল। আর সেই শব্দের সঙ্গে সঙ্গে মৈথিলীর ভেতরের অস্থিরতা ধীরে ধীরে এক অদ্ভুত শান্তিতে রূপ নিতে শুরু করল।

সে জানত না, সামনে ঠিক কী অপেক্ষা করছে।

কিন্তু সে এটুকু বুঝতে পারছিল, এই পথ তাকে কোনও না কোনও উত্তর দেবে।

নতুন বিশ্বনাথ মন্দিরের পথে হাঁটতে হাঁটতে মৈথিলীর মন ধীরে ধীরে এক অদ্ভুত প্রশান্তিতে ভরে উঠছিল। দু'পাশে ঘন সবুজ গাছপালা পথটিকে যেন আলতো করে জড়িয়ে রেখেছে, আর পাতার ফাঁক দিয়ে ছিটকে আসা সূর্যের আলো মাটিতে নরম ছায়ার নকশা এঁকে দিচ্ছিল। চারপাশে এক ধরনের শান্ত নীরবতা, কিন্তু সেই নীরবতা নিস্তব্ধ নয়; তার ভেতরে ছিল পাখির মৃদু ডাক, দূরের মানুষের অস্পষ্ট কণ্ঠস্বর, আর সবচেয়ে স্পষ্ট ছিল সেই অবিরাম ঘণ্টাধ্বনি, যা মৈথিলীর ভেতরের কোথাও গিয়ে নীরবে স্পর্শ করছিল।

তার মনে হচ্ছিল, সে শুধু একটি মন্দিরের দিকে নয়, বরং নিজের ভেতরের এক অচেনা স্তরের দিকে এগিয়ে যাচ্ছে।

দূর থেকেই মন্দিরের সুউচ্চ চূড়া চোখে পড়ল। সাদা মার্বেলের সেই স্থাপত্য আকাশের পটভূমিতে দাঁড়িয়ে যেন এক অপার্থিব দীপ্তি ছড়াচ্ছিল। যতই সে কাছে এগোতে লাগল, ততই স্পষ্ট হয়ে

উঠল মন্দিরের সূক্ষ্ম কারুকাজ। চারপাশে খোদাই করা বারান্দা, ছোটো ছোটো মণ্ডপ, আর প্রতিটি স্তরে নিখুঁত শিল্পকলার ছাপ যেন সময়কে থামিয়ে দিয়েছে।

প্রাঙ্গণে স্থাপিত বৃষভ, সিংহ ও কুমিরের বিশাল মূর্তিগুলো শুধু অলংকার নয়, বরং এক গভীর প্রতীকের উপস্থিতি বহন করছিল। এই ৭৭ মিটার উচ্চতার মন্দির যেন শুধু একটি স্থাপত্য নয়, বরং বিশ্বাসের এক দৃশ্যমান রূপ, যার প্রতিটি মার্বেল পাথরে খোদাই হয়ে আছে শাস্ত্রের বাণী, ইতিহাসের স্মৃতি এবং মানুষের অটল আস্থা।

মন্দিরের সামনে দাঁড়িয়ে মৈথিলী কিছুক্ষণ নীরবে তাকিয়ে রইল। তার মনে হচ্ছিল, এই সৌন্দর্য শুধু চোখে দেখার নয়, অনুভব করার মতো। এই মন্দিরের জন্মও যেন এক দীর্ঘ সাধনার ফল। মহামনা মদন মোহন মালব্যের স্বপ্ন, এক যোগীর হাত ধরে ভিত্তিপ্রস্তর স্থাপন, বছরের পর বছর অপেক্ষা আর নির্মাণের ধৈর্য, সব মিলিয়ে এই মন্দির শুধু ইট-পাথরের কাঠামো নয়, বরং সময়ের গভীরে বোনা এক আধ্যাত্মিক যাত্রার প্রতিফলন।

প্রাঙ্গণে ঢুকতেই তার চোখে পড়ল চারপাশের সুশৃঙ্খল বাগান। প্রতিটি গাছ, প্রতিটি পথ যেন যত্ন করে সাজানো, যেন এখানে প্রবেশ করার আগে মানুষকে ধীরে ধীরে এক অন্য অনুভূতির জন্য প্রস্তুত করে। কাছের একটি ছোটো দোকান থেকে সে একটি পূজার ডালি কিনল। খুব সাধারণ কিছু ফুল, ধূপ আর প্রসাদ,

তবুও তা হাতে নিতে নিতে মনে হল, এই সরলতার মধ্যেই যেন ভক্তির গভীরতা লুকিয়ে আছে।

মন্দিরের ভেতরে প্রবেশ করতেই এক ভিন্ন পরিবেশ তাকে ঘিরে ধরল। বিশাল, খোলামেলা স্থান, তবুও এক অদ্ভুত নিবিড়তা। সামনে কয়েকজন ভক্ত দাঁড়িয়ে ছিল, আর পুরোহিত ধীরে ধীরে সবার পূজার আচার সম্পন্ন করছিলেন। মৈথিলী একটু দূরে বসে পড়ল এবং নিঃশব্দে দেখছিল, কীভাবে মানুষ একে একে মূর্তির সামনে এসে দাঁড়াচ্ছে, চোখ বন্ধ করছে, আর ফিরে যাচ্ছে এক অদ্ভুত প্রশান্তি নিয়ে। প্রতিটি মুখে ছিল আলাদা গল্প, আলাদা প্রার্থনা, আলাদা প্রত্যাশা।

মৈথিলীর মনে হল, প্রার্থনা আসলে খুব ব্যক্তিগত এক অনুভূতি। সে কখনওই ভগবানের কাছে কিছু চায় না। তার বিশ্বাস, যা প্রয়োজন, তা সময়মতো সে পেয়ে যাবে। আলাদা করে কিছু চাওয়া যেন সেই বিশ্বাসকে প্রশ্ন করা। তাই সে শুধু চোখ বন্ধ করল, কোনও শব্দ ছাড়া, কোনও নির্দিষ্ট প্রার্থনা ছাড়া, কেবল এক নিঃশব্দ উপস্থিতির মধ্যে নিজেকে ভাসিয়ে দিল।

সময় কখন কেটে গেল, সে বুঝতেই পারল না। যখন মন্দির বন্ধের ঘোষণা শোনা গেল, তখন ধীরে ধীরে সবাই বেরিয়ে যেতে লাগল। মৈথিলীও উঠে দাঁড়াল, কিন্তু বাইরে এসে তার মনে হল, তার একাংশ যেন এখনও ভেতরেই রয়ে গেছে। তার ভেতরে এক অদ্ভুত টান তৈরি হল, যেন সে আবার ফিরে আসবে, বিশেষ

করে সন্ধ্যার সময়, যখন আরতির আলো আর মন্ত্রের ধ্বনি এই স্থানটিকে আরও গভীর করে তোলে।

মন্দির থেকে বেরিয়ে আসার পর তার মনে এক নতুন দ্বিধা জন্মাল। সে ভাবতে লাগল, আসলে তাকে কী টানছে, এই আধ্যাত্মিক অনুভূতি, যা তাকে ধীরে ধীরে স্থির করছে, নাকি সেই অজানা রহস্য, যার সন্ধানে সে এতদিন ধরে এগিয়ে চলেছে। কাশী যেন তাকে দুই ভিন্ন পথে দাঁড় করিয়ে দিয়েছে, একদিকে নীরব শান্তি, অন্যদিকে অজানা অনুসন্ধান। কোনটি তার জন্য সত্যি, সে বুঝতে পারছিল না।

ধীরে ধীরে সে নিজের ভাড়া বাড়ির দিকে ফিরে এল। দুপুরের খাবার খেয়ে কিছুক্ষণ বিশ্রাম নিল, কিন্তু তার মন স্থির হল না। কিছুক্ষণ পর আবার ল্যাপটপ খুলে বসে বারাণসী সম্পর্কে পড়তে শুরু করল। হয়তো সে নিজেও জানত না, ঠিক কী খুঁজছে। তবুও খুঁজে যাওয়ার এই আকাঙ্ক্ষাটাই তাকে থামতে দিচ্ছিল না। তার মনে হচ্ছিল, উত্তরটা খুব দূরে নয়, বরং খুব কাছেই আছে, শুধু সে এখনও সেটাকে চিনে উঠতে পারেনি।

মৈথিলী সাধারণত সন্ধ্যাবেলা ঘাটে যেত না, কারণ তখন জায়গাটা খুব ভিড়ভাট্টায় ভরে যায়। কিন্তু একদিন হঠাৎ তার মনে হল, এক সন্ধ্যায় মণিকর্ণিকা ঘাটে যাওয়া উচিত।

মৈথিলী তৈরি হয়ে স্থানীয় একটি যানবহন ভাড়া করল মণিকর্ণিকা ঘাটে যাওয়ার জন্য। তার পরিচারিকা অম্বিকা তাকে একা যেতে

দিতে চাইল না, তাই সে-ও সঙ্গ নিলো। ভিড় আর সরু রাস্তার কারণে অটোটি ঘাট পর্যন্ত যেতে পারল না, ফলে বাকি পথটা তাদের হেঁটেই যেতে হল।

মৈথিলীর মনে হল, অম্বিকার সঙ্গ তার জন্য সত্যিই আশীর্বাদস্বরূপ, বিশেষ করে যখন তারা ঢুকল গোলকধাঁধার মতো সরু গলিগুলিতে, যা ঘাটের দিকে নিয়ে যায়।

গলির দুই পাশে সারি সারি দোকান-পাঠ, যার কারণে হাঁটতে বেশ অসুবিধা হচ্ছিল। তারা প্রায় দশ থেকে পনেরো মিনিট ধরে হেঁটেই চলেছিল, যেন কোনও ধাঁধার মধ্য দিয়ে পথ খুঁজছে। কখন বা কোথায় গলি শেষ হবে, তা বুঝে ওঠা কঠিন।

মৈথিলীর মনে পড়ল, কেউ একদিন তাকে বলেছিল, এই রহস্যময় গলিগুলোর মধ্যেই নাকি আর-একটা আলাদা কাশী লুকিয়ে আছে।

সে একবার বারাণসীর গলি নিয়ে একটি হিন্দি পত্রিকা পড়েছিল। তার অনুবাদে লেখা ছিল—

*‘বারাণসী শুধু তার মন্দির আর ধর্মীয় ঐতিহ্যের জন্যই বিখ্যাত নয়, বরং তার ঘাট এবং অনন্য গলিগুলোর জন্যও বিশেষভাবে পরিচিত। চলুন, দেখা যাক বারাণসীর দশটি বিখ্যাত গলির গল্প।’*

## বিশ্বনাথ গলি

বারাণসীতে বিশ্বনাথ গলি কেনাকাটার জন্য বিখ্যাত। এই গলি সবসময়ই কোলাহলে ভরা থাকে। এখানে সুলভ মূল্যে নানা ধরনের জিনিস পাওয়া যায়। আধুনিক পোশাক থেকে শুরু করে বিয়ের সাজসরঞ্জাম পর্যন্ত। ঘর সাজানোর সামগ্রী থেকে দেব-দেবতার মূর্তি, সবকিছুই এখানে পাওয়া যায়।

বিশ্বনাথ গলি তার মুখরোচক জলখাবারের আর মিষ্টির জন্যও বিশেষভাবে পরিচিত। এখানে হাঁটলেই দোকানের সামনে থেকে ভেসে আসা খাবারের গন্ধ মন ভালো করে দেয়।

## কচৌরি গলি

বারাণসীর কচৌরি গলি তার সুস্বাদু ভাজা খাবারের জন্য বিখ্যাত। এখানে মশলাদার আর স্বাদে ভরপুর নানা রকমের পদ পাওয়া যায়। গলিতে হাঁটতে হাঁটতে দোকানের সামনের বড়ো বড়ো কড়াই চোখে পড়বে, যেখানে খাবার ভাজা হচ্ছে। সেই কড়াই থেকে ভেসে আসা লোভনীয় গন্ধ আপনাকে সহজেই আকর্ষণ করবে।

## গারহওয়াসি তোলা গলি

এই গলি তার বিখ্যাত ঘাটের জন্য পরিচিত। এখানে .মগধের রাজা শিব ও দুর্গা দেবীর মন্দির তৈরি করেছিলেন, যা ভক্তদের

আকর্ষণ করে দূর-দূরান্ত থেকে এখানে প্রার্থনা করতে আসেন। এই ঘাটটি আরও বিখ্যাত, কারণ এখানে শ্মশান চিতাগুলির পবিত্র আগুন কখনও নিভে যায় না বলে বলা হয়।

## সপ্তসাগর গলি

এই গলি টাউন হল মাঠের গেটের সোজা বিপরীতে শুরু হয়। এটি **পূর্বাঞ্চলের** সবচেয়ে বড়ো ঔষধ বাজারের জন্য পরিচিত, যেখানে প্রতিদিন অনেক মানুষ আসে ঔষধ কিনতে।

## বিন্ধ্যবাসিনী গলি

এই গলিটি মা বিন্ধ্যাচল মন্দিরের জন্য পরিচিত, যার কারণে এটি বিন্ধ্যবাসিনী গলি নামে অভিহিত। মন্দিরে মির্জাপুরে অবস্থিত বিখ্যাত বিন্ধ্যাচল মন্দিরের মূর্তির একটি প্রতিকৃতি স্থাপন করা হয়েছে। মানুষ এখানে মা বিন্ধ্যবাসিনীকে পূজা দিতে আসেন।

## ভূতাহি ইমলি কি গলি

এই গলিটি টাউন হল মাঠের পিছনে ময়দান গিনি এলাকায় অবস্থিত। বলা হয়, এখানে একটি ইমলি গাছ ছিল, যা ভূত এবং দুষ্ট আত্মাদের বাসস্থান হিসেবে পরিচিত ছিল। এই কারণে মানুষ সেখানে যেতে ভয় পেত, এবং এর ফলে গলিটির নাম হয়ে যায় ভূতাহি ইমলি কি গলি।

## নারিয়াল গলি

এই গলিটি নারকেল, ধর্মীয় আচার-অনুষ্ঠানের সামগ্রী এবং বিয়ের সরঞ্জাম বিক্রির জন্য পরিচিত। এখানে নারকেলের বড়ো বাজার থাকার কারণে গলিটির নাম নারিয়াল বাজার হয়েছে। এটি চৌক পুলিশ স্টেশন এর ঠিক পিছনে অবস্থিত এবং দলমন্ডি গলি এর সঙ্গে সংযুক্ত।

## কালভৈরব গলি

এই গলিটি বিশ্বেশ্বরগঞ্জ-এ অবস্থিত। এটি ভৈরনাথ চৌরাহা থেকে শুরু হয়ে কালভৈরব মন্দির পর্যন্ত চলে যায়। কালভৈরবকে কাশীর রক্ষক এবং শিবের সেনাপতির মর্যাদা দেওয়া হয়। বিশ্বাস অনুসারে, কাশীতে কালভৈরবের অনুমতি ছাড়া কেউ বাস করতে পারে না। গলিটির নাম **কালভৈরব** এর নামেই রাখা হয়েছে, এবং স্থানীয় এলাকাটি **ভৈরনাথ** নামে পরিচিত।

## গোপাল মন্দির গলি

এই গলিটি বুলানালা থেকে শুরু হয়ে গোপাল মন্দির পর্যন্ত চলে যায়। মন্দিরে গোপাল দেবতার একটি মূর্তি রয়েছে, যা অষ্টধাতু (আটটি ধাতু) দিয়ে তৈরি। বিশ্বাস করা হয় যে রানী কুন্তী নিজে এই মূর্তির পূজা করতেন, এবং তিনি এটি প্রতিষ্ঠা করেছিলেন। জন্মাষ্টমী উপলক্ষে মন্দির এবং গলিটি সুন্দরভাবে সাজানো হয়, যেন একটি কনের মতো।

## গোলা ধীনানাথ গলি

এই গলিটি কবীরচৌরা এলাকায় অবস্থিত। এটি ধীনানাথ দেবতার মন্দিরের কারণে গোলা ধীনানাথ গলি নামে পরিচিত। এই বাজারে যাওয়ার সমস্ত গলিকে গোলা ধীনানাথ কি গলি বলা হয়। বাজারটি চারপাশে গলির মধ্যে অবস্থিত।

অবশেষে মৈথিলী এবং অম্বিকা মণিকর্ণিকা ঘাটে পৌঁছোল। ঘাটে পা রাখতেই মৈথিলীর মনে হল, সে যেন এক ভিন্ন বাস্তবতায় প্রবেশ করেছে, যেখানে সময়ের গতি আলাদা, আর জীবনের অর্থও যেন অন্যভাবে ধরা দেয়। এই প্রাচীন ঘাটকে ঘিরে বহু পৌরাণিক কাহিনি প্রচলিত, যার মধ্যে সবচেয়ে বিস্ময়কর এই বিশ্বাস যে, এখানে চব্বিশ ঘণ্টা, বছরের প্রতিটি দিনই অন্ত্যেষ্টি প্রক্রিয়া চলতে থাকে, আর মণিকর্ণিকার অগ্নিশিখা কখনও নেভে না। সেই আগুন যেন শুধু দেহকে নয়, সময়কেও গ্রাস করে, তবুও নিজে অবিনশ্বর থেকে যায়।

মৈথিলী আগে কখনও এত কাছ থেকে অন্তিমসংস্কার দেখেনি। প্রথমে তার মনে এক অচেনা সংকোচ জেগে উঠেছিল, কিন্তু ধীরে ধীরে সেই অনুভূতি এক গভীর স্তব্ধতায় বদলে গেল। সবচেয়ে আশ্চর্যের বিষয় ছিল, বাতাসে পোড়া মাংসের কোনও তীব্র গন্ধ নেই বরং চারদিকে ছড়িয়ে আছে ঘি, চন্দন আর জ্বালানি কাঠের মিঁশ্রিত এক মৃদু সুগন্ধ, যা অদ্ভুতভাবে এই মৃত্যুময় পরিবেশকেও শান্ত ও পবিত্র করে তুলেছে। সেই গন্ধের সঙ্গে মিশে ছিল এক

অজানা সংকেত, যা ব্যাখ্যা করা কঠিন, কিন্তু অনুভব করা যায় গভীরভাবে।

এই দৃশ্যের মধ্যে দাঁড়িয়ে হঠাৎ মৈথিলীর মনে পড়ে গেল এক অজানা পঙ্‌ক্তি, যা সে যেন কোথাও পড়েছিল বা হয়তো কখনও শুনেছিল, *'চিতা শরীরকে পোড়ায়, আর দুশ্চিন্তা মনকে দহন করে। যখন তুমি শিবের নগরীতে এসেছ, তখন দুশ্চিন্তা নিয়ে কোনও চিন্তা কোরো না। তাঁর ধ্যানে মনোযোগ দাও।'* সেই কথাগুলো যেন এই মুহূর্তে এসে তার মনের ভেতরে এক অদ্ভুত প্রতিধ্বনি তুলল।

একটি অচেনা শবদেহ সামনে রাখা ছিল, শ্মশানযাত্রার শেষ প্রস্তুতি চলছিল। সেই দৃশ্যের দিকে তাকিয়ে মৈথিলী অনুভব করল, মৃত্যু আসলে কতটা নির্লিপ্ত, কতটা নিঃশব্দ। কোনও আবেগ নেই, কোনও তাড়াহুড়ো নেই, শুধু এক স্বাভাবিক পরিণতি।

মা গঙ্গা তার ঠিক সামনে দিয়ে ধীর ছন্দে বয়ে চলেছে, যেন যুগের পর যুগ ধরে এই একই দৃশ্যের সাক্ষী। অস্তগামী সূর্যের পাকা সোনালি আলো নদীর জলে প্রতিফলিত হয়ে চারদিককে এক অদ্ভুত আভায় ভরিয়ে তুলেছিল। সেই আলো, সেই আগুন, আর সেই নীরবতা মিলেমিশে যেন এক পারলৌকিক আবহ তৈরি করেছিল।

মৈথিলী সেখানে দাঁড়িয়ে ছিল অনেকক্ষণ। সময় যেন থেমে গিয়েছিল তার জন্য। তার নিজের অস্তিত্বও যেন ক্ষীণ হয়ে আসছিল, যেন সে আর একজন ব্যক্তি নয়, বরং এই চিরন্তন চক্রের এক নীরব সাক্ষী। মনে হচ্ছিল, সে যেন যুগ যুগ ধরে এখানে দাঁড়িয়ে আছে, এক প্রাচীন প্রস্তর মূর্তির মতো, জন্ম ও মৃত্যুর এই অনন্ত প্রবাহের সামনে নির্বাক।

কাশীর মতো এক প্রাচীন শহরের প্রতিটি কোণেই যেন অসংখ্য অজানা গল্প লুকিয়ে আছে। মণিকর্ণিকা ঘাটের এক প্রান্তে দাঁড়িয়ে প্রজ্বলিত অগ্নিশিখার দিকে তাকিয়ে মৈথিলী অনুভব করছিল, এই দৃশ্য আসলে কোনও সমাপ্তি নয়, বরং এক অনন্ত চক্রের অংশ মাত্র। জন্ম এবং মৃত্যু একে অপরের সঙ্গে অনবদ্যভাবে জড়িয়ে আছে। সমস্ত জীবকূল এই চক্রের ধারাই অনুসরণ করে চলে, অজান্তেই, অনিবার্যভাবে।

এই চরম সত্যের সামনে দাঁড়িয়ে মৈথিলীর মনে হল, মানুষের সমস্ত অহংকার, সমস্ত দুঃখ, সমস্ত আকাঙ্ক্ষা আসলে কত ক্ষণস্থায়ী। জীবন অবিনশ্বর নয়, শাশ্বত বলে কিছুই নেই। যা আছে, তা শুধু এই চলমান চক্র, যেখানে প্রতিটি শুরুই একদিন শেষ হয়, আর প্রতিটি শেষই কোনও না কোনও নতুন শুরুর ইঙ্গিত বহন করে।

সে ধীরে ধীরে চোখ বন্ধ করল। তার ভেতরের অস্থিরতা যেন একটু একটু করে থেমে আসছিল। মৃত্যুকে মেনে নেওয়া ছাড়া আর কোনও পথ নেই, আর সেই মেনে নেওয়ার মধ্যেই হয়তো লুকিয়ে আছে এক গভীর মুক্তি।

# দশম পরিচ্ছেদ

মৈথিলী সাধারণত রাত সাড়ে ন'টার মধ্যেই ঘুমিয়ে পড়ে। ঘুমের ওষুধ খাওয়ার কারণে মাঝরাতে কখনও খুব একটা তার ঘুম ভাঙে না। কিন্তু সেদিন রাতটা ছিল অন্যরকম। গভীর রাতের নীরবতার মধ্যে হঠাৎ তার ঘুম ভেঙে গেল। চারদিকে এমন এক স্তব্ধতা, যেন সময় নিজেও কিছুক্ষণের জন্য থেমে আছে। ভাড়া বাড়িটায় সে একাই ছিল, আর সেই একাকিত্ব যেন হঠাৎ করে আরও স্পষ্ট হয়ে উঠল।

তার তৃষ্ণা পেয়েছিল। তখনই মনে পড়ল, শোবার আগে বিছানার পাশে খাবার জল রাখতে সে সেদিন ভুলে গেছে। অনিচ্ছাসত্ত্বেও সে উঠে দাঁড়াল। অন্ধকার ঘরের ভেতর দিয়ে ধীরে ধীরে হাঁটতে হাঁটতে রান্নাঘরে গেল। বাইরে সরু গলিটা ফাঁকা পড়ে আছে, মাঝে মাঝে কয়েকটা রাস্তার কুকুর নিঃশব্দে ঘুরে বেড়াচ্ছে। দূরে কোথাও যেন হালকা বাতাসের শব্দ, আর সেই নীরবতার মধ্যেই তার নিজের পদশব্দ স্পষ্ট হয়ে উঠছিল।

জল নিয়ে ফিরে এসে সে আবার বিছানায় শুয়ে পড়ল। কিন্তু এবার আর ঘুম এল না। একবার ঘুম ভেঙে গেলে তার মন যেন আর স্থির থাকতে চায় না। অন্ধকার ঘরের ভেতর শুয়ে শুয়ে তার মাথায় একের পর এক চিন্তা ভিড় করতে লাগল।

ধীরে ধীরে সেই চিন্তাগুলো এক জায়গায় এসে থামল।

সন্দীপ।

তার স্বামী, তার সঙ্গী, তার জীবনের এক বড়ো অংশ, যে এখন আর নেই।

মৈথিলীর মনে হতে লাগল, যেন সন্দীপ ঠিক তার সামনে দাঁড়িয়ে আছে। সেই পরিচিত নরম হাসি, সেই শান্ত চোখ, যেন সবকিছু আগের মতোই আছে। সে প্রায় হাত বাড়িয়ে দিতে চাইল। কিন্তু পরের মুহূর্তেই সেই ছবি ভেঙে গেল। শূন্যতা আবার ফিরে এল।

তার চোখ ভিজে উঠল।

মনের ভেতর জমে থাকা প্রশ্ন আর যন্ত্রণা আর আটকে রাখা গেল না। ধীরে ধীরে সে ফিসফিস করে বলল, “তুমি এটা আমার সঙ্গে কীভাবে করতে পারলে, সন্দীপ? আমাকে একা রেখে কীভাবে চলে গেলে?”

তার গলা কেঁপে উঠছিল।

“আমি তোমাকে ছাড়া বাঁচতে পারছি না... আমি বাঁচতে চাই না তোমাকে ছাড়া...”

এই কথাগুলো সে কারওর কাছে বলে না। দিনের আলোয় সে নিজেকে সামলে রাখে, কিন্তু রাতের এই গভীর নীরবতায় তার সব শক্তি যেন ভেঙে পড়ে।

হঠাৎ তার মনে পড়ল, ভারতে আসার সময় সে সন্দীপের কিছু জামাকাপড় সঙ্গে করে এনেছিল। যেন অজান্তেই সে উঠে পড়ল। স্যুটকেস খুলে ধীরে ধীরে সেই কাপড়গুলোর মধ্যে খুঁজে নিল সন্দীপের প্রিয় একটি টি-শার্ট।

কাপড়টা হাতে নেওয়ার সঙ্গে সঙ্গে তার বুকের ভেতরটা কেঁপে উঠল। সে ধীরে ধীরে সেটি গায়ে পরল। কাপড়টায় এখনও হালকা করে সন্দীপের গন্ধ লেগে আছে, যেন তার উপস্থিতির এক ক্ষীণ ছায়া এখনও রয়ে গেছে।

মৈথিলী চোখ বন্ধ করল।

তার মনে হল, কেউ তাকে শক্ত করে জড়িয়ে ধরেছে। কোনও কথা নেই, কোনও শব্দ নেই, শুধু এক উষ্ণ উপস্থিতি। সে সেই অনুভূতিটাকে আঁকড়ে ধরল, যেন এইটুকুই এখন তার ভরসা।

ধীরে ধীরে তার শ্বাস প্রশান্ত হল। চোখের জল শুকিয়ে এল।

এই স্মৃতির মধ্যেই, এই অদৃশ্য আলিঙ্গনের ভেতরেই, সে আবার ঘুমিয়ে পড়ল।

রাতের নীরবতা আবার তাকে ঢেকে ফেলল।

কিন্তু সেই নীরবতার গভীরে যেন একটি সত্য ধীরে ধীরে স্পষ্ট হয়ে উঠছিল। মানুষ আসলে কতটা অসহায়, কতটা

পরনির্ভরশীল। অল্পতেই ভেঙে পড়ে, অল্পতেই কাতর হয়ে ওঠে। তবুও তাকে শিখতে হয়, বুঝতে হয়, গ্রহণ করতে হয়।

মৃত্যু মানে শেষ নয়।

মৃত্যু মানে এক নতুন সূচনা।

আর হয়তো সেই সূচনার দিকেই অজান্তে এগিয়ে চলেছে মৈথিলী।

মৈথিলী হঠাৎ চমকে উঠল ঘুমের মধ্যেই। প্রথমে কিছুই বুঝতে পারছিল না। ঘরের ভেতর হালকা আলো ঢুকে পড়েছে, কিন্তু তার মাথা এখনও ঘুমের ঘোরে আটকে আছে। ঠিক তখনই সামনের দরজায় জোরে কড়া নাড়ার শব্দ শোনা গেল, আর সঙ্গে কারও উৎকণ্ঠিত কণ্ঠ, “দিদি, দিদি... আপনি ঠিক আছেন তো? আজ এত দেরি করে ঘুমাচ্ছেন কেন?”

সে কিছুটা বিভ্রান্ত হয়ে ঘড়ির দিকে তাকাল। ইতিমধ্যেই সকাল সাড়ে আটটা বেজে গেছে। এই সময়ে সে সাধারণত অনেক আগেই উঠে পড়ে। এত গভীর ঘুম কীভাবে হল, সে নিজেই বুঝে উঠতে পারছিল না। তাড়াতাড়ি বিছানা ছেড়ে দরজার দিকে এগিয়ে গেল।

দরজা খুলতেই সে দেখল, বাইরে দাঁড়িয়ে আছে তার পরিচারিকা অম্বিকা, আর সঙ্গে আরও তিন-চারজন প্রতিবেশী। সবার মুখেই স্পষ্ট উদ্বেগের ছাপ। মৈথিলীকে সুস্থ অবস্থায় দেখে অম্বিকা যেন

হাঁপ ছেড়ে বাঁচল। সে পিছনে দাঁড়ানো লোকদের বলল, “আপনারা যান, দিদি ঠিক আছেন।”

একে একে সবাই সরে গেল, কিন্তু অম্বিকার চোখে এখনও ভয়ের ছায়া রয়ে গেছে।

অম্বিকা ধীরে ধীরে বলল, সে অনেকক্ষণ ধরে কড়া নাড়ছিল, কিন্তু কোনও সাড়া না পেয়ে খুব ভয় পেয়ে যায়। এমনকি সে ভেবে নিয়েছিল, হয়তো কিছু একটা হয়েছে, তাই তাড়াহুড়ো করে মৈথিলীর বোনকেও ফোন করে বসে।

সবটা শুনে মৈথিলীর একটু অস্বস্তি লাগল। যেন অজান্তেই সে অন্যদের চিন্তায় ফেলে দিয়েছে। কিছুটা লজ্জা নিয়ে সে ভেতরে ফিরে এল এবং স্নানঘরের দিকে গেল মুখ ধোয়ার জন্য।

ঠিক তখনই ফোনের রিংটোন বেজে উঠল।

সে দ্রুত ফিরে এসে ফোনটা হাতে নিল। স্ক্রিনে ভেসে উঠল শান্তনুর নাম।

“হ্যাঁ, বেটা, কেমন আছিস?” স্বাভাবিক থাকার চেষ্টা করে বলল মৈথিলী।

কিন্তু ওদিক থেকে ভেসে এল স্পষ্ট উদ্বেগভরা কণ্ঠ, “মা, কী হয়েছে? তুমি দরজা খুলছ না কেন? সব ঠিক আছে তো? ডাক্তারকে ডাকি?”

মৈথিলী হালকা করে হাসল, যদিও সেই হাসির মধ্যে ক্লান্তির ছাপ ছিল। সে শান্ত গলায় বলল, "তুই চিন্তা করিস না, আমি পুরোপুরি ঠিক আছি। কাল রাতে একটু দেরি করে শুয়েছিলাম, তাই আজ দেরি করে উঠেছি। অম্বিকা আজ একটু আগে এসে পড়েছিল, তাই সাড়া না পেয়ে ও ভয় পেয়ে গেছে। সব ঠিক আছে। তুই বল, তুই আর সৃষ্টি কেমন আছিস?"

ধীরে ধীরে শান্তনুর কণ্ঠে উদ্বেগ কমে এল। মায়ের স্বাভাবিক গলাটা শুনে সে নিশ্চিন্ত হল। কিছুক্ষণ কথা বলার পর ফোনটা কেটে গেল।

মৈথিলী কিছুক্ষণ চুপ করে দাঁড়িয়ে রইল। এই ছোট্ট ঘটনাটাই যেন তাকে আবার মনে করিয়ে দিল, সে একা নয়। দূরে থেকেও কেউ তার জন্য চিন্তা করে, অপেক্ষা করে।

এরপর অম্বিকা আবার ভেতরে এসে জিজ্ঞাসা করল, সকালে সে কী খাবে। মৈথিলী জানাল, আজ জলখাবার সেরে সে আসি ঘাটের আশ্রমে যাবে, লক্ষ্মী-জির সঙ্গে দেখা করতে। কথাটা শুনে অম্বিকা নিজে থেকেই সঙ্গে যাওয়ার ইচ্ছা প্রকাশ করল।

মৈথিলী এবার না করল না। সে জানত, এই অচেনা শহরে অম্বিকার উপস্থিতি শুধু সাহায্যই নয়, এক ধরনের নিশ্চিন্ততার অনুভূতিও দেয়।

দেড় ঘণ্টার মধ্যেই মৈথিলী আশ্রমে যাওয়ার জন্য পুরোপুরি প্রস্তুত হয়ে গেল। বাইরে বেরোতেই বুঝতে পারল, আজকের পথটা সহজ হবে না। তুলসী ঘাট আর আসি ঘাট পাশাপাশি হলেও, গঙ্গার তীর ধরে হাঁটার যে সহজ রাস্তা, বর্ষার পর তা এখন প্রায় অচল হয়ে পড়েছে। ঘাটজুড়ে কাদা জমে আছে, ভেজা মাটি পিচ্ছিল হয়ে উঠেছে, যেখানে এক পা ফেলাও ঝুঁকিপূর্ণ। জল আর মাটির মিশ্রণে সেই পথ যেন নিজের স্বাভাবিক রূপ হারিয়ে ফেলেছে।

তবুও শহর থেমে নেই বরং চারপাশে এক অদ্ভুত ব্যস্ততা চোখে পড়ছিল। স্থানীয় প্রশাসন ইতিমধ্যেই ঘাট পরিষ্কারের কাজ শুরু করেছে, আসন্ন দীপাবলির প্রস্তুতিতে। দেব দীপাবলি খুব কাছেই, আর সেই উপলক্ষে কাশী যেন ধীরে ধীরে নিজেকে নতুন করে সাজিয়ে তুলছে। প্রতিটি ঘাটে আলো, প্রদীপ, সাজসজ্জার পরিকল্পনা চলছে, যেন গঙ্গার তীর আবারও এক আলোকময় উৎসবে জেগে উঠবে। দূর দূরান্ত থেকে মানুষ আসবে, এই শহরের সেই অনন্য রূপের সাক্ষী হতে। এই উৎসবের আগমনী সুর যেন বাতাসেই ভেসে বেড়াচ্ছিল।

অম্বিকার পথপ্রদর্শনে মৈথিলী প্রধান রাস্তা ছেড়ে এক সরু গলিতে ঢুকে পড়ল। গলিটা এতটাই সরু যে, দু'পাশের বাড়িগুলো যেন একে অপরের দিকে ঝুঁকে আছে। কোথাও রংচটা দেওয়াল, কোথাও দরজার সামনে বসে থাকা একা একজন মানুষ, কোথাও

আবার দোকানের সামনে ছোটোখাটো ভিড়। শহরটা যেন এক মুহূর্তের জন্যও থামে না।

এই ভিড়ের মধ্যে দিয়ে হাঁটতে হাঁটতে মৈথিলীর একটু অস্বস্তি হচ্ছিল। অচেনা শহর, অচেনা মানুষ, আর এই অগোছালো ব্যস্ততা তাকে কিছুটা অস্থির করে তুলছিল। তবুও তার ভেতরে এক দৃঢ় সংকল্প কাজ করছিল। তাকে পৌঁছোতেই হবে। তাকে খুঁজে পেতেই হবে।

অম্বিকা তাকে আরও একটি সরু গলির দিকে নিয়ে গেল। এই পথটা যেন মূল রাস্তার কোলাহল থেকে একটু দূরে, তুলনামূলকভাবে শান্ত। কিন্তু সেই শান্তির মধ্যেও শহরের স্পন্দন স্পষ্ট।

প্রায় পনেরো থেকে কুড়ি মিনিট হাঁটার পর তারা আশ্রমে পৌঁছোল। বাইরে থেকে দেখলে জায়গাটা খুব সাধারণ, কিন্তু ভেতরে যেন কত গল্প লুকিয়ে আছে, তা সহজে বোঝা যায় না।

মৈথিলী আগেই স্থানীয় বাজার থেকে কিছু ফল আর মিষ্টি কিনে এনেছিল। তার মনে হয়েছিল, এই সামান্য উপহার হয়তো কারওর মুখে একটু হাসি আনতে পারবে। কিন্তু সে জানত, এই ধরনের আশ্রমে প্রবেশ এত সহজ নয়। তাই সে অম্বিকার দিকে তাকাল, তার এখানে কাজ করার অভিজ্ঞতা ছিল, বোধহয় তাতে একটু সুবিধা হতে পারে। ।

অম্বিকা এগিয়ে গিয়ে দায়িত্বপ্রাপ্ত কর্মকর্তার সঙ্গে কথা বলতে শুরু করল। সে বোঝানোর চেষ্টা করল, মৈথিলী দূরদেশ থেকে এসেছে এবং ব্যক্তিগতভাবে আশ্রমের বাসিন্দাদের সঙ্গে দেখা করে তাদের হাতে কিছু দিতে চায়।

কিন্তু কথাটা শেষ হওয়ার আগেই কর্মকর্তার মুখের ভাব বদলে গেল। সে শান্ত গলায় জানিয়ে দিল, এই আশ্রমে প্রবেশ সীমাবদ্ধ। অনুমতি ছাড়া কাউকে ভেতরে ঢুকতে দেওয়া হয় না, আর বিশেষ করে একজন বিদেশি নাগরিকের ক্ষেত্রে এই নিয়ম আরও কঠোর।

মৈথিলী চুপ করে দাঁড়িয়ে রইল। সে কিছু বলল না, কিন্তু তার ভেতরে এক অদ্ভুত অসহায়ত্ব কাজ করছিল। এত কাছে এসে, এতটা পথ পেরিয়ে, সে যেন হঠাৎ থেমে গেল।

তবুও সে হাল ছাড়ল না।

সে ফল আর মিষ্টির প্যাকেটগুলো গেটেই জমা দিয়ে দিল। মনে মনে ভাবল, হয়তো এগুলো কারও কাছে পৌঁছোবে, হয়তো কেউ একটু আনন্দ পাবে। সেই ছোট্ট আশাটুকুই তার ভরসা হয়ে রইল।

গেটের কাছেই একটি কাঠের বেঞ্চে কয়েকজন বয়স্ক মহিলা বসে ছিলেন। তাঁদের মুখে সময়ের ছাপ স্পষ্ট, কিন্তু চোখে ছিল এক

ধরনের স্থিরতা। মৈথিলী কর্মকর্তার অনুমতি নিয়ে তাঁদের কাছে এগিয়ে গেল।

সে ধীরে ধীরে কথা বলতে শুরু করল। জানতে চাইল তাঁরা কেমন আছেন, কতদিন ধরে এখানে আছেন। কথার ফাঁকে সে জিজ্ঞেস করল, এখানে লক্ষ্মী নামে কেউ আছেন কি না।

মহিলারা একে অপরের দিকে তাকালেন। কেউ মাথা নাড়লেন, কেউ বললেন তাঁরা এমন কাউকে চেনেন না।

মৈথিলী খানিকটা আশাহত হয়ে পড়ল।

তার মনে হল, হয়তো সে ভুল জায়গায় এসেছে। হয়তো লক্ষ্মীজি অন্য কোথাও থাকেন।

আশ্রম থেকে বেরিয়ে এসে সে অম্বিকার দিকে তাকাল।

"আর কোনও আশ্রম আছে কাছাকাছি?"

অম্বিকা ধীরে মাথা নাড়ল, "আমি আর কিছু চিনি না দিদি..."

মৈথিলী কিছুক্ষণ চুপ করে রইল। চারপাশে মানুষের ভিড়, গলির শব্দ, শহরের চলমান জীবন, সবকিছুই আগের মতোই চলছে, কিন্তু তার ভেতরে যেন এক অদ্ভুত শূন্যতা তৈরি হল।

তবুও সে থামল না।

সে ভাবল, হয়তো পথের কারও কাছে জিজ্ঞাসা করতে হবে, হয়তো কোনও দোকানে খোঁজ নিতে হবে।

কারণ এখন তার কাছে ফিরে যাওয়ার কোনও প্রশ্নই ওঠে না।

শুধু এগিয়ে যাওয়াই তার একমাত্র পথ।

দীপাবলি আসতে আর মাত্র ক'টা দিন বাকি। সেই আগমনী উত্তেজনা ইতিমধ্যেই শহরের প্রতিটি কোণায় ছড়িয়ে পড়েছে। গলির দোকানগুলোতে রঙিন আলোর মালা ঝুলতে শুরু করেছে, ঘাটগুলোর ধারে পরিষ্কার-পরিচ্ছন্নতার কাজ চলছে, আর মানুষের কথাবার্তায় বারবার উঠে আসছে উৎসবের প্রস্তুতির কথা। কাশী যেন ধীরে ধীরে নিজেকে আলোর এক নতুন আয়োজনে সাজিয়ে তুলছে।

এই উৎসবমুখর পরিবেশের মধ্যেই মৈথিলী এবং অম্বিকা গলি থেকে বেরিয়ে প্রধান পথে এল। ভিড় আরও বেড়েছে, দোকানপাটে ক্রেতাদের আনাগোনা, রিকশা আর বাইকের শব্দ, সব মিলিয়ে চারপাশ যেন এক চলমান চিত্র। কিন্তু মৈথিলীর মন এই বাহ্যিক কোলাহল থেকে সম্পূর্ণ আলাদা। তার মাথায় এখন একটাই প্রশ্ন ঘুরছে। লক্ষ্মীজি কোথায়?

তারা আশেপাশের লোকজন এবং দোকানদারদের জিজ্ঞাসা করতে শুরু করল, কাছাকাছি কোনও বিধবা আশ্রম আছে কি না। বেশিরভাগই নিরুত্তর। কেউ মাথা নাড়ল, কেউ বলল জানে না।

একসময় একটি ছোটো দোকানের সামনে দাঁড়িয়ে থাকা এক দোকানদার একটু ভেবে একটি বৃদ্ধাশ্রমের ঠিকানা দিল।

মৈথিলীর মনে এক ঝলক আশার আলো জ্বলে উঠল। তার মনে হল, লক্ষ্মীজি গ্রাম থেকে আসা একজন সরল মহিলা, হয়তো তিনি বিধবা আশ্রম আর বৃদ্ধাশ্রমের মধ্যে পার্থক্যটা ভালোভাবে বোঝেননি। হয়তো তিনি সেই বৃদ্ধাশ্রমেই থাকেন।

সে দ্রুত ঠিকানাটা লিখে নিল। শুনে বোঝা গেল, জায়গাটা খুব দূরে নয়, ঘাটের কাছেই। এতে তার ধারণা আরও দৃঢ় হল। হয়তো সেখান থেকেই লক্ষ্মীজি প্রতিদিন গঙ্গায় স্নান করতে আসেন।

বৃদ্ধাশ্রমে যাওয়ার আগে মৈথিলী আবার কিছু ফল আর মিষ্টি কিনল। এই ছোট্ট উপহারগুলো তার কাছে শুধু আনুষ্ঠানিকতা নয়, বরং মানুষের সঙ্গে সংযোগ স্থাপনের এক সহজ উপায়।

অম্বিকাকে সঙ্গে নিয়ে দোকানদারের দেওয়া ঠিকানা অনুসরণ করে তারা এগিয়ে গেল। প্রায় দশ মিনিটের মধ্যেই তারা বৃদ্ধাশ্রমের সামনে এসে দাঁড়াল।

প্রবেশপথে একটি বড়ো লোহার গেট, আর সেখানে দাঁড়িয়ে একজন নিরাপত্তারক্ষী। তার চোখে ছিল সতর্কতা। তারা কাছে আসতেই সে উদ্দেশ্য জানতে চাইল।

মৈথিলী এক মুহূর্ত থামল। সে বুঝতে পারছিল, যদি সত্যিটা বলে, তা হলে হয়তো তাকে ভেতরে ঢুকতে দেওয়া হবে না। খুব স্বাভাবিক গলায় সে বলল, তার মা কাশীতে থাকতে চান, আর সে তার জন্য একটি নিরাপদ জায়গা খুঁজছে।

এই কথাটা বলার সময় তার নিজের কণ্ঠে অদ্ভুত এক ভার অনুভূত হল। যেন কথাটা পুরোপুরি মিথ্যে নয়।

নিরাপত্তারক্ষী কিছুক্ষণ তাকিয়ে থেকে গেট খুলে দিল।

ভেতরে ঢুকে তারা অফিসের দিকে গেল। মৈথিলী একই কথা আবার বলল, একটু বিস্তারিতভাবে। সে জানাল, সে বিদেশে থাকে, তাই এই বয়সে মাকে একা রাখা সম্ভব নয়। সে এমন একটি জায়গা খুঁজছে, যেখানে তার মা নিরাপদে থাকতে পারবেন।

কর্মীরা মন দিয়ে কথা শুনল এবং ভদ্রভাবে ঘুরে দেখার অনুমতি দিল।

মৈথিলী ধীরে ধীরে আশ্রমটি ঘুরে দেখতে শুরু করল। প্রতিটি ঘর পরিষ্কার, সুশৃঙ্খল। বাইরে খোলা জায়গা, যেখানে কয়েকজন বয়স্ক মানুষ বসে রোদ পোহাচ্ছেন। কোথাও কেউ চুপচাপ বসে আছে, কোথাও আবার দুজন মিলে গল্প করছেন।

সে সবার সঙ্গে কথা বলতে শুরু করল। ফল আর মিষ্টি এগিয়ে দিল। খুব সাধারণ কিছু কথা, কিন্তু সেই কথার মধ্যে ছিল আন্তরিকতা।

কথার ফাঁকে সে লক্ষ্মীজির কথা তুলল।

কেউ চিনল না।

একজন বলল, এখানে লক্ষ্মী নামে একজন আছেন ঠিকই, কিন্তু তাঁর বর্ণনা শুনে বোঝা গেল, তিনি সেই মানুষ নন, যাঁকে মৈথিলী খুঁজছে।

মৈথিলীর এবার হতাশ হয়ে পড়ল।

সে চারপাশে তাকাল। সবকিছু এত স্বাভাবিক, এত গুছোনো, কোথাও কোনও অস্বাভাবিকতা নেই। এমনকি আশ্রমের ভেতরেই একটি ছোটো শিবমন্দির রয়েছে, যাতে বাসিন্দারা নিয়মিত পূজা করতে পারেন।

সবকিছু ঠিকঠাক।

সবকিছু স্পষ্ট।

তবুও তার খোঁজ যেন কোথাও গিয়ে থেমে যাচ্ছে।

প্রায় দেড় ঘণ্টা কাটিয়ে মৈথিলী কর্মীদের ধন্যবাদ জানাল। বলল, সে পরে আবার যোগাযোগ করবে।

কিন্তু আশ্রম থেকে বেরিয়ে আসার সময় তার মনে যে প্রশ্নটা তৈরি হল, তা আর সহজে সরল হল না। লক্ষ্মীজি কোথায়?

কয়েকদিনের মধ্যে একজন মানুষ এভাবে অদৃশ্য হয়ে যেতে পারে কীভাবে?

মৈথিলীর মনে এক অদ্ভুত রহস্যের অনুভূতি তৈরি হল। যেন এই গল্পের ভেতরে আরও কিছু আছে, যা এখনও সামনে আসেনি।

সে মনে মনে ঠিক করল, পরের দিন ভোরে আবার আসি ঘাটে যাবে। হয়তো সেই ভোরের নীরবতায়, আবার হঠাৎ করে তাঁর সঙ্গে দেখা হয়ে যাবে।

দুপুর গড়িয়ে আসছিল। সূর্যের আলো আরো তীব্র হয়ে এসেছে। তখনই অম্বিকা ধীরে তাকে মনে করিয়ে দিল, দিনের অর্ধেকটা প্রায় শেষ হয়ে এসেছে, আর ঘরের কাজও সব বাকি পরে আছে।

মৈথিলী তখনই বুঝতে পারল, সময় কখন কেটে গেছে সে টেরই পায়নি। আসি ঘাট আর বৃদ্ধাশ্রম ঘুরতে ঘুরতেই তিন থেকে চার ঘণ্টা কেটে গেছে। শরীরেও ক্লান্তি জমে উঠছিল।

দুজনেই সিদ্ধান্ত নিল, এখন বাড়ি ফেরাই ভালো।

যদিও দিনটি তাকে কোনও স্পষ্ট উত্তর দিতে পারেনি, তবুও মৈথিলীর মন ভেঙে পড়েনি। বরং তার ভেতরের অনুসন্ধান আরও গভীর হয়ে উঠেছে।

সে জানত, এই খোঁজ এখানেই থামবে না।

আগামিকাল, নতুন ভোরের সঙ্গে সঙ্গে, সে আবার শুরু করবে।

# একাদশ পরিচ্ছেদ

একটা দীর্ঘ দিন কাটানোর পর মৈথিলী ভীষণ ক্লান্ত ছিল। শরীর বিশ্রাম চাইছিল, পা দুটো ভারী হয়ে উঠেছিল সারাদিনের হাঁটাহাঁটিতে, কিন্তু তার মন যেন থামতে চাইছিল না। দিনের প্রতিটি মুহূর্ত, প্রতিটি দেখা, প্রতিটি প্রশ্ন আবার ফিরে ফিরে আসছিল। লক্ষ্মীজির অনুপস্থিতি, তাঁর সেই অদ্ভুত অদৃশ্য হয়ে যাওয়া, সবকিছু মিলিয়ে এক অজানা অস্থিরতা তার ভেতরে ধীরে ধীরে জমে উঠছিল।

এই অস্থিরতার মাঝেই হঠাৎ তার মনে পড়ল একেবারে অন্য একটি কথা। এতদিন ধরে কাশীতে থেকেও সে এখনও কাশী বিশ্বনাথ মন্দির দর্শন করেনি। এই শহরের প্রাণকেন্দ্র, যার নাম শুনলেই ভক্তি আর শ্রদ্ধার এক গভীর অনুভূতি জেগে ওঠে, সেই মন্দিরেই সে এখনও যায়নি! এই উপলব্ধিটা তার ভেতরে এক ধরনের নীরব অনুশোচনা তৈরি করল। যেন এতদিন ধরে সে কাশীর চারপাশে ঘুরে বেড়িয়েছে, কিন্তু তার অন্তরে প্রবেশ করেনি!

সে ধীরে ধীরে নিজেকে সামলে নিল। মনে মনে ঠিক করল, আর দেরি নয়। পরের দিন ভোরেই সে মন্দির দর্শনে যাবে।

স্থানীয় লোকজনের কাছ থেকে সে আগেই শুনেছিল, ভোরের সময়টাই সবচেয়ে উপযুক্ত। তখন ভিড় তুলনামূলক কম থাকে,

আর বাতাসে থাকে এক ধরনের নির্মলতা, যা দিনের ব্যস্ততার মধ্যে হারিয়ে যায়। সেই সময় মন্দিরের পরিবেশ নাকি একেবারেই আলাদা হয়ে ওঠে, আরও শান্ত, আরও গভীর।

অম্বিকা খুব মন দিয়ে সব ব্যবস্থা করে দিল। অম্বিকার স্বামী অটো চালায়। সে ভোর সাড়ে তিনটেয় এসে মৈথিলীকে নিয়ে যাবে। এই আয়োজনের মধ্যে এক ধরনের যত্ন ছিল, যা মৈথিলীর মনকে একটু নরম করে দিল। এই অচেনা শহরে, অচেনা মানুষের মধ্যেও যে এমন আন্তরিকতা পাওয়া যায়, তা সে বারবার অনুভব করছিল।

সন্ধ্যাটা মৈথিলী কাটাল কাশী বিশ্বনাথ মন্দির সম্পর্কে পড়তে পড়তে। যত পড়ছিল, ততই মনে হচ্ছিল, সে যেন শুধু একটি মন্দিরের ইতিহাস নয়, বরং এক জীবন্ত ঐতিহ্যের ভেতরে প্রবেশ করছে।

ভগবান শিবকে উৎসর্গীকৃত এই মন্দিরটি পবিত্র গঙ্গা নদীর পশ্চিম তীরে মাথা উঁচু করে দাঁড়িয়ে আছে। এটি দ্বাদশ জ্যোতির্লিঙ্গের একটি, যার গুরুত্ব হিন্দু ধর্মে অপরিসীম। বহু ভক্তের বিশ্বাস, একসময় ভগবান শিব নিজেই এই স্থানে অবস্থান করতেন।

ইতিহাসের পাতা ওলটাতে গিয়ে মৈথিলী জানতে পারল, কাশী বিশ্বনাথ মন্দিরের ইতিহাস বহু প্রাচীন। ঐতিহাসিক সূত্র অনুযায়ী, ১৪৯০ সালের দিকেই এই মন্দিরের অস্তিত্বের উল্লেখ পাওয়া

যায়। শতাব্দীর পর শতাব্দী ধরে কাশী নানা শাসকের অধীনে থেকেছে। কখনও হিন্দু রাজাদের শাসন, কখনও বৌদ্ধ প্রভাব, আবার কখনও মুসলিম শাসন, এই সমস্ত পরিবর্তনের মধ্যেও মন্দিরটি বারবার আক্রমণ ও ধ্বংসের শিকার হয়েছে। তবুও প্রতিবারই এটি পুনর্নির্মাণ হয়েছে, যেন তার অস্তিত্ব মুছে ফেলা সম্ভব নয়।

মোগল সম্রাট আকবর এই মন্দির নির্মাণের অনুমতি দিয়েছিলেন, যা সেই সময়ের সহনশীলতার এক নিদর্শন। কিন্তু তাঁর নাতি ঔরঙ্গজেব মন্দিরটি ধ্বংস করে সেই স্থানে একটি মসজিদ নির্মাণ করেন। ইতিহাসের এই অধ্যায়টি কাশীর জটিল রাজনৈতিক ও ধর্মীয় প্রেক্ষাপটকে স্পষ্ট করে তুলে ধরে।

পরে ইন্দোরের রানি অহল্যাবাই হোলকর এই মন্দিরকে নতুন জীবন দেন। অষ্টাদশ শতকে তিনি নিজের উদ্যোগে মন্দিরটি পুনর্নির্মাণ করেন এবং এর জন্য প্রয়োজনীয় সমস্ত অর্থের ব্যবস্থা করেন। মৈথিলীর মনে হল, এই পুনর্নির্মাণ শুধু একটি স্থাপত্যের পুনর্জন্ম নয়, বরং বিশ্বাসের এক পুনঃপ্রতিষ্ঠা।

মন্দিরের গম্বুজগুলোর কথা পড়ে সে বিস্মিত হয়ে গেল। তিনটি গম্বুজ সোনায় মোড়া, আর তার উপর স্থাপিত স্বর্ণছত্র নিয়ে বহু লোকবিশ্বাস প্রচলিত। বলা হয়, সেই স্বর্ণছত্র দর্শন করে, মন থেকে কোনও ইচ্ছা করলে তা পূর্ণ হয়।

আরও একটি কাহিনি তার দৃষ্টি আকর্ষণ করল। যখন ঔরঙ্গজেব মন্দির ধ্বংসের পরিকল্পনা করেছিলেন, তখন মন্দিরের পুরোহিতরা শিবলিঙ্গকে রক্ষা করার জন্য তা একটি কূপে লুকিয়ে রাখেন। সেই কূপটি আজও মসজিদ এবং মন্দিরের মধ্যবর্তী স্থানে অবস্থিত, যা 'বুদ্ধির কূপ' নামে পরিচিত। এই গল্পের মধ্যে যেন এক অদ্ভুত বুদ্ধিমত্তা এবং বিশ্বাসের সমন্বয় রয়েছে।

মৈথিলী ধীরে ধীরে বুঝতে পারছিল, এই মন্দির শুধু পূজার স্থান নয়। এটি এমন এক স্থান, যেখানে ইতিহাস, বিশ্বাস, সংগ্রাম এবং পুনর্জন্ম একসূত্রে গাঁথা। কাশীর আধ্যাত্মিক হৃদয় যেন এই মন্দিরকেই কেন্দ্র করে স্পন্দিত হয়।

সে আরও পড়ল, প্রতি বছর লক্ষ লক্ষ ভক্ত এই মন্দিরে আসেন। সাম্প্রতিক সময়ে কাশী বিশ্বনাথ ধাম প্রকল্পের মাধ্যমে এই মন্দির ও তার আশেপাশের এলাকা নতুনভাবে গড়ে তোলা হয়েছে।

## কাশী বিশ্বনাথ মন্দিরের উৎস এবং ইতিহাস

কাশী বিশ্বনাথ মন্দির ইতিহাসের পৃষ্ঠায় বারবার আক্রমণকারীদের হাতে ধ্বংস হয়েছে। তবুও বহু ভারতীয় রাজা এই মন্দিরকে পুনর্নির্মাণ এবং পুনরুদ্ধারের চেষ্টা করেছেন, যাতে এর ধারাবাহিকতা বজায় থাকে। সর্বশেষ পুনর্নির্মাণটি ১৬৮০-এর দশকে ইন্দোরের আহিল্যা বাই হোলকর দ্বারা সম্পন্ন হয়, যা মন্দিরটির দীর্ঘ সংগ্রাম ও টিকে থাকার প্রতীক।

বর্তমান মন্দিরের গঠনে তিনটি গম্বুজ রয়েছে, যার মধ্যে দুটি সোনায় মোড়া। এই সোনার আবরণ পাঞ্জাবের মহারাজা রঞ্জিত সিংহের দানে সম্ভব হয়েছিল। মন্দিরের একটি গুরুত্বপূর্ণ অংশ হল জ্ঞানবাপী কুয়ো, যা কিংবদন্তি অনুযায়ী আক্রমণের সময় শিবলিঙ্গকে রক্ষা করার জন্য ব্যবহৃত হয়েছিল।

## প্রাচীন যুগ

স্কন্দ পুরাণের কাশী খণ্ডে এই মন্দিরের বিশেষ উল্লেখ রয়েছে। এই গ্রন্থে কাশীকে মোক্ষলাভের অন্যতম পবিত্র স্থান হিসেবে বর্ণনা করা হয়েছে এবং বিশ্বনাথ মন্দিরকে শিব মহাদেবের এক বিশেষ আবাস হিসেবে দেখা হয়েছে।

## সুলতানি যুগ

১১৯৪ সালে কুতুবুদ্দিন আইবকের সময় মূল মন্দিরটি ক্ষতিগ্রস্ত হয়। পরে সেখানে একটি মসজিদ নির্মাণ করা হয়। ১২৩০ সালে ইলতুৎমিসের আমলে গুজরাটের এক বণিক মন্দিরটি পুনর্নির্মাণ করেন। কিন্তু পরবর্তীকালে হুসেন শাহ শরকি এবং সিকন্দর লোধির সময় আবার ধ্বংসের ঘটনা ঘটে।

## মুঘল যুগ

আকবরের আমলে রাজা মান সিংহ মন্দিরটি পুনর্নির্মাণ করেন। ১৫৮৫ সালে রাজা তোদরমল এটিকে পুনঃস্থাপন করেন। পরে

জাহাঙ্গিরের সময় বীর সিং দেব নির্মাণ কাজ সম্পন্ন করেন। কিন্তু ১৬৬৯ সালে ঔরঙ্গজেব মন্দিরটি ধ্বংস করে এবং জ্ঞানবাপী মসজিদ নির্মাণ করেন।

## ব্রিটিশ-পূর্ব যুগ

মারাঠা সম্রাট মালহার রাও হোলকর মন্দির পুনর্নির্মাণের চেষ্টা করেন, কিন্তু সফল হননি। পরে জয়পুরের মহারাজাও উদ্যোগ নেন, তবুও তা সম্পূর্ণ হয়নি। অবশেষে আহিল্যা বাই হোলকর বর্তমান মন্দির নির্মাণে সফল হন।

১৮৩৩ থেকে ১৮৪০ সালের মধ্যে বিভিন্ন ভারতীয় শাসকদের অবদানে কুয়ো, ঘাট এবং আশেপাশের স্থাপনা গড়ে ওঠে। ১৮৩৫ সালে মহারাজা রঞ্জিত সিংহ মন্দিরের গম্বুজে সোনা দান করেন। নাগপুরের রাঘুজি ভোঁসলে তামা দান করেন এবং নেপালের রাণা নন্দীর মূর্তি উপহার দেন।

## স্বাধীনতার পর

মন্দিরটি বিশ্বনাথ গলিতে অবস্থিত, যা একটি সরু পথ হলেও আধ্যাত্মিকভাবে অত্যন্ত গুরুত্বপূর্ণ। ২০১৯ সালে কাশী বিশ্বনাথ করিডোর প্রকল্প শুরু হয়, যার মাধ্যমে মন্দির ও গঙ্গার ঘাটের মধ্যে সংযোগ সহজ করা হয়। প্রায় ৫০,০০০ বর্গমিটার এলাকা জুড়ে এই প্রকল্প সম্প্রসারিত হয়।

২০২১ সালের ১৩ ডিসেম্বর এই প্রকল্পের প্রথম পর্যায় উদ্বোধন করা হয়। পরে ২০২২ সালে মন্দিরের গর্ভগৃহ সোনায় সজ্জিত করা হয়।

## উপসংহার

কাশী বিশ্বনাথ মন্দির শুধু একটি ধর্মীয় স্থান নয়। এটি শিবের বারোটি জ্যোতির্লিঙ্গের একটি এবং হিন্দু ধর্মের অন্যতম পবিত্র তীর্থস্থান। ইতিহাসের বহু ধ্বংস ও পুনর্নির্মাণের মধ্য দিয়েও এই মন্দির তার অস্তিত্ব ধরে রেখেছে, যা তার দৃঢ়তা এবং আধ্যাত্মিক শক্তির প্রতীক।

মৈথিলী নোটগুলো বন্ধ করল।

তার মনে হচ্ছিল, এই মন্দির শুধু ইতিহাস নয়, এক দীর্ঘ সময়ের ধৈর্য, বিশ্বাস আর পুনর্জন্মের গল্প।

আগামিকাল সে সেখানে যাবে। কিন্তু সে জানত, সে শুধু দর্শন করতে যাচ্ছে না, সে প্রবেশ করবে এক জীবন্ত ইতিহাসের মধ্যে।

কাশী বিশ্বনাথ মন্দিরে যাওয়ার দৃঢ় সংকল্প নিয়ে মৈথিলী ভোর হওয়ার অনেক আগেই উঠে পড়েছিল। রাতের অন্ধকার তখনও পুরোপুরি কাটেনি, চারপাশে এক ধরনের নিস্তব্ধতা, যেন শহর এখনও ঘুমিয়ে আছে। সে আগের রাতেই একটি স্থানীয় অটো ঠিক করে রেখেছিল। ঠিক ভোর সাড়ে তিনটেয় অটো এসে দাঁড়াল, আর কিছুক্ষণের মধ্যেই সে রওনা দিল মন্দিরের উদ্দেশে।

যাত্রাটা ছিল খুবই ছোটো, প্রায় পনেরো মিনিটের। কিন্তু সেই নীরব পথচলায় মৈথিলীর মনে হচ্ছিল, সে যেন ধীরে ধীরে এক বিশেষ মুহূর্তের দিকে এগিয়ে যাচ্ছে। চারপাশে অল্প আলো, মাঝে মাঝে রাস্তার ধারে জেগে থাকা দোকান, আর দূরে কোথাও ভেসে আসা মন্দিরের ঘণ্টাধ্বনি সেই যাত্রাটাকে এক আলাদা আবহ দিচ্ছিল।

কিন্তু মন্দিরে পৌঁছোনোর পর তার সেই নীরব অনুভূতি এক মুহূর্তে বদলে গেল। সামনে বিশাল ভিড়। এত ভোরে এত মানুষের সমাগম দেখে সে বিস্মিত হয়ে গেল। মনে হচ্ছিল, শহরটা কখনওই পুরোপুরি ঘুমোয় না।

দুটি আলাদা লাইন তৈরি হয়েছে। একটি সাধারণ দর্শনার্থীদের জন্য, আর-একটি ভি আই পি লাইনের জন্য, যেখানে নির্দিষ্ট টিকিট কেটে তুলনামূলক দ্রুত প্রবেশ করা যায়। ভি আই পি লাইনের দৈর্ঘ্য কম হলেও, ভক্তদের ভিড় দুই দিকেই সমান উৎসাহী।

মৈথিলী কিছুক্ষণ কাছের একটি পূজার সামগ্রীর দোকানে দাঁড়িয়ে রইল। দোকানদার খুব অভ্যস্ত ভঙ্গিতে তাকে সবকিছু বুঝিয়ে দিচ্ছিল, কীভাবে এগোতে হবে, কী কী নিয়ম মানতে হবে। এই অচেনা জায়গায় এই ছোটো ছোটো সাহায্যগুলোই তাকে একটু স্বস্তি দিচ্ছিল।

সে তার মোবাইল, ক্যামেরা এবং অন্য নিষিদ্ধ জিনিসগুলো দোকানের লকারে রেখে দিল। চাবিটা হাতে নিয়ে তার মনে হল, যেন সে শুধু জিনিসপত্রই নয়, বাইরের জগতের এক অংশও বাইরে রেখে যাচ্ছে।

প্রবেশদ্বারের দিকে এগোতেই কঠোর নিরাপত্তা চোখে পড়ল। একের পর এক পরীক্ষা, বারবার যাচাই, যেন এই পবিত্র স্থানে প্রবেশের আগে প্রতিটি স্তর অতিক্রম করতে হয়।

লাইন ধীরে ধীরে এগোচ্ছিল। ভিড়ের মধ্যে দাঁড়িয়ে থাকতে থাকতে সময় যেন দীর্ঘ হয়ে উঠছিল। প্রায় এক ঘণ্টা লেগে গেল সামনে পৌঁছোতে। চারপাশে মানুষের গুঞ্জন, ধাক্কাধাক্কি, আর তার মাঝখানে দাঁড়িয়ে মৈথিলী নিজেকে ক্রমশ অস্বস্তিকর অবস্থায় খুঁজে পেল।

সে ভিড় পছন্দ করে না।

তার মনে হচ্ছিল, এই তাড়াহুড়ো, এই ঠেলাঠেলির মধ্যে কি সত্যিই সেই গভীর আধ্যাত্মিক অনুভূতি পাওয়া সম্ভব?

অবশেষে তার পালা এল।

কয়েক মুহূর্তের জন্য সে মন্দিরের গর্ভগৃহের সামনে দাঁড়াল। সময় খুবই কম, হয়তো মাত্র এক-দুই মিনিট। সামনে শিবলিঙ্গ, চারপাশে ভক্তদের তাড়াহুড়ো, আর পুরোহিতদের দ্রুত গতির আচার।

সে কিছু বুঝে ওঠার আগেই তাকে সরে যেতে বলা হল।

মৈথিলী বাইরে বেরিয়ে এল।

তার ভেতরে এক অদ্ভুত শূন্যতা রয়ে গেল।

এই কি সেই অভিজ্ঞতা, যার জন্য এতদিন ধরে সে অপেক্ষা করছিল?

তার মনে পড়ে গেল বি এইচ ইউ ক্যাম্পাসের সেই শান্ত মন্দিরের কথা, যেখানে নীরবতা ছিল, সময় ছিল, নিজের সঙ্গে থাকার সুযোগ ছিল। এখানে সবকিছু যেন খুব দ্রুত, খুব নিয়ন্ত্রিত।

তবুও, এই অভিজ্ঞতাকে সে পুরোপুরি অস্বীকার করতে পারল না।

প্রধান মন্দির থেকে বেরিয়ে সে নির্দেশনা অনুযায়ী অন্নপূর্ণা মন্দির এবং গণেশ মন্দির দর্শন করল। আশেপাশের এলাকা নতুন করে গড়ে তোলা হয়েছে, সবকিছু পরিষ্কার, সুসংগঠিত, আর আধুনিক ব্যবস্থাপনায় সাজানো।

ফিরে আসার সময় সে ধীরে ধীরে হাঁটছিল। ভোরের আলো তখন পুরোপুরি ছড়িয়ে পড়েছে।

তার মনে হচ্ছিল, এই যাত্রা তাকে তার প্রত্যাশিত সেই গভীর আধ্যাত্মিক অনুভূতির সঙ্গে পুরোপুরি যুক্ত করতে না পারলেও, এটি তাকে অন্য কিছু শিখিয়েছে।

বিশ্বাসের শক্তি।

অসংখ্য মানুষের অটল ভক্তি।

হয়তো সব অভিজ্ঞতা সেইভাবে অনুভূত হয় না, যেমনটা আমরা কল্পনা করি।

কিছু অভিজ্ঞতা আমাদের প্রত্যাশা ভেঙে দিয়ে, অন্য এক উপলব্ধির দরজা খুলে দেয়।

মৈথিলী বুঝতে পারছিল, এই যাত্রা এখানেই শেষ নয়, বরং... হয়তো এখান থেকেই শুরু।

মৈথিলী বারাণসী সম্পর্কে স্থানীয়দের মুখে অসংখ্য গল্প শুনেছিল। প্রতিটি গল্পের মধ্যেই ছিল এক অদ্ভুত আকর্ষণ, যেন বাস্তব আর অলৌকিকের মাঝামাঝি কোথাও দাঁড়িয়ে আছে তারা। এই শহরটাকে শুধু দেখা যায় না, অনুভব করতে হয়, আর সেই অনুভবের মধ্যে দিয়েই যেন তার আসল রূপ ধরা পড়ে।

একটি বিষয় তার মনোযোগ বিশেষভাবে কেড়ে নিয়েছিল। গঙ্গা নদী, যা সাধারণত পূর্বমুখী প্রবাহে বহমান, বারাণসীতে এসে আচমকা উত্তরমুখী হয়ে যায়। এই অস্বাভাবিক প্রবাহকে স্থানীয়রা কেবল ভৌগোলিক ঘটনা হিসেবে দেখে না, বরং একে তারা একটি অলৌকিক ঘটনা বলে মনে করে। তাদের বিশ্বাস, গঙ্গাজি ভক্তিসহকারে স্বয়ং শম্ভুর চরণ স্পর্শ করতে চেয়েছিলেন বলেই

তিনি এখানে নিজের স্বাভাবিক পথ বদলে উলটোদিকে প্রবাহিত হয়েছেন।

মৈথিলী এই কথাগুলো শুনে কিছুক্ষণ চুপ করে ছিল। প্রকৃতির মধ্যেও যদি এমন ভক্তি থাকতে পারে, তবে মানুষের জীবনে তার প্রতিফলন কীভাবে ঘটে, সেই প্রশ্ন তার মনে অজান্তেই জেগে উঠেছিল।

আর-একটি গল্প তাকে গভীরভাবে ভাবিয়ে তুলেছিল। এটি ছিল গোধূলিয়া চৌমাথা নিয়ে। এই ব্যস্ত চৌরাস্তা থেকে চারটি পথ চারটি ভিন্ন দিকে চলে গেছে। একটি পথ প্রধান শিব মন্দিরের দিকে, যেখানে মানুষ মুক্তি ও আশ্রয়ের খোঁজে যায়। আর-একটি পথ গঙ্গার ঘাটে, যেখানে শান্তি আর নীরবতার স্পর্শ মেলে। তৃতীয় পথটি নিয়ে যায় জনজীবনের ভিড়ে, এক ব্যস্ত বাজারে, যেখানে জীবন তার সমস্ত বাস্তবতা নিয়ে স্পন্দিত হয়। আর চতুর্থ পথটি দালমন্ডির দিকে, যা মানুষের লালসা, বাসনা এবং আকাঙ্ক্ষার এক অন্য জগতের দরজা খুলে দেয়।

স্থানীয়রা বলেছিল, এই চৌমাথা আসলে জীবনেরই প্রতীক।

প্রতিটি মানুষ তার জীবনের কোনও না কোনও সময়ে এমন এক মোড়ে এসে দাঁড়ায়, যেখানে তাকে নিজের পথ নিজেকেই বেছে নিতে হয়। কোন পথে সে যাবে, কোনটাকে গ্রহণ করবে, আর কোনটাকে ছেড়ে দেবে, সেই সিদ্ধান্তই তার জীবনের দিক নির্ধারণ করে।

মৈথিলী গভীরভাবে ভাবতে লাগল। তার মনে হচ্ছিল, এই চারটি পথ শুধু চারটি রাস্তা নয়, বরং মানুষের ভেতরের চারটি ভিন্ন আকাঙ্ক্ষার প্রতিফলন। হয়তো জীবন আসলে এইসব পথের মাঝেই দোল খায়, আর প্রতিটি সিদ্ধান্তই মানুষকে একটু একটু করে গড়ে তোলে, আবার ভেঙেও দেয়।

সে বুঝতে পারছিল, কাশী তাকে শুধু গল্প শোনাচ্ছে না। কাশী তাকে প্রশ্ন করতে শিখিয়ে দিচ্ছে। আর হয়তো সেই প্রশ্নগুলোর মধ্যেই লুকিয়ে আছে তার নিজের উত্তর।

মৈথিলী তার ঘড়ির দিকে তাকাল। ভোর সাড়ে পাঁচটা। চারপাশ তখনও নিস্তব্ধ, ভোরের নরম আলোয় মোড়া। সে সেই ছোটো দোকানটিতে ফিরে গেল, যেখানে তার জিনিসপত্র রাখা ছিল। প্রসাদ নিয়ে সে কিছুক্ষণ দাঁড়িয়ে রইল। তার মনে তখনও লক্ষ্মীজির হঠাৎ অন্তর্ধানের প্রশ্ন ঘুরপাক খাচ্ছে। এক অদ্ভুত অস্থিরতা তাকে তাড়িয়ে বেড়াচ্ছিল। তার মনে হচ্ছিল, এই খোঁজটা এখনও শেষ হয়নি। তাকে আর-একবার চেষ্টা করতেই হবে।

সে একটি অটো ডেকে নিল এবং চালককে আসি ঘাটে নামিয়ে দিতে বলল। মনে মনে ঠিক করল, ফেরার পথে সে হেঁটেই ফিরবে। তার ভাড়া করা বাড়ি খুব দূরে নয়। সরু গলিপথ ধরে হাঁটলেই পৌঁছে যাওয়া যায়।

ভোর পৌনে ছয়টার দিকে মৈথিলী আসি ঘাটে পৌঁছোল। শহর তখনও আধো ঘুমে আচ্ছন্ন। ঘাটের সিঁড়িগুলো প্রায় ফাঁকা, শুধু দু'-একজন মানুষ নিঃশব্দে বসে আছে। সকালের আরতি আর হোম শেষ হয়ে গেছে, কিন্তু বাতাসে এখনও ধূপ আর মন্ত্রোচ্চারণের গন্ধ ভেসে বেড়াচ্ছে। সেই গন্ধ যেন এই ভোরের নিস্তব্ধতার সঙ্গে মিশে এক অদ্ভুত আবহ তৈরি করেছে।

মৈথিলী সোজা ঘাটের দিকে এগিয়ে গেল। তার মনে একটাই কথা, লক্ষ্মীজিকে খুঁজে বের করতেই হবে। সে প্রায় পনেরো মিনিট অপেক্ষা করল। চারদিকে তাকাল, প্রতিটি মুখ খুঁটিয়ে দেখল, কিন্তু সেই পরিচিত মুখের কোনও চিহ্ন পেল না।

ঠিক তখনই কিছু চা বিক্রেতা ঘাটে ঘুরে বেড়াতে শুরু করল। সে একটি চা কিনল। ঠান্ডা সকালের মধ্যে সেই উষ্ণ চায়ের কাপ তার হাতে এক অদ্ভুত স্বস্তি এনে দিল। ধীরে ধীরে চা খেতে খেতে তার চোখ চারপাশে ঘুরছিল।

হঠাৎ তার দৃষ্টি থেমে গেল।

এক বৃদ্ধ সন্ন্যাসী নদীর ধারে বসে আছেন। তাঁর পা গঙ্গার জলে ডোবানো, দৃষ্টি স্থির উঠতি সূর্যের দিকে। তাঁর মুখে এক ধরনের গভীর শান্তি, কিন্তু সেই শান্তির ভেতরেও যেন লুকিয়ে আছে এক অজানা রহস্য।

মৈথিলীর মনে কৌতূহল জাগল। কিছুটা দ্বিধা থাকলেও সে ধীরে ধীরে তাঁর দিকে এগিয়ে গেল। নরম গলায় বলল, "বাবা, একটু চা খাবেন?"

সন্ন্যাসী একবার তার দিকে তাকালেন, কিন্তু কিছু বললেন না। তাঁর দৃষ্টি আবার দিগন্তের দিকে ফিরে গেল।

মৈথিলী কিছুটা অস্বস্তি অনুভব করল। তার মনে পড়ল, অপরিচিতদের সঙ্গে সাবধান থাকা উচিত, বিশেষত এমন সন্ন্যাসীদের সঙ্গে, যাঁদের পরিচয় অজানা। তবুও তাঁর জীর্ণ শরীর আর শান্ত উপস্থিতি মিলিয়ে তাঁকে নিরীহ বলেই মনে হচ্ছিল।

সে যখন ফিরে যাওয়ার জন্য ঘুরে দাঁড়াল, তখনই পিছন থেকে সেই কণ্ঠস্বর ভেসে এল। নরম, কিন্তু দৃঢ়।

"তুমি আমাকে চা খাওয়ার কথা জিজ্ঞেস করে এখন না খাইয়েই চলে যাচ্ছ? চা কোথায়?"

মৈথিলী অবাক হয়ে হেসে ফেলল। বলল, "আমি তো চা আনতেই যাচ্ছিলাম।"

সে চা বিক্রেতাকে ডেকে একটি চা দিতে বলল। নিজে পাশে দাঁড়িয়ে রইল। মনে হচ্ছিল, এই মানুষটির সঙ্গে তার দেখা হওয়াটা কাকতালীয় নয়।

কিছুক্ষণ নীরবতার পর, সন্ন্যাসী চায়ের এক চুমুক নিয়ে হঠাৎ বললেন, "তোমার স্বামী মারা গেছেন কতদিন হল? তিনি খুব ভালো মানুষ ছিলেন।"

মৈথিলীর শরীর যেন অসাড় হয়ে গেল। হৃৎস্পন্দন দ্রুত হয়ে উঠল। তার মনে বিস্ময়, ভয় আর অবিশ্বাস একসঙ্গে ভিড় করল। সে তো এখানে কারওর সঙ্গে এসব কথা বলেনি। তা হলে এই মানুষটি জানলেন কীভাবে?

সে স্থির দৃষ্টিতে সন্ন্যাসীর দিকে তাকিয়ে রইল। কিন্তু সন্ন্যাসী যেন কিছুই ঘটেনি এমনভাবে গঙ্গার জলের দিকে তাকিয়ে ছিলেন।

মৈথিলী ধীরে বলল, "বাবা, উনি চার মাস আগে চলে গেছেন... এটা আমাদের সবার জন্যই খুব বড়ো ক্ষতি ছিল। উনি খুব ভালো ডাক্তার ছিলেন..."

কথা বলতে বলতে তার চোখ ভিজে উঠল। কিন্তু আশ্চর্যজনকভাবে, তার ভেতরে এক ধরনের শান্তি নেমে এল। যেন তার শোক এখন আর তাকে ভেঙে দিচ্ছে না, বরং নীরবে তার সঙ্গে হাঁটছে।

সন্ন্যাসী আবার জিজ্ঞেস করলেন, "তুমি একা কেন এসেছ? তোমার ছেলেকে সঙ্গে আনোনি কেন?"

মৈথিলী চোখ মুছতে মুছতে বলল, "ও খুব ব্যস্ত... তবে শিগগিরই আসবে..."

তারপর সে নিজেই প্রশ্ন করল, "বাবা, আপনি কতদিন ধরে এখানে আছেন? আমি তো আপনাকে আগে কখনও দেখিনি..."

সন্ন্যাসী মৃদু হেসে বললেন, "আমি গত রাতেই এসেছি। আমি এখানে থাকি না। প্রতি বছর দেব দীপাবলির আগে আসি। কিন্তু তুমি জানো কি, কেন তুমি এখানে এসেছ? তুমি এখন হয়তো চলে যাবে, কিন্তু তোমাকে আবার আসতে হবে... যতক্ষণ না তুমি তোমার কাজ সম্পন্ন করছ..."

মৈথিলীর ভেতরে আবার এক ঝাঁকুনি লাগল।

"বাবা, আপনি কীভাবে জানেন? হঠাৎ মনে হল যেন কাশী আমাকে ডাকছে... সেই ডাক আমি উপেক্ষা করতে পারিনি... কিন্তু কেন এসেছি, এখনও বুঝতে পারছি না... আপনি কি আমাকে সাহায্য করবেন?"

সন্ন্যাসী হঠাৎ হেসে উঠলেন। সেই হাসির মধ্যে ছিল রহস্য, আবার অদ্ভুত এক সান্ত্বনা।

তিনি বললেন, "মাথা নিচু করো, মা।"

মৈথিলী বিনা দ্বিধায় ঝুঁকে পড়ল। সন্ন্যাসী তার মাথায় হাত রাখলেন। সেই স্পর্শে ছিল দৃঢ়তা, আবার এক গভীর কোমলতা।

তিনি বললেন, "তুমি খুব শিগগিরই তোমার উত্তর পাবে। যে তোমাকে এখানে ডেকেছে, সে তোমার সামনে আসবে। ভয়

পেয়ো না। তুমি একজন সাহসী নারী। তুমি মা সীতা। তুমি কাশীতে এসেছ সত্য উদ্‌ঘাটন করতে এবং ন্যায় প্রতিষ্ঠা করতে।”

মৈথিলী স্থির হয়ে দাঁড়িয়ে রইল।

‘মা সীতা...’!

এই শব্দগুলো তার ভেতরে প্রতিধ্বনিত হতে লাগল। তার শরীরে শিহরন বয়ে গেল। বিস্ময়ের সঙ্গে সঙ্গে এক অদ্ভুত দায়িত্ববোধও জন্ম নিল।

সে বুঝতে পারছিল, এই সম্বোধন কেবল একটি শব্দ নয়। এটি যেন তার ভেতরের কোনও গভীর সত্তাকে স্পর্শ করছে।

কিছুক্ষণ নীরবতা নেমে এল। তারপর সন্ন্যাসী একটি ভজন গাইতে শুরু করলেন। তাঁর কণ্ঠে বয়সের ভার থাকলেও, তাতে এক গভীর অনুরণন ছিল। সেই সুর ভোরের বাতাসে মিশে গিয়ে চারপাশকে এক অন্য মাত্রায় নিয়ে গেল।

মৈথিলী স্থির হয়ে দাঁড়িয়ে রইল। মনে হচ্ছিল, সেই সুর গঙ্গার জলের মতো তার ভেতরে প্রবাহিত হচ্ছে, তার সমস্ত অস্থিরতাকে ধীরে ধীরে ধুয়ে দিচ্ছে।

ভজন শেষ হলে যেন এক মুহূর্তের জন্য সময় থেমে গেল। তারপর আবার সব স্বাভাবিক হয়ে উঠল।

মৈথিলী বুঝতে পারল, এই মুহূর্তটি শুধু একটি সাক্ষাৎ নয়।

এটি তার জীবনের এক মোড়।

মানুষ কাঁদে, মানুষ হাসে, মানুষ ভেঙে পড়ে, আবার নিজেকেই জুড়ে নেয়। এই সমস্ত অনুভূতিই তাকে সত্যিকার অর্থে মানুষ করে তোলে।

আর হয়তো... এই অনুভূতিগুলোর মধ্য দিয়েই সে তার সত্যের দিকে এগিয়ে যায়।

# দ্বাদশ পরিচ্ছেদ

মৈথিলী সকাল ৭টা ১৫ নাগাদ বাড়ি ফিরে এল। মাঝরাতে ঘুম থেকে উঠে পড়ার কারণে তার এখন বেশ ঘুম ঘুম পাচ্ছিল। কিন্তু এখন যদি সে আবার ঘুমিয়ে পড়ে তা হলে মুশকিল হয়ে যাবে। সে হয়তো দরজার ঘণ্টি শুনতে পাবে না, আবার বিপদ হবে।

অম্বিকা ভয় পেয়ে আবার পাড়ার লোক জড়ো করবে। মৈথিলী ভাবল এখন বরং না ঘুমিয়ে, পরে একটু বিশ্রাম নিয়ে নেবে। অম্বিকা আর হয়তো কিছুক্ষণের মধ্যে এসে পড়বে, সে এক কাপ চা বানানোর জন্য রান্নাঘরের দিকে গেল। চা হাতে করে নিজের পড়ার টেবিলে গিয়ে বসে ভাবল, একবার ল্যাপটপ খুলে দেখি, কাশীতে এখনও আরও কত জায়গা আছে যা সে এখনও দেখে উঠতে পারেনি।

ঘরের দেওয়াল ঘড়ি ৭টা ৪৫ মিনিট সময় দেখাচ্ছিল। মৈথিলী এই সুসজ্জিত বাসস্থানে এক মাস ধরে থাকছে, যা একজন দালালের মাধ্যমে ছ'মাসের জন্য ভাড়া করা হয়েছে। তার ঘরটি একটি পুরোনো ঐতিহ্যবাহী বাড়ির নিচতলায়, বাড়িটা তুলসী ঘাটের বেশ কাছাকাছি বলে সে বেছে নিয়েছিল। ওপরের তলায় যারা থাকত, তাদের সঙ্গে সে কোনও কথাবার্তা বলত না। তারা হয়তো তার সঙ্গে মিশতে চাইত না, কারণ হয়তো সে বিদেশ

থেকে এসেছে বলে স্বাচ্ছন্দ্য অনুভব করত না। বাড়িওয়ালা অন্য শহরে থাকতেন।

গত এক মাস ধরে মৈথিলী কারওর সঙ্গে কথাবার্তা বলা এড়িয়ে চলত, কারণ তার কথা বলার তেমন আগ্রহই ছিল না। কিন্তু এই শহরটাকে জানার উৎসাহ এবার ধীরে ধীরে ফিরে আসতে শুরু করেছে তার ।

তার চিন্তা ভাঙল মোবাইল ফোনের রিংটোনে। ওপ্রান্তে ছিল তার বোন, বৈদেহী ।

"হ্যালো, বৈদেহী, কেমন আছ? তোমাদের সব ঠিকঠাক আছে তো?" মৈথিলী জিজ্ঞাসা করল।

"হ্যাঁ, দিদি, আমরা সবাই ভালো আছি। কিন্তু তুমি একা একা কাশীতে আছ, সেটা ভেবে খারাপ লাগে। কয়েকদিন আমাদের কাছে এসে থাকো না। একা থাকতে তোমার খারাপ লাগছে না?" বৈদেহী জিজ্ঞেস করল তার দিদিকে।

"একদমই না, আমার খুব ভালো লাগছে এখানে। আমি শহরটা ঘোরা শুরু করেছি। আজ সকালেই তো কাশী বিশ্বনাথ মন্দিরে গিয়েছিলাম। মাত্র ১৫-২০ মিনিট আগে ফিরলাম।" মৈথিলী উত্তর দিল।

তারা আরও ১৫-২০ মিনিট ধরে নিজেদের মধ্যে কথা বলল। ফোন রাখার সঙ্গে সঙ্গেই দরজার ঘণ্টা বাজল। অম্বিকা এসে

গেছে। মৈথিলী দরজা খুলে একগাল হাসি দিয়ে তাকে স্বাগত জানাল।

অম্বিকা তার সাম্প্রতিক কাশী বিশ্বনাথ মন্দির দর্শনের গল্প বলতে শুরু করল। "দিদি," সে বলল, "অনেক দূর থেকে লোকজন বারাণসী আর কাশী বিশ্বনাথ মন্দির দেখতে আসে। অথচ আমরা স্থানীয়রা খুব কমই সময় পাই দর্শন বা আরতিতে যাওয়ার।"

মৈথিলী এটা শুনে অবাক হল। অম্বিকা আরও যোগ করল যে, যদি মৈথিলী অন্য জায়গাগুলো ঘুরতে চায়, তা হলে তার স্বামী তাকে দেখিয়ে দেবে। মৈথিলী এই প্রস্তাবে কৃতজ্ঞতা জানাল, কিন্তু তার মনে হল এটা আন্তরিকতার চেয়ে একটু বেশি ব্যবসায়িক ব্যাপার।

জলখাবার খাবার পর মৈথিলী একটু ঘুমোনোর সিদ্ধান্ত নিল। ঘুমোনোর আগে সে স্থানীয় দর্শনীয় স্থানগুলোর খোঁজ করতে শুরু করল। কিন্তু মন্দির দর্শনের চেয়ে কাশীর প্রাচীন ইতিহাস নিয়ে তার কৌতূহল বেশি ছিল। সে অনুভব করল, এই শহরটিতে মন্দির ছাড়াও অনেক অজানা গল্প লুকিয়ে আছে।

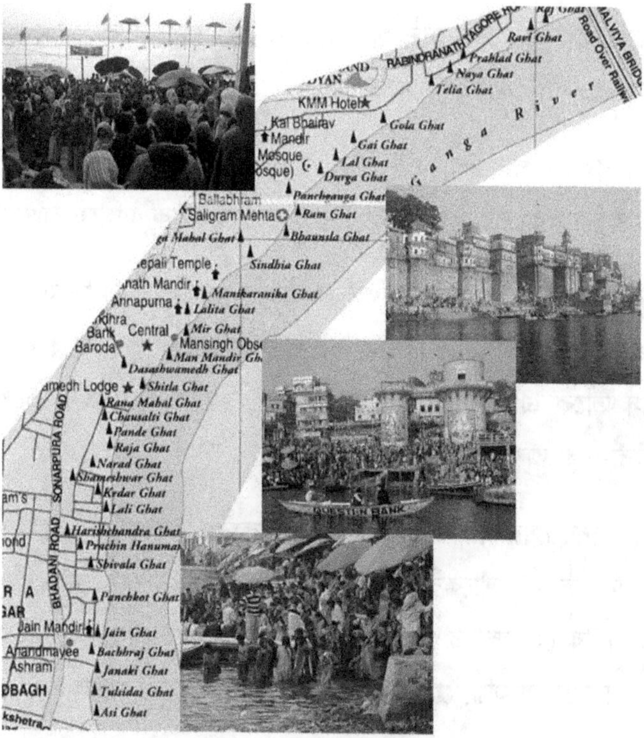


কখনও কখনও কোনও স্থান পরিদর্শন শুধুমাত্র শারীরিকভাবে একটি গন্তব্যে পৌঁছোনোর বিষয় নয়। এটি আত্মার এক নিঃশব্দ পর্যবেক্ষণ, এক অন্তর্লীন সংলাপ, যা চোখে দেখা যায় না, কিন্তু গভীরভাবে অনুভব করা যায়। আর যখন সেই গন্তব্য কাশীর মতো এক প্রাচীন নগরী, তখন এই সত্য আরও স্পষ্ট হয়ে ওঠে।

মৈথিলী এই পবিত্র শহরের প্রতি এক অদ্ভুত টান অনুভব করছিল। এই টান যুক্তির সীমার বাইরে, কোনও ব্যাখ্যার মধ্যে

বাঁধা যায় না। তার মনে হচ্ছিল, যেন এই আহ্বান বাইরে থেকে নয়, ভেতর থেকেই উঠে আসছে।

সে বুঝতে পারছিল, এই যাত্রা কেবল কাশীর দিকে নয়। এটি তার নিজের ভেতরের এক গভীর আবেগের দিকে এগিয়ে যাওয়া।

স্বামীর আকস্মিক মৃত্যু মৈথিলীকে ভেঙে চুরমার করে দিয়েছিল। তবুও, অদ্ভুতভাবে সে বিশ্বাস করত, কোনও এক অজানা কারণে, সে তাকে এখানেই খুঁজে পেতে পারে, হয়তো ভিন্ন এক রূপে, ভিন্ন এক অনুভবে।

এই বিশ্বাসের কোনও যুক্তি নেই, কোনও বৈজ্ঞানিক ব্যাখ্যাও নেই। তবুও শোকের গভীরতা থেকে জন্ম নেওয়া সেই ক্ষীণ আশাটুকু সে ছাড়তে পারেনি। কিছু কিছু অনুভূতি থাকে, যা যুক্তির সীমা ছাড়িয়ে যায়, যেন কোথাও পূর্বনির্ধারিত হয়ে থাকে।

প্রিয়জনকে হারানো মানুষকে এমনভাবে বদলে দেয়, যা ভাষায় সম্পূর্ণভাবে প্রকাশ করা কঠিন। এই শূন্যতা ধীরে ধীরে এমন সব অনুভূতির জন্ম দেয়, যেগুলো না ছুঁলে, না ভোগ করলে, কখনও সত্যিকারের বোঝা যায় না। যেন এই যন্ত্রণা এক ব্যক্তিগত পথ, যেখানে প্রতিটি পদক্ষেপ একান্তই নিজের, আর সেই পথেই মানুষ নতুন করে নিজেকে চিনতে শেখে।

মৈথিলী ধীরে ধীরে ইন্টারনেটে বারাণসীর বিভিন্ন দর্শনীয় স্থানের খোঁজ করতে শুরু করল। যতই সে পড়ছিল, ততই তার মনে

হচ্ছিল এই শহরটা শুধুমাত্র একটি ধর্মীয় স্থান নয়। এটি যেন হাজার বছরের ইতিহাস, বিশ্বাস, মৃত্যু, শিল্প, দর্শন আর মানুষের আবেগকে একসঙ্গে বহন করে চলেছে।

প্রথমেই তার চোখে পড়ল কাশী বিশ্বনাথ মন্দিরের নাম। বারোটি জ্যোতির্লিঙ্গের অন্যতম এই মন্দিরকে ঘিরে যুগের পর যুগ মানুষের ভক্তি অটুট রয়েছে। মন্দিরের সোনালী চূড়া আর সরু গলির ভেতর দিয়ে পৌঁছোনোর পথ যেন কাশীর আত্মাকেই বহন করে।

এরপর সে পড়ল নতুন কাশী বিশ্বনাথ মন্দির সম্পর্কে, যা বেনারস হিন্দু বিশ্ববিদ্যালয়ের ভেতরে অবস্থিত। পুরোনো মন্দিরের ভিড় আর ব্যস্ততার তুলনায় এই মন্দিরের পরিবেশ অনেক বেশি শান্ত এবং বিস্তৃত। আধুনিক নির্মাণ হলেও তার ভেতরে এক ধরনের আধ্যাত্মিক স্থিরতা রয়েছে।

ভারত মাতা মন্দিরের বিবরণ পড়ে মৈথিলী অবাক হল। এখানে কোনও দেবদেবীর মূর্তি নেই। পুরো ভারতবর্ষের মানচিত্রকেই এখানে পূজিত করা হয়। দেশকে মা হিসেবে দেখার এই ভাবনা তার মনে গভীর ছাপ ফেলল।

দুর্গা মন্দির সম্পর্কে পড়তে গিয়ে সে জানল, লাল রঙের এই প্রাচীন মন্দিরকে অনেকে "মনকি টেম্পল" বলেও চেনে। মন্দিরের চারপাশে অসংখ্য বানরের উপস্থিতি আর লাল রঙের স্থাপত্য এক আলাদা পরিবেশ তৈরি করে।

তুলসী মানস মন্দিরের ইতিহাসও তাকে টানল। বলা হয়, এখানেই তুলসীদাস রামচরিতমানস রচনা করেছিলেন। মন্দিরের দেওয়ালে খোদাই করা রামায়ণের শ্লোকগুলো যেন আজও মানুষের বিশ্বাসকে বাঁচিয়ে রেখেছে।

সংকট মোচন মন্দিরের কথা পড়তে গিয়ে তার মনে এক অদ্ভুত শান্তি এল। হনুমানজিকে উৎসর্গ করা এই মন্দিরে প্রতিদিন অসংখ্য মানুষ নিজেদের ভয় আর দুঃখ থেকে মুক্তি পাওয়ার আশায় আসে।

রামনগর ফোর্টের ছবি দেখতে দেখতে মৈথিলীর মনে হল, গঙ্গার ওপারে দাঁড়িয়ে থাকা এই দুর্গ যেন এখনও অতীতের রাজকীয় স্মৃতিগুলোকে আগলে রেখেছে। পুরোনো বারান্দা, অস্ত্রাগার আর রাজপরিবারের নিদর্শনগুলো ইতিহাসকে জীবন্ত করে তোলে।

আলমগীর মসজিদের ইতিহাস পড়তে গিয়ে সে বুঝল, বারাণসী শুধুমাত্র হিন্দুদের শহর নয়। বিভিন্ন ধর্ম, সংস্কৃতি আর ইতিহাস এখানে পাশাপাশি বেঁচে আছে বহু শতাব্দী ধরে।

লাল খানের সমাধির কথা পড়তে গিয়ে তার মনে হল, এই শহরে মৃত্যুকেও যেন খুব স্বাভাবিকভাবে গ্রহণ করা হয়। এখানে স্মৃতিও সময়ের সঙ্গে হারিয়ে যায় না।

ভারত কলা ভবনের সংগ্রহশালা সম্পর্কে জানতে পেরে সে মুগ্ধ হল। প্রাচীন ভাস্কর্য, চিত্রকলা, বস্ত্রশিল্প আর ঐতিহাসিক

নিদর্শনের মাধ্যমে ভারতীয় সংস্কৃতির এক বিশাল ভাণ্ডার সংরক্ষিত রয়েছে সেখানে।

মান মহল অবজারভেটরির কথা পড়তে গিয়ে তার কৌতূহল আরও বাড়ল। বহু বছর আগে মানুষ কীভাবে আকাশের নক্ষত্র আর সময় গণনা করত, তা ভেবেই তার বিস্ময় হচ্ছিল।

সন্ত রবিদাস স্মারক পার্ক সম্পর্কে পড়তে গিয়ে সে বুঝল, বারাণসীর ইতিহাস শুধু রাজা-মহারাজাদের নয়, সাধক আর সমাজসংস্কারকদের সঙ্গেও গভীরভাবে জড়িয়ে।

চেত সিংহ ফোর্টের ইতিহাস ছিল বিদ্রোহ আর সংগ্রামের স্মৃতি বহনকারী। গঙ্গার ধারে দাঁড়িয়ে থাকা এই দুর্গ যেন এখনও অতীতের সংঘর্ষের নীরব সাক্ষী।

সেন্ট মেরি ক্যাথেড্রালের বিবরণ পড়ে মৈথিলীর ভালো লাগল। বারাণসীর ভেতরে খ্রিস্টান স্থাপত্যের এই শান্ত উপস্থিতি শহরের বহুমাত্রিক চরিত্রকে আরও স্পষ্ট করে।

বেনারস হিন্দু বিশ্ববিদ্যালয়ের বিস্তীর্ণ ক্যাম্পাস তাকে ভীষণ আকৃষ্ট করল। প্রাচীন শহরের মধ্যে আধুনিক শিক্ষার এমন এক বিশাল কেন্দ্র যেন সময়ের দুই প্রান্তকে একসঙ্গে যুক্ত করেছে।

দীনদয়াল হস্তকলা সংকুলের কথা পড়ে তার মনে হল, বারাণসীর শিল্প শুধু মন্দির বা ইতিহাসে সীমাবদ্ধ নয়। এখানকার তাঁত, কারুশিল্প আর হাতে তৈরি কাজও এই শহরের আত্মার অংশ।

ধামেক স্তূপের ইতিহাস তাকে গভীরভাবে নাড়া দিল। এখানেই নাকি বুদ্ধ প্রথম ধর্মচক্র প্রবর্তন করেছিলেন। বহু শতাব্দী পরেও সেই নীরবতা আজও মানুষের মনে শান্তির অনুভূতি জাগায়।

সারনাথ বৌদ্ধ মন্দির সম্পর্কে পড়তে গিয়ে তার মনে হল, বারাণসী কেবল হিন্দু আধ্যাত্মিকতার কেন্দ্র নয়, বৌদ্ধ দর্শনেরও এক গুরুত্বপূর্ণ স্মৃতিভূমি।

থাই মন্দিরের সোনালী স্থাপত্য, জাপানি মন্দিরের নিঃশব্দ সৌন্দর্য, চিনা মন্দিরের সরলতা, তিব্বতি মঠের প্রার্থনার পরিবেশ—সবকিছু যেন তাকে এক নতুন উপলব্ধির দিকে নিয়ে যাচ্ছিল। পৃথিবীর নানা প্রান্তের মানুষ নিজেদের বিশ্বাস নিয়ে এসে এই শহরের ভেতর জায়গা করে নিয়েছে।

কাম্বোডিয়ান মনাস্ট্রির বিবরণ পড়তে গিয়ে তার মনে হল, ধর্মের ভাষা আলাদা হলেও শান্তির খোঁজটা সবারই এক।

স্ট্যান্ডিং বুদ্ধ মূর্তির ছবি দেখে সে কিছুক্ষণ চুপ করে রইল। বিশাল সেই মূর্তির মুখের শান্ত অভিব্যক্তি তার ভেতরেও এক ধরনের স্থিরতা এনে দিচ্ছিল।

সারনাথ মিউজিয়ামে সংরক্ষিত অশোকস্তম্ভের সিংহচিহ্নের কথা পড়ে তার মনে হল, ইতিহাস আসলে শুধু অতীত নয়, একটি দেশের পরিচয়েরও অংশ।

শ্রীলঙ্কান, বার্মিজ, কোরিয়ান ও জৈন মন্দিরগুলোর কথা পড়তে পড়তে মৈথিলী বুঝতে পারল, বারাণসী আসলে এক জীবন্ত সভ্যতা। এখানে ধর্ম কখনও শুধু আচার নয়, মানুষের জীবনযাপন, বিশ্বাস আর অস্তিত্বের অংশ।

শেষে তার চোখে পড়ল সারনাথ ডিয়ার পার্কের নাম। শহরের ভিড় আর শব্দের বাইরে এই জায়গাটা যেন এক টুকরো শান্ত নিঃশ্বাসের মতো।

ল্যাপটপ বন্ধ করার আগে মৈথিলীর মনে হল, সে যেন কোনও শহরের তথ্য পড়ছে না। বরং ধীরে ধীরে একটি বহুস্তরীয় আত্মাকে চিনতে শিখছে।

মৈথিলী স্থানগুলোর তালিকা দেখে শেষ করল এবং জনপ্রিয় জায়গাগুলো ঘোরার বিষয়ে পরামর্শের জন্য ডঃ জেরেমি ওল্টম্যানের সঙ্গে কথা বলার প্রয়োজনীয়তা অনুভব করল। তবে, সে খুব ক্লান্ত বোধ করছিল এবং তার একটু বিশ্রামের দরকার ছিল। সে অম্বিকাকে বলল, সে নিজে থেকে না জাগা পর্যন্ত অম্বিকা যেন তাকে ঘুম থেকে না তোলে।

# ত্রয়োদশ পরিচ্ছেদ

মৈথিলী জানত না, সে ঠিক কতক্ষণ ঘুমিয়ে ছিল। হঠাৎ তার কানে যেন দূর থেকে কোনও শব্দ ভেসে এল। মনে হল, তার ছেলে খুব জোরে চিৎকার করে তাকে ডাকছে, "মা... মা!"

সে চমকে উঠে চোখ খুলল। দেখল, অম্বিকা তার সামনেই দাঁড়িয়ে আছে। অম্বিকা তার চোখেমুখে জল ছিটিয়ে নাম ধরে ডাকছে।

বিভ্রান্ত হয়ে মৈথিলী জিজ্ঞেস করল, "কী হয়েছে?"

অম্বিকা চিন্তিত ও অস্বস্তি মুখে নিয়ে বলল, "তুমি ঘুমের মধ্যেই কাঁদছিলে। নিশ্চয়ই কোনও খারাপ স্বপ্ন দেখেছিলে। আমি রান্নাঘরে ছিলাম। তোমার কান্নার গোঙানির শব্দ শুনে দৌড়ে চলে এলাম তোমাকে জাগাতে।"

মৈথিলী তখনও এক ধরনের ঘোরের মধ্যে ছিল। সে বুঝে উঠতে চেষ্টা করছিল, ঠিক কী ঘটেছিল। তার মনে হচ্ছিল, সে যেন অন্য এক জগতে ছিল, এক অদ্ভুত জায়গায় আটকে পড়েছিল। ছেলের কণ্ঠস্বর কানে আসতেই সে হঠাৎ বাস্তবে ফিরে এল। সে ঘটনার খুঁটিনাটি মনে করার চেষ্টা করছিল।

"এখন কটা বাজে?" তন্দ্রাচ্ছন্ন ও বিভ্রান্ত হয়ে সে অম্বিকাকে জিজ্ঞেস করল।

"তিনটে বাজে।" অম্বিকা কোমল কণ্ঠে উত্তর দিল, "দয়া করে স্নান করে আসো, তারপর দুপুরের খাবার খাও। অনেক দেরি হয়ে গেছে। আমি তোমার রুটিগুলো আর একবার গরম করে দেব।"

এই কথা বলে অম্বিকা রান্নাঘরের দিকে চলে গেল।

মৈথিলী কিছুক্ষণ বিছানায় বসে রইল। সে তখনও ঘটনাগুলো একসঙ্গে গুছিয়ে নেওয়ার চেষ্টা করছিল। কিন্তু কিছুই স্পষ্ট মনে না আসায়, আর সময় নষ্ট না করার সিদ্ধান্ত নিল। ধীরে ধীরে উঠে সে স্নান করতে চলে গেল।

অম্বিকা একজন ভালো মানুষ, স্বভাবেও বেশ সাধারণ, যদিও কখনও কখনও একটু বেশি কথা বলে ফেলে তবুও সে সবসময় নীরবে মৈথিলীর যত্ন নিত। মৈথিলী খাবারের টেবিলে এসে বসল। অম্বিকা তার দুপুরের খাবার পরিবেশন করল। সে বুঝতে পেরেছিল, মৈথিলীর হয়তো মাথা ধরেছে, তাই সঙ্গে এক কাপ গরম কফিও বানিয়ে নিয়ে এল।

খাওয়ার সময় মৈথিলীর মনে তার স্বপ্নের কিছু টুকরো টুকরো কথা ভেসে আসতে লাগল। তবুও সে অম্বিকাকে কিছু বলল না। তার মনে হয়েছিল, এসব কথা হয়তো অলৌকিক মনে হতে পারে, বিশেষ করে একজন সাধারণ গ্রাম্য মহিলার কাছে।

খাবার শেষে মৈথিলী কফি নিয়ে তার কাজের টেবিলে গিয়ে বসল। বসে সে চোখ বন্ধ করল এবং মনস্থির করল যে, স্বপ্নটি বিস্তারিতভাবে মনে করার চেষ্টা করবে। ধীরে ধীরে স্মৃতিগুলো ফিরে আসতে শুরু করল।

স্বপ্নে সে আবার সেই সন্ন্যাসীকে দেখেছিল, যাঁর সঙ্গে সেদিন সকালে তার দেখা হয়েছিল গঙ্গার ঘাটে । সন্ন্যাসী তাকে একটি নির্দিষ্ট জায়গায় যেতে বলেছিলেন। মৈথিলী নিঃশব্দে সন্ন্যাসীর পিছনে পিছনে হাঁটতে শুরু করল। চারপাশে তখন গভীর অন্ধকার। তাঁরা যে সংকীর্ণ গলিপথ দিয়ে এগোচ্ছিলেন, তার যেন কোনও শেষ নেই। অবশেষে তাঁরা পৌঁছোলেন এক সম্পূর্ণ খালি, অন্ধকার জায়গায়। স্থানটি এতটাই অন্ধকারাচ্ছন্ন ছিল যে মনে হচ্ছিল, এটি দিগন্তের শেষ সীমানা।

সন্ন্যাসী ধীরে ধীরে তাঁর ডান হাত আকাশের দিকে তুলে ধরলেন, যেন কোনও ইশারা করলেন।

মৈথিলী উপরে তাকিয়ে দেখল এক বিশাল শূন্যতা, নিকষ কালো মহাকাশ। হঠাৎ আকাশ থেকে একটি আলোর গোলক প্রচণ্ড বেগে তার দিকে ধেয়ে আসতে শুরু করল। সেটি ঝলমল করছিল। মৈথিলী অনুভব করল, সে যেন সম্পূর্ণ স্থবির হয়ে গেছে। তার পা নড়ছিল না, শরীর ঘুরিয়ে দেখার শক্তিও ছিল না।

ঠিক তখনই সন্ন্যাসী হাসতে শুরু করলেন। তাঁর অট্টহাসি সেই একাকী শূন্যতার মধ্যে প্রতিধ্বনিত হতে লাগল।

জ্বলন্ত আলোর গোলকটি যেন মৈথিলীর মাথার ঠিক উপরেই ভেঙে পড়তে উদ্যত ছিল। সে চিৎকার করতে চেয়েছিল, কিন্তু তার গলা থেকে কোনও শব্দ বের হল না। ভয়ের চাপে তার শ্বাস আটকে আসছিল। ঠিক সেই মুহূর্তে, পিছন দিক থেকে তার ছেলের কণ্ঠ ভেসে এল। শান্তনু আতঙ্কিত গলায় চিৎকার করে বলছিল, "মা, দৌড়োও!"

মৈথিলীর মাথাটা তখনও ভীষণ ধরে ছিল। তার স্পষ্ট মনে হচ্ছিল, সেই স্বপ্নটি কেবল স্বপ্ন নয় বরং তা ছিল এক অদ্ভুত, প্রায় অলৌকিক অভিজ্ঞতা। যেন এক অজানা সংকেত। সকালে সেই রহস্যময় সন্ন্যাসীর সঙ্গে দেখা হওয়ার পর থেকেই এমন কিছু ঘটতে পারে, এই আভাস সে পেয়েছিল। আকাশ থেকে নেমে আসা সেই উজ্জ্বল আলো, যেন কোনও উল্কাপিণ্ডের মতো, তাকে শিহরিত করেছিল। ভয়ের মধ্যেও সেই দৃশ্য ছিল বিস্ময় আর অভিভূত হয়ে যাওয়ার মতো।

মৈথিলী এখনও স্বপ্নের গভীরতায় ডুবে ছিল। তার মনে হচ্ছিল, এটি কেবল তার কল্পনার সৃষ্টি নয় বরং এটি তার জীবনের সঙ্গে কোনও এক বৃহত্তর শক্তির গভীর সংযোগের ইঙ্গিত বহন করছিল।

ঠিক তখনই অম্বিকা এসে রাতের খাবারের পরিকল্পনা সম্পর্কে জানতে চাইল। অম্বিকা জানাল, আসন্ন দীপাবলির কারণে সে কাজে ক'দিন ছুটি নেবে। তাই সে একটু বেশি রান্না করে রেখে

যাবে। সেই সঙ্গে সে মৈথিলীকে বাইরে কোথাও না যাওয়ার পরামর্শ দিল, কারণ ভিড় খুব বেড়ে যাবে।

অম্বিকা আরও বলল, কাশীর দেব দীপাবলি একটি বিশেষ উৎসব, যা শুধুমাত্র এখানেই পালিত হয় এবং দীপাবলির পনেরো দিন পরে এটি উদ্‌যাপিত হয়। সে মৈথিলীকে এই উৎসব দেখার জন্য উৎসাহ দিল।

অম্বিকা বলল, "এটি এমন একটি উৎসব, যা জীবনে অন্তত একবার দেখা উচিত।"

মৈথিলী এই খবরটি জানানোর জন্য অম্বিকার প্রতি কৃতজ্ঞ হল। তার মনে হল, এই উৎসবটি উপভোগ করার জন্য সে তার বোন বৈদেহীকে ডাকবে, যাতে তারা একসঙ্গে এই বিশেষ মুহূর্তের সাক্ষী হতে পারে।

ঘড়ির দিকে তাকিয়ে মৈথিলী দেখল, তখন চারটে বাজে। সে জানত, সারাদিন কাজ করার পর বৈদেহী এই সময়ে একটু বিশ্রাম নেয়। বৈদেহী সাধারণত পাঁচটায় ওঠে। তাই মৈথিলী ঠিক করল, পাঁচটার পরই তাকে ফোন করবে, কাশীতে দেব দীপাবলি দেখার প্রস্তাব দেওয়ার জন্য।

হঠাৎ মৈথিলীর মনে হল, ডঃ জেরেমিকে ফোন করা দরকার। দেব দীপাবলির পরিকল্পনা নিয়ে তাঁর সঙ্গে কথা বলতে হবে।

সেই সঙ্গে ভারত কলা ভবন, চেত সিংহ দুর্গ এবং সারনাথের ধামক স্তূপ ঘুরে দেখার কথাও জানাবে বলে সে ভাবল।

মৈথিলী ডঃ জেরেমির নম্বরে ফোন করল, কিন্তু কেউ উত্তর দিল না। সে বুঝতে পারল, তিনি হয়তো তখন পর্যটকদের নিয়ে ব্যস্ত। তাই মৈথিলী ফোনে একটি বার্তা পাঠিয়ে রাখল, যাতে তিনি সময় পেলে তাকে ফিরে ফোন করেন।

কিন্তু মৈথিলীর মাথার মধ্যে বারবার সেই সন্ন্যাসী আর স্বপ্নের কথাই ঘুরপাক খাচ্ছিল। তিনি কী বোঝাতে চেয়েছিলেন, কিংবা এমন অপ্রত্যাশিত অভিজ্ঞতার কারণ-ই বা কী, তা সে কিছুতেই বুঝে উঠতে পারছিল না। গভীর চিন্তায় ডুবে থাকা অবস্থায় হঠাৎ অম্বিকার কণ্ঠস্বর শুনে সে চমকে উঠল।

"ম্যাডাম, আজ কি আমাকে একটু আগে ছাড়তে পারবেন? আমার ছেলে অসুস্থ, তাকে ডাক্তার দেখাতে নিয়ে যেতে হবে।" উদ্বেগভরা কণ্ঠে অম্বিকা বলল।

মৈথিলী সঙ্গে সঙ্গে সম্মতি দিয়ে বলল, "অবশ্যই, অম্বিকা। তুমি সন্ধ্যা ছ'টার মধ্যে চলে যেয়ো।"

অম্বিকা কৃতজ্ঞতায় মাথা নেড়ে নিজের কাজে ফিরে গেল।

সূর্য যখন পশ্চিম আকাশে ধীরে ধীরে নেমে যাচ্ছিল, মৈথিলীর মন তখনও অস্থির ছিল। তার স্বপ্ন, তার পরিকল্পনা এবং সেই

রহস্যময় অভিজ্ঞতা, সবকিছু যেন কাশীর প্রাচীন ঐতিহ্যের সঙ্গে অদ্ভুতভাবে জড়িয়ে যাচ্ছিল।

মৈথিলী ফোন তুলে তার বোন বৈদেহীকে কল করল।

"হ্যালো, বৈদেহী। কেমন আছিস? তুই কি দেব দীপাবলির উৎসবের কথা শুনেছিস? এটা শুধু বারাণসীতেই উদ্‌যাপিত হয়। আমি তো এখানেই আছি। তুই আমার কাছ আয় না।"

প্রস্তাব শুনে বৈদেহী খুব খুশি হল।

"ভাবনাটা দারুণ। আমি অবশ্যই উৎসবের কয়েকটা দিন তোমার সঙ্গে কাটাতে চাই।" উত্তেজিত গলায় সে বলল।

ঘড়ির কাঁটা সন্ধ্যা ছ'টা ছুঁতেই অম্বিকা বেরোনোর প্রস্তুতি নিল। বেরোনোর আগে সে মৈথিলীর দিকে ফিরে সাবধান করে বলল, "ম্যাডাম, আগামী কয়েকদিন দয়া করে একা বাইরে যাবেন না।"

মৈথিলী হালকা হাসি দিয়ে তার উদ্বেগের কথা স্বীকার করল।

অম্বিকা চলে যাওয়ার পর মৈথিলীর আবার কফি খাওয়ার ইচ্ছে হল। সে রান্নাঘরে গিয়ে কফি বানাতে শুরু করেছিল। ঠিক সেই সময়েই তার ফোন বেজে উঠল। সে ভেবেছিল, ডঃ জেরেমি কল ব্যাক করছেন। তাই তাড়াহুড়ো করে ফোন ধরল। কিন্তু তাকে অবাক করে দিয়ে, কলটি ছিল তার ছেলে শান্তনুর।

"হাই, বেটা। এত সকালে ফোন করলি? কী ব্যাপার?" মৈথিলী জিজ্ঞেস করল। সে জানত, ভারত আর টরোন্টোর মধ্যে প্রায় বারো ঘণ্টার সময়ের ব্যবধান।

"হাই, মা। আমার তোমার সঙ্গে জরুরি কিছু কথা আছে।" শান্তনু বলল। তার কণ্ঠে চিন্তার ছাপ স্পষ্ট ছিল।

"কী হয়েছে, শান্তনু?" মৈথিলী জানতে চাইল। তার কৌতূহল আরও বেড়ে গেল।

"মা, গতকাল বাবার উকিলের কাছ থেকে একটা ফোন এসেছিল। তিনি তোমার খোঁজ করছিলেন। তিনি জানতেন না যে, তুমি ভারতে আছ। উকিল বললেন, বাবার একটি গুরুত্বপূর্ণ জিনিস তাঁর কাছে রাখা আছে, যা আমাকে তোমার হাতে পৌঁছে দিতে বলা হয়েছে। তাঁর মতে, এটাই নাকি এখন সেই সঠিক সময়। বাবা-ই নাকি এই নির্দেশ দিয়ে গিয়েছিলেন।"

মৈথিলী কিছু বোঝার আগেই শান্তনু আবার বলল, "আর-একটা ফোন এসেছিল ব্যাঙ্ক থেকে। ওরা জানাল, বাবার একটি অ্যাকাউন্টে টাকা কমে যাওয়ায় পেমেন্ট প্রক্রিয়া বন্ধ হয়ে গেছে। ব্যাঙ্ক থেকে বাবাকে ফোন করার চেষ্টা করা হয়েছিল, কিন্তু বাবার ফোন তাঁর মৃত্যুর পর থেকেই বন্ধ। তারপর তারা নমিনি হিসেবে আমার নাম পেয়ে আমার সঙ্গে যোগাযোগ করে। ব্যাঙ্ক বলল, গত বিশ বছর ধরে একটি নির্দিষ্ট অ্যাকাউন্টে নিয়মিত টাকা পাঠানো

হচ্ছে, এমনকি বাবার মৃত্যুর পরেও। মা, তুমি কি এই বিষয়ে কিছু জানো?"

অবাক হয়ে মৈথিলী বলল, "আমি কিছুই জানি না, শান্তনু। তোমার বাবা তাঁর বাবা-মাকে তাঁদের জীবদ্দশায় নিয়মিত টাকা পাঠাতেন। কিন্তু তার পরে এমন কোনও বিষয়ের কথা তিনি আর কখনও বলেননি। তিনি যখনই কাউকে সাহায্য করতেন, আমাকে সবসময় জানাতেন, আর আমি কখনও তাঁকে নিরুৎসাহ করিনি। কিন্তু এই তথ্যটা আমার কাছেও সম্পূর্ণ নতুন।"

শান্তনু আরও বলল, "ব্যাঙ্ক থেকে জানিয়েছে, গত কুড়ি বছর ধরে একটি নির্দিষ্ট অঙ্কের টাকা নিয়মিত অন্য একটি অ্যাকাউন্টে পাঠানো হয়ে আসছে। পুরো বিষয়টাই একটি স্বয়ংক্রিয় প্রক্রিয়ার মাধ্যমে পরিচালিত। এখন সেই অ্যাকাউন্টে টাকা না থাকায় তারা আমাদের জানাতে বাধ্য হয়েছে। আমি ভেবেছিলাম, তুমি হয়তো এই গোপন অ্যাকাউন্টের ব্যাপারে কিছু জানো।"

মৈথিলীর মন ভারী হয়ে গেল। সে ধীরে বলল, "শান্তনু, তোমার বাবা কখনও আমার কাছ থেকে কিছু গোপন করতেন না। যদি তিনি এমন কোনও পরিকল্পনা করেও থাকেন, আমি নিশ্চিত তিনি আমাকে জানাতেন। কিন্তু তাঁর হঠাৎ মৃত্যু আমাদের সেই সুযোগ থেকে বঞ্চিত করেছে।" কথা বলতে বলতে তার গলা বুজে এল কান্নায়।

মৈথিলী ফোন রেখে শিথিল হয়ে বসে পড়ল। তার মন যেন হঠাৎ করেই ভারী হয়ে উঠল। শান্তনুর আশ্বাস সত্ত্বেও তার চোখের জল আর ধরে রাখা গেল না। গোপন অ্যাকাউন্টের রহস্য, স্বামীর আইনজীবীর কথাবার্তা এবং সাম্প্রতিক দিনের স্বপ্ন, সবকিছু মিলিয়ে তার মনের উপর এক গভীর চাপ জমে উঠল। ধীরে ধীরে সে এক অদ্ভুত শূন্যতার মধ্যে ডুবে যেতে লাগল।

'আর দুই-তিন ঘণ্টা পরেই আইনজীবীকে ফোন করা যাবে।' নিজেকে মনে করিয়ে দিল মৈথিলী। কিন্তু এই অপেক্ষার সময়টা তার কাছে অসহনীয় হয়ে উঠছিল। মন শান্ত করতে তার প্রয়োজন ছিল একটু বিশুদ্ধ বাতাস।

দরজায় তালা লাগিয়ে সে বাইরে বেরিয়ে পড়ল। গঙ্গার ঘাটের কাছে বসে থাকলে হয়তো মনের অস্থিরতা কিছুটা কমবে, এমনটাই সে ভেবেছিল।

রাত তখন আটটা। এই সময় সে সাধারণত বাইরে বেরোত না। ঘাটে তখনও মানুষের ভিড় লেগেই থাকে। কিন্তু আজ যেন পথ নিজেই তাকে টেনে নিয়ে যাচ্ছিল। মৈথিলী নিজের ভাবনায় এতটাই ডুবে ছিল যে, চারপাশের যানবাহনের আওয়াজ কিংবা ভিড় কিছুই তার নজরে এল না। হাঁটতে হাঁটতে সে এসে পৌঁছোল আসি ঘাটে।

'আমি তো তুলসী ঘাটে যাওয়ার কথা ভেবেছিলাম...' মৈথিলী নিজের মনে বলল। কীভাবে সে এখানে এসে পড়েছে, তা সে

নিজেও বুঝতে পারল না। মাত্র দশ-পনেরো মিনিটের পথ যে কখন কেটে গেছে, তার কোনও হিসেবই রইল না। ভাগ্যের এক আশ্চর্য খেলায় আজ ঘাটটি অন্যরকম শান্ত। মাত্র চল্লিশ-পঞ্চাশজন মানুষ ছড়িয়ে ছিটিয়ে বসে ছিল।

গঙ্গার জলের দিকে তাকিয়ে ঘাটের এক কোণে গিয়ে বসল মৈথিলী। দীপাবলির জন্য পরিষ্কার করা ঘাট চারপাশে আলোছায়ার মৃদু আভা ছড়িয়ে দিচ্ছিল। কিন্তু ওই অন্ধকার রাতে গঙ্গার নিকষ কালো জল যেন তার মনের গভীর দুশ্চিন্তারই প্রতিচ্ছবি হয়ে উঠেছিল।

হঠাৎ তার কানে ভেসে এল সুরের মধুর ধ্বনি। সঙ্গীতের প্রতি তার আজীবন টান তাকে অজান্তেই সেই সুরের উৎসের দিকে টেনে নিল। সুরের মায়া তাকে এমনভাবে মোহিত করল যে, সে নিজের আবেগ আর ধরে রাখতে পারল না। ধীরে ধীরে এগিয়ে গিয়ে সে দেখল, কয়েকজন যুবক বাদ্যযন্ত্র নিয়ে বসে আছে। তাদের মধ্যেই একজন মায়াবী কণ্ঠে গান গাইছিল।

কিছুক্ষণ পরে তাদের মধ্য থেকে একজন বাঁশি তুলে নিল। বাঁশির সুর রাতের আকাশে ভেসে উঠল, চারপাশের পরিবেশকে পবিত্র ও মনোমুগ্ধকর করে তুলল। মনে হল, সুরের প্রবাহে সময় থমকে গেছে। সেই মুহূর্তে যেন এক স্বর্গীয় অনুভূতির জন্ম হল।

মৈথিলী সুরের মোহে আচ্ছন্ন হয়ে নীরবে তাদের পিছনে গিয়ে বসল। অল্প সময়ের মধ্যেই সে বুঝতে পারল, ছেলেগুলো বেনারস

হিন্দু বিশ্ববিদ্যালয়ের ছাত্র। আসি ঘাটে এইভাবে ছাত্রদের জড়ো হওয়া স্বাভাবিক। এখানে তারা আরাম খুঁজে পায়, আবার নতুন অনুপ্রেরণাও পায়। তাদের সঙ্গীত ঘাটের শান্ত পরিবেশের সঙ্গে এমনভাবে মিশে গিয়েছিল যে, সেই মুহূর্তটিকে সত্যিই স্বর্গীয় বলে মনে হচ্ছিল।

সময় কীভাবে কেটে গেল, মৈথিলী টেরই পেল না। সঙ্গীত যেন তার ক্লান্ত হৃদয়ে ধীরে ধীরে জাদু ছড়িয়ে দিচ্ছিল। প্রতিটি সুর তার মনের গভীরে জমে থাকা ক্ষতগুলোকে মেরামত করছিল, এক একটি নরম স্পর্শে। সেই সুর শুধু বাতাসে নয়, তার আত্মার গভীরেও ভরে উঠছিল।

রাত যখন আরও গভীর হল, তখন এক তরুণ ছাত্র মৈথিলীর কাছে এগিয়ে এল। তার মুখে ছিল একরাশ সদয় হাসি। "ম্যাডাম, রাত অনেক হয়ে গেছে। আমরা এখন যাচ্ছি, আপনিও ফিরে যান।" ছেলেটি বলল। তার কণ্ঠে আন্তরিক উদ্বেগ স্পষ্ট ছিল।

মৈথিলী মাথা নাড়ল। তার মন তখন অনেকটাই হালকা। দীর্ঘদিন পর তার আত্মা যেন কিছুটা শান্তির স্পর্শ পেল। উঠে দাঁড়িয়ে সে বিদায় নিল। তবে সঙ্গে করে নিয়ে গেল সেই সুরের স্মৃতি। সেই সঙ্গীত তাকে মনে করিয়ে দিল, জীবনের কিছু অমূল্য মুহূর্ত কখনও পূর্বানুমান করা যায় না। কিন্তু সেগুলো এমন এক ছাপ রেখে যায়, যা হৃদয়ের গভীরে চিরকাল অমলিন হয়ে থেকে যায়।

# চতুর্দশ পরিচ্ছেদ

মৈথিলী রাত এগারোটার দিকে বাড়ি ফিরল। তার মন নানা চিন্তায় ঘুরপাক খাচ্ছিল। তার মনটা ভীষণ অস্থির হয়ে আছে, নানা চিন্তায় সে একদম বেকাবু হয়ে পড়েছে। রাতের খাবার খাওয়ার কোনও ইচ্ছে তার ছিল না, কারণ দুপুরের খাওয়া দেরিতে হয়েছিল, আর ঘাটে বসে ২-৩ কাপ চা খাওয়াতে তার খিদে একদম মরে গেছিল। তার এখন ভীষণ ক্লান্ত লাগছিল, সে ঘুমোতে যাবার কথা ভাবল।

ঠিক ঘুমোনোর আগে তার কিছু গুরুত্বপূর্ণ কথা মনে পড়ল, তাকে আইনজীবী মি. অ্যাভি চার্নিকে ফোন করতে হবে। দ্রুত সে ফোনটা হাতে নিল এবং নম্বর ডায়াল করল। মৈথিলী তার প্রয়াত স্বামী সন্দীপের সঙ্গে টরেন্টোতে মি. অ্যাভির সঙ্গে কয়েকবার দেখা করেছিল। সন্দীপ মারা যাওয়ার পর, অ্যাভি একবার তাঁদের বাড়িতে এসেছিলেন তাঁর শোক প্রকাশ করতে। কিন্তু তখন কোনও আইনি বিষয় নিয়ে কথাবার্তা বলার পরিস্থিতি মোটেই ছিল না। এক মাস পরে তার ছেলে শান্তনু, মি. অ্যাভির সঙ্গে যোগাযোগ করেছিল কিছু বাকি থাকা বিষয় নিয়ে কথা বলার জন্য, তবে তা খুব সংক্ষিপ্ত ছিল, কারণ তারা তখনও শোকাহত।

ফোনের অপর প্রান্তে কয়েকবার রিং বাজল।

"হ্যালো, মিসেস শর্মা। আমি আপনার ফোনের অপেক্ষায় ছিলাম," অ্যাভি জানালেন, "আমি জানতাম না যে, আপনি এখন ভারতে আছেন। দুর্ভাগ্যবশত, একটি জরুরি বিষয় আছে, যা নিয়ে কথা বলা বিশেষ প্রয়োজন। মিস্টার শর্মার হঠাৎ মৃত্যুর কারণে কিছু অপ্রত্যাশিত জটিলতা তৈরি হয়েছে। তিনি একজন আদর্শবাদী মানুষ ছিলেন, আপনি সেটা ভালোভাবেই জানেন। আপনি কবে কানাডায় ফিরে আসবেন?"

"আরও কয়েক মাস লাগবে," মৈথিলী শান্তভাবে উত্তর দিল, "তবে দয়া করে বলুন, কী সমস্যা হয়েছে। যদি কোনও সংকট থাকে, আমি যত দ্রুত সম্ভব তার সমাধান করার চেষ্টা করব।"

অ্যাভি কিছুটা থেমে বললেন, "বিষয়টা মিস্টার শর্মার ব্যাঙ্ক অ্যাকাউন্ট সংক্রান্ত। ব্যাঙ্কের ম্যানেজার আমাকে ফোন করেছিলেন। অ্যাকাউন্টে তহবিলের ঘাটতির কারণে পেমেন্ট প্রক্রিয়া স্থগিত করা হয়েছে। প্রতি মাসে একটি ভারতীয় অ্যাকাউন্টে স্বয়ংক্রিয়ভাবে টাকা স্থানান্তরিত হত। মিস্টার শর্মা এই বিষয়ে আমাকে সংক্ষেপে জানিয়েছিলেন, কিন্তু আমরা কখনও বিস্তারিত আলোচনা করতে পারিনি। তাঁর আকস্মিক প্রস্থানের ফলে অনেক কিছুই অসমাপ্ত থেকে গেছে। ওই অ্যাকাউন্টে অবিলম্বে টাকা স্থানান্তর করা প্রয়োজন। না হলে ভবিষ্যতে আইনি ও আর্থিক জটিলতা আরও বাড়তে পারে।"

"আরও একটি বিষয় আছে," অ্যাভি বললেন, "মিস্টার শর্মা তাঁর মৃত্যুর পাঁচ বছর আগে আমাকে একটি সিল করা চিঠি দিয়েছিলেন। তিনি কড়া নির্দেশ দিয়ে বলেছিলেন, একমাত্র তাঁর মৃত্যুর পরেই এই চিঠিটি আপনাকে পৌঁছে দিতে হবে। এটি ছিল তাঁর শেষ ইচ্ছা।"

মৈথিলী স্তম্ভিত হয়ে গেল। "একটি চিঠি?" সে ধীরে ধীরে বলল, "আপনি এতদিন একথা জানাননি কেন? সন্দীপ মারা যাওয়ার পর আমি প্রায় তিন মাস কানাডায় ছিলাম। আর মাসে মাসে এই টাকা কে পেত, সেটাও আমাকে জানতে হবে। আমি আগে আমার ছেলের সঙ্গে এই বিষয়টা নিয়ে কথা বলব।"

"আমি বুঝতে পারছি," অ্যাভি নরম গলায় বললেন, "মিস্টার শর্মার আকস্মিক প্রস্থানের পর আমি তখন শহরে ছিলাম না। চিঠির বিষয়টি একেবারেই আমার মনে ছিল না। এটি আমার ভুল, এবং এর জন্য আমি আন্তরিকভাবে দুঃখিত। ব্যাঙ্কের কাছ থেকে ফোন পাওয়ার পরেই হঠাৎ চিঠিটির কথা মনে পড়ে যায়।"

তিনি একটু থেমে আবার বললেন, "আমি সত্যিই দুঃখিত, মিসেস শর্মা। আপনি যে সব উত্তরের খোঁজ করছেন, সম্ভবত সেই চিঠিতেই তার ইঙ্গিত রয়েছে। আপনার যদি কোনও আপত্তি না থাকে, আমি চিঠিটি আপনার ছেলেকে পাঠিয়ে দিতে পারি। সে পরে আপনাকে পৌঁছে দেবে। আমি কি সেই ব্যবস্থা করব?"

"হ্যাঁ, আমার মনে হয় আপনি সেই ব্যবস্থাই করুন।" মৈথিলী সম্মতি দিল, "তবে বলুন তো, সন্দীপ কি কখনও আপনাকে এমন কিছু বলেছিলেন, যা আমার জানা উচিত?"

"মিসেস শর্মা, আমি মনে করি আপনি আগে চিঠিটা পড়ে নিন," অ্যাভি শান্তভাবে উত্তর দিলেন, "তারপর আমরা এই বিষয়ে বিস্তারিত কথা বলব। নিজের যত্ন নিন, আর ভারতে ভালো সময় কাটান।" এই বলে তিনি ফোন কেটে দিলেন।

মৈথিলী নিঃশব্দে বসে রইল। সন্দীপের সেই চিঠির কথা শুনে তার মন আরও চঞ্চল হয়ে উঠল। সন্দীপের একটি চিঠি! কেন তিনি এই বিষয়ে তাকে কিছুই বলে যাননি? সেই চিঠির ভেতরে কী থাকতে পারে? একের পর এক প্রশ্ন তার মনকে আচ্ছন্ন করে ফেলল।

সন্দীপ কি এমন কিছু লুকিয়ে রেখেছিলেন, যা তিনি জীবিত অবস্থায় মৈথিলীকে বলতে পারেননি! নাকি কিছু সত্য ছিল, যা বলার সময় তখনও এসে পৌঁছোয়নি? নাকি এই গোপনীয়তা রক্ষার অন্য কোনও কারণ ছিল! সেই অজানা আশঙ্কা আর কৌতূহল মিলিয়ে মৈথিলীর বুকের ভেতর এক অদ্ভুত অস্থিরতা জমে উঠল।

মৈথিলী শান্তনুকে ফোন করল এবং মি. অ্যাভি চার্নি যা বলেছিলেন, তা সব বিস্তারিতভাবে তাকে জানাল। সে শান্তনুকে অনুরোধ করল, যেন যত দ্রুত সম্ভব আইনজীবীর অফিস থেকে

চিঠিটা সংগ্রহ করে এবং তাকে পাঠিয়ে দেয়। পাশাপাশি সে জানাল, তার বোন বৈদেহী দেব দীপাবলি উৎসব উদ্‌যাপন করতে কাশীতে তার সঙ্গে থাকতে আসবে।

এরপরও মৈথিলী ঘুমোতে পারল না। অনেক চেষ্টা করেও না। ওষুধ খেয়েছিল, তবু ঘুম এল না। তার মন এক অজানা আশঙ্কায় আচ্ছন্ন হয়ে ছিল। *সন্দীপ কি কোনও গোপন কথা লুকিয়ে রেখেছিল?* এই প্রশ্নটাই তাকে অস্থির করে তুলল। সারারাত সে শুধু জেগে রইল, ভোর হওয়ার অপেক্ষায়।

পরদিন সকালে মৈথিলী তার স্বাভাবিক সময়ের তুলনায় অনেক দেরিতে বিছানা ছাড়ল। ঠিক তখনই তার গৃহপরিচারিকা অম্বিকা এসে পৌঁছোল। মৈথিলীকে তখনও বিছানায় শুয়ে থাকতে দেখে অম্বিকার কপালে চিন্তার ভাঁজ পড়ে গেল।

“দিদি, আপনি ঠিক আছেন তো? মনে হচ্ছে আপনি গত রাতে একটুও ঘুমোননি। আপনার চোখ দুটো তো একেবারে লাল হয়ে গেছে। আমি চা বানিয়ে দিচ্ছি। আপনি উঠুন, একটু ফ্রেশ হয়ে নিন।” সে কোমল কিন্তু উদ্বিগ্ন স্বরে বলল।

অম্বিকা সব সময়ই মৈথিলীর প্রতি এক ধরনের মাতৃত্বপূর্ণ যত্ন দেখিয়েছে। আজও তার ব্যতিক্রম হল না। ধীরে ধীরে মৈথিলী নিজেকে বিছানা থেকে তুলল এবং ধীর পায়ে বাথরুমের দিকে এগিয়ে গেল। তার হাঁটা চলা ছিল শিথিল, মুখে স্পষ্ট ক্লান্তির ছাপ, আর মন ছিল অসম্ভব উদ্বিগ্ন।

আজ মৈথিলীর কারওর সঙ্গে কথা বলার মনই নেই, এমনকি অম্বিকার সঙ্গেও নয়। কিন্তু এই নীরবতাই তার মনের ভেতরের কোলাহলকে আরও তীব্র করে তুলছিল।

তার চিন্তাগুলো যেন এক অন্তহীন চক্রে ঘুরপাক খাচ্ছিল। সে বারবার সেই এক অমীমাংসিত প্রশ্নেই আটকে পড়ছিল। সে জানত, নিজের কাঙ্ক্ষিত উত্তরের জন্য তাকে আরও দশ থেকে পনেরো দিন অপেক্ষা করতে হবে। সেই উত্তর লুকিয়ে আছে একটি সিল করা খামের ভেতর, যা সে সন্দীপের আইনজীবীর কাছ থেকে পাবে।

মৈথিলী একবার ভেবেছিল, ওই চিঠি শান্তনুর হাতে পৌঁছোনোর পর মৈথিলী চাইলে শান্তনু আগেই চিঠি পড়ে মাকে চিঠির বিষয়ে জানাতে পারে, কিন্তু সেটা কি উচিত কাজ হবে? যে চিঠি এতকাল ধরে অপেক্ষা করছে একটা বন্ধ খামের মধ্যে, যা কিনা সন্দীপের বিশেষ অনুরোধ এবং শেষ ইচ্ছা, যা তিনি শুধু মৈথিলীকেই জানাতে চেয়েছিলেন এক নির্ধারিত সময়ে, সেটা বোধহয় শান্তনুর জানা উচিত হবে না। অতঃপর প্রতীক্ষা করা ছাড়া অন্য কোনও গতি নেই।

সন্দীপ তাঁর সিদ্ধান্ত অত্যন্ত চিন্তাভাবনা করেই নিয়েছিলেন। মৈথিলী যেন সত্যটা শুধুমাত্র তাঁর মৃত্যুর পর জানতে পারে, সেই পথটাই তিনি বেছে নিয়েছিলেন। তিনি এমন একটি গভীর রহস্য রেখে গেছেন, যার অর্থ আর গুরুত্ব একেবারেই অন্যরকম।

চিঠির ভেতরে যে কথাগুলো লুকিয়ে আছে, তা স্পষ্টই ইঙ্গিত দেয় যে সন্দীপ সেগুলো তাঁর জীবদ্দশায় মৈথিলীকে জানতে দিতে চাননি। সেই চিঠির বিষয়ে ছেলেকে জড়ানোর মানে হবে তাঁর সেই সিদ্ধান্তের অবমাননা করা। সন্দীপের জীবনের গোপন ও গভীর সত্যগুলো এখনই কারওর সামনে উন্মোচন করা উচিত নয়, এই উপলব্ধিই মৈথিলীর মনে আরও দৃঢ় হয়ে উঠল।

না, এটি মৈথিলীর একার যাত্রা। তার একার লড়াই। সেই চিঠির ভেতরে যা-ই থাকুক না কেন, মৈথিলী স্থির করল, সে একাই তার মোকাবিলা করবে। ঠিক যেমনটা সন্দীপ চেয়েছিলেন।

এই মুহূর্তে তার করণীয় শুধু অপেক্ষা করা। শান্ত মনে অপেক্ষা করা। আর সেই অনিশ্চয়তার সঙ্গে লড়াই করা, যা ক্রমশ তার ভেতরে এক অসহনীয় উত্তেজনার জন্ম দিচ্ছিল। এই লড়াইয়ে তার প্রতিপক্ষ কে, বা কী, সে সম্পর্কে তার কোনও বাস্তব ধারণাই ছিল না।

মৈথিলী বাথরুম থেকে বেরিয়ে এসে সকালের চা নিয়ে ডাইনিং টেবিলে বসল। তার মন তখনও অস্থির ছিল। কারও সঙ্গে কথা বলার তীব্র প্রয়োজন সে অনুভব করছিল। মাথার ভেতরে জমে থাকা সেই কাল্পনিক ঝড় থেকে মুক্তি পাওয়ার এটিই যেন একমাত্র উপায়। অম্বিকা তখন বাড়ির কাজে ব্যস্ত ছিল। মৈথিলী সিদ্ধান্ত নিল, তার সঙ্গেই কথা শুরু করবে।

"তোমার ছেলে এখন কেমন আছে? গত রাতে ডাক্তার দেখিয়েছিলে তো? কী বললেন ডাক্তার ? আর কাল তো দীপাবলি, তাই না? কী পরিকল্পনা তোমার?" মৈথিলী কথাগুলোকে যতটা সম্ভব সহজ রাখার চেষ্টা করল।

অম্বিকা উত্তর দিল, "দিদি, ডাক্তার বলেছেন কিছু ব্লাড টেস্ট করাতে হবে। এখন জ্বর নেই। ওষুধ খাওয়ার পর একটু ভালো আছে। দীপাবলির দিনে আমরা সন্ধ্যায় বাড়িতে পুজো করব। তারপর ঘাটে যাব প্রদীপ জ্বালাতে। অনেক লোক হবে। আমরা প্রতি বছরই যাই।"

অম্বিকার কণ্ঠ শান্ত ছিল। কিন্তু মৈথিলী লক্ষ করল, তার স্বাভাবিক চঞ্চলতা নেই। হয়তো ছেলের অসুস্থতার চিন্তা তাকে ভেতর থেকে কাতর করে রেখেছে। মৈথিলী মাথা নেড়ে চায়ে চুমুক দিল। মনে মনে সে অম্বিকাকে সান্ত্বনা দেওয়ার চেষ্টা করল।

পরে মৈথিলী তার বেডরুমে গিয়ে আলমারি খুলল। সেখান থেকে সে একটি সুন্দর নতুন শাড়ি আর কিছু টাকা বের করল। সিদ্ধান্ত নিল, এগুলো দীপাবলির উপহার হিসেবে অম্বিকাকে দেবে।

উপহারগুলো হাতে পেয়ে অম্বিকার মুখ আনন্দ আর বিস্ময়ে উজ্জ্বল হয়ে উঠল। সে এমন আন্তরিক উপহার একেবারেই আশা করেনি।

"এই টাকাটা দিয়ে দীপাবলির জন্য মিষ্টি কিনো।" মৈথিলী হাসিমুখে বলল, "আর তোমার ছেলের যা দরকার, সেটাও কিনে নিয়ো। ও তাড়াতাড়ি ভালো হয়ে উঠবে, তুমি চিন্তা কোরো না।"

অম্বিকার চোখ কৃতজ্ঞতায় ভরে উঠল। মৈথিলীর এই সদয়তা আর মমতায় সে গভীরভাবে অভিভূত হল।

"ধন্যবাদ, দিদি। আপনি আমাদের জন্য এই দীপাবলিটা সত্যিই বিশেষ করে দিলেন।" সে নরম স্বরে বলল।

মৈথিলী হাসল। তার মনে এক শান্ত আনন্দের অনুভূতি জেগে উঠল। এমন কঠিন সময়ে অম্বিকার জীবনে সামান্য হলেও একটি খুশির মুহূর্ত এনে দিতে পেরে তার ভালো লাগল। তার কাছে এই ছোটো ছোটো আনন্দের মুহূর্তগুলিই উৎসবের আসল অর্থ তৈরি করে।

অম্বিকা বাড়ির সব কাজ তাড়াতাড়ি সেরে নিচ্ছিল, কারণ পরের দু'দিন সে কাজে আসতে পারবে না। তাই তাকে একটু বেশি রান্নাও করতে হল।

প্রাতরাশ শেষ করার পর মৈথিলী বসল দেব দীপাবলির সময় তার বোনের কাশীতে আসার টিকিট বুক করতে। উৎসবের দিনগুলোতে বোনের উপস্থিতির কথা ভাবতেই তার মনে কিছুটা শান্তি ফিরে এল। সে জানত, এতে তার মন অন্তত সামান্য হলেও ভারমুক্ত হবে।

তবে মৈথিলী এটাও জানত, সন্দীপের চিঠি কিংবা ব্যাঙ্কের সমস্যাগুলোর কথা সে বোনের সঙ্গে ভাগ করতে পারবে না। বৈদেহী খুব সহজেই বিচলিত হয়ে পড়ে। তার ওপর তার জীবনযাত্রাও খুব সাধারণ। মৈথিলীর ভয় হল, এসব কথা শুনলে তার বোন অযথা উদ্বিগ্ন হয়ে পড়বে কিংবা অযথা তার মানসিক চাপের সৃষ্টি হবে।

সে একটি দীর্ঘশ্বাস ফেলল। আপাতত নিজের সমস্যাগুলো নিজের মধ্যেই রাখার সিদ্ধান্ত নিল। কখনও কখনও তার মনে হত, ভালোবাসার অর্থই হল অন্যদের সেই মানসিক দ্বন্দ্ব থেকে রক্ষা করা, যেগুলো তারা বহন করার জন্য এখনও প্রস্তুত নয়। এই মুহূর্তে মৈথিলী মন স্থির করল, আসন্ন দেব দীপাবলিটিকে সে তার আর তার বোনের জন্য আনন্দময় করে তোলার দিকেই মনোযোগ দেবে।

মৈথিলী আলমারি খুলে বেনারসের শাড়ি ফ্যাক্টরি আউটলেট থেকে কেনা নতুন শাড়িগুলো বের করল। ভালো করে দেখে শুনে সে একটি সুন্দর শাড়ি বেছে নিল, দীপাবলিতে তার বোনকে উপহার দেওয়ার জন্য। উপহার দেওয়ার ভাবনায় তার ঠোঁটে এক মৃদু হাসি ফুটে উঠল।

ঠিক তখনই, শাড়িটি ভাঁজ করতে করতে তার ফোনে একটি নোটিফিকেশন এল। কৌতূহলী হয়ে সে ফোনটি হাতে নিল। দেখল, ডঃ জেরেমি অল্টম্যানের কাছ থেকে একটি বার্তা এসেছে।

*'হাই মৈথিলী। আমি এই মুহূর্তে কয়েকজন অতিথির সঙ্গে শহরের বাইরে আছি। ফিরতে চার-পাঁচ দিন সময় লাগবে। ফিরে এলেই আপনাকে জানাব। আশা করি আপনি বারাণসীতে ভালো সময় কাটাচ্ছেন। অসুবিধার জন্য দুঃখিত। ধন্যবাদ।'*

বার্তাটি পড়ে মৈথিলী ধীরে ফোন নামিয়ে রাখল। অপেক্ষার তালিকায় আর-একটি নাম যোগ হল, আর তার জীবনের নীরব অস্থিরতাও যেন আরও একটু দীর্ঘ হয়ে গেল।

মৈথিলীর মনটা আরও ভারী হয়ে গেল। 'ওহ না,' সে নিজের মনে বলল। জেরেমি না থাকায়, মনোযোগ সরানোর আর-একটি দরজা যেন বন্ধ হয়ে গেল।

অবশ্য সে চাইলে অন্য কোনও ট্যুর গাইড ভাড়া করতে পারত, বারাণসীকে আরও গভীরভাবে আবিষ্কার করার জন্য। কিন্তু জেরেমির সঙ্গে সে স্বাচ্ছন্দ্য বোধ করত। তার জ্ঞান আর মনোরম ব্যবহার মৈথিলীর খুব পছন্দ ছিল। নতুন কারওর সঙ্গে আবার শুরু করার ইচ্ছা তার ছিল না।

সে ফোনটি নামিয়ে রাখল। একটি দীর্ঘশ্বাস ফেলল। তার বর্তমান পরিস্থিতি ক্রমেই আরও জটিল হয়ে উঠছিল। মৈথিলীর মনে হয়েছিল, জেরেমির সঙ্গে দেখা হলে, তার সঙ্গে কোথাও বাইরে গেলে, আধ্যাত্মিক বিষয় নিয়ে কিছু কথা বললে, হয়তো তার মনটা একটু হালকা হত। কিন্তু বর্তমান অবস্থায় অপেক্ষা করা ছাড়া তার আর কোনও পথ রইল না।

কখনও কখনও আমাদের করার মতো কিছুই থাকে না। আমরা পরিস্থিতির কাছে বাঁধা পড়ি, অসহায় হয়ে যাই। সেই মুহূর্তগুলোতে আমরা শুধু শান্ত থাকার চেষ্টা করতে পারি এবং অপেক্ষা করতে পারি ঝড় কেটে যাওয়ার জন্য, আমাদের যাত্রার পরবর্তী অধ্যায় ধীরে ধীরে উন্মোচিত হওয়ার জন্য।

এটা সহজ নয়। তবুও কখনও কখনও ধৈর্যই একমাত্র পথ হয়ে দাঁড়ায়। সময়ের উপর ভরসা রেখে আমাদের এগিয়ে যেতে হয় এই বিশ্বাসে যে, একদিন সবকিছু ঠিক হয়ে যাবে।

# পঞ্চদশ পরিচ্ছেদ

আজ দেব দীপাবলি। এই দিনটার জন্য মৈথিলী অনেক দিন ধরেই অপেক্ষা করছিল। বৈদেহী দু'দিন হল তার কাছে এসে পৌঁছেছে। দুই বোন একসঙ্গে বেশ সুন্দর সময় কাটাচ্ছে। আগের তুলনায় মৈথিলী এখন অনেকটাই সুস্থ। দিদির সঙ্গে দেখা করে বৈদেহীও বুঝতে পেরেছে, মৈথিলী ধীরে ধীরে তার শোক কাটিয়ে উঠতে সক্ষম হয়েছে। যদিও সে জানে না, এর মধ্যে মৈথিলীর জীবনে আরও কত কী ঘটে গেছে। বৈদেহী জানে না, মৈথিলীর ভেতরে ঠিক কী গভীর মানসিক দ্বন্দ্ব চলেছে। মৈথিলী প্রাণপণে চেষ্টা করে চলেছে নিজেকে স্বাভাবিক রাখার।

বৈদেহী মৈথিলীর জন্য অনেক উপহার এনেছিল। তার প্রিয় মিষ্টি থেকে শুরু করে নানারকম ছোটোখাটো জিনিস। বাবা-মায়ের মৃত্যুর পর দুই বোন আরও কাছাকাছি এসেছে। একে অপরের মধ্যে তারা সান্ত্বনা খুঁজে পেয়েছে। মৈথিলী সবসময় বৈদেহীর জন্য পথপ্রদর্শকের ভূমিকা পালন করেছে। সে তাকে মায়ের মতো ভালোবেসেছে। তাদের এই গভীর বন্ধন গড়ে উঠেছে স্নেহ আর নিঃস্বার্থ ভালোবাসার উপর।

মৈথিলীর কাছ থেকে একটি সুন্দর বেনারসি শাড়ি পেয়ে বৈদেহী অত্যন্ত খুশি হয়েছিল। তার মুখ আনন্দে উজ্জ্বল হয়ে উঠেছিল। তারা আগেই ঠিক করে ফেলেছিল, সন্ধ্যার অনুষ্ঠানে তারা ঘাটে

যাবে। এটি দেব দীপাবলির একটি বিশেষ আয়োজন। ডঃ জেরেমি ওটমান তাদের জন্য সব ব্যবস্থাই করে রেখেছিলেন।

এই অনুষ্ঠানের কথা ভাবতেই মৈথিলীর মনে জমে থাকা চিন্তার ভার যেন কিছুটা হালকা হয়ে আসছিল। দেব দীপাবলির আলো, মানুষের উচ্ছ্বাস আর উৎসবের আবহ তার মনকে সাময়িক হলেও স্বস্তির স্পর্শ দিচ্ছিল।

মৈথিলী এখনও তার ছেলের কাছ থেকে সন্দীপের সেই শেষ চিঠিটি পায়নি। উৎসবের সময় হওয়ায় ক্যুরিয়ার ডেলিভারিতে দেরি হচ্ছিল, আর সে জানত চিঠিটি পৌঁছোতে আরও কিছুটা সময় লাগতে পারে। এক দিক থেকে এই দেরিটাই তাকে সামান্য স্বস্তি দিয়েছিল। সে চাইছিল না, বৈদেহী ফিরে যাওয়ার আগে চিঠিটি তার হাতে এসে পৌঁছোক।

যদি চিঠির ভেতরে এমন কিছু থাকে, যা তার পক্ষে সহ্য করা খুব ভারী হয়ে যায়, তবে এই আনন্দময় সময়ের মধ্যে তা সামলানো তার পক্ষে সম্ভব হবে না। তাই সে অপেক্ষা করতে চেয়েছিল। আশা করছিল, চিঠিটি পৌঁছোনোর আগেই বৈদেহী বাড়ি ফিরে যাবে।

আপাতত মৈথিলী কেবল বর্তমানের দিকেই মনোযোগ দিতে চেয়েছিল। তার বোনের উপস্থিতির উষ্ণতায় এবং দেব দীপাবলির শান্ত আলোয় সে নিজের মনটাকে কিছুক্ষণের জন্য স্থির করে রাখতে চেয়েছিল।

বৈদেহী আসার আগে মৈথিলী সময় নিয়ে বেনারসে দেব দীপাবলির তাৎপর্য সম্পর্কে জেনেছিল। এই উৎসব অন্ধকারের ওপর আলোর বিজয় উদ্‌যাপন করে। সেই দিনে গোটা শহর অসংখ্য প্রদীপের আলোয় ঝলমল করে ওঠে। মৈথিলী বৈদেহীর সঙ্গে এই উৎসব উপভোগ করতে উদ্‌গ্রীব ছিল। তার আশা ছিল, এই আলোয় ভরা উৎসব তাদের জীবনে কিছুটা শান্তি আর উষ্ণতার ছোঁয়া এনে দেবে।

## দেব দীপাবলি: বারাণসীর একটি বিশেষ উৎসব

দেব দীপাবলি সম্পর্কে মৈথিলী আগেই কিছুটা জেনে নিয়েছিল। এই উৎসব, যাকে কার্তিক পূর্ণিমা বা ত্রিপুরোৎসবও বলা হয়, বারাণসীতে এক বিশেষ ভক্তি আর জাঁকজমকের সঙ্গে উদ্‌যাপিত হয়। হিন্দু ক্যালেন্ডারের কার্তিক মাসের পূর্ণিমার রাতে, সাধারণ দীপাবলির প্রায় পনেরো দিন পরে এই দিনটি আসে। বারাণসী, যা কাশি বা বেনারস নামেও পরিচিত, হিন্দু, বৌদ্ধ এবং জৈন ধর্মের জন্য এক পবিত্র স্থান হওয়ায় এই উৎসবের তাৎপর্য এখানে আরও গভীর হয়ে ওঠে।

এই দিনটিকে অনেকেই দেবতাদের দীপাবলি বলে উল্লেখ করেন। পুরাণ অনুযায়ী, এই উৎসবের সঙ্গে জড়িয়ে আছে ভগবান শিবের এক মহান বিজয়ের কাহিনি। ত্রিপুরাসুর নামে এক শক্তিশালী অসুর তিনটি লোক জয় করে সৃষ্টির মধ্যে ভয় আর বিশৃঙ্খলা ছড়িয়ে দিয়েছিল। পৃথিবীকে সেই অশুভ শক্তির হাত থেকে রক্ষা

করার জন্য ভগবান শিব তার বিরুদ্ধে যুদ্ধ করেন এবং অবশেষে তাকে পরাজিত করেন। সেই বিজয়ের মধ্য দিয়ে আবার ফিরে আসে শান্তি আর সামঞ্জস্য।

বিশ্বাস করা হয়, এই বিজয়ের আনন্দ উদ্‌যাপন করতে ভগবান শিব নিজেই গঙ্গার তীরে অবতরণ করেন এবং পবিত্র জলে স্নান করেন। সেই স্মৃতিকে বাঁচিয়ে রাখতে বারাণসীর মানুষ ঘাটজুড়ে অসংখ্য প্রদীপ জ্বালিয়ে দেবতাদের স্বাগত জানায়। সেই থেকেই এই ঐতিহ্যের সূচনা, যা আজও একই ভক্তি আর শ্রদ্ধার সঙ্গে পালন করা হয়।

দেব দীপাবলির সময় বারাণসী যেন এক অন্য রূপ ধারণ করে। ঘরের ছাদ থেকে শুরু করে মন্দিরের চূড়া পর্যন্ত, সর্বত্র প্রদীপের আলো জ্বলে ওঠে। ঘাটগুলো রঙিন আলপনা আর সারি সারি প্রদীপে সাজানো হয়। সেই আলো গঙ্গার জলে প্রতিফলিত হয়ে এক মায়াময় দৃশ্য সৃষ্টি করে, যা চোখে পড়ে, আবার মনের ভেতরেও গভীরভাবে ছাপ ফেলে যায়।

একটি বিশেষ দৃশ্য মৈথিলীর দৃষ্টি আকর্ষণ করেছিল। ছোটো ছোটো তেলের প্রদীপ পাতা বা ডোঙায় রেখে গঙ্গার জলে ভাসিয়ে দেওয়া হচ্ছিল। প্রদীপগুলো ধীরে ধীরে স্রোতের সঙ্গে ভেসে যাচ্ছিল, যেন প্রতিটি আলো কোনও না কোনও প্রার্থনা বহন করে নিয়ে চলেছে।

সন্ধ্যা নামার সঙ্গে সঙ্গে উৎসবের আবহ আরও গাঢ় হয়ে উঠতে থাকে। বিভিন্ন মন্দির থেকে দেবদেবীর শোভাযাত্রা বের হয়, আর আকাশ আলোকিত হয়ে ওঠে আতশবাজির ঝলকে। মন্দিরে পবিত্র আচার-অনুষ্ঠান চলতে থাকে, পুরোহিতদের মন্ত্রোচ্চারণে পরিবেশ আরও ভক্তিময় হয়ে ওঠে।

এই সময় গঙ্গা আরতি হয়ে ওঠে উৎসবের প্রধান আকর্ষণ। প্রদীপের আলো, মন্ত্রের ধ্বনি, আর ভক্তিমূলক সঙ্গীত মিলেমিশে এমন এক আবহ তৈরি করে, যা অনুভব না করলে বোঝা যায় না। দশাশ্বমেধ ঘাটে এই আরতির সময় স্থানীয় মানুষ থেকে শুরু করে দূরদূরান্তের দর্শনার্থীরা ভিড় জমায়।

দিনভর শহরের বিভিন্ন প্রান্তে সাংস্কৃতিক পরিবেশনাও চলতে থাকে। শাস্ত্রীয় সঙ্গীত, নৃত্য, আর আধ্যাত্মিক আলোচনা, সব মিলিয়ে এই উৎসব শুধু ধর্মীয় নয়, এক সমৃদ্ধ সাংস্কৃতিক অভিজ্ঞতায় পরিণত হয়। ভারতের নানা প্রান্ত থেকে শিল্পীরা এসে তাঁদের শিল্পকলার মাধ্যমে এই উৎসবকে আরও প্রাণবন্ত করে তোলেন।

দেব দীপাবলি তাই শুধু একটি উৎসব নয়। এটি অশুভ-র ওপর শুভ-র জয়ের প্রতীক, আলো দিয়ে অন্ধকারকে দূর করার এক বিশ্বাস। এই দিনে শহরের প্রতিটি কোণে সেই বিশ্বাসেরই প্রতিফলন দেখা যায়।

মৈথিলীর মনে হচ্ছিল, এই আলোয় ভরা শহর শুধু বাইরে আলোকিত নয়, ভেতরেও যেন কিছু ছুঁয়ে যায়।

মৈথিলী ও বৈদেহী জেরেমির সঙ্গে দেব দীপাবলির রাতে ঘাটে গিয়েছিল সেই মোহময় সৌন্দর্য উপভোগ করতে। ঘাটগুলো তখন ভক্তদের ভিড়ে পরিপূর্ণ, যেন এক অশেষ মানবসমুদ্র। প্রত্যেকের চোখে এক ধরনের দীপ্তি, বিশ্বাস আর আনন্দের মিশ্র অনুভূতি স্পষ্ট হয়ে উঠছিল। পণ্ডিতদের মন্ত্রোচ্চারণের ছন্দময় ধ্বনি চারদিকে প্রতিধ্বনিত হচ্ছিল, আর সেই ধ্বনি ধীরে ধীরে পুরো পরিবেশকে এক অলৌকিক, পবিত্র আবহে ঢেকে দিচ্ছিল।

মৈথিলী আগে কখনও এত বিশাল জনসমাগম এক জায়গায় দেখেনি। তবুও আশ্চর্যের বিষয়, সেই ভিড়ের মধ্যেও কোথাও কোনও বিশৃঙ্খলা নেই, বরং এক অদ্ভুত ঐক্য কাজ করছে। সেই শক্তি, সেই সম্মিলিত ভক্তির আবেগ ভাষায় প্রকাশ করা যায় না, তা শুধু অনুভব করা যায় হৃদয়ের গভীরে। সেই মুহূর্তে মৈথিলীর মনে হচ্ছিল, সে শুধু একটি দৃশ্য দেখছে না, বরং একটি জীবন্ত অনুভবের মধ্যে দাঁড়িয়ে আছে। কাশী যেন তার সামনে নতুন করে জেগে উঠেছে, আর সেই জাগরণে এক অদৃশ্য ঈশ্বরীয় শক্তি প্রতিটি মানুষকে ছুঁয়ে যাচ্ছে।

এই অনুভবের মধ্যেই হঠাৎ তার মনে পড়ল, কেন এই শহরকে রসের ভূমি বলা হয়। এখানে জীবন শুধু দেখা যায় না, তা

গভীরভাবে অনুভব করা যায়। প্রতিটি মুহূর্ত যেন নিজের ভেতরের কোনও না কোনও স্তরকে স্পর্শ করে যায়।

সন্ধ্যাটা আরও মায়াময় করে তুলতে মৈথিলী একটি নৌকা ভাড়া করল। গঙ্গার শান্ত জলে ধীরে ভেসে যেতে যেতে তারা আলোকিত ঘাটগুলোর দিকে তাকিয়ে রইল। হাজার হাজার প্রদীপের আলো জলে প্রতিফলিত হয়ে কেঁপে উঠছিল, আর সেই আলো যেন স্থির থেকেও স্থির নয়, ঠিক মৈথিলীর মনের মতো।

গঙ্গা আরতি শেষ হওয়ার পর রাতের আকাশ হঠাৎ আলো আর শব্দে ভরে উঠল। এক মনোমুগ্ধকর লেজার শো শুরু হল, যেখানে আলোর ছটায় ভারতের ইতিহাস আর সংস্কৃতির নানা দৃশ্য ফুটে উঠছিল। সেই দৃশ্য শুধু চোখে ধরা পড়ছিল না, তা যেন ধীরে ধীরে মনের ভেতরেও জায়গা করে নিচ্ছিল। মৈথিলী ও বৈদেহী নিঃশব্দে তা উপভোগ করছিল, যেন সেই মুহূর্তটাকে তারা সম্পূর্ণভাবে নিজের মধ্যে ধারণ করতে চায়।

মৈথিলীর কাছে এই সন্ধ্যা শুধু একটি উৎসবের অংশ ছিল না। এটি ছিল এক গভীর অভিজ্ঞতা, এক বিরল অনুভূতির স্পর্শ, যেখানে অতীতের ঐতিহ্য, পবিত্র গঙ্গা আর কাশীর অদৃশ্য আধ্যাত্মিক শক্তি একসঙ্গে মিশে গিয়েছিল। সেই মুহূর্তে সে অনুভব করল, এই শহরের সঙ্গে তার সম্পর্ক শুধুমাত্র এক দর্শনার্থীর নয়, বরং আরও গভীর, আরও ব্যক্তিগত।

এই স্মৃতিটা তার সঙ্গে থেকে যাবে।

সময়ের সঙ্গে হয়তো অনেক কিছু বদলে যাবে, কিন্তু এই অনুভব... সে জানত, তা কখনও মুছে যাবে না।

# ষোড়শ পরিচ্ছেদ

মৈথিলী তাদের দুজনের জন্য একসঙ্গে সারনাথের ধামক স্তূপ পরিদর্শনের একটি যাত্রা বুক করে রেখেছে, যা দেব দীপাবলির ঠিক পরের দিন।

সারনাথ উত্তর ভারতের উত্তর প্রদেশ রাজ্যের বারাণসীর (যা বেনারস বা কাশী নামেও পরিচিত) কাছে একটি পবিত্র এবং ঐতিহাসিক স্থান। এটি বৌদ্ধ ধর্মাবলম্বীদের জন্য একটি গুরুত্বপূর্ণ স্থান এবং এর ঐতিহাসিক ও সাংস্কৃতিক মূল্য অসাধারণ। বারাণসী থেকে প্রায় ১৩ কিলোমিটার (৮ মাইল) দূরে অবস্থিত সারনাথ ভ্রমণকারী ও তীর্থযাত্রীদের জন্য একটি জনপ্রিয় গন্তব্য।

## সারনাথের ইতিহাস

সারনাথ বৌদ্ধ ধর্মের বিকাশ এবং বিস্তারের সঙ্গে গভীরভাবে জড়িত। উত্তর প্রদেশের বারাণসীর কাছে অবস্থিত এই স্থানটি

বৌদ্ধ ইতিহাসের অন্যতম গুরুত্বপূর্ণ কেন্দ্র। নীচে সারনাথের ইতিহাসের একটি সংক্ষিপ্ত বিবরণ দেওয়া হল:

## বৌদ্ধ ধর্মের পূর্বে:

সারনাথ, যা প্রাচীন বারাণসীর (বেনারস) কাছে অবস্থিত, বৌদ্ধ ধর্মের চেয়েও পুরোনো ইতিহাস বহন করে। এটি প্রাচীন ভারতে বাণিজ্য ও সংস্কৃতির একটি গুরুত্বপূর্ণ কেন্দ্র ছিল, এমনকি মৌর্য সাম্রাজ্যের সময় (খ্রিস্টপূর্ব তৃতীয় শতক) এবং তারও আগে। পালি ভাষায় এই স্থানটিকে 'ইসিপতন' বলা হত, যার অর্থ 'যেখানে ঋষিরা অবতরণ করেছিলেন।'

## বুদ্ধের প্রথম উপদেশ:

সারনাথের ইতিহাসে সবচেয়ে গুরুত্বপূর্ণ মুহূর্তটি ঘটে খ্রিস্টপূর্ব ষষ্ঠ শতকে, যখন সিদ্ধার্থ গৌতম, যিনি পরে মহামতি বুদ্ধ নামে পরিচিত হন, এখানে তাঁর প্রথম ধর্মোপদেশ প্রদান করেন। এই ঘটনাকে 'ধর্মচক্র প্রবর্তন' বা 'ধর্মচক্র ঘূর্ণনের' নাম দেওয়া হয়। এই উপদেশে তিনি চারটি আর্যসত্য (Four Noble Truths) এবং অষ্টাঙ্গিক মার্গ (Eightfold Path) প্রবর্তন করেন, যা বৌদ্ধ দর্শন ও অনুশীলনের মূল ভিত্তি।

## সম্রাট অশোক এবং সারনাথ

প্রায় খ্রিস্টপূর্ব ২৫০ সালে, মৌর্য সম্রাট অশোক, যিনি বৌদ্ধ ধর্মের একনিষ্ঠ অনুসারী ছিলেন, সারনাথ পরিদর্শন করেন। তিনি

বিখ্যাত অশোক স্তম্ভ নির্মাণ করেন, যেখানে বৌদ্ধ ধর্মে তাঁর প্রতিশ্রুতি এবং বুদ্ধের শিক্ষার প্রচারের বার্তা উৎকীর্ণ করা হয়েছে। স্তম্ভের সিংহ শীর্ষ, যেখানে চারটি সিংহ চারদিকে মুখ করে আছে, বর্তমানে ভারতের জাতীয় প্রতীক।

সারনাথ বৌদ্ধ ধর্মে গভীর আধ্যাত্মিক এবং ঐতিহাসিক গুরুত্ব বহন করে। এটি বুদ্ধের শিক্ষার যাত্রার সূচনাস্থল এবং সারা বিশ্বের বৌদ্ধদের জন্য একটি পবিত্র স্থান। এর প্রাচীন স্মৃতিস্তম্ভ, ধ্বংসাবশেষ, এবং শান্ত পরিবেশ এটি বুদ্ধের শিক্ষা এবং তাঁর উত্তরাধিকারের সঙ্গে সংযোগ স্থাপনের জন্য একটি পবিত্র স্থান করে তুলেছে।

**সারনাথের পুনরাবিষ্কার:**

সারনাথ প্রায় ভুলেই যাওয়া হয়েছিল, যতক্ষণ না উনিশশো শতকের শেষের দিকে ব্রিটিশ প্রত্নতাত্ত্বিকরা এটি পুনরাবিষ্কার করেন এবং খনন শুরু করেন। এই খননের মাধ্যমে প্রাচীন বৌদ্ধ স্থাপত্য এবং নিদর্শন আবিষ্কৃত হয়, যার মধ্যে ধামক স্তূপ এবং অশোক স্তম্ভ অন্যতম। বিংশ শতকে, ভারত সরকার আন্তর্জাতিক সংস্থাগুলোর সহায়তায় সারনাথের স্মৃতিস্তম্ভগুলিকে পুনরুদ্ধার এবং সংরক্ষণে কাজ করে। বর্তমানে এটি একটি গুরুত্বপূর্ণ প্রত্নতাত্ত্বিক স্থান এবং প্রধান তীর্থস্থল।

## আধুনিক সারনাথ:

আজকের সারনাথ একটি প্রাণবন্ত তীর্থস্থান এবং বৌদ্ধ ধর্ম অধ্যয়নের কেন্দ্র। এটি সারা বিশ্বের বৌদ্ধ এবং দর্শনার্থীদের আকর্ষণ করে, যারা এর ঐতিহাসিক এবং আধ্যাত্মিক গুরুত্ব অন্বেষণ করতে আসে। বর্তমানে এলাকাটি আধুনিক বৌদ্ধ মন্দির এবং মঠ নিয়ে সমৃদ্ধ, যা একটি প্রাণবন্ত বৌদ্ধ সম্প্রদায় গড়ে তুলেছে।

## সারনাথের বৌদ্ধ গুরুত্ব

সারনাথ সারা বিশ্বের বৌদ্ধদের জন্য একটি গুরুত্বপূর্ণ গন্তব্য। তীর্থযাত্রীরা এখানে এসে বুদ্ধের জীবন এবং শিক্ষার সঙ্গে সম্পর্কিত পবিত্র স্থানগুলিকে শ্রদ্ধা জানান। অনেকেই স্তূপগুলির চারপাশে পদচারণা করেন, ধ্যান করেন এবং সারনাথের শান্তিপূর্ণ পরিবেশে প্রার্থনা করেন।

## প্রথম ধর্মদেশনা (ধর্মচক্র প্রবর্তন সূত্র):

সারনাথ বিখ্যাত, কারণ এটি সেই স্থান যেখানে মহামতি বুদ্ধ বোধিলাভের পরে তাঁর ধর্মদেশ প্রচার শুরু করেন। এই উপদেশ, যা 'ধর্মচক্র প্রবর্তন সূত্র' বা 'ধর্মচক্র ঘূর্ণন' নামে পরিচিত। বুদ্ধ চারটি আর্যসত্য এবং অষ্টাঙ্গিক মার্গ শেখান, এটি বৌদ্ধ ধর্মের মূল শিক্ষার ভিত্তি গঠন করে। এই ঐতিহাসিক ঘটনার জন্য, সারনাথকে প্রায়ই 'বৌদ্ধ ধর্মের জন্মস্থান' বলা হয়।

**সঙ্ঘের প্রতিষ্ঠা:**

সারনাথে বুদ্ধের প্রথম ধর্মদেশনার পরে, তাঁর পাঁচজন প্রাক্তন তপস্বী সঙ্গী, যাঁরা আগে তাঁকে ত্যাগ করেছিলেন, তাঁর প্রথম শিষ্য হয়ে ওঠেন। এই মুহূর্তটি সঙ্ঘ নামে পরিচিত সন্ন্যাসী সম্প্রদায়ের প্রতিষ্ঠা চিহ্নিত করে। সঙ্ঘ বৌদ্ধ ধর্মের প্রচার ও বিস্তারে গুরুত্বপূর্ণ ভূমিকা পালন করে।

**সম্রাট অশোকের পৃষ্ঠপোষকতা:**

খ্রিস্টপূর্ব তৃতীয় শতকে ভারতের অন্যতম বিখ্যাত শাসক এবং একনিষ্ঠ বৌদ্ধ সম্রাট অশোক সারনাথ পরিদর্শন করেন। বুদ্ধের শিক্ষাকে সম্মান জানাতে এবং বৌদ্ধ ধর্মের বিস্তারকে সমর্থন করতে তিনি সারনাথে ধামক স্তূপ এবং অশোক স্তম্ভ নির্মাণ করেন। অশোক স্তম্ভের চার-সিংহের শীর্ষ বৌদ্ধ ধর্মের একটি প্রতীক হয়ে উঠেছে এবং এটি ভারতের জাতীয় প্রতীক হিসেবেও স্বীকৃত।

**আধুনিক বৌদ্ধ মন্দির ও মঠ:**

সারনাথে বর্তমানে বিভিন্ন দেশের বৌদ্ধ সম্প্রদায়ের দ্বারা নির্মিত আধুনিক বৌদ্ধ মন্দির এবং মঠ রয়েছে। এই মন্দির এবং মঠগুলি উপাসনা, ধ্যান, এবং অধ্যয়নের জন্য জায়গা হিসেবে কাজ করে। এগুলি সারনাথে একটি প্রাণবন্ত বৌদ্ধ উপস্থিতি বজায় রাখতে সাহায্য করে।

## সারনাথের প্রাচীন নাম ছিল ঋষিপতন হরিণ অরণ্য

সারনাথের প্রাচীন নাম ছিল ঋষিপতন হরিণ অরণ্য। ১০১৬ সালে মহম্মদ গজনভি সারনাথে আক্রমণ করেন এবং এখানে অবস্থিত উপাসনাস্থলগুলি ধ্বংস করে দেন। পরে, ১৯০৫ সালে প্রত্নতাত্ত্বিক বিভাগ এই স্থানে খনন কার্য পরিচালনা করে। খননের সময় আবিষ্কৃত অনেক নিদর্শন বর্তমানে কলকাতার ভারতীয় জাদুঘরে সংরক্ষিত রয়েছে।

খননের ফলে প্রাপ্ত ধ্বংসাবশেষ, যার মধ্যে একটি সুড়ঙ্গও অন্তর্ভুক্ত, এখনও সারনাথের ধামক স্তূপের কাছে দেখা যায়। এই আবিষ্কারগুলোর মধ্যে ছিল অশোক স্তম্ভ এবং বহু শিলালিপি, যেগুলি এখন সারনাথ জাদুঘরে সংরক্ষিত রয়েছে।

## মূলগন্ধ কুটি এবং এর ইতিহাস

মূলগন্ধ কুটি হল গৌতম বুদ্ধকে উৎসর্গ করা একটি মন্দির। বিখ্যাত চীনা পর্যটক হিউ এন সাং, যিনি সপ্তম শতকে ভারতে এসেছিলেন, এটিকে ২০০ ফুট উঁচু মূলগন্ধ কুটি বিহার হিসাবে বর্ণনা করেছিলেন। গুপ্ত যুগে নির্মিত বলে ধারণা করা এই মন্দিরটি খোদাই করা ছোটো ছোটো স্তম্ভ দিয়ে সাজানো। এখানে ঐতিহ্যবাহী মূর্তির পরিবর্তে বুদ্ধের পাঁচ শিষ্যকে উপদেশ দেওয়ার ভাস্কর্য স্থাপন করা হয়েছে।

## ধর্মরাজিক স্তূপ:

সম্রাট অশোকের নির্মিত ধর্মরাজিক স্তূপ ছিল একটি গুরুত্বপূর্ণ স্থাপনা। তবে ১৬৯৪ সালে জগত সিংহের অধীনে শ্রমিকরা কাশীর জগৎগঞ্জ এলাকা নির্মাণের জন্য এর ইট তুলে নেয়। খননের সময় ৮.২৩ মিটার গভীরে একটি মার্বেল বাক্সে হাড়, পাত্র, মুক্তা এবং রত্ন পাওয়া গিয়েছিল, কিন্তু পরে সেগুলি গঙ্গায় ফেলে দেওয়া হয়।

## চৌখন্ডি স্তূপ:

চৌখন্ডি স্তূপ বৌদ্ধ সম্প্রদায়ের কাছে অত্যন্ত পূজ্য এবং বুদ্ধের জীবনের গুরুত্বপূর্ণ ঘটনাগুলির সঙ্গে সম্পর্কিত। এটি মূলত একটি সোপানযুক্ত মন্দির ছিল বলে মনে করা হয়। এই স্তূপটি সেই স্থানকে চিহ্নিত করে, যেখানে বুদ্ধ তাঁর পাঁচ শিষ্যের সঙ্গে সাক্ষাৎ করেন এবং তাঁদের প্রথম ধর্মদেশনা দেন, যেখানে তিনি চারটি আর্যসত্য শেখান। এই ঘটনা খ্রিস্টপূর্ব ২৩৪ সালে গুরুপূর্ণিমার দিনে ঘটে। এই স্মৃতিকে অমর করে রাখার জন্য চৌখন্ডি স্তূপ নির্মাণ করা হয়। স্তূপটির উপর একটি অষ্টভুজাকার মিনার রয়েছে এবং এটি সারনাথের একটি গুরুত্বপূর্ণ প্রত্নতাত্ত্বিক নিদর্শন। উল্লেখযোগ্যভাবে, মুঘল সম্রাট হুমায়ুন এখানে এক রাত কাটিয়েছিলেন।

## বোধিসত্ত্বের গল্পের সঙ্গে সম্পর্ক

তাঁর আগের জন্মগুলির একটিতে, বোধিসত্ত্ব মৃগদয়বনে হরিণদের রাজা হিসাবে এক গর্ভবতী হরিণের জীবন রক্ষার জন্য নিজের জীবন উৎসর্গ করেছিলেন। এই মহৎ কর্মের জন্য বনটির নাম রাখা হয় 'সার' বা 'সারঙ্গনাথ' (অর্থাৎ হরিণের অধিপতি)। রাই বাহাদুর দয়ারাম সাহনির মতে, পৌরাণিক গ্রন্থে শিবকেও সারঙ্গনাথ বলে উল্লেখ করা হয়েছে।

কাশী, যা মহাদেব শিবের নগরী হিসেবে পরিচিত, তার নিকটবর্তী হওয়ার কারণে এই স্থানটি শিবের উপাসনার একটি কেন্দ্র হয়ে ওঠে। সারনাথ নামে একটি শিব মন্দিরের উপস্থিতি এই সম্পর্ককে আরও নিশ্চিত করে।

## অশোক স্তম্ভ, ভারতের জাতীয় প্রতীক

সারনাথ জাদুঘর হল ভারতীয় প্রত্নতাত্ত্বিক জরিপের প্রাচীনতম সাইট জাদুঘর, যা ১৯০৪ সালে প্রতিষ্ঠিত হয়। আধা-মঠের আকারে ডিজাইন করা এই জাদুঘরে খ্রিস্টপূর্ব তৃতীয় শতাব্দী থেকে দ্বাদশ শতাব্দী পর্যন্ত সময়ের বিভিন্ন প্রাচীন নিদর্শন সংরক্ষিত রয়েছে। এর অন্যতম সবচেয়ে বিখ্যাত প্রদর্শনী হল মৌর্য স্তম্ভের সিংহ শীর্ষ, যা বর্তমানে ভারতের জাতীয় প্রতীক হিসেবে ব্যবহৃত হয়। এই শীর্ষটি, যা চারটি সিংহ নিয়ে গঠিত, প্রায় ২৫০ খ্রিস্টপূর্বে অশোক স্তম্ভের শীর্ষে স্থাপন করা হয়। যদিও

এখানে চারটি সিংহ আছে, তবে যে কোনও কোণ থেকে শুধুমাত্র তিনটি সিংহ দৃশ্যমান।

বিভিন্ন আসনে বসানো বুদ্ধের বহু মূর্তির পাশাপাশি, জাদুঘরে ভিক্ষু বাল বোধিসত্ত্ব, ছাতা এবং আরও অনেক প্রাচীন মূর্তির বিশাল মূর্তি প্রদর্শিত হয়েছে। ত্রিরত্ন গ্যালারি বৌদ্ধ দেবতাদের মূর্তি এবং অন্যান্য সম্পর্কিত বস্তু প্রদর্শন করে। তথাগত গ্যালারিতে বুদ্ধের বিভিন্ন ভঙ্গিতে গুরুত্বপূর্ণ মূর্তিগুলি রয়েছে, যেমন বজ্রসত্ত্ব, বোধিসত্ত্ব পদ্মপাণি, বিষের কাপসহ নীলকণ্ঠ লোকেশ্বর, এবং মৈত্রেয়া, যা সারনাথের অনন্য শিল্পশৈলীর প্রতিনিধিত্ব করে।

এছাড়াও, জাদুঘরে বৌদ্ধ ধর্ম প্রচার এবং ব্যাখ্যা করার উদ্দেশ্যে খোদিত চিহ্ন ও প্রতীক সহ প্রাচীন অবশেষ প্রদর্শিত হচ্ছে। খননকার্যের সময় আবিষ্কৃত অশোক স্তম্ভটি অন্যতম আকর্ষণীয় নিদর্শন।

গুপ্ত যুগে নির্মিত ধামক স্তূপ আর-একটি গুরুত্বপূর্ণ ঐতিহাসিক স্থাপনা, যা এখনও অনেক রহস্য ধারণ করে।

মৈথিলী ও বৈদেহী সারনাথের পবিত্র আলিঙ্গনে একটি সম্পূর্ণ দিন কাটিয়ে যেন নিজেদের হারিয়ে যাওয়া, পিছনে ফেলে আসা দিনগুলো আবার একবার খুঁজে পেল। তারা প্রাচীন ভূমি জুড়ে হেঁটে বেড়াচ্ছিল। ইতিহাসের ভার চারপাশে এক গভীর সান্নিধ্য সৃষ্টি করছিল, যা তাদের অতীতের সঙ্গে নিবিড়ভাবে যুক্ত করে

দিচ্ছিল। চিরকালীন স্মৃতিস্তম্ভগুলোর দিকে তারা বিস্ময়ে তাকিয়ে রইল। বুদ্ধ ও অশোকের গল্প তারা একে অপরকে ফিসফিস করে বলছিল, কণ্ঠে ছিল শ্রদ্ধা আর বিস্ময়ের মিশ্রণ। বহু বছর পর দুই বোন একসঙ্গে এমন একটি দিন কাটাল। তাদের মধ্যে যে আনন্দ ফুটে উঠেছিল, তা ছিল অপ্রত্যাশিত এবং অনন্য।

কখনও কখনও জীবনে এমন কিছু মুহূর্ত আসে, যেগুলোর তাৎপর্য আমরা হঠাৎ করেই উপলব্ধি করি। আগে কখনও হয়তো সেভাবে অনুভব করা সম্ভব হয়নি। এই বিশেষ মুহূর্তগুলোই জীবনের প্রকৃত প্রাপ্তি। সবকিছু চাওয়া পাওয়ার হিসাব দিয়ে মাপা যায় না। এই মুহূর্তগুলোর গভীর উষ্ণতা শুধু অনুভব করা যায়, বর্ণনা করা যায় না।

কিছুক্ষণ বিশ্রাম নেওয়ার জন্য ছায়া শীতল একটি জায়গা দেখে দুই বোন সেখানে গিয়ে বসল। তখন মৈথিলী তার অতীতের কিছু ছোটো ছোটো মুহূর্ত শেয়ার করতে শুরু করল। সন্দীপ, তার প্রয়াত স্বামী, তাঁর সঙ্গে কাটানো মধুর ও কোমল স্মৃতিগুলো ধীরে ধীরে তাদের গল্পে ফিরে এল। কথা বলতে বলতে তার কণ্ঠ রুদ্ধ হয়ে উঠছিল। সে মনে করছিল, কীভাবে সন্দীপ সব সময় তার পাশে ছিলেন। কীভাবে তারা একসঙ্গে হাসত, কীভাবে তারা একে অপরকে নিঃস্বার্থভাবে বুঝতো । প্রতিটি স্মৃতি ছিল তার জীবনের সুতোয় সূক্ষ্মভাবে জড়ানো।

সন্দীপের কথা উঠলেই তার চোখ ভিজে যেত। যত মাসই কেটে যাক না কেন, তাঁর অনুপস্থিতির যন্ত্রণা এখনও তাজা। হারানো ভালোবাসার সেই স্মৃতি তাকে বারবার ছুঁয়ে যাচ্ছিল। সন্দীপ ছিলেন তার দীর্ঘ জীবনের সঙ্গী।

দিন শেষ হতে চলেছিল, মৈথিলী এবং বৈদেহী বেনারসে ফিরে এল, সন্ধের শান্ত আলোর মধ্যে গঙ্গার তীরে আরও কিছুটা সময় কাটানোর কথা তাদের মনে হল। তারা তুলসী ঘাটে বসার সিদ্ধান্ত নিল, এটি ছিল সেই ঘাট যেখানে মৈথিলী প্রথমবার বেনারসে আসার পর প্রায়ই এসে বসে থাকত।

মৈথিলী এবং বৈদেহী জীবনের অনেকটা সময় একসঙ্গে কাটিয়েছে, কথা বলেছে, হাসাহাসি করেছে, ঠিক যেমনটা তারা তাদের শৈশবে করত। তবে আজ রাতটা কিছুটা আলাদা। বাতাসে এক ধরনের নীরব নস্টালজিয়া ছিল, তারা শুধু একে অপরের পাশে বসে, একে অপরের সঙ্গ উপভোগ করছিল।

মৈথিলী বৈদেহীর সঙ্গে তাদের ছেলেবেলার ফেলে আসা দিনগুলোর কথা নিয়ে খুব হাসাহাসি করল, সাবধানে তাদের সাম্প্রতিক কিছু কঠিন ঘটনার কথা এড়িয়ে গেল। যে ঘটনা অনিশ্চয়তা আর বিষাদ বহন করে, সে কথা না হয় না-ই বলল সে কাউকে।

মৈথিলী চায় না এই সুন্দর মুহূর্তটি দুঃখে পরিণত হোক; সে তাদের এই সংযোগের উষ্ণতাকে, আর পুনর্মিলনের আনন্দকে ধরে রাখতে চাইছিল।

একটু বাদে শান্তনুর ফোন এল। মৈথিলী তার ছেলেকে সব গল্প করছিল, কীভাবে সারাদিন তারা কোথায় কোথায় ঘুরল, কী কী করল। মৈথিলী আরও জানাল, এতদিন পর বৈদেহীর সঙ্গে ঘুরতে ঘুরতে তার আবার তাদের শৈশবের গল্প মনে পড়ে গেল। সারাটা দিন তারা দুই বোন অবিরাম আনন্দ করে কাটাল। শান্তনু, খুব মন দিয়ে মায়ের সব কথাগুলো শুনছিল আর অনুভব করছিল তার মাকে ভারতে পাঠানোর সিদ্ধান্ত খুবই সঠিক ছিল।

মৈথিলীর মন ভালো আছে বুঝতে পেরে শান্তনু তাকে প্রশ্ন করল, মৈথিলী তার পাঠানো পার্সেল এখনও পেয়েছে কি না। মৈথিলী তাকে জানাল, সে ব্যাপারে তারা পরে আলোচনা করবে। শান্তনু বুঝতে পারল তার মা, তার মাসির সামনে এই আলোচনা করতে চাইছে না।

শান্তনু বয়সে অনেক ছোটো হলেও তার বাবার আকস্মিক মৃত্যু এবং তার মার মানসিক অসুস্থতা তাকে হঠাৎ অনেকটা দায়ত্বশীল করে তুলেছিল। তারপর বাবার মৃত্যুর ৩-৪ মাস পর হঠৎ একটি রহস্যময় চিঠির আবিষ্কার তাকে ভেতরে ভেতরে অনেক বেশি চঞ্চল করে তুলেছিল। কিন্তু এই ঘটনার পারিবারিক গুরুত্ব সম্পর্কে সে বিশেষ অবগত ছিল।

শান্তনু বুঝতে পারছিল এই মুহূর্তে বিষয়টির গোপনীয়তা কতটা জরুরি। মনে মনে সে তার মাকে অনেক শ্রদ্ধা করত। সে বুঝতে পারছিল, মা মানসিকভাবে বিপর্যস্ত হয়ে পড়লেও, সাম্প্রতিক ঘটনাবলির গুরুত্ব সম্পর্কে বিশেষ যত্নশীল। মা কোনওভাবেই মাসির সামনে এখন এই ঘটনার উপস্থিতি নিয়ে কোনও আলোচনা করবে না।

# সপ্তদশ পরিচ্ছেদ

বৈদেহী চলে যাওয়ার পর মৈথিলী আবার কাশীর বুকে একা হয়ে পড়ল। তার ঘরের নিস্তব্ধতা যেন হৃদয়ের গভীর শূন্যতারই প্রতিফলন। গত পনেরো থেকে আঠেরো দিন ধরে সে একটি চিঠির অপেক্ষায় ছিল। চিঠিটি এখনও পৌঁছোয়নি, তবে সে জানত, যে কোনও সময় সেটি এসে পৌঁছোতে পারে। এই অপেক্ষা ক্রমেই অসহনীয় হয়ে উঠছিল। এ যেন এক অবর্ণনীয় যন্ত্রণা।

নিজের মনকে শান্ত করার জন্য মৈথিলী সকালের গঙ্গা আরতি ও হোম অনুষ্ঠানে যাওয়ার সিদ্ধান্ত নিল। তার আশা ছিল, এই আধ্যাত্মিক আচারবিধিগুলো তার অস্থির মনকে কিছুটা হলেও স্থির করবে।

দেব দীপাবলির পর বেনারসে হালকা ঠান্ডা পড়ে গেছে। বিশেষ করে ভোরবেলার সময় গঙ্গার ধারে শীতটা বেশ অনুভূত হয়। সে গরম কাপড়ে নিজেকে যত্ন করে মুড়ে নিল।

ভারতবর্ষ তার জন্মভূমি হলেও, এই মুহূর্তে কাশীতে সে একা। হঠাৎ জলবায়ুর পরিবর্তনে যদি সে অসুস্থ হয়ে পড়ে, তবে তা তার নিজের জন্য যেমন সমস্যা তৈরি করবে, তেমনই তার ছেলে শান্তনুর পক্ষেও উদ্বেগের কারণ হয়ে উঠবে।

সকালের আচার অনুষ্ঠান শেষ হওয়ার পর মৈথিলী লাইব্রেরি যাওয়ার পরিকল্পনা করল। অনেক দিন ধরে পড়ার সময় পায়নি সে, বিশেষ করে বৈদেহী কিছু দিন তার সঙ্গে থাকার সময়। সকালবেলার জলখাবার সেরে সে লাইব্রেরি যাওয়ার প্রস্তুতি নিল এবং একাই বেরিয়ে পড়ল।

দেব দীপাবলি সম্পন্ন হওয়ার পর আগের তুলনায় রাস্তাঘাটে লোকজন কিছুটা কম বলে তার মনে হল। সে ধীরেসুস্থে একটি অটো রিকশা ভাড়া করে লাইব্রেরির উদ্দেশে রওনা দিল। বাড়ি থেকে বেরোনোর সময় তার পরিচারিকা অম্বিকা গৃহকর্মে ব্যস্ত ছিল। মৈথিলী তাকে জানিয়ে গেল, যদি তার নামে কোনও পার্সেল আসে, তবে যেন তা নিয়ে রাখে।

রিকশায় যেতে যেতে হঠাৎ মৈথিলীর মনে পড়ল দুজন মানুষের কথা। তাঁরা দুজনেই সম্প্রতি তার জীবনে হঠাৎ করে আবির্ভূত হয়েছিলেন। একজন সেই বৃদ্ধা মহিলা লক্ষ্মীজি, আর অন্যজন সেই রহস্যময় সাধু বাবা। মৈথিলী তাঁদের সঙ্গে আবার দেখা করার অনেক চেষ্টা করেছিল, কিন্তু দুজনেই যেন কর্পূরের মতো শহর থেকে উবে গিয়েছিলেন। রেখে গিয়েছিলেন শুধু কিছু অমীমাংসিত প্রশ্ন।

মৈথিলী বুঝে উঠতে পারছিল না, তাঁদের আগমনের উদ্দেশ্য আসলে কী ছিল। মনে হচ্ছিল, তাঁরা যেন তার জীবনে ক্ষণিকের জন্য এসেছিলেন, কোনও গুরুত্বপূর্ণ রহস্যের ইঙ্গিত দিয়ে যেতে।

সে ভাবছিল, তাঁদের হঠাৎ অদৃশ্য হয়ে যাওয়া কি কোনও বড়ো রহস্যেরই অংশ, যা সে এখনও পুরোপুরি বুঝে উঠতে পারেনি?

কাশীর ঐতিহ্য আর মাহাত্ম্য শুধু তার প্রাচীনত্বেই সীমাবদ্ধ নয়। কাশীর ইতিহাস তার অস্তিত্বের থেকেও অনেক বেশি পুরোনো এবং গভীরভাবে রহস্যময়। তা হলে কি মৈথিলী নিজেও সেই রহস্যময় ইতিহাসেরই এক অলিখিত, অবিচ্ছেদ্য অংশ হয়ে উঠছে, এমনটাই কি ইঙ্গিত দিচ্ছিল এই ঘটনাগুলো?

প্রায় দশটা নাগাদ মৈথিলী বাড়ি থেকে বেরিয়েছিল। আধঘণ্টার মধ্যেই সে পৌঁছে গেল বি এইচ ইউ ক্যাম্পাসে, যেখানে সে সাধারণত পড়াশোনা করত এবং কিছুটা সময় বিশ্রাম নিত। কিন্তু আজ বইয়ের দিকে মনোযোগ দিতে পারছিল না সে। তার হৃদয়ের ভেতরে এক অদ্ভুত টান তাকে টেনে নিয়ে গেল কাশী বিশ্বনাথ মন্দিরের দিকে, যা বি এইচ ইউ ক্যাম্পাসের মধ্যেই অবস্থিত।

মন্দিরের শান্ত পরিবেশে সে খানিকক্ষণ বসে পড়ল, একটু প্রশান্তি খুঁজতে। চোখ বন্ধ করে সে তার চিন্তাগুলোকে ভেসে যেতে দিল। সেই নিস্তব্ধতা কিছুক্ষণের জন্য হলেও তাকে শান্ত করল।

হঠাৎ তার ফোন বেজে উঠল, আর সেই শান্ত মুহূর্তটি গেল ভেঙে। চমকে উঠে মৈথিলী ব্যাগ থেকে ফোনটি বের করল। স্ক্রিনে অম্বিকার নাম দেখে সে অবাক হল। সঙ্গে সঙ্গে ফোন ধরল।

"কী হয়েছে, অম্বিকা? তুমি আমাকে ফোন করছ কেন?"

অম্বিকার কণ্ঠে উদ্বেগ আর কৌতূহলের মিশ্রণ স্পষ্ট ছিল।

"দিদি, একজন লোক আপনার জন্য একটি পার্সেল নিয়ে আমাদের বাড়িতে এসেছে। সে বলছে, এই পার্সেলটা শুধু আপনাকেই নিজে হাতে নিতে হবে। আমাকে দিতে একেবারেই রাজি নয়। এখন আমি কী করব?"

মৈথিলীর হৃদয় এক মুহূর্তের জন্য থমকে গেল। সে সঙ্গে সঙ্গেই বুঝে ফেলল, এটাই সেই পার্সেল, যেটি টরেন্টো থেকে আসার কথা ছিল এবং যার জন্য সে এতদিন ধরে অপেক্ষা করছিল। প্রায় দুই সপ্তাহেরও বেশি সময় ধরে যে পার্সেলটি পাওয়ার জন্য সে উদ্‌গ্রীব হয়ে ছিল। গভীর একটি নিশ্বাস নিয়ে মৈথিলী নিজের উত্তেজনা সামাল দেওয়ার চেষ্টা করল এবং বলল, "অম্বিকা, তুমি কি লোকটাকে ফোনটা দিতে পারো? আমি নিজে তার সঙ্গে কথা বলব।"

কিছুক্ষণ নীরবতার পর ক্যুরিয়ার ডেলিভারি কর্মী ফোনে এল। তার কণ্ঠে দৃঢ়তা ছিল, তবে শালীনতার অভাব ছিল না। সে পার্সেল ডেলিভারির নিয়মকানুন ব্যাখ্যা করছিল। মৈথিলী শান্তভাবে তাকে বুঝিয়ে বলল, পার্সেলটি যেন অম্বিকার হাতে দিয়ে যায়। সে বাড়ি ফিরে এসে প্রয়োজনীয় সব স্বাক্ষর নিজেই করে দেবে।

কিছুক্ষণের কথাবার্তার পর শেষ পর্যন্ত লোকটি অম্বিকাকে পার্সেলটি দিতে রাজি হয়ে গেল।

ফোনের কল শেষ হতেই মৈথিলী অনুভব করল, তার হৃৎস্পন্দন দ্রুত হয়ে উঠছে। যে গোপন রহস্যের জন্য সে এত দিন ধরে অপেক্ষা করছিল, সেটি এখন প্রায় তার নাগালের মধ্যেই। আর এক মুহূর্তও দেরি না করে সে মন্দির থেকে দ্রুত বেরিয়ে এল। যত দ্রুত গতিতে তার গাড়ি ছুটছিল, তার মনও ঠিক ততটাই দ্রুত ছুটে চলছিল।

শান্ত সকালটা হঠাৎ করেই প্রবল উৎকণ্ঠার রূপ নিল। মৈথিলীর মনে হচ্ছিল, তার জীবনের আর-একটি অজানা অধ্যায় এখনই খুলে যেতে চলেছে।

তার মনের ভেতরে একের পর এক প্রশ্ন ঘুরপাক খাচ্ছিল। পার্সেলটি তাকে কী সংবাদ দেবে? এর ভেতরে কোন সত্য লুকিয়ে রয়েছে? মৈথিলী আর অপেক্ষা করতে পারছিল না। সে প্রায় দৌড়েই চলতে লাগল, যেন তার জীবনের সবচেয়ে বড়ো রহস্যের উত্তর এখন তার বাড়িতেই অপেক্ষা করে আছে।

মৈথিলী খুব তাড়াতাড়ি বাড়ি পৌঁছে গেল। তাড়াহুড়ো করে আসার ফলে তার শ্বাসপ্রশ্বাস একেবারে অস্বাভাবিক হয়ে উঠেছিল। অম্বিকা দরজা খুলতেই মৈথিলী প্রায় দৌড়েই ঘরের ভেতর ঢুকে পড়ল। ডাইনিং টেবিলের ওপর পার্সেলটি চোখে পড়তেই সে এক

নিশ্বাসে অম্বিকাকে বলল, যতক্ষণ না সে নিজে থেকে দরজা খুলবে, অম্বিকা যেন তাকে কোনওভাবেই বিরক্ত না করে।

এই কথা বলেই মৈথিলী টেবিল থেকে পার্সেলটি তুলে নিল এবং দ্রুত নিজের শোবার ঘরে ঢুকে দরজা বন্ধ করে দিল। মুহূর্তটির গুরুত্ব বুঝে অম্বিকা নীরবে মাথা নাড়ল।

মৈথিলী ঘরে ঢুকে খাটের উপর বসে পড়ল। পার্সেলটি তখনও তার কোলের উপর রাখা। তার আঙুল কাঁপছিল। খুব সতর্কভাবে সে প্যাকেটটি খুলতে শুরু করল। মনে অসংখ্য প্রশ্ন ঘুরপাক খাচ্ছিল।

এক এক করে প্যাকেটের ভেতর থেকে বেরিয়ে এল তার ওষুধ, গরম কাপড় আর জুতো। সবকিছুই খুব যত্ন করে প্যাক করা হয়েছে। সন্দীপ সব দিক ভেবেই পাঠিয়েছিল, যেন সে বুঝতে পারছিল।

কিন্তু চিঠিটা।

সেটা কোথায় গেল?

এদিক সেদিক নাড়তে নাড়তে হঠাৎই সোয়েটারের ভেতর থেকে একটি সাদা খাম উঁকি দিতে দেখা গেল। মৈথিলী তাড়াতাড়ি খামটি হাতে তুলে নিল। খামটি শক্ত করে সিল করা ছিল, আর তার উপর হাতের লেখায় লেখা ছিল তার নাম। এক মুহূর্তও দেরি হল না বুঝতে। এটি সন্দীপেরই হাতের লেখা।

এক মুহূর্তের জন্য মৈথিলী স্থবির হয়ে গেল। তার সেই প্রিয় মানুষটির হাতের লেখা। সে যত্ন করে খামটি নিজের বুকের সঙ্গে চেপে ধরল। চোখ বেয়ে অশ্রুধারা নেমে এল। তার মনে হাজার প্রশ্ন জেগে উঠছিল। এটি কী হতে পারে? কেন এত যত্ন করে লুকিয়ে রাখা ছিল?

কৌতূহল আর সংযম একসঙ্গে আর ধরে রাখা গেল না। মৈথিলী ধীরে একটি ছুরি তুলে নিল এবং খামের সিলটি কেটে দিল।

খামটি খুলতেই মৈথিলী বিস্মিত চোখে দেখল, তার ভেতরে ভাঁজ করা একাধিক কাগজ রয়েছে। সে চিঠির পাতাগুলো টেনে বার করতে গিয়েছিল, ঠিক তখনই খামের ভেতর থেকে তিন-চারটি ছবি আচমকা বেরিয়ে এসে আলতো করে তার পায়ের উপর পড়ে গেল।

চমকে উঠে মৈথিলী নিচু হয়ে ছবিগুলো তুলে নিল। প্রথম ছবিটি ছিল এক সুন্দরী মহিলার। পুরোনো সাদা কালো একটি ছবি। সেখানে এক যুবতীর স্নিগ্ধতা আর মাধুর্যের ছাপ স্পষ্ট। বাকি ছবিগুলোতে ছিল একটি ছোটো মেয়ের জীবনের নানা বয়সের মুহূর্ত। গালভরা এক শিশুর হাসিমুখ। উজ্জ্বল হাসিতে ভরা একটি কন্যাশিশু। আর একটি স্কুলপড়ুয়া মেয়ে, যার হাতে একটি পুতুল।

মৈথিলী মেয়েটির মুখের দিকে তাকিয়ে রইল। তার হাত কাঁপছিল। মেয়েটির চোখ, মুখের গড়ন, অভিব্যক্তি, সবকিছুতেই এক আশ্চর্য মিল। সন্দীপের সঙ্গে সেই মিল এতটাই স্পষ্ট যে

মনে হচ্ছিল, এই শিশুর রূপে যেন সন্দীপের প্রতিচ্ছবি জীবন্ত হয়ে উঠেছে!

মৈথিলীর সারা শরীর বেয়ে এক শীতল শিহরন বয়ে গেল। তার নিশ্বাস যেন হঠাৎ করেই আটকে এল। মনে হল, তার ভেতরটা হাজারো প্রশ্নে তোলপাড় হয়ে উঠছে, এমন প্রশ্ন যার মুখোমুখি হওয়ার জন্য সে আদৌ প্রস্তুত ছিল না। এই মেয়েটি কি সন্দীপের সন্তান? ছবির এই মহিলা কি সন্দীপের জীবনের এমন কোনও অধ্যায়ের অংশ, যার অস্তিত্ব সে কোনওদিনই জানতে পারেনি?

তার হৃৎস্পন্দন এতটাই তীব্র হয়ে উঠেছিল যে মনে হচ্ছিল, সে নিজের কানে তার শব্দ শুনতে পাচ্ছে। চারপাশের সবকিছু যেন মুহূর্তের মধ্যে ঝাপসা হয়ে গেল, আর সে দাঁড়িয়ে রইল এক ভয়ংকর অজানা সত্যের ঠিক সামনে।

মৈথিলীর হাত স্পষ্টভাবেই কাঁপছিল। সে ছবিগুলো শক্ত করে ধরে রেখেছিল। চোখ দিয়ে গড়িয়ে পড়া অশ্রুধারা তার দৃষ্টিকে ঝাপসা করে দিচ্ছিল, তবুও সে দৃষ্টি সরাতে পারছিল না। একের পর এক সম্ভাবনা, অস্পষ্ট ইঙ্গিত আর অজানা সত্যের আভাস তাকে সম্পূর্ণ আচ্ছন্ন করে ফেলছিল। মনে হচ্ছিল, সে যেন এমন এক বাস্তবতার সামনে দাঁড়িয়ে আছে, যার জন্য তার মন এখনও প্রস্তুত হয়ে ওঠেনি।

মৈথিলী ধপ করে বিছানায় বসে পড়ল। এক হাতে সে ছবিগুলো শক্ত করে ধরে রেখেছিল, আর অন্য হাতে ছিল সেই এখনও না

খোলা চিঠিটি। চিঠি খুলে পড়ার মতো শক্তি যেন তার মধ্যে আর অবশিষ্ট নেই। তার মনের ভেতর ঝড় বয়ে চলছিল। সন্দীপের অতীত থেকে উঠে আসা এই অপ্রত্যাশিত সত্য তাকে সম্পূর্ণ হতবাক করে দিয়েছিল। কখনওই, তার কল্পনার সবচেয়ে গভীর কোণেও, এমন কিছুর কথা সে ভাবতে পারেনি।

ঘরটা যেন আরও ঠান্ডা আর নিস্তব্ধ হয়ে উঠল। মৈথিলী কিছুক্ষণ স্থির হয়ে বসে রইল। নিজেকে সামলানোর চেষ্টা করছিল, কিন্তু মুহূর্তটির ভার ক্রমেই অসহনীয় হয়ে উঠছিল।

অবশেষে কাঁপতে থাকা হাতে সে চিঠিটি খুলল। তার শ্বাস ছিল অগোছালো, অস্থির। চোখ পড়ল ডান কোণে লেখা তারিখে। চিঠিটি লেখা হয়েছিল পাঁচ বছর আগে। এই উপলব্ধি যেন তার মনে আবার নতুন করে ঝাঁকুনি দিল।

"পাঁচ বছর!" সে ফিসফিস করে বলল। তার কণ্ঠ ঘরের নিস্তব্ধতায় প্রায় হারিয়ে গেল।

সে চিঠি পড়তে শুরু করল। সন্দীপের পরিচিত হাতের লেখার বাঁকগুলো যেন তাকে এমন এক জগতে নিয়ে যাচ্ছিল, যার জন্য সে একেবারেই প্রস্তুত ছিল না। প্রতিটি শব্দ ছিল এক একটি সুতো, যা এতদিন সম্পূর্ণ বলে মনে হওয়া একটি চিত্রকর্মকে ধীরে ধীরে খুলে দিচ্ছিল। পড়তে পড়তে তার মুখ ফ্যাকাসে হয়ে গেল। বুকের ভেতরটা যেন ক্রমশ চেপে বসতে লাগল।

চিঠিতে লেখা ছিল এমন এক জীবনের কথা, যার অস্তিত্ব মৈথিলী কোনওদিন কল্পনাও করেনি। একটি সমান্তরাল জীবন, যা তার জীবনের পাশাপাশি নীরবে চলেছে। সন্দীপের প্রতিটি শব্দ ছিল এক একটি স্বীকারোক্তি, আবার একই সঙ্গে ভালোবাসার প্রতিচ্ছবি। তিনি লিখেছিলেন সেই মহিলার কথা, যার ছবি মৈথিলী একটু আগে দেখেছে। সেই নারী সন্দীপের জীবনে এসেছিল মৈথিলীর অনেক আগেই।

সন্দীপ লিখেছিলেন সেই ছোট্ট মেয়েটির কথাও। তাঁর নিজের মেয়ে। যার চোখে মৈথিলী স্পষ্ট দেখতে পেয়েছিল সন্দীপেরই প্রতিচ্ছবি। তিনি লিখেছিলেন তাঁর অপরাধবোধের কথা, তাঁর অসহায়তার কথা, আর সেই সত্যের কথা, যা তিনি জীবিত অবস্থায় কোনওদিন মৈথিলীর কাছে স্বীকার করতে পারেননি।

তিনি লিখেছিলেন, বেঁচে থাকা অবস্থায় তিনি যথাসাধ্য চেষ্টা করেছেন এই সত্য গোপন রাখতে, শুধু এই ভয়ে যে, মৈথিলী যেন কোনও মানসিক যন্ত্রণার মধ্য দিয়ে না যায়। চিঠির শেষ অংশে তিনি মৈথিলীর প্রতি তাঁর গভীর শ্রদ্ধা ও ভালোবাসার কথাও লিখে গেছেন। শব্দগুলো ছিল ভারী, কিন্তু সৎ। সেই সততার ভারই মৈথিলীর বুকে সবচেয়ে বেশি আঘাত করছিল।

*'My Dear Maithili*

*Date: $15^{th}$ December, 2019*

সবচেয়ে আগে আমি তোমার কাছে ক্ষমা চাই। কারণ আমার জীবনের একটি অত্যন্ত গুরুত্বপূর্ণ সত্য আমি এতদিন তোমার কাছ থেকে লুকিয়ে রেখেছিলাম। আমি জানি, তুমি যখন এই চিঠি পড়বে, তখন আমি আর এই পৃথিবীতে থাকব না। এই সত্য তোমার সামনে দাঁড়িয়ে বলার সাহস আমার কোনওদিনই হয়নি। তাই এই পথটাই বেছে নিতে হল।

আমি শুধু তোমার কাছে ক্ষমা চাইতে পারি, এই সত্য এতদিন গোপন রাখার জন্য।

মৈথিলী, তুমি সত্যিই একজন অসাধারণ নারী। গত চব্বিশ বছর ধরে তোমার স্বামী হওয়ার সৌভাগ্য আমি পেয়েছি। এর চেয়ে ভালো জীবনসঙ্গী আমি কোনওদিন কল্পনাও করতে পারতাম না। তুমি কখনও আমাকে অভিযোগ করার কোনও সুযোগই দাওনি। তোমার সৌন্দর্য, দয়া আর মহত্ত্ব, ভেতরে এবং বাইরে, আমাকে সবসময় গর্বিত করেছে যে তুমি আমার স্ত্রী।

কিন্তু আজ আমাকে আমার অতীতের এক অংশ তোমার সঙ্গে ভাগ করে নিতে হবে। আমার সেই দিকটি, যা এতদিন অন্ধকারেই রয়ে গেছে।

কলেজে পড়ার সময় আমি একটি মেয়ের সঙ্গে পরিচিত হয়েছিলাম। তার নাম ছিল মিনাক্ষী। সে আমাদের কলেজে একটি মিউজিক কনসার্টে গান গাইতে এসেছিল। সে ছিল অপূর্ব সুন্দরী, আর তার কণ্ঠ ছিল মায়াবী। আমরা প্রথম দিনেই একে অপরকে ভালোবেসে ফেলেছিলাম।

মিনাক্ষী কাশীতে, বেনারসে থাকত। এই চিঠির সঙ্গে তার একটি ছবি পাঠিয়েছি।

মৈথিলী, আমি মিনাক্ষীকে গভীরভাবে ভালোবাসতাম এবং তার সঙ্গে সারাজীবন কাটাতে চেয়েছিলাম। কিন্তু যখন আমি আমার বাবা-মায়ের কাছে তার সঙ্গে বিয়ের অনুমতি চাই, তারা জাতিভেদের কারণে তা অস্বীকার করেন। একজন ডাক্তার হিসেবে আমি কখনও এইসব বিশ্বাস করিনি। তবুও সেদিন আমি আমার বাবা-মায়ের ইচ্ছার বিরুদ্ধে যেতে পারিনি।

তখন আর-একটি কারণও ছিল। আমি বিদেশে মাস্টার্স ডিগ্রি করতে চেয়েছিলাম। সেই খরচ আমার বাবা-মায়ের পক্ষে বহন করা সম্ভব ছিল না। তোমার বাবা-মায়ের প্রস্তাবেই আমার সেই স্বপ্ন পূরণ হওয়ার সুযোগ তৈরি হয়। আমি স্বার্থপরভাবে তোমাকে বিয়ে করতে রাজি হয়ে যাই এই ভেবে যে, আমি মিনাক্ষীকে ভুলে যেতে পারব। কিন্তু জীবনে আমরা যা চাই, তা সব সময় হয় না।

বিয়ের পর আমি মিনাক্ষীর সঙ্গে সব সম্পর্ক ছিন্ন করে ফেলি। আমি জানতাম না সে কোথায় আছে, কেমন আছে। কিন্তু বিয়ের

প্রায় দশ বছর পরে, যখন আমাদের ছেলে শান্তনু আট বছরের, তখন হঠাৎ করেই আমি তাকে আবার দেখি। এত বছর পর তাকে দেখে আমার ভেতরে চাপা দেওয়া সব অনুভূতি আবার জেগে ওঠে।

মিনাক্ষী অনেক কষ্ট সহ্য করেছিল। তার স্বামী মারা গিয়েছিলেন। সে মানসিক ও আর্থিকভাবে ভীষণ সংগ্রামের মধ্যে ছিল। আমি আর তার থেকে মুখ ফিরিয়ে দাঁড়াতে পারিনি।

আমি তাকে সাহায্য করার সিদ্ধান্ত নিই। কাশীতে আমি তার জন্য একটি ছোটো ফ্ল্যাট কিনে দিই, যাতে সে শান্তিতে থাকতে পারে। আমরা একটি মন্দিরে খুব সাধারণভাবে বিয়ে করি।

এরপর আমাদের একটি মেয়ে হয়। তার নাম অনন্যা।

দু'মাস আগে মিনাক্ষী দীর্ঘদিনের ক্যান্সারের সঙ্গে লড়াইয়ের পর মারা গেছে। তাকে বাঁচানোর জন্য আমি সবকিছু করেছিলাম, কিন্তু শেষ পর্যন্ত পারিনি। আমাদের মেয়ে অনন্যার এখন বয়স এগারো বছর। তাকে এই পৃথিবীতে একা রেখে চলে যাওয়া আমার জীবনের সবচেয়ে কঠিন সিদ্ধান্ত। কিন্তু আমার সামনে আর কোনও পথ ছিল না।

মৈথিলী, আমি জানি তোমার কাছে আমার কিছুই চাওয়ার অধিকার নেই। তবুও আমার একটি শেষ ইচ্ছা রইল, দয়া করে

*অনন্যাকে তুমি গ্রহণ করো। আমার মৃত্যুর পর এই পৃথিবীতে ওর নিজের বলতে আর কেউ থাকবে না।*

*আমার অপরাধের শাস্তি ওই ছোট্ট মেয়েটিকে দিয়ো না। সারাজীবন সে প্রকৃত ভালোবাসা, আদর আর যত্ন পায়নি। যা পেয়েছে, তা শুধুই বঞ্চনা। কিন্তু ওই শিশুটির দোষ কী, তুমি নিজেই বলো?*

*তুমি কি পারো না তোমার মমতা আর ভালোবাসা দিয়ে অনন্যাকে কাছে টেনে নিতে? আমি আশা করি, তুমি আমার এই শেষ ইচ্ছেটুকুর সম্মান রাখবে।*

*তুমি সবসময় আমার শক্তি ছিলে, মৈথিলী। মিনাক্ষী ছিল আমার দুর্বলতা। কিন্তু তুমি ছিলে আমার ভিত। আমি তোমাদের দুজনকে আলাদা আলাদাভাবে ভালোবেসেছি।*

*আমি তোমার শক্তি আর ভালোবাসার উপর সম্পূর্ণ বিশ্বাস রাখি। তুমি যে সিদ্ধান্তই নাও, আমি সবসময় কৃতজ্ঞ থাকব যে তুমি আমার জীবনে এসেছিলে।*

*ভালোবাসা ও অনুতাপে,*

*সন্দীপ।'*

সন্দীপ চিঠিতে মিনাক্ষী ও তাঁদের কন্যা অনন্যা সম্পর্কে সবকিছু অত্যন্ত বিস্তারিতভাবে বর্ণনা করেছিলেন। কোথায় এবং কীভাবে

প্রথম মিনাক্ষীর সঙ্গে তাঁর দেখা হয়েছিল, কী পরিস্থিতিতে তাঁদের সম্পর্ক গড়ে উঠেছিল, আর কীভাবে অনন্যার জন্ম হয়েছিল, প্রতিটি কথাই তিনি স্পষ্টভাবে লিখে গেছেন। অনন্যা সম্পর্কে তার বয়স, পড়াশোনা এবং বর্তমান অবস্থার কথাও চিঠিতে উল্লেখ ছিল।

চিঠিতে সন্দীপ মিনাক্ষী ও অনন্যার বর্তমান ঠিকানা, পাশাপাশি সংশ্লিষ্ট সব ব্যাঙ্ক অ্যাকাউন্টের বিবরণও শেয়ার করেছিলেন। তিনি লিখেছিলেন, ইতিমধ্যেই তাঁর সম্পত্তির একটি অংশ তিনি অনন্যার নামে উইল করে রেখেছেন। সেই সঙ্গে সমস্ত প্রয়োজনীয় আইনগত নথিও সংযুক্ত করেছেন, যাতে ভবিষ্যতে কোনও ধরনের জটিলতা বা আইনি সমস্যা না হয়।

চিঠির শেষ লাইনে পৌঁছোনোর সময় মৈথিলীর হাত প্রায় অবশ হয়ে গিয়েছিল। অশ্রু অনিয়ন্ত্রিতভাবে গাল বেয়ে ঝরছিল। সে আবার চিঠিটি পড়ল। তারপর আরও একবার। তিনবার, চারবার। প্রতিটি পাঠে সেই সত্য তার আত্মার গভীরে আরও দৃঢ়ভাবে গেঁথে যাচ্ছিল।

শব্দগুলো তার কাছে যেন এক প্রবল ঝড়ের মতো আছড়ে পড়ছিল। আর সে সেই ঝড়ের ঠিক মাঝখানে আটকে পড়েছিল। চারপাশের সব শব্দ নিস্তব্ধ হয়ে গেল। সে যেন এক মুহূর্তের জন্য বাকশক্তি হারিয়ে ফেলল, অনুভূতিগুলোও অবশ হয়ে এল। শুধু ভারী শ্বাস আর ভেতরের ভাঙনটুকু টের পাচ্ছিল সে।

এই অনাহুত আঘাত তার শরীরকে যেন পঙ্গু করে দিয়েছিল। মৈথিলী সেখানেই স্তব্ধ হয়ে বসে রইল। তার দৃষ্টিতে ছিল শুধু

শূন্যতা। বিছানার ওপর তার পাশে ছবিগুলো ছড়িয়ে ছিল। সেগুলো ছিল সন্দীপের লুকিয়ে রাখা জীবনের নিঃশব্দ প্রমাণ।

মৈথিলীর মনে তখন এক বিশাল ঝড় বইছিল। রাগ, দুঃখ, প্রতারণার অনুভূতি আর এক অদ্ভুত বোঝাপড়া, সবকিছু একসঙ্গে তার ভেতরে সংঘর্ষ করছিল। সে চিৎকার করতে চাইছিল। কাঁদতে চাইছিল। সন্দীপের কাছে উত্তর চাইছিল। কিন্তু সন্দীপ তো আর নেই!

যা কিছু অবশিষ্ট ছিল, তা ছিল ওই চারটি পৃষ্ঠা, ছড়িয়ে থাকা ছবিগুলো, আর এক গভীর নিস্তব্ধতা।

সেই নিস্তব্ধতা কোনও পাথরের থেকেও অনেক বেশি ভারী।

তার শরীর যেন পাথরের মতো শক্ত হয়ে গিয়েছিল। চিঠিটি তাকে এক স্থির ভাস্কর্যে পরিণত করেছিল, যেন সে নিজেই এক দুঃখের স্মৃতিস্তম্ভ। উজ্জ্বল, উষ্ণ মৈথিলী কিছুক্ষণের জন্য হারিয়ে গিয়েছিল। তার জায়গায় বসে ছিল এক নারী, যে চরম সত্যের সঙ্গে লড়াই করতে করতে ভেতরে ভেতরে ক্ষতবিক্ষত হয়ে পড়ছিল।

ঘরের ভেতরে তখন একমাত্র শব্দ ছিল তার কাঁপতে থাকা শ্বাস আর চিঠির কাগজের মৃদু খসখসানি। সেই শব্দগুলোই যেন তাকে ধীরে ধীরে ছিন্নভিন্ন করে দিচ্ছিল।

এই উপলব্ধির ভারে মৈথিলী প্রায় হিমায়িত হয়ে পড়েছিল। তবে কি এই কারণেই কাশী তাকে ডাকছিল? এই প্রাচীন শহরের

দিকে যে অবর্ণনীয় টান সে অনুভব করেছিল, তার উৎস কি এখানেই?

এটা কি শুধু ঘাটের মোহ, নিরবচ্ছিন্ন আধ্যাত্মিকতা, কিংবা প্রাচীন প্রার্থনার ফিসফিসানি ছিল? নাকি এটি ছিল এক লুকিয়ে থাকা সত্য, যার সঙ্গে তার দেখা হওয়ার অপেক্ষা ছিল। সেই সত্য, যা কাশীর রাস্তায়, তার স্তব্ধ ইট-পাথরের ভেতরেই যেন এতদিন সমাহিত হয়ে ছিল।

যে অশ্রু এতক্ষণ সে আটকে রেখেছিল, তা আর বাঁধ মানল না। অনায়াসে ঝরে পড়তে লাগল। তার কাঁপতে থাকা হাত চিঠিটি শক্ত করে আঁকড়ে ধরেছিল। হৃদয় ব্যথা, ক্রোধ আর এক অপ্রতিরোধ্য করুণার মিশ্রণে কেঁপে উঠছিল।

সন্দীপের গোপন জীবন, মিনাক্ষীর অসীম কষ্ট, আর পিছনে পড়ে থাকা একটি অল্পবয়সী, নিষ্পাপ মেয়ের কথা মৈথিলীকে গভীরভাবে আঘাত করতে লাগল। সেই যন্ত্রণা কেবল বিশ্বাসভঙ্গের ছিল না। তার সঙ্গে জড়িয়ে ছিল সহানুভূতি, মানবিক বেদনা আর এমন এক দায়বোধ, যার ভার সে এখনও পুরোপুরি বুঝে উঠতে পারছিল না।

“কাশী... তুমি কি আমাকে অনন্যার কাছেই ডেকেছিলে? এই সত্যের মুখোমুখি দাঁড় করানোর জন্য?” সে ফিসফিস করে বলল, যেন শহর নিজেই তার কথা শুনে নিতে পারে।

সন্দীপ তাঁর জীবদ্দশায় এই বোঝা নিজের কাঁধেই বহন করার সিদ্ধান্ত নিয়েছিলেন। আর এখন, এই চিঠির মাধ্যমে, তিনি মৈথিলীর হাতে এমন এক গুরুদায়িত্ব তুলে দিয়ে গেছেন, যা শুধু তার নিজের জীবন নয়, একটি নিষ্পাপ শিশুর জীবনকেও আমূল বদলে দিতে পারে।

আজ একটি বিষয় মৈথিলীর কাছে স্পষ্ট হয়ে উঠেছে। কাশী যদি সত্যিই তাকে ডেকে থাকে, তবে তা কেবল তার আধ্যাত্মিক চেতনার বিকাশের জন্য নয়। হয়তো এই আহ্বান ছিল এক লুকিয়ে থাকা সত্যের মুখোমুখি দাঁড় করানোর জন্য। আরও গভীরে গেলে, এটি ছিল নিরাময়ের জন্য। সন্দীপের জন্য, অনন্যার জন্য, আর তার নিজের জন্যও।

কিন্তু তবুও প্রশ্ন একটা থেকেই যায়.... আর সেটা হল স্বীকৃতির।

## আলোর অন্বেষণ...

অন্ধকারে ডুবে ছিল মন,
পথের ধুলায় হারায় চরণ।
শূন্য আকাশে মেঘের নাচন,
আলো খুঁজে ফিরি নির্জন প্রাঙ্গণ।

জীবনের পথে আঁধারের ডাকে,
দুঃখের সুরে মন যেন কাঁদে।

তবু দূরে দেখা যায় এক আলোক রেখা,
প্রাণ চায় ছুঁতে সে আলোর রেখা।

সে আলো কি তোর অন্তরের দীপ?
নাকি ঈশ্বরের করুণা স্নিগ্ধ তীর্থ?
শান্তির ভাষা, প্রেমের গান,
অদেখা সে আলোতে খুঁজে পাওয়া প্রাণ।

আলো মানে মুক্তি, আলো মানে শান্তি,
ভেতরে জ্বালো প্রজ্ঞার বাতি।
তোমার অন্তরে লুকিয়ে আছে তীর্থস্থান,
আলো খুঁজে পাবে, যদি চাও জ্ঞান।

চল যাই, সেই আলোর সন্ধানে,
পথের শেষে যেন ধরা দেয় প্রাণে।
জীবন হবে পূর্ণ, হবে অমলিন,
আলোর মাঝে খুঁজে পাব সত্যের বিচরণ।

# অষ্টাদশ পরিচ্ছেদ

মানুষ, তুমি বড়োই অসহায়।

কখনও কখনও জীবন আমাদের এমন এক অবস্থায় দাঁড় করিয়ে দেয়, যেখান থেকে পালানোর কোনও পথ থাকে না। সেখানে ভালো বা খারাপ বেছে নেওয়ার সুযোগও থাকে না। যা থাকে, তা শুধু দায়িত্ব। আর সেই দায়িত্বের ভার বহন করতেই হয়।

এই মুহূর্তটি মৈথিলীর কাছে সন্দীপকে হারানোর যন্ত্রণার থেকেও ভারী মনে হচ্ছিল। সামনে যা অপেক্ষা করে আছে, তার বোঝা যেন অসহনীয়। সে কীভাবে এই সব কথা শান্তনুকে বোঝাবে? শান্তনুর কাছে সন্দীপ একজন আদর্শ পিতা। একজন বাবা, যাঁকে সে গভীর শ্রদ্ধা করে, যাঁর জন্য সে গর্ব অনুভব করে। এই সত্য জানালে হয়তো সেই প্রতিচ্ছবি ভেঙে যাবে। শান্তনুর চোখে তার বাবার ছবি চিরতরে বদলে যেতে পারে।

মৈথিলী গভীরভাবে হতাশ হয়ে পড়েছিল। সবকিছু সামলানোর কোনও পথ সে খুঁজে পাচ্ছিল না। ঘড়ির দিকে তাকিয়ে দেখল, বেলা একটার কাছাকাছি। সে জানত, এই চিঠি সে শান্তনুর কাছ থেকে লুকিয়ে রাখতে পারবে না। কারণ শান্তনু অধীর আগ্রহে অপেক্ষা করছে তার বাবার শেষ কথাগুলো জানার জন্য।

তার মন অস্থির হয়ে উঠল। কীভাবে সন্দীপের এই সত্য সে প্রকাশ করবে, যাতে শান্তনুর হৃদয় ভেঙে না যায়!

তার হাতে মাত্র ছয় থেকে সাত ঘণ্টা সময় ছিল নিজেকে প্রস্তুত করার জন্য, সঠিক শব্দ খুঁজে নেওয়ার জন্য, এবং পরিস্থিতিটাকে যতটা সম্ভব সংবেদনশীলভাবে সামলানোর জন্য। তার আগেই আইনজীবীর সঙ্গেও কথা বলা দরকার। সময় দ্রুত ফুরিয়ে যাচ্ছিল, আর তার সঙ্গে সঙ্গে মৈথিলীর মানসিক অস্থিরতাও বেড়েযাচ্ছে।

এক মুহূর্তের জন্য মৈথিলী নিজের আবেগ সরিয়ে রেখে বাস্তবভাবে ভাবার চেষ্টা করল। অনন্যা ছিল মাত্র একজন কিশোরী মেয়ে। প্রায় অনাথ। এই কঠিন পৃথিবীতে একা লড়াই করে টিকে আছে। মেয়েটির সংগ্রামের কথা ভাবতেই মৈথিলীর মনের গভীরে এক গভীর মাতৃত্বের অনুভূতি জেগে উঠল।

একজন মা হিসেবে মৈথিলী অনন্যার প্রতি গভীর সহানুভূতি অনুভব করল। একা একা বছরের পর বছর জীবনের প্রতিকূলতার সঙ্গে লড়াই করা একটি অসহায় বালিকা। এই ভাবনায় তার হৃদয় কেঁপে উঠল যে, অনন্যা কীভাবে এসব সামলাচ্ছে! সে হয়তো এখনও জানেই না, তার বাবাও আর বেঁচে নেই। মৈথিলীর মনে হল, তাকে খুঁজে বের করে এই অমানবিক যন্ত্রণার মধ্য থেকে মুক্তি দেওয়ার তাগিদ তার ভেতরে আরও তীব্র হয়ে উঠছে।

মৈথিলী তাড়াতাড়ি সবকিছু গুছিয়ে আলমারির ভেতরে ঢুকিয়ে দিল। নিজেকে কাজে ব্যস্ত রাখতে সে ইচ্ছাকৃতভাবেই মনোনিবেশ করার চেষ্টা করছিল। বেডরুমের দরজা খুলতেই সে দেখল, অম্বিকা বাইরে দাঁড়িয়ে। দ্বিধাভরে সে জিজ্ঞেস করল, "আপনি এখন লাঞ্চ করবেন?"

কিন্তু মৈথিলীর ঠান্ডা, চাপা মুখভঙ্গি স্পষ্ট করে দিল, সে কথা বলার অবস্থায় নেই। অম্বিকা সেই ভারী পরিবেশটা বুঝে ফেলল। আর জোর করল না। সে টের পেল, কিছু একটা ঘটেছে। এমন কিছু, যা মৈথিলীকে গভীরভাবে নাড়া দিয়েছে। অস্বস্তিকর, অজানা কোনও ঘটনা, যা তাকে ভেতর থেকে অস্থির করে তুলেছে।

মৈথিলী হাতে শুধু কয়েকটা ফল তুলে নিল। পুরো খাবারের কথা ভাবাও তখন তার পক্ষে কঠিন হয়ে পড়েছিল। তাকে এখনই বেরোতে হবে। আর কোনও কথা না বলে সে ঘর থেকে বেরিয়ে গেল। সন্দীপের শেষ চিঠিতে লেখা ঠিকানাটি সে সঙ্গে নিয়ে নিল।

মৈথিলী সন্দীপের শেষ ইচ্ছা উপেক্ষা করতে পারল না। সেটি পূরণ করতেই হবে। অনন্যার কথা ভাবতেই সে বুঝে গেল, মেয়েটির বয়স এখন মাত্র ষোলো। এখনও সে খুবই ছোটো। জীবনের এত বড়ো বোঝা একা সামলানো তার পক্ষে সম্ভব নয়। এই উপলব্ধি মৈথিলীর হৃদয়কে আরও বিচলিত করে তুলেছিল। তার মনে হল, যত দ্রুত সম্ভব অনন্যার কাছে তার পৌঁছোনোটা ভীষণ জরুরি। আর সময় নষ্ট করার মতো কোনও সুযোগ নেই।

মৈথিলী একটি গাড়ি ডেকে প্রথমে সুপারমার্কেটের দিকে রওনা দিল। নানা দোকানে ঘুরে সে এমন কিছু সুন্দর পোশাক বেছে নিল, যা একজন কিশোরী মেয়ের পছন্দ হতে পারে বলে তার মনে হল। এটি অনন্যার সঙ্গে তার প্রথম দেখা হতে চলেছে। সে চাইছিল, এই সাক্ষাৎ যেন মেয়েটির মনে অন্তত সামান্য হলেও উষ্ণতার ছাপ রেখে যায়।

এরপর সে ট্রলিতে যোগ করল নানা রকমের স্ন্যাকস, মিষ্টি, ফল আর চকোলেট। মনে হচ্ছিল, হয়তো এগুলো অনন্যার মনে একটু সান্ত্বনা আনতে পারবে। কিন্তু প্রতিটি জিনিস বাছতে গিয়ে মৈথিলী নিজের সিদ্ধান্ত নিয়েই দ্বিধায় পড়ছিল। সে অনন্যার পছন্দ অপছন্দ কিছুই জানে না। এমনকি তার প্রিয় রংও তার অজানা। তবু সে থামল না। তার ভেতরের এক অদম্য তাগিদ তাকে চালিত করছিল। যেন যেভাবেই হোক, অনন্যাকে ভালোবাসা আর যত্নের অনুভূতি পৌঁছে দিতে হবে।

সবকিছু নিখুঁত না-ও হতে পারে, তবু সেই চেষ্টা থেকে সে সরে আসতে পারে না।

এলাকাটি মতিঝিল পোখরানের পিছনে, মোহিনীকুঞ্জ, মাহমুরগঞ্জ, বারাণসী, উত্তরপ্রদেশ ২২১০১০ অঞ্চলে অবস্থিত। সুপারমার্কেট থেকে বেরিয়ে মৈথিলী আর-একটি গাড়ি বুক করল এবং ঠিকানাটি নেভিগেশনে সেট করে দিল। অনিশ্চিত এক উত্তেজনার সঙ্গে তাল মিলিয়ে তার বুকের ধুকপুকানি আরও জোরে বেজে

চলছিল। জীবন যে তাকে এমন এক মুহূর্তের সামনে এনে দাঁড় করাবে, সে কখনও কল্পনাও করেনি।

গাড়িটি যখন কলোনির গেটে এসে থামল, মৈথিলী শপিং ব্যাগগুলো হাতে নিয়ে ভেতরে ঢুকল। তার চোখ চারদিকে ঘুরে বেড়াচ্ছিল বাড়ির নম্বর খুঁজতে। তখন বিকেল সাড়ে তিনটে। আকাশ মেঘলা, শীতের এক সাধারণ, নিরুত্তাপ দিন। কিছুক্ষণ এদিক ওদিক ঘোরার পর সে এক চৌকিদারকে দেখতে পেল। কাছে গিয়ে সে দিকনির্দেশনা জানতে চাইল।

বাড়িটি ছিল চারতলা। চিঠিতে উল্লেখ ছিল প্রথম তলার কথা। মৈথিলী ধীরে ধীরে সিঁড়ি বেয়ে উঠল। প্রতিটি ধাপে তার হৃৎস্পন্দন যেন আরও স্পষ্ট হয়ে উঠছিল। প্রথম তলায় পৌঁছে সে দেখল, নির্দিষ্ট ফ্ল্যাটটির দরজা বাইরে থেকে তালাবদ্ধ।

বিভ্রান্ত হয়ে সে হাতঘড়ির দিকে তাকাল। তারপর দ্বিধাগ্রস্ত অবস্থায় একই তলার পাশের আর-একটি ফ্ল্যাটের কলিংবেল বাজাল।

একজন মধ্যবয়সী নারী দরজা খুললেন। মৈথিলী অনন্যার কথা জিজ্ঞেস করতেই তিনি দুঃখিত ভঙ্গিতে মাথা নেড়ে বললেন, "আমি জানি না। আমরা নতুন এসেছি এই কলোনিতে। ওই ফ্ল্যাটটা সব সময় তালাবন্ধই দেখেছি। কখনও কাউকে সেখানে থাকতে দেখিনি।"

এই উত্তর মৈথিলীকে হতবাক করে দিল। তার মাথা যেন কাজ করা বন্ধ করে দিয়েছিল। এই অপ্রত্যাশিত পরিস্থিতি কীভাবে সামলাবে, সে বুঝে উঠতে পারছিল না। অনন্যা কোথায়। এখন তার করণীয়-ই বা কী?

মৈথিলী ধীরে ধীরে সিঁড়ি বেয়ে আবার নীচে নেমে এল। তার মন তখন চিন্তা আর অজানা প্রশ্নের ভারে নুয়ে পড়েছে। চারপাশে তাকিয়ে সে আবার সেই চৌকিদারকে দেখতে পেল। একরাশ অনিশ্চয়তা নিয়ে তার দিকে এগিয়ে গেল।

"তুমি কি অন্যান্য সম্পর্কে কিছু জানো ভাই?" মৈথিলী জিজ্ঞেস করল। তার কণ্ঠে আশার সঙ্গে সঙ্গে দ্বিধার ঝলক স্পষ্ট ছিল।

চৌকিদার মাথা নেড়ে বলল, "অনন্যা দিদি এখন আর এখানে থাকেন না। তার মা মারা যাওয়ার পর তিনি আত্মীয়দের সঙ্গে থাকতে চলে গেছেন দলমন্ডিতে। মাঝে মাঝে এই ফ্ল্যাটে আসেন, কিন্তু নিয়মিত নয়।"

এই অপ্রত্যাশিত তথ্য মৈথিলীকে সম্পূর্ণ হতবাক করে দিল। সন্দীপ তাঁর চিঠিতে এই বিষয়ে কিছুই উল্লেখ করেনি। তখনই মৈথিলী ধীরে ধীরে বুঝতে পারল, চিঠিটি লেখা হয়েছিল পাঁচ বছর আগে, মিনাক্ষীর মৃত্যুর অল্প কিছুদিন পর। সম্ভবত সন্দীপ অনন্যার বর্তমান অবস্থান সম্পর্কে তাকে আর আপডেট করতে পারেননি, অথবা সেই সময় তিনি নিজেও অনিশ্চয়তার মধ্যেই ছিলেন।

এই উপলব্ধি মৈথিলীর মনে আরও এক স্তর অস্থিরতা যোগ করল। গল্প যেন নতুন করে আর-একটি মোড় নিতে চলেছে।

মৈথিলী আরও জানতে চাইল। মিনাক্ষী সম্পর্কে চৌকিদার যা বলল, তা চিঠিতে লেখা কথাগুলোকেই নিশ্চিত করল। মিনাক্ষী পাঁচ বছর আগে ক্যান্সারে মারা গিয়েছিলেন। এই সত্যটি মৈথিলীর হৃদয়ে আরও গভীর ভার চাপিয়ে দিল। তার মনে হল, সে যেন হঠাৎ করে এক দেওয়ালের সামনে এসে দাঁড়িয়েছে। অনন্যার কাছে পৌঁছোনোর পথ আচমকাই বন্ধ হয়ে গেছে। অনন্যার বর্তমান ঠিকানা না জেনে, সে কীভাবে তাকে খুঁজে বের করবে!

এরপর মৈথিলী নিজের ফোন নম্বর আর বর্তমান ঠিকানা চৌকিদারের হাতে দিয়ে অনুরোধ করল, যদি কখনও অনন্যা এই ফ্ল্যাটে ফিরে আসে, তবে যেন তাকে অবশ্যই জানানো হয়। সে চৌকিদারের ফোন নম্বরও নিয়ে নিল, ভবিষ্যতে যোগাযোগ রাখার জন্য এবং প্রয়োজনে খোঁজখবর নেওয়ার জন্য।

সেই মুহূর্তে মৈথিলীর মনে শুধু একটাই অনুভূতি কাজ করছিল। দায়িত্ব শুরু হয়ে গেছে, কিন্তু পথ এখনও অস্পষ্ট।

মৈথিলী উৎকণ্ঠার সঙ্গে শান্তনুর ফোনের অপেক্ষা করছিল। বাড়ি ফিরে সে তাকে একটি মেসেজ পাঠিয়েছিল। তবুও তার মনে হচ্ছিল, সে যেন এক বিশাল অচেনা সমুদ্রে হারিয়ে গেছে, যেখানে গভীর জলের তলদেশ থেকে একটি মুক্তো খুঁজে বের করা প্রায় অসম্ভব।

তবু সে জানত, শান্তনুর সবকিছু জানার অধিকার আছে। শান্তনু যথেষ্ট বুদ্ধি ও বিবেচনাসম্পন্ন একজন মানুষ। হয়তো সে এই জটিল পরিস্থিতি সামলানোর জন্য কোনও বাস্তবসম্মত পরিকল্পনা করতে পারবে। কিন্তু এই মুহূর্তে মৈথিলীর কাছে সবচেয়ে জরুরি ছিল একটাই বিষয়। যেভাবেই হোক, অনন্যাকে খুঁজে বের করতে হবে।

রাত আটটা বাজতেই মৈথিলীর মনে একটি ভাবনা স্পষ্ট হয়ে উঠল। সন্দীপের আইনজীবী, মিস্টার অভির সঙ্গে যোগাযোগ করা উচিত। হয়তো তিনি কিছু দিকনির্দেশনা দিতে পারবেন। সময় নষ্ট না করে মৈথিলী তাঁর নম্বর ডায়াল করল। ফোনটি দু'বার বাজার পর তিনি ফোন ধরলেন।

"হ্যালো, মিসেস শর্মা। কেমন আছেন? চিঠিটি কি আপনি পেয়েছেন?" মিস্টার অভি সৌজন্যের সঙ্গে জিজ্ঞেস করলেন।

"হ্যাঁ, মিস্টার অভি, আমি চিঠি পেয়েছি," মৈথিলী দৃঢ়কণ্ঠে উত্তর দিল, "আপনি কি জানতেন, এতে কী লেখা ছিল?"

"হ্যাঁ, মিসেস শর্মা, বিষয়টি আমি জানতাম," মিস্টার অভি স্বীকার করলেন, "ডক্টর শর্মা আমাকে সবকিছু বিস্তারিতভাবে বলেছিলেন। দুর্ভাগ্যজনকভাবে, তাঁর আকস্মিক মৃত্যু আমাদের অনেক প্রয়োজনীয় কাজ অসম্পূর্ণ রেখেছে। তবে তাঁর শেষ ইচ্ছা অনুযায়ী, তাঁর মেয়ের সঙ্গে আপনার যোগাযোগ হওয়া অত্যন্ত গুরুত্বপূর্ণ।"

তিনি একটু থেমে আবার বললেন, "এটি নিঃসন্দেহে একটি ব্যক্তিগত সিদ্ধান্ত। তবুও মানবিক এবং নৈতিক দিক থেকে কারওর শেষ ইচ্ছাকে সম্মান করা অত্যন্ত গুরুত্বপূর্ণ। আপনি তো জানেন, ডক্টর শর্মা কতটা সদয়, নীতিবান এবং যত্নশীল মানুষ ছিলেন। আমার বিশ্বাস, আপনি সঠিক সিদ্ধান্তই নেবেন।"

"হ্যাঁ, মিস্টার অভি," মৈথিলী শান্ত কিন্তু দৃঢ় স্বরে বলল, "আমি তাঁর শেষ ইচ্ছা পূরণ করব। সেটা তাঁর জন্য নয়, বরং ওই নিরপরাধ মেয়েটির জন্য। অনন্যার একটি নিরাপদ ও সম্মানজনক জীবন পাওয়ার অধিকার আছে।"

একটু থেমে সে যোগ করল, "কাকতালীয়ভাবে আমি এখন একই শহরেই আছি। চিঠিতে দেওয়া ঠিকানায় গিয়েছিলাম, কিন্তু সে সেখানে নেই। এই মুহূর্তে এটিই আমার সবচেয়ে বড়ো দুশ্চিন্তা। কীভাবে তাকে খুঁজে বের করব? মেয়েটিকে এখন আর্থিক সহায়তা দেওয়াও প্রয়োজন, কিন্তু কোথা থেকে শুরু করব, সেটাই বুঝে উঠতে পারছি না।"

এই কথাগুলো বলার সময় মৈথিলীর কণ্ঠে দায়িত্ববোধ আর গভীর মানবিক উদ্বেগ স্পষ্ট হয়ে উঠেছিল।

"তা একটু কঠিন হবে," মিস্টার অভি চিন্তিত স্বরে বললেন, "ডক্টর শর্মার ডেথ সার্টিফিকেট জমা পড়ার পর তাঁর সমস্ত ব্যাঙ্ক অ্যাকাউন্ট ইতিমধ্যেই স্থগিত করা হয়েছে। ফলে এখন সেখান থেকে সরাসরি কোনও লেনদেন সম্ভব নয়। তবে স্থানীয় পুলিশের

সহায়তায় মেয়েটিকে খুঁজে বের করার চেষ্টা করা যেতে পারে। আমার ধারণা অনুযায়ী, শহরটি খুব বড়ো নয়। এটিই আপাতত সবচেয়ে বাস্তবসম্মত সূচনা হতে পারে। এর মধ্যে আমি বিষয়টি নিয়ে আরও গভীরভাবে ভাবব এবং কোনও আইনগত পথ আছে কি না, তা খতিয়ে দেখব।"

"মিস্টার অভি," মৈথিলী দৃঢ় কণ্ঠে বলল, "মেয়েটির বয়স আঠারোর নীচে। ভারতীয় আইন অনুযায়ী, সে এখনও নাবালিকা। তার নিজের নামে কোনও ব্যাঙ্ক অ্যাকাউন্ট থাকার সম্ভাবনা নেই। তার মায়ের মৃত্যুর পর নিশ্চয়ই তার জন্য কোনও আইনি অভিভাবক নিযুক্ত করা হয়েছে। আপনি কি সেই ব্যক্তির সম্পর্কে কোনও তথ্য জানেন?"

"আমাকে সংশ্লিষ্ট নথিপত্র খতিয়ে দেখতে হবে," মিস্টার অভি উত্তর দিলেন, "সবকিছু যাচাই করে যত তাড়াতাড়ি সম্ভব আপনাকে জানাব।"

ফোনটি কেটে যাওয়ার পর মৈথিলী আবার নীরবতার মধ্যে ডুবে গেল। অজানা প্রশ্নগুলো, অপ্রস্তুত সত্যের ভার এবং অনন্যাকে খুঁজে বের করার তীব্র আকাঙ্ক্ষা যেন তার চারপাশে এক অদৃশ্য চাপ সৃষ্টি করছিল। সে গভীর উদ্বেগে আবারও নিমজ্জিত হয়ে পড়ল।

আধঘণ্টা আগেই অম্বিকা বাড়ি চলে গিয়েছিল। অনন্যার জন্য যেসব খাবারদাবার মৈথিলী কিনে এনেছিল, সেগুলো সে

অম্বিকাকেই দিয়ে দিল তার বাড়ির জন্য। এখানে এত খাবার রেখে কী-ই বা হবে, সবই তো নষ্ট হয়ে যাবে। অম্বিকা চলে যাওয়ার সময় মৈথিলী তার দিকে তাকিয়ে রইল। তার হৃদয়ের ভেতর এক অদ্ভুত ব্যথা জমে উঠছিল। সে জানত না, কখন বা কোথায় অনন্যার সঙ্গে তার দেখা হবে, কিন্তু এটুকু নিশ্চিত ছিল যে, এই বিষয়ে শুধু ঘরে বসে চিন্তা করে যাওয়ার সময় এখন নয়।

সেদিন সন্ধ্যায় মৈথিলী দ্রুত রাতের খাবার খেয়ে নিল। দুপুরের খাবার সে এড়িয়ে গিয়েছিল, তাই ক্ষুধাও একটু বেশি অনুভূত হচ্ছিল। ঘরের নীরবতা ছিল ভারী, মাঝেমধ্যে শুধু ঘড়ির কাঁটার শব্দ শোনা যাচ্ছিল। হঠাৎ তার চিন্তার স্রোত ভেঙে দিয়ে ফোন বেজে উঠল। স্ক্রিনে ভেসে উঠল শান্তনুর নাম।

"হাই বেটা, কেমন আছ? আশা করি, তোমরা দুজনেই ভালো আছ।" মৈথিলী বলল, নিজের কণ্ঠের উদ্বেগ আড়াল করার চেষ্টা করে।

"আমরা ভালো আছি, মা," শান্তনু সরাসরি জিজ্ঞেস করল, "চিঠিটা পেয়েছ? নাকি এখনও আসেনি?"

"হ্যাঁ, শান্তনু, আমি চিঠিটা পেয়েছি," মৈথিলী বলল। তার গলা একটু ভিজে এল, কিন্তু ভেতরে ছিল এক দৃঢ়তা।

"একটা খুব গুরুত্বপূর্ণ বিষয় তোমাকে জানাতে চাই। দয়া করে উত্তেজিত হয়ে উঠো না। আমি সবটা সামলাব, তবে তোমার সাহায্য আমার দরকার।"

শান্তনু এক মুহূর্ত থেমে গেল। তার মায়ের কণ্ঠে সে এক অচেনা দৃঢ়তা টের পেল। তার বাবার মৃত্যুর পর এই শক্ত স্বর সে আগে কখনও শোনেনি।

"মা, চিঠিতে কী লেখা ছিল? আমাকে জানতে হবে।"

মৈথিলী গভীর নিশ্বাস নিল। তার কণ্ঠ শান্ত, কিন্তু আবেগে ভরা।

"বেটা, আমরা সবাই মানুষ। কেউই একেবারে নিখুঁত নই। তোমার বাবা তাঁর জীবনে এক গভীর বেদনা বহন করে চলেছিলেন, এমন এক সত্য যা তিনি আমার সঙ্গেও ভাগ করে নিতে পারেননি। তিনি আমাদের হারানোর ভয় পেতেন।"

একটু থেমে সে আবার বলল, "মানুষ অনেক সময় ভীষণ অসহায় হয়ে পড়ে। সব পরিস্থিতিতে আমরা আমাদের সিদ্ধান্তগুলোর সঠিক মূল্যায়ন করতে পারি না। ঠিক আর ভুলের সীমারেখা তখন অস্পষ্ট হয়ে যায়। আর পরিস্থিতির চাপে কখনও কখনও এমন কিছু সিদ্ধান্ত নিতে হয়, যার অনুতাপ সারাজীবন বহন করতে হয়। শান্তনু, কিন্তু এখন আমাদের সামনে একটাই দায়িত্ব," মৈথিলী শান্ত অথচ দৃঢ় কণ্ঠে বলল, "তোমার বাবার শেষ ইচ্ছা পূরণ করা। তোমার বাবার এখানে কাশীতে আর-একটি পরিবার

ছিল। হয়তো সেই কারণেই আমাকে এই প্রাচীন শহরের ডাকে সাড়া দিতে হয়েছে। একটি গোপন সত্য সামনে আনার জন্য, যা এতদিন লুকিয়ে ছিল।"

একটু থেমে সে বলল, "আমি ডাক পেয়েছিলাম, শান্তনু। সেই ডাক ছিল কিছু গোপন সত্য উদ্‌ঘাটন করার। তোমার বাবার ভালোবাসার ন্যায়বিচার করার। আর তাঁর কন্যার নিষ্পাপ জীবনের সুরক্ষা নিশ্চিত করার।"

শান্তনু চুপ করে মন দিয়ে তার মায়ের কথা শুনছিলো। তার হৃৎস্পন্দন দ্রুত হয়ে উঠেছিল।

মৈথিলী কথা বলতে থাকল।

"এখানে একজন মহিলা ছিলেন, মিনাক্ষী। তোমার বাবার কৈশোর বান্ধবী। তোমার বাবা তাঁকে গভীরভাবে ভালোবাসতেন। কিন্তু তিনি এখন আর বেঁচে নেই। তাঁদের একটি কন্যাও আছে, অনন্যা। সে এখনও খুব ছোটো। শান্তনু, এই মুহূর্তে এই পৃথিবীতে সে একেবারে একা।" তার কণ্ঠ আরও কোমল হয়ে এল।

"সে পরিস্থিতির শিকার। সে সম্পূর্ণ নির্দোষ। আমি ওকে খুঁজে বের করব। আমি ওকে নিজের মেয়ে হিসেবে গ্রহণ করতে চাই। ওকে সেই জীবন দিতে চাই, যা ওর প্রাপ্য ছিল।" একটু থেমে সে যোগ করল, "আমি জানি, এটা তোমার জন্য খুব কঠিন হবে। তবে আমার বিশ্বাস, তুমি আমাকে সমর্থন করবে।"

মৈথিলীর কথা তখনও থামেনি। তার কণ্ঠে ছিল নিখাদ মমতা আর আন্তরিকতা। প্রতিটি শব্দ যেন হৃদয়ের গভীর থেকে উঠে আসছিল।

শান্তনু স্তম্ভিত হয়ে গেল। তার মায়ের হৃদয়ে এত গভীর ব্যথা, এত সাহস আর এত ক্ষমার শক্তি সে আগে কখনও বোঝেনি। সে বরাবরই তার মাকে শ্রদ্ধা করত, কিন্তু এই মুহূর্তে সে তার মায়ের এমন এক রূপ দেখল, যা আগে কখনও পুরোপুরি উপলব্ধি করেনি।

তার মা শুধু নিজের পরিবারকে একসঙ্গে ধরে রাখেনি। ব্যক্তিগত যন্ত্রণার ঊর্ধ্বে উঠে, সমাজের বাধা অতিক্রম করে, এমন একজন মানুষের জন্য লড়াই করতে প্রস্তুত হয়েছে, যাকে সে আগে কখনও চিনত না। তার হৃদয়ে কোনও তিক্ততা ছিল না বরং সেখানে ছিল নিখাদ করুণা, যা নিঃসংকোচে উপচে পড়ছিল।

শান্তনু বুঝতে পারল, সে তার মায়ের মাতৃত্বের এক অপূর্ব রূপ দেখছে। এমন এক মমতা, যা সমস্ত সীমানা অতিক্রম করেছে। যা শুধুমাত্র একজন অপরিচিতা কন্যার সুরক্ষা আর আরোগ্যের জন্য লড়াই করছে, এমনকি নিজের ব্যথার মূল্য দিয়েও। তার মা শুধু অসাধারণ নয়, সহিষ্ণুতা ও মানবতার এক জীবন্ত প্রতীক।

“মা,” শান্তনু অবশেষে বলল, তার কণ্ঠ দৃঢ় কিন্তু আবেগে ভরা, “আমি তোমার পাশে আছি। আমরা অনন্যাকে খুঁজে বের করব।

ওকে তার প্রাপ্য জীবন দেব। যেভাবেই হোক, আমরা এটা একসঙ্গে করব।”

অনেকদিন পর মৈথিলীর মনে একটু স্বস্তি ফিরে এল। একসঙ্গে, সে আর শান্তনু সন্দীপের শেষ ইচ্ছাকে সম্মান জানাবে। তারা অনন্যাকে দেবে তার নিজের জায়গা, আরোগ্য এবং জীবনের এক নতুন আশার আলো।

# ঊনবিংশ পরিচ্ছেদ

নীল গভীর সাগর আমাকে হাতছানি দেয়,
বলে, 'ডুব দাও তুমি আমার অন্তরে,
খুঁজে নিয়ে যাও সেই গোলাপি মুক্তোর দানা
কতকাল ধরে সে রয়ে গেছে তোমার অপেক্ষায়।

ভয় তুমি পেয়ো না ওগো মেয়ে,
কত পাহাড় পেরিয়ে এসেছ তুমি অবলীলায়,
তুমিই পারবে, একমাত্র খুঁজে নিতে
সেই গোলাপি মুক্তো, যে পরে আছে তোমার প্রতীক্ষায়।'

মৈথিলী দৃঢ়প্রতিজ্ঞ ছিল। ভারতের আইনি প্রক্রিয়া শুরু করার জন্য যে সমস্ত নথি ও তথ্য প্রয়োজন, সেগুলো সংগ্রহে সে মনোযোগী হয়ে উঠল। কাশী শহরে তার খুব বেশি পরিচিত কেউ ছিল না। তাই সে তার আইনজীবী মি. অভি চার্নির দেওয়া নির্দেশ মেনে একে একে প্রয়োজনীয় পদক্ষেপ নিতে শুরু করল। মি. চার্নিও তাকে সহায়তা করার জন্য ধীরে ধীরে প্রয়োজনীয় কাগজপত্র পাঠাতে লাগলেন।

এদিকে শান্তনুও মাকে সাহায্য করার জন্য এগিয়ে এল। একদিন সে বাবার আলমারি থেকে কিছু পুরোনো গুরুত্বপূর্ণ নথিপত্র খুঁজে

পেল। সেই কাগজগুলোর মধ্যে মিনাক্ষীর সঙ্গে সম্পর্কিত কয়েকটি তথ্য ছিল। বাবার অতীত সম্পর্কে জানার আগ্রহে শান্তনু আরও গভীরভাবে খোঁজাখুঁজি শুরু করল।

একজন আই টি পেশাজীবী হওয়ায়, সে বাবার ই-মেল অ্যাকাউন্টের পাসওয়ার্ড উদ্ধারের চেষ্টা করল। অনেক চেষ্টার পর অবশেষে সে অ্যাকাউন্টে প্রবেশ করতে সক্ষম হল। সেখানে সে মিনাক্ষীর ক্যান্সার চিকিৎসার জন্য বাবার পরিশোধ করা হাসপাতালের বিল সংক্রান্ত ই-মেল দেখতে পেল। পাশাপাশি, সে একটি মিউজিক স্কুলের নাম জানতে পারল, যেখানে মিনাক্ষী গান শেখাতেন। আরও কিছু রসিদে দেখা গেল, অনন্যা একটি পাবলিক স্কুলে পড়ত।

তবে এই সব তথ্যই ছিল পুরোনো। বয়সের হিসাব অনুযায়ী, অনন্যা ইতিমধ্যেই দশম শ্রেণীর বোর্ড পরীক্ষা শেষ করে নতুন কোনও স্কুলে ভর্তি হয়ে গেছে। ফলে শান্তনু বুঝতে পারল,

অনন্যার বর্তমান অবস্থান জানার জন্য আরও অনুসন্ধান প্রয়োজন।

তাই শান্তনু নতুন করে অনন্যার বর্তমান অবস্থান খুঁজে বের করার চেষ্টা শুরু করল। কিন্তু তার সমস্ত প্রচেষ্টা সত্ত্বেও, অনন্যার বর্তমান সম্পর্কে খুব বেশি নির্ভরযোগ্য তথ্য সংগ্রহ করা সম্ভব হল না।

শান্তনু তার বাবার ফোন থেকে কয়েকটি অজানা নম্বর খুঁজে পেল। সেগুলোর মধ্যে একটি নম্বর অনন্যার নামে সংরক্ষিত ছিল। সে বারবার সেই নম্বরে ফোন করল, কিন্তু প্রতিবারই ফোনটি বন্ধ পাওয়া গেল। প্রতিটি ব্যর্থ কল তার হতাশা আরও বাড়িয়ে দিচ্ছিল।

এই সময়ে মৈথিলীর জীবনে এক গভীর পরিবর্তন ঘটতে শুরু করল। তার মনের গভীর যন্ত্রণা ধীরে ধীরে কমে আসছিল। সে উপলব্ধি করল, যখন অন্য কারওর সংগ্রাম কাছ থেকে দেখার এবং বোঝার সুযোগ হয়, এবং তাদের সাহায্য করার জন্য নিজেকে উৎসর্গ করা যায়, তখন নিজের কষ্ট অনেকটাই ম্লান হয়ে যায়। এই নতুন উপলব্ধি তার ভেতরে এক আলাদা শক্তি এবং জীবনের এক নতুন উদ্দেশ্য এনে দিল। সেই শক্তিই তাকে অনন্যার খোঁজ চালিয়ে যাওয়ার সাহস জুগিয়ে যাচ্ছিল।

মৈথিলী সেপ্টেম্বর মাসে ভারতে এসেছিল। কাশীর প্রতি এক অদ্ভুত টান সে তখন থেকেই অনুভব করেছিল। বারবার তার মনে হয়েছিল, কাশী তাকে ডাকছে, আর সে সেই ডাকে সাড়া দিয়েছিল। তখন তার মন ছিল গভীর শোকে আচ্ছন্ন। মাত্র তিন মাস আগে, জুন মাসে, তার স্বামী টরেন্টোতে মারা গিয়েছিলেন। আর এখন, সে টানা তিন মাস ধরে কাশীতে রয়েছে, আর গত এক মাস ধরে অনন্যাকে খুঁজে পাওয়ার এক অদম্য চেষ্টা চালিয়ে যাচ্ছে।

ডিসেম্বর এসে পড়ল। শীতের ঠান্ডা বাতাস বারাণসীর গলিপথে ছড়িয়ে পড়ল। মৈথিলী প্রায়ই গভীর দুশ্চিন্তায় ডুবে যেত। যদি অনন্যা উচ্চশিক্ষার জন্য অন্য কোনও শহরে চলে যায়, তবে তাকে খুঁজে পাওয়া কি আদৌ সম্ভব হবে? এই ভাবনাগুলো তাকে মাঝে মাঝে অসহায় এবং হতাশ করে তুলত।

তবুও সে আশা ছাড়েনি। অনন্যাকে তাকে খুঁজে পেতেই হবে। এই বিশ্বাসেই সে অটল ছিল।

মৈথিলী শিবপুর থানায় গেছিল কারণ সেই এলাকাটি মেহেমুর গঞ্জের নিয়ন্ত্রণাধীন ছিল। সে তিন-চারবার থানায় গিয়ে সমস্ত প্রয়োজনীয় কাগজ-পত্র জমা করে এসেছিল, যা পুলিশ তার কাছে চেয়েছিল। কিন্তু একটি বড়ো সমস্যার সৃষ্টি হয়েছিল। অনন্যার জন্য পুলিশ একটি নিখোঁজ সংক্রান্ত এফ. আই. আর দাখিল করতে পারছিল না, কারণ এটি কোনও সাধারণ নিখোঁজ ঘটনার মানদণ্ডে পড়ছিল না। অনন্যার সাম্প্রতিক কালের কোনও ছবি পর্যন্ত ছিল না মৈথিলীর কাছে।

ঘটনার বিশদ বিবরণ বারাণসী পুলিশের কাছে একেবারেই ভিন্ন ও জটিল মনে হল। একজন সৎমা, যিনি কখনও তার সৎকন্যাকে দেখেননি, তাকে খুঁজছেন। বিষয়টিকে আরও অদ্ভুত করে তুলেছিল যে, মেয়েটির নিজের বাবা-মা দুজনেই মারা গিয়েছেন, আর মৈথিলী নিজে একজন এন. আর. আই। এর উপর, মেয়েটির অস্তিত্ব প্রমাণ করার জন্য কিছু কাগজ-পত্র এবং সন্দীপের লেখা

পুরোনো চিঠি ও ছবি ছাড়া আইনি দস্তাবেজ কিছুই ছিল না। যেমন ভারতবর্ষের কোনও রাজ্যের ভোটার কার্ড অথবা অন্য পরিচয় পত্র যেমন আধার কার্ড।

এই কেসটি সত্যিই একদম অন্যরকম এবং পুলিশ ও সংশ্লিষ্ট সবার জন্য বিভ্রান্তিকর ছিল।

মৈথিলী দিন গুনতে শুরু করল। তার হাতে আর মাত্র দু'মাস সময় ছিল, কারণ তার ভিসা তাকে আর বেশি দিন ভারতে থাকার অনুমতি দিচ্ছিল না। অনন্যার আর্থিক অবস্থার কথা ভেবে শান্তনুও গভীরভাবে চিন্তিত হয়ে পড়েছিল।

আইনজীবীর পরামর্শে শান্তনু টরেন্টোর ব্যাঙ্ক অ্যাকাউন্টগুলোর দায়িত্ব নিতে শুরু করল। সে নির্দিষ্ট একটি অ্যাকাউন্টে কিছু অর্থ স্থানান্তর করল, যাতে নিয়মিত লেনদেন বন্ধ না হয়ে যায়। এটি সম্ভব হয়েছিল কারণ তার প্রয়াত বাবা আগেই তাকে ওই অ্যাকাউন্টের নমিনি হিসেবে নিযুক্ত করে গিয়েছিলেন।

এদিকে মৈথিলী কাশীর সেই ব্যাঙ্ক শাখাতেও গেল, যার উল্লেখ সন্দীপ তাঁর চিঠিতে করেছিলেন। অনন্যার কাছে পৌঁছোনোর সম্ভাব্য প্রতিটি পথ সে খুঁজে দেখার চেষ্টা করছিল।

প্রথমে ব্যাঙ্ক কর্তৃপক্ষ অনন্যার মায়ের অ্যাকাউন্ট সংক্রান্ত কোনও তথ্য দিতে অস্বীকার করেছিল, কারণ সেই অ্যাকাউন্টটি অনন্যা ও তার মায়ের যৌথ নামে ছিল। কিন্তু মৈথিলী হাল ছাড়েনি। সে

ধাপে ধাপে সমস্ত আইনি প্রক্রিয়া অনুসরণ করতে শুরু করল এবং ডক্টর সন্দীপ শর্মার বৈধ স্ত্রী হিসেবে নিজের অধিকার দাবি করল।

মৈথিলী দিল্লিতে কানাডিয়ান দূতাবাসেও পৌঁছে গিয়েছিল। পাশাপাশি বারাণসীতে একজন আইনজীবী নিয়োগ করল। স্থানীয় প্রশাসনের সঙ্গে যোগাযোগ করে এমন একটি আদেশও জারি করাতে সক্ষম হল, যাতে অনন্যাকে খুঁজে বের করার প্রক্রিয়া শুরু করা যায় এবং তার স্বামীর শেষ ইচ্ছা বাস্তবায়নের পথে এগোনো সম্ভব হয়।

মৈথিলীর একটাই লক্ষ্য ছিল, ষোলো বছরের একটি মেয়েকে সুরক্ষা দেওয়া, তার ন্যায্য অধিকার রক্ষা করা এবং যে কোনও মূল্যে তাকে খুঁজে বের করা।

এই কঠিন সংগ্রামের মধ্যে আরও একটি মাস কেটে গেল। একদিন সমস্ত চাপ আর ক্লান্তিতে বিধ্বস্ত হয়ে মৈথিলী তার বোন বৈদেহীর সঙ্গে নিজের মনের কথা ভাগ করে নিল। কিন্তু বৈদেহীর প্রতিক্রিয়া মোটেই সান্ত্বনাদায়ক ছিল না। ডক্টর সন্দীপ শর্মার জীবনের এই অস্বস্তিকর সত্য জানতে পেরে সে গভীরভাবে বিচলিত হয়ে পড়েছিল।

বৈদেহী মৈথিলীকে পরামর্শ দিল এই অনুসন্ধান সত্বর বন্ধ করে দিতে। তার মতে, এই বাস্তবতা বয়ে নিয়ে চলা এক নিদারুণ মানসিক উৎপীড়ন।

বৈদেহীর কথা শুনে মৈথিলী ভীষণভাবে ক্ষুব্ধ হয়ে উঠল। দুই মাস ধরে এত লড়াই করার পর, কীভাবে তার বোন তাকে সবকিছু ছেড়ে দিতে বলতে পারে? এটি কেবল অনন্যাকে খুঁজে পাওয়ার প্রশ্ন নয়, এটি তার দায়িত্ব পালন করার বিষয়, একটি প্রতিশ্রুতি রক্ষা করার প্রশ্ন।

ইমোশনাল ম্যাচুরিটি মানে অনুভূতির ঊর্ধ্বে উঠে যাওয়া নয়। বরং এর প্রকৃত অর্থ হল নিজের প্রতিটি অনুভূতিকে তার স্বাভাবিক রূপে গ্রহণ করা এবং তার সঙ্গে শান্তভাবে সহাবস্থান করতে শেখা, তবে সেই অনুভূতিগুলিকে কখনও নিজের মন বা আচরণের নিয়ন্ত্রণ নিতে না দেওয়া। এটি এমন এক শক্তি, যেখানে মানুষ ঝড়ের সামনে স্থির হয়ে দাঁড়াতে পারে, কিন্তু সেই ঝড় তাকে ভাসিয়ে নিয়ে যেতে পারে না।

এই উপলব্ধির মধ্যেই অস্থির মৈথিলী নিজের উদ্যোগে অনুসন্ধান শুরু করে দিল। প্রতিদিন সকালে সে একের পর এক ঘাটে যেতে লাগল, পরিচিত কোনও মুখের খোঁজে। তার মনে বারবার একটাই ভাবনা ঘুরে ফিরছিল। হয়তো কোনও একদিন অনন্যা কোনও ঘাটে আসবে, আর সেদিন হঠাৎ করেই মৈথিলীর সঙ্গে তার দেখা হয়ে যাবে।

এর পাশাপাশি মৈথিলী বারাণসীর সমস্ত মিউজিক ক্লাসের একটি তালিকা তৈরি করতে শুরু করল। সে আশা করেছিল, হয়তো এখান থেকেই অনন্যার কোনও সূত্র পাওয়া যাবে। সন্দীপের

দেওয়া তথ্য অনুযায়ী, মিনাক্ষী একজন গায়িকা ছিলেন। সুতরাং অনন্যার মধ্যেও সঙ্গীতের প্রতি ঝোঁক থাকা অস্বাভাবিক নয়। হয়তো সে মায়ের কাছ থেকেই গান শিখেছে, কিংবা কোনও মিউজিক স্কুলে প্রশিক্ষণ নিচ্ছে।

এই আশাতেই মৈথিলী বারাণসীর সঙ্গীত জগত সম্পর্কে তথ্য সংগ্রহ করতে লাগল। তার বিশ্বাস ছিল, সেখান থেকেই হয়তো অনন্যার কোনও হদিস পাওয়া যাবে।

## বারাণসীর সঙ্গীতের মোহময় জগৎ

ভারতের সাংস্কৃতিক হৃদয় হিসেবে পরিচিত বারাণসী এমন এক শহর, যেখানে সঙ্গীত প্রতিটি কোণে জীবন্ত হয়ে ওঠে। আধ্যাত্মিকতা এবং ধর্মীয় বৈচিত্র্যের সঙ্গে গভীরভাবে জড়িয়ে থাকা এই শহরের সুর যেন এক অনন্য অভিজ্ঞতা, যা নিঃশব্দে এসে আত্মাকে স্পর্শ করে। হিন্দুস্তানি শাস্ত্রীয় সঙ্গীতের গঠন ও বিকাশে বারাণসীর অবদান অনস্বীকার্য, আর বহু প্রজন্ম ধরে এই শহর অসংখ্য কিংবদন্তি শিল্পী ও সঙ্গীতসাধকের আশ্রয়স্থল হয়ে রয়েছে।

এই চিরন্তন নগরীর সরু গলি আর পবিত্র ঘাট ধরে হাঁটতে হাঁটতে কানে ভেসে আসে সেতার, তবলা আর সরোদের মিশ্র সুর। সেই সুর বাতাসে ভেসে এসে অদৃশ্যভাবে হৃদয়ের গভীরে গিয়ে পৌঁছোয়। ভক্তিমূলক গান ও মন্ত্রোচ্চারণের ছন্দ এখানে প্রায়

সর্বক্ষণই বিরাজমান, যা বারাণসীর অন্তর্লীন আধ্যাত্মিক সত্তাকে স্পষ্ট করে তোলে।

ভোরের প্রথম আলোয় গঙ্গা যেন এক জীবন্ত মঞ্চে রূপ নেয়, যেখানে সঙ্গীতশিল্পীরা রাগের সুরে আর ভক্তিমূলক সঙ্গীতে তাঁদের নিবেদন উৎসর্গ করেন। আর দিনের আলো যখন ধীরে ধীরে সন্ধ্যার কোমল আবরণে ঢেকে যায়, তখন শহর আবার নতুন ছন্দে জেগে ওঠে। ঐতিহ্যবাহী সঙ্গীত সভা, মন্দিরের পরিবেশনা এবং নিরবচ্ছিন্ন সাধনার সুরে চারপাশ ভরে ওঠে। প্রতিটি পরিবেশনা ধীরে ধীরে আত্মার এক নীরব যাত্রায় মিশে যায়, দর্শকদের মনে রেখে যায় শান্তি, বিস্ময় এবং এক গভীর অনুরণন, যা বারাণসীর সঙ্গীতময় ঐতিহ্যকে চিরকাল জীবন্ত করে রাখে।

## শাস্ত্রীয় সঙ্গীত

আদিম আধ্যাত্মিকতায় নিমগ্ন বারাণসী তার শাস্ত্রীয় সঙ্গীতের ঐতিহ্যকে গর্বের সঙ্গে বহন করে চলেছে। ভারতীয় শাস্ত্রীয় সঙ্গীতের গভীর সৌন্দর্যকে ধারণ করে এই শহর বহু প্রতিভাবান শিল্পীর প্রজন্মকে লালন করেছে, যাঁরা তাঁদের আবেগময় কণ্ঠস্বর এবং অনন্য যন্ত্রসঙ্গীত পরিবেশনার জন্য সুপরিচিত। কণ্ঠশিল্পীরা তানপুরা বা হারমোনিয়ামের সঙ্গতিতে আলাপের সূক্ষ্ম বিস্তার এবং জটিল তানের বিন্যাসে এমন এক সুরলোক নির্মাণ করেন, যা নিঃশব্দে এসে আত্মাকে স্পর্শ করে। অন্যদিকে, যন্ত্রশিল্পীরা সেতার, সরোদ, তবলা ও বাঁশির মূর্ছনায় সুরের এক বিস্ময়কর

জাল বুনে তোলেন, যেখানে প্রতিটি ধ্বনি হয়ে ওঠে অনুভূতির ভাষা।

শহরের এই সঙ্গীত ঐতিহ্যকে আরও সমৃদ্ধ করেছে তার প্রখ্যাত ঘরানাগুলি, যেমন বেনারস ও সেনিয়া ঘরানা, যেগুলি নিজস্ব শৈলী ও ব্যাখ্যার মাধ্যমে সঙ্গীতকে নতুন মাত্রা দেয়। প্রতিবছর অনুষ্ঠিত সঙ্কট মোচন সঙ্গীত সমারোহ এই ধারার এক উজ্জ্বল উদ্‌যাপন, যেখানে দেশের বিভিন্ন প্রান্ত থেকে বিশিষ্ট শিল্পী এবং সঙ্গীতপ্রেমীরা একত্রিত হন। এই উৎসব শুধু সঙ্গীতের প্রদর্শনী নয়, বরং তার গভীরতা ও মহিমার প্রতি এক নিবেদিত সম্মান।

বারাণসীতে শাস্ত্রীয় সঙ্গীত কেবল বিনোদনের মাধ্যম নয়, এটি এক গভীর আধ্যাত্মিক অভিজ্ঞতা। এখানে সুর হয়ে ওঠে শিল্পী, শ্রোতা এবং এই মহাবিশ্বের অদৃশ্য শক্তির মধ্যে এক সূক্ষ্ম সেতুবন্ধন। নিষ্ঠা ও আন্তরিক ভক্তির মাধ্যমে সঙ্গীতশিল্পীরা প্রতিটি পরিবেশনাকে এমন এক নৈসর্গিক স্তরে নিয়ে যান, যেখানে সঙ্গীত আর শুধু শোনা যায় না, অনুভব করা যায়।

## ধ্রুপদ এবং ধামার

বারাণসী, তার আধ্যাত্মিক সত্তা এবং সমৃদ্ধ সঙ্গীত ঐতিহ্যের জন্য সুপরিচিত, প্রাচীন শাস্ত্রীয় সঙ্গীতের ধ্রুপদ ও ধামার ধারার এক গুরুত্বপূর্ণ কেন্দ্র। ধ্রুপদ, ভারতীয় শাস্ত্রীয় সঙ্গীতের অন্যতম প্রাচীন রীতি, শতাব্দীর পর শতাব্দী ধরে এই শহরে বিকশিত হয়েছে এবং তার ধ্যানমগ্ন, স্থির স্বভাবের মাধ্যমে শ্রোতাকে এক

গভীর অন্তর্লীন অভিজ্ঞতার দিকে নিয়ে যায়। ভক্তি ও প্রশান্তিকে কেন্দ্র করে গড়ে ওঠা ধ্রুপদ ধীরে ধীরে আলাপের বিস্তার, সুরের সূক্ষ্ম অনুসন্ধান এবং তালের সংযমী বিন্যাসের মাধ্যমে নিজেকে উন্মোচিত করে, যেখানে রাগের গভীর সৌন্দর্য সম্পূর্ণভাবে বিকশিত হয়। বারাণসী বহু প্রখ্যাত ধ্রুপদ গুরুদের সাধনক্ষেত্র, যাঁদের নিষ্ঠা ও সাধনার মাধ্যমে এই ঐতিহ্য প্রজন্মের পর প্রজন্ম ধরে সংরক্ষিত ও সমৃদ্ধ হয়েছে। এই কারণেই শহরটি ধ্রুপদের এক চিরন্তন কেন্দ্র হিসেবে বিশেষ মর্যাদা লাভ করেছে, যেখানে সঙ্গীত আর আধ্যাত্মিকতা একে অপরের সঙ্গে অদৃশ্য বন্ধনে যুক্ত।

ধ্রুপদের সঙ্গে নিবিড়ভাবে সম্পর্কিত ধামারও বারাণসীর এক মূল্যবান সঙ্গীত ঐতিহ্য। বিশেষত হোলির সময়, শ্রীকৃষ্ণকে নিবেদিত মন্দিরগুলোতে ধামারের পরিবেশনা এক অনন্য উৎসবমুখর আবহ তৈরি করে। পাখাওয়াজের গভীর ও প্রাণময় তাল, আর তার সঙ্গে সজীব ও ছন্দময় সুর, মিলেমিশে এমন এক আনন্দময় পরিবেশ সৃষ্টি করে, যেখানে সঙ্গীত হয়ে ওঠে ভক্তি ও উল্লাসের এক অভিন্ন প্রকাশ। শ্রীকৃষ্ণের লীলা ও ঈশ্বরীয় প্রেমের আবেশ এই ধারার প্রতিটি সুরে প্রতিফলিত হয়।

ধ্রুপদ ও ধামার একত্রে বারাণসীর সাংস্কৃতিক ও আধ্যাত্মিক ঐতিহ্যের এক অনন্য সেতুবন্ধন গড়ে তোলে, যেখানে সঙ্গীত কেবল একটি শিল্প নয়, বরং ভক্তি, অনুভব এবং চিরন্তনতার এক জীবন্ত প্রকাশ হয়ে ওঠে।

## ঠুমরি এবং দাদরা বারাণসীতে

বারাণসী, তার প্রাণবন্ত সঙ্গীত ঐতিহ্যের জন্য সুপরিচিত, ঠুমরি ও দাদরার মতো আধা-শাস্ত্রীয় ধারার বিকাশ ও প্রসারের এক গুরুত্বপূর্ণ কেন্দ্র। এই সঙ্গীতরূপগুলিতে আবেগের সূক্ষ্ম প্রকাশ এবং সুরের কোমলতা এমনভাবে মিশে থাকে, যা সহজেই শ্রোতার হৃদয়ে পৌঁছে যায়। ঠুমরি, একটি বিশেষ কণ্ঠভিত্তিক শৈলী, হিন্দুস্তানি সঙ্গীতের ভুবনে এক অমূল্য স্থান অধিকার করে। প্রেম, বিরহ ও আকুলতার অনুভূতিগুলি এখানে গানের কথায় ও সুরে ধীরে ধীরে উন্মোচিত হয়, যা শ্রোতার অন্তরে গভীর অনুরণন সৃষ্টি করে। বারাণসীর কিংবদন্তি শিল্পীরা তাঁদের গায়কীতে এই ধারাকে এমন এক উচ্চতায় নিয়ে গেছেন, যেখানে সঙ্গীত আর অনুভূতির মধ্যে এক নিবিড়, প্রায় জাদুকরী সংযোগ তৈরি হয়।

দাদরা, যা ঠুমরির ঘনিষ্ঠ এক সঙ্গীতরূপ, তার মৃদু ছন্দ ও রোমান্টিক সুরের জন্য বিশেষভাবে পরিচিত। সাধারণত ছয় মাত্রার তালে পরিবেশিত এই ধারায় তবলা ও হারমোনিয়ামের সঙ্গত সুরের এক মাধুর্যময় পরিবেশ গড়ে তোলে। বারাণসীর বিভিন্ন উৎসব ও সাংস্কৃতিক আসরে দাদরার সুর এক স্বতন্ত্র আবহ সৃষ্টি করে, যেখানে সঙ্গীত হয়ে ওঠে আনন্দ ও অনুভূতির সহজ প্রকাশ।

ঠুমরি ও দাদরা একসঙ্গে বারাণসীর সাংস্কৃতিক সত্তার এক কোমল ও আবেগময় দিককে তুলে ধরে। এই ধারাগুলির পরিবেশনায়

শিল্পী ও শ্রোতার মধ্যে এক অন্তরঙ্গ সম্পর্ক গড়ে ওঠে, যেখানে প্রেম, ভক্তি এবং মানবজীবনের সূক্ষ্ম অনুভূতিগুলি সুরের মাধ্যমে একত্রে প্রকাশিত হয়।

## লোকসংগীত এবং গজল

বারাণসীর সঙ্গীতজগৎ তার প্রাণবন্ত লোকসংগীত ধারা এবং গজলের কাব্যময় সৌন্দর্যে সমৃদ্ধ। এই শহরের সুরের ভেতরে যেন এক গভীর আবেগের স্রোত প্রবাহিত হয়, যা শ্রোতার হৃদয়কে স্পর্শ করে যায়। এর জনপ্রিয় লোকসংগীতগুলির মধ্যে কজরি বিশেষভাবে উল্লেখযোগ্য, যা বর্ষাকালে গাওয়া হয় এবং প্রকৃতির রূপকের মাধ্যমে প্রেমের আকুলতা ফুটিয়ে তোলে। চৈতি, যা চৈত্র মাসে পরিবেশিত হয়, ঋতুবদলের আনন্দ ও উচ্ছ্বাসকে সুরে বেঁধে প্রকাশ করে। আর নির্গুণ ভজন, তার আধ্যাত্মিক গভীরতায়, মানুষের অন্তর্লীন অনুসন্ধানকে জাগিয়ে তোলে, যেখানে ঈশ্বরকে খোঁজা হয় রূপের ঊর্ধ্বে, এক নিরাকার অনুভবে।

গজল, যার কাব্যময় গীতিকথা এবং আবেগময় সুর মানুষের অনুভূতির গভীরে অনুরণিত হয়, বিশেষত প্রেমের সূক্ষ্ম জটিলতাগুলিকে অন্বেষণ করে। এর মোহময় শব্দবন্ধ এবং হৃদয়স্পর্শী সুর শ্রোতাকে এক আত্মবিশ্লেষণের জগতে নিয়ে যায়, যেখানে অনুভূতি হয়ে ওঠে অত্যন্ত ব্যক্তিগত এবং নিবিড়।

বারাণসীর লোকসংগীত এই শহরের মানুষের সাংস্কৃতিক সত্তাকে প্রতিফলিত করে, তাদের জীবন, কাহিনি ও আবেগকে প্রতিটি সুরে বুনে দেয়। অন্যদিকে, গজল জীবনের আনন্দ ও বেদনার গভীর অনুসন্ধান করে, যা শ্রোতার অন্তরে দীর্ঘস্থায়ী প্রতিধ্বনি তোলে। এই দুই ধারার সম্মিলনে সৃষ্টি হয় এক সমৃদ্ধ সুরভূমি, যেখানে প্রেম, ভক্তি এবং মানবজীবনের বহুমাত্রিক অভিজ্ঞতা একসূত্রে গাঁথা থাকে, আর সেই সুরের মধ্যেই সংরক্ষিত থাকে বারাণসীর চিরন্তন ঐতিহ্য।

## বারাণসী: সঙ্গীত শিক্ষার কেন্দ্র

বারাণসী সঙ্গীত শিক্ষার এক উজ্জ্বল কেন্দ্র হিসেবে সুপ্রতিষ্ঠিত, যেখানে বহু সম্মানিত প্রতিষ্ঠান ভারতীয় শাস্ত্রীয় সঙ্গীতের ধারাকে সংরক্ষণ ও বিকাশে গুরুত্বপূর্ণ ভূমিকা পালন করে চলেছে।

ভারতীয় শাস্ত্রীয় সঙ্গীত একাডেমি (বারাণসী ঘরানা), বিভিন্ন সঙ্গীত প্রতিষ্ঠান, বেনারস হিন্দু বিশ্ববিদ্যালয় এবং মহাত্মা গান্ধী কাশী বিদ্যাপীঠের মতো কেন্দ্রগুলি কণ্ঠসঙ্গীত ও বাদ্যযন্ত্রের ঐতিহ্যে গভীর ও সুসংহত প্রশিক্ষণ প্রদান করে। এই প্রতিষ্ঠানগুলির পারফর্মিং আর্টস বিভাগ নতুন প্রজন্মের শিল্পীদের গড়ে তুলতে বিশেষভাবে গুরুত্বপূর্ণ, যেখানে তারা শাস্ত্রীয় সঙ্গীতের বিভিন্ন ধারায় দক্ষতা অর্জন করে।

শহরের প্রাণবন্ত সঙ্গীত বিদ্যালয়গুলি এই প্রাতিষ্ঠানিক শিক্ষাকে আরও সমৃদ্ধ করে, শাস্ত্রীয়, আধা-শাস্ত্রীয়, লোকসংগীত এবং

ভক্তিমূলক সঙ্গীতের বিভিন্ন কোর্সের মাধ্যমে সব বয়সের শিক্ষার্থীদের জন্য সুযোগ সৃষ্টি করে। শ্রেণিকক্ষের বাইরেও, আগ্রহী সঙ্গীতশিল্পীরা বারাণসীর জীবন্ত সঙ্গীত পরিবেশে নিজেদের নিমজ্জিত করে। উৎসবে অংশগ্রহণ, সরাসরি পরিবেশনা উপভোগ এবং অভিজ্ঞ শিল্পীদের সংস্পর্শে এসে তারা নিজেদের দক্ষতা আরও পরিপক্ক করে তোলে। এই অভিজ্ঞতাগুলি শুধু জ্ঞান নয়, বাস্তব অনুশীলনের এক অমূল্য পরিসর তৈরি করে, যা তাদের সঙ্গীতযাত্রাকে আরও গভীর ও অর্থবহ করে তোলে।

বারাণসীতে সঙ্গীত শিক্ষার প্রতি এই নিবেদন কেবল নতুন শিল্পীর বিকাশেই সহায়তা করে না, বরং শহরের সমৃদ্ধ ও বৈচিত্র্যময় সঙ্গীত ঐতিহ্যকে ভবিষ্যৎ প্রজন্মের কাছে সযত্নে পৌঁছে দেওয়ার এক দৃঢ় ভিত্তি গড়ে তোলে।

মৈথিলী সবসময়ই সঙ্গীতকে গভীরভাবে ভালোবেসেছে। এখন সেই সঙ্গীতই যেন তার পথচলার একমাত্র দিশা হয়ে উঠেছে। মিনাক্ষী আর অনন্যাকে খুঁজতে খুঁজতে সে অনুভব করছিল, সুরের ভেতরেই যেন লুকিয়ে আছে এক অদ্ভুত সংযোগ, এক অদৃশ্য স্রোত, যা তাকে নীরবে পথ দেখিয়ে নিয়ে চলেছে। যেন প্রতিটি রাগ, প্রতিটি সুর তাকে ধীরে ধীরে নিয়ে যাচ্ছে সেই অজানা গন্তব্যের দিকে।

সে বেনারসের পরিচিত ও অচেনা সব সঙ্গীত বিদ্যালয়ের একটি বিস্তারিত তালিকা তৈরি করে ফেলেছিল এবং একে একে সেগুলো

পরিদর্শন করতে শুরু করেছিল। তার মনে একটাই বিশ্বাস ছিল, কোথাও না কোথাও এমন একটি সূত্র অবশ্যই লুকিয়ে আছে, যা তাকে অনন্যার আরও কাছে পৌঁছে দেবে।

একদিন সে পৌঁছোল সেই সঙ্গীত বিদ্যালয়ে, যার কথা সন্দীপ তাঁর চিঠিতে উল্লেখ করেছিলেন, যেখানে একসময় মিনাক্ষী শিক্ষকতা করতেন। কিন্তু সেখানে গিয়ে জানতে পারল, প্রায় দুই বছর আগে বিদ্যালয়টি বন্ধ হয়ে গেছে। মুহূর্তের জন্য তার ভেতরটা ফাঁকা হয়ে গেলেও, মৈথিলী ভেঙে পড়েনি। বরং পরবর্তী দিনগুলোতে সে আরও দৃঢ় সংকল্প নিয়ে নানা সঙ্গীত বিদ্যালয়ে খোঁজ চালিয়ে যেতে লাগল, এই অটুট বিশ্বাসে যে, তার এই অনুসন্ধান একদিন তাকে ঠিক সেই উত্তরের সামনে দাঁড় করাবে, যার খোঁজে সে এতদূর এসেছে।

মৈথিলী যে সঙ্গীত বিদ্যালয়গুলোতে খোঁজ নিয়েছিল, তার মধ্যে কয়েকটি ছিল—

- আলাপ মিউজিক একাডেমি
- অনুনাদ স্কুল অফ মিউজিক
- একাডেমি অফ ইন্ডিয়ান ক্লাসিক
- বেনারস মিউজিক একাডেমি
- ডিভাইন ইন্ডিয়ান মিউজিক সেন্টার
- সরস্বতী মিউজিক ক্লাসেস

- স্বরথামা মিউজিক একাডেমি
- পণ্ডিত শিবনাথ মিশ্র মিউজিক স্কুল
- নাদশ্রী মিউজিক একাডেমি
- রাগেশ্রী মিউজিক একাডেমি

এই যাত্রা শুধু একজন মানুষকে খুঁজে পাওয়ার জন্য ছিল না। এটি ছিল একধরনের ধর্ম রক্ষার লড়াই। যেখানে আইন পৌঁছোতে পারছিল না, সেখানে সঙ্গীতের সুরকে পথপ্রদর্শক করে মৈথিলী নিজের অনুসন্ধান চালিয়ে যাচ্ছিল। অচেনা গলিপথে, অজানা ঠিকানায়, সেই সুরই তাকে এগিয়ে নিয়ে চলেছিল।

একদিন দুপুরে, একটি সঙ্গীত বিদ্যালয় থেকে ফেরার পথে হঠাৎ মৈথিলীর ফোন বেজে উঠল। স্ক্রিনে তাকিয়ে সে দেখল, কলটি এসেছে অনন্যার কলোনির গার্ডের কাছ থেকে।

“হ্যালো ম্যাডাম, আপনার কি আমার কথা মনে আছে?” লোকটি বলল, “আপনি আমাকে আপনার নম্বর দিয়েছিলেন আর বলেছিলেন, যদি অনন্যা দিদিকে কখনও দেখি, তা হলে যেন আপনাকে জানাই। আজ আপনাকে একটা খবর দিতে ফোন করলাম। কেয়ারটেকার আন্টি আজ দুপুরে ফ্ল্যাটে এসেছিল। আমি তাকে আপনার কথা বলেছি। তিনি একটি কাগজে নিজের ঠিকানা লিখে রেখে গেছেন। আপনি চাইলে এসে সেটি নিয়ে যেতে পারেন।”

এই খবর পেয়েই মৈথিলীর হৃৎস্পন্দন বেড়ে গেল। এতদিনের পরিশ্রম, অপেক্ষা আর অস্থিরতার পর সে যেন হঠাৎ করে আলোর এক ঝলক দেখতে পেল। আর এক মুহূর্ত দেরি না করে সে সেখানে ছুটে যাওয়ার সিদ্ধান্ত নিল।

এ যেন অন্ধকারের দীর্ঘ পথের শেষে জ্বলে ওঠা এক ক্ষীণ কিন্তু দৃঢ় আশার আলো।

# বিংশ পরিচ্ছেদ

মৈথিলী সঙ্গীত বিদ্যালয় থেকে বেরিয়েই দ্রুত মেহমুর গঞ্জের দিকে রওনা দিল। গন্তব্যে যত তাড়াতাড়ি সম্ভব পৌঁছোনোর এক তীব্র তাড়নায় সে একটি স্থানীয় অটো থামাল। সময় তখন প্রায় চারটে। আকাশ মেঘে ঢাকা, আর শীতল হাওয়া নিঃশব্দে শহরের ওপর দিয়ে বয়ে যাচ্ছিল, যেন কোথাও এক অদৃশ্য উত্তেজনার আভাস রেখে যাচ্ছে।

বেনারসের এক প্রান্ত থেকে ভিড় ঠেলে মেহমুর গঞ্জ পৌঁছোতে তার প্রায় পঁয়তাল্লিশ মিনিট সময় লেগে গেল। এই নিয়ে দ্বিতীয়বার সে এই এলাকায় এল, কিন্তু আজকের আসা যেন অন্যরকম। প্রতিটি মুহূর্তে তার মনে হচ্ছিল, সে হয়তো আর-একটু কাছে পৌঁছে গেছে সেই উত্তরটির, যার খোঁজে সে এতদিন ধরে ছুটে বেড়াচ্ছে।

গত কয়েক মাস ধরে মৈথিলীর দিনগুলো কেটেছে এক জায়গা থেকে আর-এক জায়গায় নিরন্তর দৌড়ে। কখনও আইনি প্রক্রিয়ার প্রয়োজনে, কখনও প্রয়োজনীয় কাগজপত্র সংগ্রহ করতে। এই অবিরাম অনুসন্ধানের মধ্যেই সে ধীরে ধীরে অনেকের কাছে পরিচিত হয়ে উঠেছিল। তার মামলাটি অনেকের দৃষ্টি আকর্ষণ করেছিল, তবুও সে কোনও শর্টকাট খুঁজে নেয়নি।

প্রায় প্রতিটি সরকারি দফতরে নিজে গিয়ে কথা বলেছে, প্রতিটি সম্ভাব্য সূত্র নিজের মতো করে যাচাই করার চেষ্টা করেছে।

তবুও অনন্যা আজও তার কাছে এক গভীর রহস্য হয়ে রয়ে গেছে। যেন কুয়াশার আড়ালে ঢাকা এক মুখ, যা যতই কাছে টানতে চাওয়া হয়, ততই আরও অস্পষ্ট হয়ে ওঠে।

এরই মধ্যে মৈথিলী অনন্যার স্কুলেও গিয়েছিল। তার মনে একটুখানি আশা ছিল, হয়তো সেখান থেকে অনন্যার বর্তমান ঠিকানা সম্পর্কে কিছু জানা যেতে পারে। সে স্কুলের প্রধান শিক্ষকের সঙ্গেও দেখা করেছিল, কিন্তু সেখান থেকেও বিশেষ কোনও তথ্য পাওয়া যায়নি।

তবে স্কুলের পরিবেশে ঘুরে বেড়াতে গিয়ে, কথোপকথনের ফাঁকে ফাঁকে, মৈথিলী অনন্যার সম্পর্কে কিছু টুকরো টুকরো তথ্য জোগাড় করতে পেরেছিল। জানা গেল, অনন্যা পড়াশোনায় অত্যন্ত মেধাবী ছিল, আর গায়িকা হিসেবেও স্কুলে তার বেশ পরিচিতি ছিল।

তার পুরোনো কয়েকজন সহপাঠীর ঠিকানা সংগ্রহ করে মৈথিলী তাদের সঙ্গেও কথা বলেছিল। সেই কথোপকথন থেকেই ধীরে ধীরে একটি চিত্র স্পষ্ট হয়ে উঠেছিল, অনন্যা ছিল ভীষণ শান্ত স্বভাবের, নিজের মধ্যে গুটিয়ে থাকা এক মেয়ে। তার তেমন ঘনিষ্ঠ বন্ধুও ছিল না।

মৈথিলীর তখন বুঝতে পেরেছিল, অনন্যার শৈশব বোধহয় খুব সহজ বা মধুর ছিল না। সেই অভাব, সেই নিঃসঙ্গতার ছায়া হয়তো তার জীবনের অনেকটা পথ জুড়েই রয়ে গেছে।

মৈথিলীর মনে ধীরে ধীরে একটি ধারণা স্পষ্ট হতে শুরু করল। অনন্যা হয়তো তার বাবার ব্যক্তিগত জীবনের অনেকটাই জানত। ভারবর্ষে একটি কিশোরী মেয়ের কাছে এটা মেনে নেওয়া বেশ কঠিন যে, সে তার বাবার সৎ সন্তান।

কোনও সন্তানের জন্মে তার নিজের কোনও ইচ্ছা বা ভূমিকা থাকে না; সবটাই নির্ভর করে তার পিতা-মাতার সিদ্ধান্ত ও আকাঙ্ক্ষার উপর। তাই মৈথিলীর মনে প্রায়ই এই প্রশ্ন জাগে, যদি কোনও পিতা-মাতা সন্তানের যথাযথ প্রতিপালন করতে সক্ষম না হন, তবে তাঁদের কি আদৌ সেই সন্তানকে পৃথিবীতে আনা উচিত?

হয়তো এই অমীমাংসিত বাস্তবতার মধ্যেই লুকিয়ে আছে অনন্যার অন্তর্মুখী স্বভাবের কারণ। তার নিঃসঙ্গতা, মানুষের সঙ্গে দূরত্ব রেখে চলা, কিংবা সহজে বন্ধুত্ব গড়ে তুলতে না পারা, সবকিছুর পিছনে হয়তো এই অদৃশ্য মানসিক ভারই কাজ করেছে।

মৈথিলী যখন অনন্যার অতীত অনুসন্ধান করছিল, তখন একটি চমকপ্রদ সত্য উন্মোচিত হল। অনন্যার মা, মিনাক্ষী, ছিলেন একজন অসাধারণ গায়িকা, এবং তিনি বেনারসের দালমন্ডি অঞ্চলে জন্মেছিলেন। এই তথ্যটি এমন এক কলঙ্ক বা অভিশাপ বহন করছিল, যা হয়তো মিনাক্ষী এবং অনন্যার জীবনে ছায়া

ফেলেছিল। দালমন্ডি, একসময় বেনারসের একটি খ্যাতনামা এলাকা, পাকিস্তানের হীরামন্ডির মতো ছিল। একসময় দালমন্ডি বিখ্যাত ছিল তার তাওয়াইফদের জন্য, যাঁরা ছিলেন সুন্দরী, আভিজাত্যপূর্ণ এবং সঙ্গীত, নৃত্য, ও উর্দু কবিতায় পারদর্শী।

এই মহিলারা তাঁদের কলা পরিবেশন করতেন মূলত রাজা-মহারাজা, জমিদার এবং উচ্চবিত্ত, সম্ভ্রান্ত শ্রেণির জন্য। জনসাধারণের সামাজিক পরিসরে তাঁদের প্রবেশ ছিল সীমিত। তাঁদের জীবন ছিল একদিকে সমৃদ্ধ সাংস্কৃতিক চর্চায় ভরপুর, আবার অন্যদিকে সমাজের মূল স্রোত থেকে বিচ্ছিন্ন।

তাঁদের সাংস্কৃতিক ঐতিহ্য ছিল গভীর ও সুসংহত, কিন্তু সামাজিক গ্রহণযোগ্যতা ছিল না। সাধারণ মানুষ তাঁদের আপন করে নেয়নি। কোনও সামাজিক অনুষ্ঠানে তাঁদের আমন্ত্রণ জানানো হত না, যদি না তাঁরা সেখানে শিল্প প্রদর্শনের জন্য উপস্থিত থাকতেন। শিল্পী হিসেবে তাঁদের প্রয়োজন ছিল, কিন্তু মানুষ হিসেবে তাঁদের স্বীকৃতি ছিল অনুপস্থিত।

সময়ের সঙ্গে সঙ্গে দালমন্ডির সেই আধিপত্যের পরিসর ধীরে ধীরে হারিয়ে গেছে। কিন্তু হারিয়ে যায়নি তাদের ঘিরে থাকা গল্প, কিংবদন্তি, ঐতিহাসিক এবং সমাজের চোখে আরোপিত সেই অদৃশ্য কলঙ্ক। এই অতীত আজও দালমন্ডির সঙ্গে যুক্ত মানুষদের জীবনে এক ধরনের অলিখিত সীমারেখা টেনে দেয়, যেন ইতিহাস নিজের ছায়া ফেলে রেখে গেছে বর্তমানের উপর।

এই পুরো প্রেক্ষাপটের সবচেয়ে বিস্ময়কর দিকটি হল, আজকের বেনারসের সমৃদ্ধ সঙ্গীত সংস্কৃতির শিকড় আসলে সেই অতীতের তাওয়াইফ ঘরানার মধ্যেই নিহিত। সময় বদলেছে, রূপ বদলেছে, মানুষ বদলেছে, কিন্তু শিল্প বেঁচে থেকেছে। তাওয়াইফরা আর আগের অবস্থানে নেই, কিন্তু তাঁদের লালন করা সুর, তাল, রাগ এবং কাব্যিক সংবেদন নতুন নতুন রূপে পরবর্তী প্রজন্মের মধ্যে প্রবাহিত হয়েছে।

এ যেন ইতিহাসের এক নির্মম পরিহাস, যে সমাজ একদিন এই মহিলাদের প্রত্যাখ্যান করেছিল, সেই সমাজই অজান্তেই তাঁদের শিল্পের উত্তরাধিকার বহন করে চলেছে। মানুষ হিসেবে তাঁদের গ্রহণ করা হয়নি, কিন্তু তাঁদের সৃষ্টি করা সংস্কৃতি সময়ের সঙ্গে আরও গভীর, আরও বিস্তৃত হয়ে উঠেছে।

মৈথিলী যখন এই সব সত্য জানল, তখন সে পুরো পরিস্থিতির ভার অনুভব করতে শুরু করল। সে বুঝতে পারল যে, অনন্যা এবং তার মা মিনাক্ষী সম্ভবত এই ইতিহাসের বোঝা কাঁধে নিয়ে বেঁচে ছিলেন, সমাজের পক্ষ থেকে বৈষম্য, গোপনীয়তা এবং ভুল বোঝাবুঝির কারণে তাঁরা আলাদা হয়ে গিয়েছিলেন। অনন্যার একা থাকার যন্ত্রণা এখন মৈথিলীর কাছে স্পষ্ট হতে শুরু করল, কিন্তু তবুও অনেক প্রশ্ন রয়ে গেল। এখন অনন্যা কোথায়? এই কষ্টকর অতীত কীভাবে অনন্যাকে গড়ে তুলেছিল?

মৈথিলী বুঝতে শুরু করল, কেন সন্দীপ কখনও মিনাক্ষীর পিতৃপরিচয় সম্পর্কে কিছু বলেননি। এটি একটি কঠিন সত্য, যা একটি পরিবারকে লজ্জায় ফেলতে পারত, যারা ইতিমধ্যেই নিজেদের অস্তিত্বের জন্য সংগ্রাম করছিল। মৈথিলী আরও বুঝতে পারল, কেন সন্দীপের বাবা-মা কখনও মিনাক্ষীকে তাঁদের ছেলের জন্য উপযুক্ত সঙ্গিনী হিসেবে গ্রহণ করেননি। যদিও দেশ অনেক দিক দিয়ে এগিয়েছে, তবুও সামাজিক শ্রেণি বৈষম্য, ঐতিহ্য এবং সমাজের নিয়মের মধ্যে আবদ্ধ থাকা গভীর সমস্যাগুলি এখনও মানুষকে পিছিয়ে রেখেছে।

মৈথিলী কোনও সাহায্য করতে পারেনি, কিন্তু সে গভীরভাবে অনুভব করছিল, একজন কিশোরী মেয়ের জন্য এই সবের মুখোমুখি হওয়া কতটা কঠিন। অনন্যা এমন এক পরিস্থিতিতে বড়ো হয়েছে, যেখানে ব্যথা আর বিভ্রান্তি ছিল তার নিত্যসঙ্গী। সেই অনুভূতিগুলিকে মৈথিলী পুরোপুরি উপলব্ধি করতে না পারলেও, সে অন্তত কল্পনা করতে পারছিল, কতটা যন্ত্রণা বহন করে অনন্যাকে বড়ো হতে হয়েছে।

যে কোনও কিশোরীর জন্য এমন অভিজ্ঞতা এক অসহনীয় মানসিক ভার হয়ে উঠতে পারে। মৈথিলীর মনে হচ্ছিল, অনন্যা হয়তো বছরের পর বছর সেই ভার একা বহন করে এসেছে। আর এই ভাবনাই তাকে আরও ব্যথিত করে তুলছিল। তবুও তার মনে একটুখানি আশা জেগে উঠছিল, যদি কোনওভাবে সে

অনন্যাকে এই বেদনাময় অতীতের ছায়া থেকে বের করে আনতে পারে।

মৈথিলী যখন অনন্যার কলোনিতে পৌঁছোল, তার হৃদয় উত্তেজনায় ভরে উঠেছিল। গেটের ভেতরে পা দিতেই গার্ড তাকে চিনে ফেলল। কোনও দেরি না করে সে একটি কাগজের টুকরো মৈথিলীর হাতে এগিয়ে দিল, যেখানে একটি ঠিকানা লেখা ছিল।

"এই সেই ঠিকানা, যা উনি আপনার জন্য রেখে গেছেন।" ভদ্রভাবে বলল গার্ড।

মৈথিলী জিজ্ঞেস করল, "আপনার কাছে কি উনি কোনও ফোন নম্বর রেখে গেছেন?"

গার্ড মাথা নেড়ে উত্তর দিল, "না, ম্যাডাম। উনি বলেছিলেন, তার কাছে কোনও মোবাইল ফোন নেই।"

এই কথাটা শুনে মৈথিলীর মনে এক মুহূর্তের জন্য হতাশার ছোঁয়া লাগল। কিন্তু সে দ্রুত নিজেকে সামলে নিল এবং মনোযোগ ফিরিয়ে আনল হাতে ধরা ঠিকানার দিকে। ঠিকানাটা পড়তে গিয়ে একটি শব্দে তার দৃষ্টি আটকে গেল, আর শরীর বেয়ে যেন শীতল স্রোত নেমে এল।

দালমান্ডি।

মৈথিলী কিছুক্ষণ সেই নামটির দিকে স্থির হয়ে তাকিয়ে রইল। তার মন দ্রুত অতীতে ফিরে গেল। দালমান্ডি, এই নামটি তো তার অনুসন্ধানে উঠে এসেছিল, অনন্যার অতীতের সঙ্গে গভীরভাবে জড়িয়ে থাকায়। এটা কি শুধুই কাকতালীয়? মিনাক্ষীর জীবনের সঙ্গে দালমান্ডির সম্পর্ক ইতিমধ্যেই বিচ্ছিন্নতা আর সংগ্রামের এক অদৃশ্য মানচিত্র এঁকে দিয়েছিল। আর এখন

সেই একই জায়গা অনন্যাকেও নিজের সঙ্গে জড়িয়ে নিল।

মৈথিলীর মনে তখন স্পষ্ট হয়ে উঠল, এই ঠিকানা শুধু একটি জায়গার নাম নয়। এটি একটি ইতিহাস, একটি গুরুভার, এবং হয়তো সেই পথ, যা তাকে অনন্যার আরও কাছাকাছি নিয়ে যাবে।

হাতের কাগজটি শক্ত করে ধরে মৈথিলীর মনে এক অদ্ভুত মিশ্র অনুভূতি জন্ম নিল। আশা, উদ্বেগ এবং নতুন উদ্যমে এগিয়ে যাওয়ার দৃঢ় সংকল্প। দালমান্ডিতে তার জন্য যা কিছুই অপেক্ষা করুক না কেন, মৈথিলী বুঝতে পারছিল, এটি অনন্যাকে খুঁজে পাওয়ার রহস্যের একটি অত্যন্ত গুরুত্বপূর্ণ অংশ।

সে সিদ্ধান্ত নিল, আপাতত আগে বাড়ি ফিরবে। কোনও স্পষ্ট ধারণা ছাড়া তাড়াহুড়ো করে এগিয়ে যাওয়া কারও উপকারে আসবে না, বিশেষ করে অনন্যার। তাকে একান্তে বসে সবকিছু ভেবে দেখতে হবে। এতদিন যা যা জেনেছে, সেগুলো গুছিয়ে বিশ্লেষণ করতে হবে। তারপরই সাবধানে পরিকল্পনা করতে হবে পরবর্তী পদক্ষেপ।

কলোনি থেকে বেরিয়ে রিকশা ডাকতে ডাকতে তার মন যেন আরও গভীরে তলিয়ে গেল। অনন্যা, মিনাক্ষী এবং দালমান্ডির সঙ্গে জড়িয়ে থাকা গোপন সত্যগুলো বারবার তার মনে ঘুরপাক খেতে লাগল। পুরো ঘটনাটা যেন একটি জটিল জালের মতো। মৈথিলী জানত, এই জালের কোনও একটি সুতোও তার দৃষ্টি এড়িয়ে যেতে দেওয়া যাবে না।

বাড়ি পৌঁছে সে নিজেকে সময় দেবে। অনন্যাকে খোঁজার অর্থ শুধু একটি ঠিকানায় পৌঁছোনো নয়। এর অর্থ অনন্যাকে বোঝা, তার যন্ত্রণাকে অনুভব করা, এবং তার নীরবতার ভাষা অনুধাবন করা। মৈথিলী দৃঢ়প্রতিজ্ঞ ছিল, সে এই যাত্রা ভুল পথে চালিত হতে দেবে না।

রিকশায় বসে বাড়ির পথে যেতে যেতে হঠাৎ তার মনে একটি স্মৃতি ভেসে উঠল। কয়েকদিন আগে সে ইন্টারনেটে কাশী ও দালমান্ডি নিয়ে একটি প্রবন্ধ পড়েছিল। সেখানে দালমান্ডির কথা লেখা ছিল, এক সময় যা বেনারসের তাওয়াইফদের জন্য বিখ্যাত ছিল।

হিন্দিতে লেখা সেই নিবন্ধে বর্ণনা করা হয়েছিল, কীভাবে দালমান্ডি একসময় সঙ্গীত, নৃত্য এবং উর্দু কবিতার এক উজ্জ্বল কেন্দ্র ছিল। সেখানকার তাওয়াইফরা রাজা, জমিদার এবং উচ্চবর্ণের মানুষের জন্য পারফর্ম করতেন। অথচ তাঁদের শিল্প ও প্রতিভা থাকা সত্ত্বেও সমাজ কখনওই তাঁদের আপন করে নেয়নি। সময়ের সঙ্গে

সঙ্গে দালমান্ডির গৌরব ম্লান হয়ে গিয়েছিল, কিন্তু সেই সময়ের গল্প আর কলঙ্ক আজও বেঁচে আছে।

নিবন্ধটি পড়ার সময় মৈথিলী অস্বস্তি অনুভব করেছিল। এখন বুঝতে পারছিল, এই অস্বস্তির কারণ ছিল গভীর। দালমান্ডির সঙ্গে অনন্যা এবং তার মা মিনাক্ষীর জীবনের যোগসূত্র হয়তো তার ধারণার চেয়েও অনেক বেশি গভীর।

প্রবন্ধটিতে দালমান্ডির সাংস্কৃতিক ঐতিহ্য নিয়েও বিস্তারিত আলোচনা ছিল। সেখানে বলা হয়েছিল, এই এলাকার নারীদের জীবন ছিল ভুল বোঝাবুঝি আর সমাজের চাপের মধ্যে আবদ্ধ। অথচ তাঁদের শিল্প, গান, নাচ এবং কবিতাই কাশীর সঙ্গীত সংস্কৃতির ভিত গড়ে দিয়েছিল। দালমান্ডির ঐতিহ্য বহু সময় কলঙ্কে ঢাকা পড়লেও, তাওয়াইফ ঘরানার অবদান ভারতের সাংস্কৃতিক ইতিহাসে অস্বীকার করা যায় না।

মৈথিলীর মনে হল, তাকে সেই নিবন্ধটি আবার পড়তেই হবে। হয়তো সেই লেখার ভেতরে এমন কোনও সূত্র লুকিয়ে আছে, যা দালমান্ডি এবং মিনাক্ষী ও অনন্যার জীবনের যোগসূত্র আরও স্পষ্ট করে তুলবে। দালমান্ডির ইতিহাস হয়তো তাকে বুঝতে সাহায্য করবে কেন অনন্যা এত কিছু ফেলে রেখে চলে গিয়েছিল এবং এই জায়গার সামাজিক ছায়া তার জীবনে কতটা গভীর প্রভাব ফেলেছিল।

রিকশাটি যখন শীতল বেনারসের রাস্তায় এগিয়ে চলছিল, মৈথিলী স্থির সিদ্ধান্ত নিল, বাড়ি পৌঁছেই সে ওই প্রবন্ধটি আবার খুঁজে বের করবে। সেই লেখার কোথাও হয়তো এমন একটি সূত্র আছে, যা তাকে অনন্যার আরও কাছাকাছি পৌঁছে দিতে পারে।

## দালমান্ডি

বেনারস, ভারতের এমন একটি স্থান যা সঙ্গীত, সংস্কৃতি এবং স্বাধীনতা সংগ্রামের এক সমৃদ্ধ ইতিহাস বহন করে।

## তাওয়াইফ

দালমান্ডি ছিল তার তাওয়াইফ বা রাজনর্তকীদের জন্য বিখ্যাত। তাঁরা ধনী, সম্ভ্রান্ত ব্যক্তি এবং এমনকি ব্রিটিশদের কাছেও অত্যন্ত সম্মানিত ও চাহিদাসম্পন্ন ছিলেন। দালমান্ডির কিছু খ্যাতনামা তবায়েফের মধ্যে ছিলেন জদ্দানবাই, যিনি বিখ্যাত অভিনেত্রী নারগিস দত্তের মা, এবং রাসুলুনবাই।

তাওয়াইফদের শিল্প— সঙ্গীত, নৃত্য এবং কবিতা সময়ের সঙ্গে সঙ্গে কেবল বিনোদনের ক্ষেত্রেই সীমাবদ্ধ থাকেনি, বরং তা সঙ্গীত ও সংস্কৃতির এক সমৃদ্ধ ঐতিহ্য হয়ে উঠেছিল।

## স্বাধীনতা সংগ্রাম

দালমান্ডি স্বাধীনতা সংগ্রামের একটি কেন্দ্রস্থল ছিল। শহরের অনেক কোঠি (বাড়ি) বিপ্লবীদের নিরাপদ আশ্রয় হিসাবে ব্যবহৃত

হত। এমনকি কিছু তাওয়াইফ, যেমন ধনেশ্বরীবাই, ব্রিটিশদের থেকে স্বাধীনতা সংগ্রামীদের লুকিয়ে রাখতে সহায়তা করেছিলেন।

## সঙ্গীত

দালমান্ডি সঙ্গীতের একটি প্রধান কেন্দ্র ছিল। এখানে অনেক বিখ্যাত সঙ্গীতশিল্পী তাঁদের প্রতিভা প্রদর্শন করেছেন। উদাহরণস্বরূপ, বিখ্যাত সানাই বাদক উস্তাদ বিসমিল্লাহ খান দালমান্ডির তাওয়াইফদের কাছ থেকে অনুপ্রাণিত হয়েছিলেন বলে জানা যায়।

## ইতিহাস

দালমান্ডি থেকে প্রভাবিত হয়ে সঞ্জয় লীলা ভনসালি পরিচালিত 'হীরামান্ডি' সিনেমার ধারণা গড়ে উঠেছে বলে মনে করা হয়।

## দালমান্ডিতে চম্পাবাইয়ের সঙ্গীত সন্ধ্যা, যেখানে পুরো বারাণসী মগ্ন হয়ে উঠত

বারাণসীর দালমান্ডির ইতিহাস অবিশ্বাস্যভাবে সমৃদ্ধ। এটি শিল্পকলার অমৃতে পূর্ণ। এটি দিল্লির জি বি রোড, মুম্বাইয়ের কামাথিপুরা, বা কলকাতার সোনাগাছির সঙ্গে তুলনীয় নয়। এখানে ছিল শিল্পকলার আভিজাত্য, সৌন্দর্যের মাধুর্য। এটি ছিল সাহিত্যের উৎস, যেন গঙ্গার উৎপত্তিস্থল।

পুরো বারাণসী শহর চম্পাবাইয়ের এক ঝলক দেখার জন্য অস্থির হয়ে উঠত। এমনকি কেউ কেউ তাঁকে একবার দেখার আশায় নিজের জীবনকেও ঝুঁকির মধ্যে ফেলে দিত। (স্কেচ: মাধব জোশী)

Hemant Sharma. Updated on: Jul 24, 2021 | 3:55 PM

চম্পাবাই। তাঁর নাম উচ্চারণ করলেই মনে হয়, কোথাও যেন চাঁপা ফুলের মৃদু সুবাস ভেসে উঠছে। অবাক হবেন না। এই গল্পের সুতো আপনার পরিচিত ভাবনার সীমানা ছাড়িয়ে যায়।

চম্পাবাই ছিলেন বারাণসীর দালমান্ডির এক বিখ্যাত তাওয়াইফ। অসাধারণ সৌন্দর্য, নৃত্যে অনবদ্য দক্ষতা এবং সঙ্গীতে গভীর পারদর্শিতা তাঁকে এক অনন্য উচ্চতায় পৌঁছে দিয়েছিল।

যাঁরা সঙ্গীত বোঝেন, তাঁরা তাঁর কণ্ঠে ডুবে যেতেন। আর যাঁরা বোঝেন না, তাঁরাও তাঁর উপস্থিতিতে নিঃশব্দ হয়ে পড়তেন।

তাঁর শিষ্টাচার, অভিজ্ঞান, সৌন্দর্য এবং তীক্ষ্ণ বুদ্ধি তাঁকে অন্যদের থেকে আলাদা করে তুলেছিল। অনেকে তাঁর মজলিশে আসতেন শুধু গান শোনার জন্য নয়, বরং শিখতে, কীভাবে কথা বলতে হয়, কীভাবে আচরণ করতে হয়।

তিনি যখন মজলিশে প্রবেশ করতেন, পরিবেশ যেন মুহূর্তে বদলে যেত। সকলের মন অদ্ভুত এক আলোড়নে ভরে উঠত, আর সময়

কখন ফুরিয়ে যেত, কেউ বুঝতেই পারত না। এমনই ছিল তাঁর উপস্থিতির জাদু।

আচার্য চতুরসেন একবার তাঁর সৌন্দর্য বর্ণনা করতে গিয়ে লিখেছিলেন, *'তার শরীরটি যেন এক নিখুঁত হীরা, কোনও দৈবিক কারিগরের হাতে যত্নে খোদিত। তার ভেতর থেকে নিরন্তর ঝরে পড়ত গৌরব, কোমলতা, মাধুর্য আর এক অদ্ভুত দীপ্তি।'*

বারাণসীর অভিজ্ঞানীরা চম্পাবাইয়ের এক ঝলক দেখার জন্যও অনেক কিছু করতে প্রস্তুত থাকতেন। এমন মানুষও ছিল, যারা জীবনের ঝুঁকি নিয়েও তাঁকে একবার দেখার চেষ্টা করত।

কীভাবে এবং কখন আমার সঙ্গে চম্পাবাইয়ের সাক্ষাৎ হয়েছিল, সেই গল্পে আমি একটু পরেই ফিরব।

## সময় দালমন্ডির খ্যাতি ক্ষুণ্ণ করে ফেলেছিল

চম্পাবাইয়ের গল্পে প্রবেশ করার আগে, আপনাদের একটু নিয়ে যেতে চাই সেই গলিপথগুলোর ভেতর, যেখানে একসময় দালমান্ডি নিজের পূর্ণ মহিমায় বেঁচে ছিল। এই অঞ্চল পরিচিত ছিল নানা নামে। সঙ্গীতের গলি, শিষ্টাচারের সমাবেশ, ধর্মের আশ্রয়, প্রতিভার বাজার, আর বেনারসি অভিজ্ঞান।

এটি ছিল মহাকবি জয়শঙ্কর প্রসাদ এবং ভারতেন্দুর মতো মনীষীদের আশ্রয়স্থল। এখানে ছোটো-বড়ো কোনও ভেদাভেদ ছিল না। সবাই ছিল সমান। এই গলিতে প্রবেশের একমাত্র শর্ত

ছিল সঙ্গীতের প্রতি ভালোবাসা, শিষ্টাচারের বোধ, আর সামান্য সামর্থ্য। বেনারসি সঙ্গীতের যে বিশাল ঐতিহ্য, তার এক রহস্যময় উৎস ছিল এই দালমান্ডি।

দালমান্ডিকে কেবল পতিতালয় হিসেবে দেখা ভুল। এটি ছিল এমন এক পরিসর, যেখানে সঙ্গীতের আসর বসত, শিল্প বিকশিত হত, আর সংস্কৃতি নিজের আলোয় দীপ্ত হয়ে উঠত।

কিন্তু সময় তার নিজস্ব নিয়মে এই জায়গাটির পরিচয়কে বদলে দিয়েছে। ধীরে ধীরে এর নাম কলঙ্কের আড়ালে ঢাকা পড়ে যায়। আজও বেনারসের অনেক সরকারি নথিতে এই অঞ্চলের নাম উল্লেখ নেই, অথচ একসময় এর খ্যাতি দেশ ছাড়িয়ে বিশ্বের নানা প্রান্তে পৌঁছে গিয়েছিল।

এই অঞ্চলেই একসময় বাস করতেন বিখ্যাত পার্সি থিয়েটার শিল্পী আঘা হাশর কাশ্মিরি।

ভারতরত্ন বিসমিল্লাহ খানের বাড়িও ছিল এই এলাকার সারাই হাদা অঞ্চলে। বাস্তবে যে গলিকে মানুষ দালমান্ডি বলে চেনে, সেটি চৌক এবং নাই সড়কের মাঝখানে অবস্থিত হাকিম মোহাম্মদ জাফর মার্গ। একদিকে চাহমামা, অন্যদিকে রেশম কাটরা মহল্লা।

আমার কৈশোরে, চৌক থেকে বাড়ি ফেরার পথে প্রায়ই এই গলির মধ্য দিয়ে যেতে হত। গলিতে ঢুকলেই ভেসে আসত ঠুমরি, পুরবী,

ঘুঙুরের ঝংকার, তবলার টোকা আর সারঙ্গির সুর। মনে হত, যেন এক অদৃশ্য সুরের গুহায় প্রবেশ করেছি, আর সেখান থেকে বেরিয়ে আসার পরও সেই সুর অনেকক্ষণ ধরে মনের ভেতর প্রতিধ্বনিত হয়ে থাকত।

রাস্তাজুড়ে মৌসুমি সুগন্ধির মৃদু সুবাস ভেসে বেড়াত। কারিগরেরা হাতে চাঁপা আর জুঁই ফুলের মালা নিয়ে প্রায়ই পান দোকানের সামনে জড়ো হত। সেই জমায়েতে ছিল এক আলাদা উচ্ছ্বাস, এক অদৃশ্য প্রাণচাঞ্চল্য, যা পুরো পরিবেশকে ভরিয়ে রাখত।

এই ব্যস্ততার মধ্যেই, যারা নিজেদের পালার অপেক্ষায় থাকত, তারা কাছের চায়ের দোকানে সময় কাটাত। কথোপকথন, হাসি আর অপেক্ষার মিশেলে সেই ছোটো ছোটো আড্ডাগুলো যেন গলির নিজস্ব ছন্দ তৈরি করত। পুরো এলাকাটাই ছিল জীবন্ত, স্পন্দিত, কখনও থেমে না থাকা এক প্রবাহের মতো।

গলিটি ছিল এতটাই সরু যে, যারা হেঁটে যেত, তাদের প্রায় গা ঘেঁষে চলতে হত। অনেকেই হাঁটতে হাঁটতে উপরের দিকে তাকিয়ে থাকত, চারপাশের দৃশ্য আর সুরে মগ্ন হয়ে। আর সেই অসাবধানতায় মাঝেমধ্যে সাইকেল বা রিকশার সঙ্গে হালকা ধাক্কাও লেগে যেত।

গলি থেকে বেরিয়ে আসার পর প্রায়ই দেখা যেত, কেউ কেউ থেমে নিজেদের হাঁটু বা পায়ের দিকে তাকিয়ে আছে, যেন সেই ছোট্ট ধাক্কার স্মৃতি এখনও শরীরে রয়ে গেছে।

বিসমিল্লাহ খান ব্রিজবালার সুরকে শেহ্‌নাইয়ে বাজিয়ে অমর করে তুলেছিলেন।

উস্তাদ বিসমিল্লাহ খান, কিংবদন্তি শেহ্‌নাই বাদক, একবার গভীর শ্রদ্ধার সঙ্গে বলেছিলেন যে, তাওয়াইফদের অবদান ছাড়া তাঁর সঙ্গীতজীবন কখনও এই উচ্চতায় পৌঁছোত না। তাঁর বিশ্বাস ছিল, সেই সময়ের কোঠাগুলিতে যে পরিশীলিত গানের পরিবেশনা হত, তার মতো নিখুঁত সুর অন্য কোথাও খুঁজে পাওয়া যেত না।

ব্রিজবালা ছিলেন মুজফ্‌ফরপুরের এক তাওয়াইফ, আর খান সাহেবের শিকড় ছিল দমরাওয়ে। এক অনুষ্ঠানে তাঁদের প্রথম দেখা হয়। সেই পরিচয় ধীরে ধীরে এক গভীর সুরের সম্পর্কের দিকে এগিয়ে যায়। বলা হয়, ব্রিজবালার সুরের ভেতরেই এমন এক মাধুর্য ছিল, যা বিসমিল্লাহ খানের শেহ্‌নাইকে নতুন এক মাত্রা এনে দেয়।

'দিল কা খেলোনা হে টুট গয়া' গানটি, যা ভরত ব্যাসের লেখা, পরবর্তীকালে শেহ্‌নাই চলচ্চিত্রে ব্যবহৃত হয়, সেই সুরেরই এক অনুরণন বহন করে। বিসমিল্লাহ খান নিজেও স্বীকার করেছিলেন, তিনি দীর্ঘদিন ব্রিজবালার সঙ্গে অনুশীলন করেছেন, তাঁর সুরকে শেহ্‌নাইয়ে ধারণ করেছেন, আর সেই সুরই তাঁর সঙ্গীতকে অমরত্বের পথে এগিয়ে দিয়েছে।

তবুও এক অদ্ভুত বৈপরীত্য রয়ে যায়। যেখানে বিসমিল্লাহ খান ভারতরত্ন সম্মানে ভূষিত হয়েছেন, সেখানে ব্রিজবালা ধীরে ধীরে

অজ্ঞাতের অন্ধকারে হারিয়ে গেছেন। ইতিহাস প্রায়ই এমনভাবেই কিছু নামকে আলোকিত করে, আর কিছু নামকে নীরবে আড়াল করে রাখে।

তাওয়াইফদের ইতিহাস

তাওয়াইফ, গণিকা, নগরবধূ, পাতুরিয়া এই শব্দগুলি আমাদের দেশের দীর্ঘ সাংস্কৃতিক ঐতিহ্যের সঙ্গে গভীরভাবে যুক্ত, যার ইতিহাস প্রায় দুই থেকে তিন হাজার বছরের পুরোনো। মগধ, বারাণসী এবং মুজফ্‌ফরপুরের মতো অঞ্চলে এই ঐতিহ্যের উপস্থিতি বহু প্রাচীনকাল থেকেই লক্ষ করা যায়। বৌদ্ধ যুগেও এই ধরনের নারীদের উল্লেখ পাওয়া যায়। অম্রপালির গল্প তারই এক উজ্জ্বল

উদাহরণ, যেখানে প্রতিভা ও ব্যক্তিত্ব সামাজিক সীমারেখাকে অতিক্রম করেছিল।

এই নারীরা শুধু বিনোদনের অংশ ছিলেন না; সঙ্গীত, নৃত্য, গজল ও কবিতার মাধ্যমে তাঁরা এক সমৃদ্ধ সাংস্কৃতিক পরিমণ্ডল গড়ে তুলেছিলেন। তাঁদের পরিবেশনায় ছিল আবেগ, নান্দনিকতা এবং সূক্ষ্ম শিল্পবোধের এক অনন্য মেলবন্ধন। ঐতিহ্যবাহী পোশাক, যেমন পেশওয়াজ, তাঁদের উপস্থিতিকে আরও আকর্ষণীয় করে তুলত, যেখানে আঙ্গরাখার বিস্তার এবং চুড়িদারের সরল রেখা মিলেমিশে এক পরিশীলিত সৌন্দর্য তৈরি করত।

অনেক ক্ষেত্রে এই নারীরা সরাসরি পতিতাবৃত্তির সঙ্গে যুক্ত ছিলেন না। বরং তাঁরা রাজা, নবাব, জমিদার বা প্রভাবশালী ব্যক্তিদের সান্নিধ্যে থেকে সঙ্গীত ও শিল্পচর্চার মাধ্যমে নিজেদের পরিচিতি গড়ে তুলতেন। তাঁদের আসরগুলো ছিল সঙ্গীতের কেন্দ্র, যেখানে আধা-শাস্ত্রীয় সঙ্গীতের বিভিন্ন ধারা পরিবেশিত হত এবং রুচিশীল সমাজের মানুষেরা সেখানে সমবেত হতেন।

সংস্কৃত সাহিত্যে 'গণিকা' শব্দটির উল্লেখ রয়েছে, এবং বিভিন্ন প্রাচীন গ্রন্থে তাঁদের ভূমিকা নানা দৃষ্টিকোণ থেকে বর্ণিত হয়েছে। চাণক্যের অর্থশাস্ত্রেও তাঁদের উল্লেখ পাওয়া যায়, যেখানে কিছু ক্ষেত্রে তাঁদের গুপ্তচরবৃত্তির কাজে ব্যবহারের কথাও বলা হয়েছে। সময়ের সঙ্গে সঙ্গে এই ঐতিহ্যের রূপ পরিবর্তিত হয়েছে, এবং কিছু ক্ষেত্রে তা ভিন্ন সামাজিক ব্যাখ্যার সঙ্গে যুক্ত হয়েছে।

কাশীতে এই ঐতিহ্য বিশেষভাবে সমৃদ্ধ ছিল। ভারতেন্দু হরিশচন্দ্র তার রচনায় কাশীর যে চিত্র তুলে ধরেছেন, সেখানে একদিকে আধ্যাত্মিকতা ও জ্ঞানচর্চার গভীরতা, অন্যদিকে সমাজের প্রান্তিক ও শিল্পসংস্কৃতির জটিল উপস্থিতি দুই-ই পাশাপাশি অবস্থান করছে। এই দ্বৈততাই কাশীর প্রকৃত স্বরূপকে আরও গভীর ও বহুমাত্রিক করে তোলে।

তবে তাওয়াইফ, এবং গণিকার মধ্যে একটি সূক্ষ্ম পার্থক্য রয়েছে। 'তাওয়াইফ' শব্দটির উৎপত্তি আরবি 'তায়ফা' থেকে, যার অর্থ একটি গোষ্ঠী, বিশেষত সঙ্গীত ও নৃত্যের সঙ্গে যুক্ত শিল্পীদের দল।

এই গোষ্ঠীর অন্তর্ভুক্ত নারীরা শুধু নর্তকী বা গায়িকা ছিলেন না, তাঁরা ছিলেন এক বিশেষ সাংস্কৃতিক পরিসরের ধারক। মধ্যযুগে রাজদরবার বা সম্ভ্রান্ত পরিবারের উৎসবে মুজরার আয়োজন হত, যেখানে তাওয়াইফরা তাঁদের সঙ্গীদের সঙ্গে পরিবেশনায় অংশ নিতেন।

এইভাবে তাওয়াইফদের ইতিহাস কেবল একটি পেশার ইতিহাস নয়; এটি এক সমৃদ্ধ সাংস্কৃতিক ধারার ইতিহাস, যা সময়ের সঙ্গে বদলেছে, কিন্তু তার গভীর শিল্পমূল্য আজও অমলিন রয়ে গেছে।

(দেবনাগরী উর্দু-হিন্দি শব্দকোষ, পৃষ্ঠা ৮ — সম্পাদক: রামচন্দ্র ভার্মা)

দেবনাগরী উর্দু-হিন্দি শব্দকোষে এই বিষয়ের উল্লেখ পাওয়া যায়। ব্রিটিশ উপনিবেশিক সময়ে ইংরেজরা ইচ্ছাকৃতভাবে এক ধরনের বিভ্রান্তি তৈরি করেছিল। তারা বিভিন্ন শ্রেণির নৃত্যশিল্পী ও পরিবেশকদের আলাদা পরিচয়কে উপেক্ষা করে সকলকেই একসঙ্গে 'নাচ গার্লস' নামে চিহ্নিত করতে শুরু করে।

এর ফলে ধীরে ধীরে শিল্পের সূক্ষ্ম পার্থক্যগুলো মুছে যেতে থাকে। ইংরেজি নথি, গেজেটিয়ার এবং সরকারি রেকর্ডে এই নারীদের একই পরিচয়ের মধ্যে সীমাবদ্ধ করে ফেলা হয়, যা তাঁদের প্রকৃত সাংস্কৃতিক অবস্থানকে আড়াল করে দেয়।

এই বিষয় নিয়ে ইংরেজি সাহিত্যে প্রন নেভিল এবং ফ্রান্সেস্কা অর্সিনির কাজ বিশেষভাবে উল্লেখযোগ্য। হিন্দি সাহিত্যে অমৃতলাল নাগরের গবেষণাধর্মী গ্রন্থ *'এ কোঠেওয়ালিয়ান'* এই বিষয়ের এক গুরুত্বপূর্ণ দলিল হিসেবে বিবেচিত হয়।

*"বাবু সাহেব, আপনি তো নিমন্ত্রণ নিয়ে এসেছেন, তবুও এত লজ্জা পাচ্ছেন কেন?"*

চম্পাবাইয়ের সঙ্গে আমার প্রথম সাক্ষাতের কথায় ফিরে আসি। আসলে, আমার BHU-র হিন্দি বিভাগের একজন শিক্ষক ছিলেন, ভীষণ ভদ্র এবং ছাত্রদের মধ্যে অত্যন্ত জনপ্রিয়। তাঁর পরিচিতির পরিসর ছিল বিস্তারিত, আর তিনি সবসময়ই সাহায্য করতে প্রস্তুত থাকতেন। তবে এক অদ্ভুত অভ্যাস ছিল, জটিল এবং দায়িত্বপূর্ণ কাজগুলো প্রায়ই আমাকে দিয়ে করাতেন।

তাঁর এক ঘনিষ্ঠ আত্মীয়, আজমগড়ের এক বাবু সাহেব, বিয়ে করতে যাচ্ছিলেন। তাঁদের জন্য বেনারস থেকে একটি নৃত্য পরিবেশনার ব্যবস্থা করতে হবে। কিন্তু কে সেই নর্তকী হবেন, কীভাবে পুরো আয়োজন করা হবে, এবং সেই সময়ের সেরা শিল্পী কে এই সব প্রশ্নের কোনও সহজ উত্তর ছিল না। শেষ পর্যন্ত দায়িত্বটি আমার উপরই পড়ল। শর্তও নির্দিষ্ট ছিল। নাচের মান যাচাই করতে হবে, শিল্পী পরিচিত হতে হবে, এবং খরচও নিয়ন্ত্রণে রাখতে হবে।

এত বড়ো দায়িত্ব নেওয়ার মতো কোনও অভিজ্ঞতা আমার ছিল না। তাই আমি আমার সহপাঠী অরুণজিকে সঙ্গে নিলাম, যিনি সঙ্গীত সম্পর্কে যথেষ্ট অভিজ্ঞ ছিলেন এবং আগে গৃহীতাদের সঙ্গে হারমোনিয়াম বাজিয়েছেন। সবকিছু সুষ্ঠুভাবে পরিচালনার জন্য আমি থানার একজন কনস্টেবলকেও সঙ্গে নেওয়ার ব্যবস্থা করলাম। স্টেশন অফিসার আমাদের পরিচিত হওয়ায় কাজটি সহজ হয়ে গেল। এইভাবেই আমরা এক অদ্ভুত এবং অভূতপূর্ব অভিজ্ঞতার দিকে পা বাড়ালাম।

আমি এর আগে কখনও এমন জায়গায় যাইনি। ভেতরে একধরনের দ্বিধা কাজ করছিল, আর বাইরে ছিল সামাজিক সংকোচের ভয়। যদিও মুনশি প্রেমচাঁদের ‘সেবা সদন’ উপন্যাসে দালমান্ডির কথা পড়েছিলাম, তবুও বাস্তবে সেখানে যাওয়ার অভিজ্ঞতা সম্পূর্ণ ভিন্ন। কৌতূহল ছিল, কিন্তু সেই সঙ্গে ছিল এক অজানা অস্বস্তি।

কিছুক্ষণ পর আমরা সেই গলিতে পৌঁছোলাম। নীচে ছিল ব্যস্ত বাজার, আর উপরে কোঠাগুলি। বাজারে নানা রকম জিনিসপত্রের ভিড়, আর তার মাঝখান দিয়ে উঠে গেছে একটি সরু, অন্ধকার সিঁড়ি। সেই সিঁড়ি বেয়ে আমরা ওপরে উঠতে লাগলাম। আমার মনে তখন এক অদ্ভুত টানাপোড়েন; কৌতূহল আর সংকোচ একসঙ্গে কাজ করছিল।

হঠাৎ দেখি, আমার পরিচিত একজন সেই সিঁড়ি বেয়ে নীচে নামছে। সে মুখ লুকোনোর চেষ্টা করছিল। আমিও ঠিক ততটাই অস্বস্তিতে পড়ে গেলাম। সেই মুহূর্তে আমরা দুজনেই যেন একে অপরের অস্বস্তি বুঝে নিলাম।

উপরে পৌঁছে দেখি, প্রায় ষাট বছরের এক প্রবীণ গৃহীতা পানদানি হাতে বসে আছেন। তিনি অত্যন্ত সৌজন্যের সঙ্গে আমাদের বসতে বললেন। বড়ো ঘরটির এক পাশে সঙ্গীতশিল্পীরা ইতিমধ্যেই তাঁদের জায়গা নিয়ে বসে ছিলেন। কিছুক্ষণ পর আমাদের চা ও পান পরিবেশন করা হল।

এরপর একটি ইশারায় সুর শুরু হল। ধীরে ধীরে ঘুঙুরের শব্দ ভেসে উঠল, আর সেই সুরের তালে চম্পাবাই মঞ্চে প্রবেশ করলেন। তাঁর চলনে ছিল এক অনায়াস মাধুর্য। তিনি যেন সুরের ভেতর দিয়েই এগিয়ে আসছিলেন।

চম্পাবাইয়ের উপস্থিতি ছিল মন্ত্রমুগ্ধকর। তাঁর নাচে ছিল নিখুঁত লয়, আর অভিনয়ে ছিল গভীর অভিব্যক্তি। একটি গানের ঘূর্ণনে তিনি যখন অন্তরা থেকে মুখড়ায় ফিরে এলেন, তখন তাঁর মুখে যে মনোযোগ আর নিবেদন দেখা গেল, তা চোখ সরিয়ে নেওয়া অসম্ভব করে তুলেছিল।

তারপর তিনি আর-একটি গান পরিবেশন করলেন। 'मैं तवाइफ हूँ, मुजरा करूंगी।' অনুরোধে তিনি একটি ঠুমরি এবং দাদরাও পরিবেশন করলেন।

আসলে, বেনারসি ঠুমরির যে বিশেষ মাধুর্য, তার বড়ো অংশই এই গৃহীতাদের অবদান। তাঁরা শুধু শিল্পী ছিলেন না, তাঁরা সঙ্গীতের ধারাকে সংরক্ষণ করে রেখেছিলেন প্রজন্মের পর প্রজন্ম।

চম্পাবাই পরে বসে বসেই কয়েকটি গান গাইলেন। 'हमसे कर के हो बहाना सैयां कहवा गइला ना'—এই গানের সুরে এক অদ্ভুত ব্যথা মিশে ছিল। তারপর তিনি একটি দাদরা পরিবেশন করলেন, যা পুরো পরিবেশকে নিঃশব্দ করে দিয়েছিল।

'ভিঁঙ্গে পসিনওয়া সে আঁগিয়া, বলাম তানি বিনিয়া দোড়া দা না!'

সুর উঠতেই চারপাশ যেন দুলে উঠল। উপস্থিত সবাই সঙ্গীতের তালে ভেসে যেতে লাগল। চম্পাবাইয়ের ব্যক্তিত্ব ছিল এক অপূর্ব সমন্বয়, যেখানে সৌন্দর্য, আকর্ষণ আর শিল্প একসঙ্গে মিশে এক অনন্য আবহ তৈরি করত। পরিবেশ ক্রমশ প্রাণবন্ত হয়ে উঠল, আর কিছুক্ষণের মধ্যেই আনুষ্ঠানিক চুক্তি সম্পন্ন হল।

এই চুক্তি, যা স্থানীয় ভাষায় 'বায়ানা' নামে পরিচিত, ছিল এক ধরনের অগ্রিম প্রতিশ্রুতি। তার ভাষা ছিল সরল, কিন্তু অর্থে গভীর।

*'আমি, চম্পাবাই, নির্দিষ্ট তারিখে অমুকের বিয়েতে নৃত্য ও সঙ্গীত পরিবেশন করতে সম্মত হচ্ছি। এর জন্য পারিশ্রমিক নির্ধারিত হল ...টাকা, যার মধ্যে ...টাকা অগ্রিম গ্রহণ করা হয়েছে। কোনও*

*অপ্রত্যাশিত প্রাকৃতিক বিপর্যয় বা বিশেষ কারণে অনুষ্ঠান সম্পন্ন না হলে এই চুক্তি বাতিল বলে গণ্য হবে।'*

এইভাবেই ব্যবসা এবং শিল্প এক সূক্ষ্ম ভারসাম্যে মিলেমিশে একাকার হয়ে গেল।

মুজরার নিয়ম অনুযায়ী, পরিবেশনার আগে অগ্রিম দেওয়া হয়, আর শেষে বিদায়স্বরূপ 'রুখস্তানা' প্রদান করা হয়। রাত তখন প্রায় দশটা। আমরা বেরিয়ে আসার প্রস্তুতি নিচ্ছিলাম, ঠিক তখনই চম্পাবাই আবার আমাদের সামনে এসে দাঁড়ালেন।

তাঁর চোখে ছিল এক কৌতূহলী উজ্জ্বলতা। তিনি হেসে জিজ্ঞেস করলেন, "নাচটা কেমন লাগল?"

আমি কিছুটা অপ্রস্তুত হয়ে পড়লাম। কীভাবে উত্তর দেব বুঝে উঠতে পারছিলাম না। একটু থেমে বললাম, "খুব..."

তিনি হেসে আমাকে থামিয়ে দিলেন। "বাবু সাহেব, আপনি নিমন্ত্রণ নিয়ে এসেছেন, আর এত লজ্জা পাচ্ছেন কেন? এভাবে চলবে?"

তাঁর হাসিতে ছিল এক অদ্ভুত স্বাচ্ছন্দ্য, আর আমার মধ্যে তখনও লজ্জার ছায়া রয়ে গেছে।

আমি ধীরে বললাম, "আমি এর আগে কখনও এমন কিছু দেখিনি। এটাই আমার প্রথম অভিজ্ঞতা।"

তিনি আবার হাসলেন, তবে এবার সেই হাসিতে এক ধরনের মমতা মিশে ছিল।

"তা হলে বলুন, প্রথমবার কেমন লাগল?"

আমি হেসে বললাম, "এখনও ঠিক বুঝে উঠতে পারিনি। তবে সময় নিয়ে নিশ্চয়ই ভাবব।"

তিনি মৃদু হেসে বললেন, "তুমি বেশ আলাদা। প্রথমবার এসে এমন ছাপ রেখে গেলে।"

আমি উত্তর দিলাম, "আপনার সম্পর্কে অনেক শুনেছিলাম। কিন্তু আজ যা দেখলাম, তা তার থেকেও বেশি।"

তিনি এক মুহূর্ত নীরব রইলেন, তারপর শান্ত স্বরে বললেন, "এই জায়গার আলাদা কোনও পরিচয় নেই। তবে নিজের নামটুকু আমি যত্নে ধরে রেখেছি।"

ঠিক তখনই একটি ছোটো মেয়ে দৌড়ে এসে তাঁর পাশে দাঁড়াল।

আমি জিজ্ঞেস করলাম, "ও কে?"

তিনি বললেন, "আমার মেয়ে।"

আমি মেয়েটিকে প্রশ্ন করলাম, "তুমি পড়াশোনা করো?"

সে মাথা নাড়ল।

“কোন ক্লাসে?”

“কেজি টু।”

“কোন স্কুলে?”

“সেন্ট জন্‌স।”

স্কুলের নাম শুনে আমি স্তব্ধ হয়ে গেলাম। এত বড়ো একটি প্রতিষ্ঠানে তার পড়াশোনা... এই দৃঢ়তা আমার দৃষ্টিভঙ্গি এক মুহূর্তে বদলে দিল।

আমি চম্পাবাইকে জিজ্ঞেস করলাম, “তুমি তোমার মেয়ের জন্য কী ভাবছ?”

তিনি ধীরে বললেন, “ও যা চাইবে, তাই করবে। কিন্তু একটা কথা নিশ্চিত... ওর দুনিয়া এখানে হবে না।”

তাঁর চোখে সেই মুহূর্তে যে দৃঢ়তা দেখেছিলাম, তা ভাষায় প্রকাশ করা কঠিন।

বিদায়ের সময় তিনি হেসে বললেন, “আমি তোমাকে আবার আসতে বলব না। তবে তোমার জীবনের এই প্রথম অভিজ্ঞতাটা মনে রেখো।”

আমি উত্তর দিলাম, “জায়গাটা হয়তো ভুলে যাব, কিন্তু আপনাকে নয়।”

তিনি এক মুহূর্ত চুপ করে থেকে হেসে উঠলেন, “অনেক কথা শুনেছি, কিন্তু এমন কথা কেউ বলেনি। আমি এটা মনে রাখব।”

আমি ধীরে সিঁড়ি দিয়ে নেমে এলাম। তাঁর হাসির প্রতিধ্বনি অনেকক্ষণ ধরে আমার ভেতরে রয়ে গেল।

আমি আর কখনও তাঁর সঙ্গে দেখা করিনি। কিন্তু চম্পাবাই আমার স্মৃতিতে এক অমোচনীয় ছাপ রেখে গেলেন।

তিনি শুধু একজন মানুষ ছিলেন না, ছিলেন এক ঐতিহ্যের প্রতীক। বারাণসীর সেই সমৃদ্ধ সাংস্কৃতিক ধারার এক জীবন্ত রূপ।

শোনা যায়, বহু আগে রাজা মান সিং কাশীতে একটি মন্দির সংস্কারের পর একটি সঙ্গীত ও নৃত্য অনুষ্ঠানের আয়োজন করতে চেয়েছিলেন। তখন শহরের তাওয়াইফরাই সেই অনুষ্ঠানে অংশ নিতে এগিয়ে আসেন। সেই সময় থেকেই এই ধারার একটি বিশেষ ঐতিহ্য গড়ে ওঠে।

আজও, সেই স্মৃতিকে ধারণ করে নির্দিষ্ট সময়ে শ্মশান মহোৎসব উদ্‌যাপিত হয়, যেখানে সারারাত সঙ্গীত ও নৃত্যের মাধ্যমে এক ভিন্নধর্মী আধ্যাত্মিক আবহ সৃষ্টি হয়।

ভারতেন্দু হরিশচন্দ্রও এই একই গলির এক নৃত্যশিল্পী মাল্লিকার প্রেমে গভীরভাবে আবদ্ধ ছিলেন। আধুনিক হিন্দি ভাষার অন্যতম প্রবর্তক এই মনীষী শুধু ভাষা নয়, জীবন ও অনুভূতির ক্ষেত্রেও

ছিলেন প্রবল সংবেদনশীল। মাল্লিকা, যিনি ছিলেন এক প্রতিভাবান নৃত্যশিল্পী ও কবি, তাঁর শিল্প ও ব্যক্তিত্ব ভারতেন্দুকে গভীরভাবে আকৃষ্ট করেছিল। তিনি মাল্লিকার জন্য অনেক কিছু ত্যাগ করেছিলেন, যা তাঁদের সম্পর্ককে এক বিশেষ মাত্রা দেয়।

ভারতেন্দুর সময়ে এই সাংস্কৃতিক পরিসরে বহু খ্যাতনামা তবায়েফের উপস্থিতি ছিল। গাফুরান, নগরসুন্দরি, সরস্বতীবাই ছিলেন অসাধারণ নৃত্যশিল্পী। নানি পাগল ছিলেন এক অনন্য গায়িকা, যাঁর কণ্ঠস্বর তাঁকে আলাদা পরিচিতি দিয়েছিল। মৈনা হয়তো বাহ্যিক সৌন্দর্যে সকলকে মুগ্ধ করতে পারেননি, কিন্তু তাঁর গায়কীতে ছিল এক দেবদত্ত শক্তি। প্রত্যেকেরই ছিল নিজস্ব পরিচয়, নিজস্ব স্থান।

শহরের বিভিন্ন অঞ্চলে এই শিল্পীদের বাসস্থান ছড়িয়ে ছিল। তাওকিবাই, বড়ি মৈনা, হুসনাবাই, জাদ্দানবাই, জানকিবাই, গৌহরজান, রাজেশ্বরীবাই, রাসুলানবাই, সিদ্ধেশ্বরীবাই এবং আরও অনেকে তাঁদের নিজ নিজ পরিসরে খ্যাতি অর্জন করেছিলেন। এঁদের মধ্যে জাদ্দানবাই পরবর্তীকালে চলচ্চিত্র জগতের সঙ্গে যুক্ত হন, আর তাঁর কন্যা নার্গিস ভারতীয় সিনেমায় এক উজ্জ্বল নাম হয়ে ওঠেন।

এই তাওয়াইফদের সামাজিক মর্যাদা ছিল স্বতন্ত্র। অনেক ক্ষেত্রে তাঁদের আবাসস্থল পাহারায় সুরক্ষিত থাকত, অনুমতি ছাড়া প্রবেশ সম্ভব ছিল না। তাঁরা পালকি বা বগিতে করে যাতায়াত করতেন,

যা ছিল তাঁদের সম্মান ও প্রতিষ্ঠার প্রতীক। একসময় সমাজে তাঁদের এমন মর্যাদা ছিল যে, রাজপুরোহিত ও রাজনর্তকীর মতো ব্যক্তিরাই বিশেষ সম্মানসূচক অধিকার পেতেন।

চম্পাবাইয়ের প্রসঙ্গ মনে করিয়ে দেয় আর-একটি গুরুত্বপূর্ণ সত্য। দালমান্ডিকে কেবল শরীরের লেনদেনের স্থান হিসেবে দেখা একপাক্ষিক ধারণা। বরং এখানে প্রতিধ্বনিত হত সঙ্গীত ও নৃত্যের সূক্ষ্ম ছন্দ, যা একটি নির্দিষ্ট শিষ্টাচার ও সাংস্কৃতিক পরিমণ্ডলের মধ্যে বিকশিত হয়েছিল। হুসনাবাই, ধনেসরাবাই, রাসুলানবাই, সিদ্ধেশ্বরীবাই, গিরিজা দেবী এবং জাদ্দানবাইয়ের মতো শিল্পীরা এই ধারাকে দেশের নানা প্রান্তে পৌঁছে দিয়েছিলেন। তাঁদের অবদান আজও স্মরণীয়।

বেনারসের দালমান্ডির ইতিহাস এক অসাধারণ ঐতিহ্যের ধারক। এটিকে অন্য শহরের কোনও অঞ্চলের সঙ্গে তুলনা করা যায় না, কারণ এখানে ছিল শিল্পের নিজস্ব এক মহিমা, সৌন্দর্যের এক স্বতন্ত্র মাধুর্য। এটি ছিল সাহিত্য ও সংস্কৃতির এক উৎসস্থল, যেখানে সঙ্গীত শুধু শোনা হত না, অনুভব করা হত।

দালমান্ডি কেবল একটি স্থান নয়, এটি ছিল এক জীবন্ত সত্তা, যার নিজস্ব আত্মা ছিল। সেই আত্মাকে উপলব্ধি করতে হলে শুধু চোখ দিয়ে দেখা যথেষ্ট নয়, প্রয়োজন এক অন্তর্দৃষ্টি। চম্পাবাই সেই আত্মারই এক জীবন্ত প্রতীক ছিলেন। তাঁর মাধ্যমে এই

ঐতিহ্যের স্পর্শ আমি অনুভব করেছি, আর সেই অভিজ্ঞতা আজও আমাকে এক গভীর শান্তির অনুভূতি দেয়।

---

মৈথিলী গল্পটির এই অংশ পর্যন্তই পড়তে পেরেছিল। দ্বিতীয় অংশটি আর তার হাতে আসেনি।

সন্ধ্যায় বাড়ি ফিরে সে তার পার্স থেকে সেই ছোট্ট কাগজের টুকরোটি বের করল, যেখানে একটি ঠিকানা লেখা ছিল।

কাগজটি অম্বিকার দিকে বাড়িয়ে দিতেই, অম্বিকা একঝলক দেখে বলল, "আমি এই জায়গাটা চিনি।" একটু থেমে সে কৌতূহলী দৃষ্টিতে জিজ্ঞেস করল, "তুমি সেখানে কেন যেতে চাও?"

মৈথিলী মৃদু হেসে শান্ত কণ্ঠে বলল, "আমি একজনকে খুঁজছি। আমাকে সেখানে যেতেই হবে।"

অম্বিকা বুঝতে পারল মৈথিলী এই বিষয়ে বেশি কিছু বলতে চায় না। তাই সে আর চাপ দিল না। ধীরে বলল, "ঠিক আছে। তুমি চাইলে আমি তোমার সঙ্গে যেতে পারি। তবে দিনেরবেলা গেলে ভালো হয়। জায়গাটা একটু অন্যরকম, আর তোমার মতো মানুষের জন্য খুব একটা নিরাপদ নয়।"

মৈথিলী আর কিছু বলল না। অনন্যার কথা, তার খোঁজ, কিংবা নিজের ভেতরের ভয়, কিছুই সে অম্বিকার সঙ্গে ভাগ করে নেয়নি।

শুধু মাথা নেড়ে অম্বিকার উদ্বেগকে সম্মান জানাল, তারপর কথার স্রোত অন্যদিকে ঘুরিয়ে দিল।

"এক কাপ কফি করে দিতে পারবে?" তার কণ্ঠে ছিল ক্লান্তি, কিন্তু তার ভেতরের দৃঢ়তা অটুট।

"আমি তোমাকে জানাব, কবে আমরা যাব।"

ডিসেম্বরের শেষের দিক। বেনারসের সন্ধ্যা তখন ঠান্ডায় মোড়া। গঙ্গার ধার ঘেঁষে বয়ে যাওয়া বাতাসে শীতের ছোঁয়া আরও তীব্র হয়ে উঠেছে। মৈথিলী ধীরে ধীরে গরম কফিতে চুমুক দিতে লাগল, যেন সেই উষ্ণতার ভেতর নিজেকে একটু স্থির করতে চায়।

তার মন অপেক্ষা করছিল একটি ফোনকলের জন্য।

অনন্যার ঘটনার পর থেকে শান্তনু প্রায় প্রতিদিনই তাকে ফোন করত। সে জানত, তার মা এক অদৃশ্য লড়াই লড়ছেন, শুধু মানসিক নয়, শারীরিকও। মৈথিলীর মন ভেতরে ভেতরে অস্থির ছিল, কিন্তু তার সংকল্পে কোনও ভাঙন ছিল না।

এই নিঃশব্দ, একাকী সময়গুলোতে শান্তনুর ফোনই ছিল তার একমাত্র আশ্রয়।

# একবিংশ পরিচ্ছেদ

অম্বিকা সন্ধ্যা সাড়ে সাতটার দিকে চলে গেল। বাতাসে এমন ঠান্ডা ছিল যে কাঁপন ধরিয়ে দিচ্ছিল, আর মৈথিলী জোর দিয়েছিল সে যেন তাড়াতাড়ি বেরিয়ে পড়ে ঠান্ডা এড়ানোর জন্য। অম্বিকা চলে যাওয়ার পর, মৈথিলী নীরবে মেন গেট বন্ধ করে ঘরে ফিরে এল। বাড়িটা অস্বাভাবিক নীরব লাগছিল, এমন এক ধরনের নীরবতা যা অস্থির মনকে আরও ভারাক্রান্ত করে তোলে।

আজ মৈথিলীর ভেতর ছিল শুধু এক গভীর শূন্যতা। গত দুই মাসের নিরন্তর সংগ্রামের ক্লান্তি তার শরীর ও মনকে ভেঙে ফেলেছিল। ডাইনিং চেয়ারে বসে পড়ল সে। কাঁধগুলো নিজের চিন্তার ওজনেই ভারে নুয়ে পড়ছিল। চোখের জল আর থামল না। বাঁধ ভেঙে পড়া জলের মতো অঝোরে ঝরে পড়তে লাগল। কয়েক সপ্তাহ পরে প্রথমবারের মতো সে নিজেকে মুক্ত করে কাঁদতে দিল, যেন একটি অসহায় অবোধ শিশু, যে নিজের অজান্তেই নিজের পরম নির্ভরতার আশ্রয়টুকু হারিয়ে ফেলেছে।

তার মনের মধ্যে হাজারো প্রশ্ন ঘুরপাক খেতে লাগল। একই যন্ত্রণাদায়ক চিন্তা বারবার ফিরে ফিরে আসছিল। এটা কি সত্যিই আমার সঙ্গেই ঘটল? আমার কি সত্যিই এটা প্রাপ্য ছিল?

কাঁদো, মৈথিলী, আরও কাঁদো। চোখের জলে যদি তোমার বুকের ভার একটু হলেও হালকা হয়।

অনন্যাকে খুঁজে পেতে আর মাত্র কয়েক ঘণ্টার অপেক্ষা, এই ভাবনাটুকুও তাকে সান্ত্বনা দিতে পারছিল না। বরং সেটাই তার যন্ত্রণা আরও তীব্র করে তুলছিল।

কেন, সন্দীপ? তুমি কেন আমার সঙ্গে এমন করলে?

মৈথিলী বরাবরই একজন ভালো মনের মানুষ, একজন দায়িত্বশীল মহিলা। নিবেদিতপ্রাণ স্ত্রী, আর ভালোবাসাপূর্ণ মা। তা হলে কেন জীবন তাকে এই অমানুষিক যন্ত্রণা দিল, বিশেষ করে সন্দীপের মৃত্যুর পরে? সন্দীপের স্মৃতি তার মনে ঝলসে উঠছিল। তাঁর কোমল হাসি, মিষ্টি কথা, আর তাঁর ভালোবাসার উষ্ণতা। সে তার জীবনে যা চেয়েছিল, সন্দীপ তার সবটা ছিলেন। যত্নশীল, মনোযোগী, আর স্নেহশীল। তবু, তিনি এমন কিছু গোপন করে গেছিলেন যা মৈথিলীকে আজ সম্পূর্ণভাবে ভেঙে দিয়েছে।

"তুমি কেন আমাকে বলোনি কিছু, সন্দীপ?" ফিসফিস করে বলল মৈথিলী শূন্য ঘরটার দিকে তাকিয়ে।

তার গলা কাঁপছিল, তবুও সে সন্দীপের নাম বারবার ফিসফিস করে ডেকে যাচ্ছিল, যেন তার মৃত স্বামীর কাছ থেকে কোনও উত্তর পাওয়ার আশায়। কিন্তু নীরবতা যেন আরও গভীর আরও কঠোর হয়ে উঠছিল।

ঠিক তখনই, তার মনের গহনে যেন এক ঝলক আলো জ্বলে উঠল। ঘাটে সেই সন্ন্যাসীর কথা মনে পড়ল, যিনি বলেছিলেন, 'তুমি সীতা। কেবল তুমি সহ্য করতে পারবে এবং ন্যায় প্রতিষ্ঠা করতে পারবে।' তখন সেই কথাগুলো তাকে ধাঁধায় ফেলেছিল, কিন্তু আজ রাতে সেই কথাগুলোর ভার তার হৃদয়ে পাথরের মতো চেপে বসল। মৈথিলী হঠাৎই বুঝতে পারল রামায়ণে সীতার অব্যক্ত যন্ত্রণা, নির্দোষ হয়েও সারা জীবন তাঁর আত্মবলিদানের মাধ্যমে তাঁর আত্মসম্মান ও আত্মমর্যাদা বজায় রাখার কাহিনি।

সীতা, যিনি তাঁর স্বামী, শ্রী রামের প্রতি সীমাহীন ভালোবাসা আর শ্রদ্ধা নিয়ে জীবন কাটিয়েছিলেন, কিন্তু তবুও নিয়তির পরিহাসে তাঁকে তাঁর স্বামীকে পরিত্যাগ করতে হয়েছিল। তাঁকে অন্যায়ভাবে অগ্নিপরীক্ষার বোঝা বইতে হয়েছিল।

মৈথিলী অনুভব করল সত্যের কঠিন ধার, যা তার আত্মাকে যেন ছুরির আঘাতে ক্ষত-বিক্ষত করছে।

*এই কি আমার জীবনের পরিণতি? আমি কি সত্যিই সীতা? আমাকে কি শুধু সহ্য করতে হবে, কোনও প্রশ্ন ছাড়াই, কোনও ন্যায়বিচার ছাড়াই?*

তার হৃদয়ে অনবরত রক্তক্ষরণ হয়েচলেছিল, যদিও বাইরে থেকে সে ক্ষত দেখা সম্ভব নয়। কয়েক মাস ধরে সে তার শোক, তার কান্না, আর তার অগণিত প্রশ্ন চেপে রেখেছিল। বরং, সত্যের

অন্বেষণে নিজেকে নিয়োজিত করেছিল। কিন্তু আজ রাতে, সবকিছুর ভার যেন অসহনীয় হয়ে উঠল।

সে চুপচাপ বসে রইল, নিস্তব্ধতার মাঝে তার কান্নার শব্দ প্রতিধ্বনিত হচ্ছিল। ঘরের নিঃসঙ্গতা যেন তার নিজের শূন্যতার প্রতিচ্ছবি হয়ে উঠেছিল।

হঠাৎ মৈথিলীর শোবার ঘরে ফোনটি বেজে উঠল, তার ভাবনার গভীরতা থেকে তাকে টেনে বের করল। সে পুরোপুরি ভুলে গিয়েছিল যে প্রতিদিনের মতো আজও শান্তনু আপডেট নেওয়ার জন্য ফোন করবে। শান্তনুও এই পুরো পরিস্থিতি নিয়ে নিজের উদ্বেগ আর চাপ নীরবে বহন করে চলেছে।

মৈথিলী চোখমুখ মুছে নিজেকে সামলে নেওয়ার চেষ্টা করল এবং ফোনটি ধরল। কিন্তু ছেলের গলা শুনতেই যেন আবেগের বাঁধ ভেঙে গেল, সে আর নিজের চোখের জল আটকে রাখতে পারল না।

"হ্যালো, মা?" শান্তনুর গলায় গভীর উদ্বেগ, "আমি জানি তুমি অনেক কষ্টের মধ্য দিয়ে যাচ্ছ, কিন্তু আমি আর তোমাকে কাঁদতে দেব না। প্লিজ মা, কেঁদো না। তোমাকে এভাবে শুনতে আমার খুব কষ্ট হয়।"

মৈথিলী নিজেকে সামলানোর চেষ্টা করল, কিন্তু ব্যর্থ হল।

"সরি, বেটা," সে কান্নার মধ্যেই কোনওমতে বলল।

"কোনও আপডেট আছে, মা? আজ তোমার গলায় এত আবেগ কেন?" শান্তনু নরম স্বরে জিজ্ঞাসা করল। তার কণ্ঠেই স্পষ্ট হয়ে উঠছিল দুশ্চিন্তা।

"হ্যাঁ, বেটা," মৈথিলী জানাল, "আজ আমি অবশেষে অনন্যার পরিচারিকার ঠিকানা পেয়েছি। দুপুরে সে অনন্যার ফ্ল্যাটে গিয়েছিল, এবং আমি গার্ডকে যেভাবে বলেছিলাম, সে তার ঠিকানা লিখে রেখেছিল। আমি ওখানে গিয়ে ঠিকানা নিয়ে এসেছি আজ।"

"এটা তো একটা দারুণ খবর, মা! তার মানে তুমি জয়ী হয়েছ। এত কষ্টের পর অবশেষে তুমি অনন্যার সঙ্গে দেখা করতে পারবে। এটা সত্যিই দারুণ খবর! কিন্তু তুমি কাঁদছ কেন মা?" শান্তনু জিজ্ঞেস করল, তার মায়ের মনোবল বাড়ানোর চেষ্টা করতে। শান্তনুর বয়স কম, তার জায়গায় দাঁড়িয়ে, মৈথিলীর বর্তমান পরিস্থিতি বোঝার অবস্থা শান্তনুর নয়।

মৈথিলী থামল, নিজেকে শান্ত করার জন্য গভীর শ্বাস নিল।

"কষ্ট এখনও শেষ হয়নি, বেটা," সে শান্ত স্বরে বলল, "অনন্যাকে খুঁজে পাওয়া শুধু প্রথম ধাপ মাত্র। এখন সবচেয়ে কঠিন কাজ তার সঙ্গে দেখা করা। অনন্যা তার অল্প জীবনে এত কিছু সহ্য করেছে, সে আমাকে কীভাবে নেবে? আমাকে কি মেনে নেবে? এটাই তো আসল চ্যালেঞ্জ, তাই না?"

শান্তনু কিছু সময় চুপ হয়ে থাকে। মায়ের কথা শুনে তার মন ভারাক্রান্ত হয়ে ওঠে।

"মা, যা-ই ঘটুক না কেন, তুমি খুব ভালো করেই জানো, তুমি যা পারতে, সবই করেছ। তোমার মন ভীষণ শক্ত। তুমি অনেকটা পথ একা হেঁটেছ, তাই আজ তুমি ক্লান্ত। আমি তোমায় বিশ্বাস করি। আর জানি, অনন্যা যখন তোমার চোখে সত্যিটা দেখবে, তখন সে-ও তোমাকে চিনতে পারবে, বুঝতে পারবে।"

শান্তনুর কথাগুলো মৈথিলীর মনে সামান্য আশার আলো জ্বালালেও, তার ভেতরের অনিশ্চয়তা কাটল না। পথ এখনও বাকি, আর সে জানে সামনে যা আসছে, তা তাকে নিজের সমস্ত শক্তি দিয়ে মোকাবিলা করতে হবে।

আর এটাও সত্যি, তার মনের ভেতর যে তোলপাড় চলছে, সেই কথা সে কীভাবে বলবে নিজের ছেলেকে?

মৈথিলী তার আকস্মিক আবেগের আসল কারণটি শান্তনুর কাছে গোপন রাখার সিদ্ধান্ত নিল। তারা আরও আধ ঘণ্টা কথা বলল, এই সময়ে মৈথিলী তার পরিকল্পনা জানাল যে, পরদিন সকালে সে অনন্যার পরিচারিকার সঙ্গে দেখা করতে যাবে। তবে, সে ইচ্ছে করেই শান্তনুকে জানাল না যে স্থানটি ছিল দালমন্ডি, এটি এমন একটি জায়গা যা তার জটিল প্রতিপত্তির জন্য পরিচিত।

সে চাইছিল না শান্তনুকে অযথা চিন্তা করুক। ইতিমধ্যেই তার উপরে অনেক চাপ ছিল, এবং মৈথিলী ঠিক করেছিল যে এই অংশটা সে একাই সামলাবে।

“মা, আমায় শুধু একটি প্রতিশ্রুতি দাও, তুমি সাবধানে থাকবে।” শান্তনু নরমভাবে অনুরোধ করল।

“আমি সাবধানেই থাকব বাবা,” মৈথিলী যতটা সম্ভব আশ্বস্ত করে বলল, “চিন্তা কোরো না, আমি ফিরে আসার পর তোমাকে জানাব।”

ফোন রেখে দেওয়ার পর, মৈথিলী কিছু সময় চুপচাপ বসে রইল। তার হৃদয় ভারাক্রান্ত হয়ে উঠল, সামনে অপেক্ষা করে থাকা অজানা ভারে।

দালমন্ডি শুধু একটি জায়গা নয়; এটি যেন এক অন্য পৃথিবী, যা তার জীবনের পরিচিত সীমানা থেকে অনেক দূরে।

তবুও, এটাই তার অনুসন্ধানের পথ, আর এটাই যেন তার নিয়তি।

সে গভীর শ্বাস নিল, নিজেকে বলল যে আগামীকাল তার যাত্রার আর-একটি পদক্ষেপ হবে, সত্য উদ্‌ঘাটন করার দিকে, তা যতই কঠিন বা অস্বস্তিকর হোক না কেন, তাকে পারতে হবে। পারতেই হবে।

পরের দিন সকালে মৈথিলী অম্বিকার সঙ্গে দালমান্ডি যাওয়ার প্রস্তুতি নিল। অনন্যাকে খুঁজে পাওয়া এখন তার কাছে শুধু একটি উদ্দেশ্য নয়, তার প্রয়াত স্বামীর শেষ ইচ্ছা পূরণের এক নীরব দায়িত্ব।

প্রাতরাশের পর তারা প্রায় দশটার দিকে বের হল। মৈথিলীর বাড়ি থেকে চৌক পর্যন্ত পৌঁছোতে প্রায় ত্রিশ মিনিট সময় লেগে গেল।

দালমান্ডির পথে যাওয়ার আগে মৈথিলী গঙ্গার ঘাটে গিয়েছিল। ভোরের আলোয় সে গঙ্গা আরতি এবং হোমে অংশ নিয়েছিল। মন্ত্রোচ্চারণের শান্ত ছন্দ আর পবিত্র নদীর স্থিরতা তার অস্থির মনকে কিছুক্ষণের জন্য শান্ত করেছিল।

সে জানত, সামনে যে পথ, তা সহজ নয়। এই যাত্রার জন্য তার প্রয়োজন ধৈর্য, স্থিরতা আর এক অটল মনোবল।

দালমান্ডির গলিতে ঢুকতেই পরিবেশ বদলে গেল। ভিড় আর কোলাহলে ভরা সেই রাস্তা, দু'পাশে সারি সারি দোকান, নানা রঙের পণ্য আর মানুষের ভিড়ে ভরে উঠেছিল চারপাশ।

মৈথিলী আগে কখনও কাশীর এই অংশে আসেনি। সরু, ব্যস্ত গলিগুলোর ভেতর দিয়ে হাঁটতে হাঁটতে তার মনে এক অদ্ভুত অস্বস্তি কাজ করছিল।

অটোচালক তাদের চৌকের কাছেই নামিয়ে দিল। সেখান থেকে তারা পায়ে হেঁটে এগিয়ে যাওয়ার সিদ্ধান্ত নিল।

অম্বিকার হাতে ছোট্ট একটি কাগজের টুকরো। সে সেটি দেখে দেখে স্থানীয় লোকদের পথ জিজ্ঞেস করছিল। সরু গলিগুলো যেন শেষই হতে চাইছিল না। বাতাস ভারী হয়ে উঠেছিল, শ্বাস নিতে কষ্ট হচ্ছিল।

প্রায় কুড়ি মিনিট পর তারা গন্তব্যে পৌঁছোল।

গলির মানুষজন কৌতূহলী দৃষ্টিতে মৈথিলীর দিকে তাকাচ্ছিল। এই পরিবেশে সে যেন একেবারেই বেমানান। তার পোশাক, তার উপস্থিতি, তার আচরণে এক ধরনের সংযত আভিজাত্য স্পষ্ট হয়ে উঠছিল।

অম্বিকা এগিয়ে গিয়ে দরজায় কড়া নাড়ল।

মৈথিলীর বুক ধড়ফড় করতে লাগল। উত্তেজনা আর অজানা আশঙ্কা একসঙ্গে মিশে তার ভেতরটাকে কাঁপিয়ে দিচ্ছিল।

সে অনন্যাকে কল্পনা করেছিল এক মিষ্টি, নিষ্পাপ মেয়ে হিসেবে। সেই মুখটি দেখার জন্য সে অধীর হয়ে উঠেছিল।

ভেতর থেকে একটি বয়স্ক কণ্ঠ ভেসে এল, “কে?”

অম্বিকা স্থানীয় ভাষায় উত্তর দিয়ে দরজা খুলতে অনুরোধ করল।

দরজা খুলতেই মৈথিলী স্থির হয়ে গেল।

“মা-জি?” তার কণ্ঠে অবিশ্বাস স্পষ্ট হয়ে উঠল।

বৃদ্ধা মহিলা চমকিত হলেন।

“মা-জি, আমাকে কি মনে পড়ে? আমি আপনাকে কত জায়গায় খুঁজেছিলাম! আপনি কেন আমাকে বিধবা আশ্রমে থাকার কথা বলে মিথ্যা বলেছিলেন?” মৈথিলী তাড়াতাড়ি প্রশ্ন করল।

“আমি কিছু দিন বেশ অসুস্থ হয়ে পড়ায় গঙ্গা স্নানে ভোরবেলায় আর যেতে পারি না। শীতকালে ভোরবেলা গঙ্গা স্নান এই বয়সে একটু কঠিন।” লক্ষ্মী-জি উত্তর দিলেন।

লক্ষ্মী-জি তাদের ভেতরে আসতে আমন্ত্রণ জানালেন, এবং আগ্রহী প্রতিবেশীদের দূরে রাখতে দরজা বন্ধ করলেন। একবার ভেতরে ঢোকার পর, মৈথিলী আর নিজেকে আটকে রাখতে পারল না।

“আপনি কীভাবে জানেন অনন্যাকে? সে কোথায়? আমি মাসের পর মাস তাকে খুঁজছি!”

লক্ষ্মী-জি এক দীর্ঘশ্বাস ফেললেন এবং উত্তর দিলেন, “অনন্যা আমার নাতনি। তার মা মিনাক্ষী ছিল আমার বোনঝি। যখন মিনাক্ষী মারা গেল, তখন আমিই অনন্যাকে মানুষ করার দায়িত্ব নিয়েছিলাম। মা-মরা ওইটুকু একটা মেয়ে কোথায় যেত তা না হলে?”

"কিন্তু যখন আমরা আসি ঘাটে দেখা করি, কেন আমাকে আপনি মিথ্যা বলেছিলেন?" মৈথিলী আবার তাকে প্রশ্ন করল।

"আমি তোমাকে চিনতে পারিনি, বেটি। আমার জীবন বেদনায় ভরা, আর আমি যে কাউকে আমার গল্প বলি না। কতজন-ই বা সত্যিকারের পাত্তা দেয়? সবারই নিজস্ব দুঃখ-যন্ত্রণা থাকে, আর পৃথিবীর মানুষ আমাদের দুঃখের দিকে নজর দেয় না।" লক্ষ্মী-জির চোখে জল এসে গেল।

মৈথিলী নরম হয়ে গেল, "দয়া করে আমাকে বলুন, অনন্যা এখন কোথায়? আমি তাকে আমার সঙ্গে নিয়ে যেতে এসেছি। তার এখানে থাকা উচিত নয়।"

লক্ষ্মী-জি মাথা নেড়ে বললেন, "তুমি তাকে নিয়ে যেতে পারবে না। অনন্যা আর এখানে থাকে না। তার বাবা তাকে বিদেশে পড়াশোনার করার জন্য পাঠানোর ব্যবস্থা করে দিয়েছিলেন, এই জায়গার যন্ত্রণার থেকে দূরে। আর যদি তুমি তাকে দেখতে চাও, তা হলে তার বাবার অনুমতির প্রয়োজন। কিন্তু আমার কাছে তাঁর সঙ্গে যোগাযোগ করার কোনও ঠিকানা নেই।"

মৈথিলীর কণ্ঠ স্থির হয়ে গেল, "তার বাবা, সন্দীপ, ছয় মাস আগে মারা গেছেন। আমি সন্দীপের লেখা একটি চিঠির মাধ্যমে সব কিছু জেনেছি। সেই চিঠিতে তিনি আমাকে অনন্যা ও মিনাক্ষী সম্পর্কে জানিয়েছিলেন। তিনি চেয়েছিলেন আমি অনন্যার দেখাশোনার দায়িত্ব পালন করি। এটি ছিল তাঁর শেষ ইচ্ছা।"

লক্ষী-জি অবাক চোখে ফ্যাল ফ্যাল করে মৈথিলীকে নিরীক্ষণ করতে লাগলেন। যা তিনি এই মাত্র কানে শুনলেন, তা একেবারেই অবিশ্বাস্য ঠেকল তাঁর কাছে। "সন্দীপ আর নেই?" তিনি ফিসফিস করে বললেন, কণ্ঠে কাঁপুনি ছিল, "ওহ, ঈশ্বর! এখন অনন্যার কী হবে?"

মৈথিলী বৃদ্ধা মহিলার হাত ধরে বললেন, "আমি তার দেখাশোনা করব। এখন আমিই তার মা। সন্দীপ আমার স্বামী ছিলেন, অনন্যাকে একটি ভালো জীবন উপহার দেবার দায়িত্ব এখন আমার।"

লক্ষ্মী-জি মৈথিলীর দিকে কিছুক্ষণ নির্বাক হয়ে তাকিয়ে রইলেন। যেন কথাগুলো ঠিক কোথা থেকে শুরু করবেন, তা খুঁজে পাচ্ছিলেন না।

ধীরে ধীরে তিনি বললেন, "অনন্যা এখনও জানে না, তার বাবা আর নেই। মাঝে মাঝে আমাকে ফোন করে... কিন্তু কয়েক সপ্তাহ ধরে তার কোনও খবর পাইনি।"

তিনি একটু থামলেন, তারপর আবার বলতে শুরু করলেন, "সন্দীপ যখন শেষবার কাশীতে এসেছিল, তখনই সে অনন্যার জন্য সব ব্যবস্থা করে দিয়ে গিয়েছিল। সে সবসময় চাইত, অনন্যা যেন এই জায়গায়, এই দালমান্ডিতে, না পড়ে থাকে। কিন্তু তখন আর কোনও উপায় ছিল না।"

তাঁর কণ্ঠ ভারী হয়ে উঠল।

মৈথিলীর কাছে এটাও পরিষ্কার হয়ে গেল, ডাক্তার সন্দীপ শর্মা নিজের মেয়ের দেখাশোনা করার জন্য ভারতে এই বারাণসীতে যাওয়া আসা করতেন।

মৈথিলী লক্ষ্মী-জির কথা শুনতে শুনতে ধীরে ধীরে উপলব্ধি করল, সন্দীপ অনন্যার জন্য কত কিছু করে গিয়েছিলেন, অথচ সেইসব কথা তিনি কখনও মৈথিলীকে জানাননি।

তার মনে হল, সন্দীপ হয়তো বুঝতে পেরেছিলেন, তাঁর হাতে সময় খুব বেশি নেই। হয়তো মীনাক্ষীর মৃত্যুর ভার তাঁকে ভেতর থেকে ধীরে ধীরে ক্ষয় করে দিয়েছিল। তাই চলে যাওয়ার আগে তিনি নিজের সমস্ত দায়িত্ব যতটা সম্ভব পূরণ করে রেখে যেতে চেয়েছিলেন।

সন্দীপ কখনও কাউকে কষ্ট দিতে চাইতেন না। নিজের যন্ত্রণা তিনি নিজের মধ্যেই ধরে রেখেছিলেন, আর নীরবে একদিন চলে গিয়েছিলেন।

মৈথিলীর মনে পড়ল সেই চিঠির কথা। এখন মনে হচ্ছে, সেটি হয়তো ছিল কোনও এক দুর্বল মুহূর্তের স্বীকারোক্তি। এমন এক সত্য, যা সন্দীপ কখনও প্রকাশ করতে চাননি।

তবুও, সহধর্মিনী হিসেবে সন্দীপের জীবনের প্রতিটি সত্য জানার অধিকার মৈথিলীর ছিল। হয়তো কাকতালীয়ভাবেই সেই চিঠি তার হাতে এসে পৌঁছেছিল।

অম্বিকা এত ঘটনার কোনও কিছুই জানত না, সে শুধু অবাক হয়ে একবার মৈথিলীর দিকে আর-একবার লক্ষ্মী-জির দিকে দেখতে থাকে। সে বুঝে উঠতে পারছিল না তার কী করা বা বলা উচিত।

মৈথিলী ধীরে ধীরে বুঝতে পারল, তার এই যাত্রার একটি অধ্যায় আজ এখানে এসে শেষ হল। আজ সে অনন্যাকে খুঁজে পায়নি, হয়তো পাওয়ার কথাও ছিল না। কিন্তু এক গভীর সত্য তার সামনে উন্মোচিত হয়েছে।

সে অনুভব করল, জীবনের কিছু পথচলা শুধু গন্তব্যে পৌঁছোনোর জন্য নয়, বরং অদেখা কোনও সত্যকে চিনে নেওয়ার জন্যই হয়।

মৈথিলী অম্বিকাকে বাড়ি ফিরে যেতে বলল আর নিজে ধীরে ধীরে হাঁটতে হাঁটতে চলে গেল ঘাটের দিকে।

গঙ্গার সামনে দাঁড়িয়ে সে ঠান্ডা বাতাসের স্পর্শে নিজেকে শান্ত করার চেষ্টা করল। কিছুক্ষণ চোখ বন্ধ করে নিঃশব্দে দাঁড়িয়ে রইল। তারপর খুব আস্তে ফিসফিস করে বলল, “সন্দীপ, তুমি নিশ্চয়ই সবকিছু দেখছ। আমি আমার চেষ্টায় কোনও ত্রুটি রাখিনি। তোমার ওপর হয়তো আমার অভিমান আছে, কিন্তু

তোমার ইচ্ছার সম্মান আমি রাখব। তুমি আমাকে শক্তি দাও, যাতে আমি অনন্যাকে খুঁজে পাই, আর তার যোগ্য মা হয়ে উঠতে পারি।”

কিছুক্ষণ পরে তার মন ধীরে ধীরে স্থির হয়ে এল।

সে বাড়ির পথে ফিরে চলল।

ভবিষ্যতে যত ঝড়ই আসুক না কেন, সবকিছু গ্রহণ করার জন্য সে আজ প্রস্তুত।

# দ্বাবিংশ পরিচ্ছেদ

২০২৫ সালের ফেব্রুয়ারি মাস। বছরের সবচেয়ে ঠান্ডা সময়। টরেন্টো শহর তখন বরফে ঢেকে আছে। তাপমাত্রা নেমে গেছে মাইনাস সাত ডিগ্রি সেলসিয়াসে। বাইরে নিস্তব্ধ সাদা আবরণ, আর ভেতরে জমে থাকা অগণিত অপ্রকাশিত অনুভূতি।

শান্তনু আর সৃষ্টি লিভিং রুমে বসে কথা বলছিল। বিষয় ছিল একটাই, সন্দীপের মৃত্যুর পর তাদের জীবনে তৈরি হওয়া জটিলতা। সেই সঙ্গে ছিল মৈথিলীর লড়াই, তার মানসিক শক্তি, আর এই কঠিন সময়ে তার অবিচল থাকার ক্ষমতা।

শান্তনুর মনে এক অদ্ভুত অসহায়তা কাজ করছিল। দূরে বসে সে অনন্যার কাছে পৌঁছোনোর চেষ্টা করছে, কিন্তু সেই পথ সহজ নয়।

সে জানত, অনন্যা হয়তো এখনও জানেই না যে তাদের বাবা, ডঃ সন্দীপ শর্মা, আর এই পৃথিবীতে নেই।

শান্তনু কখনও অনন্যার সঙ্গে দেখা করেনি। তবুও সে মনে মনে এক অদ্ভুত টান অনুভব করত। কিছু সম্পর্কের কোনও ব্যাখ্যা থাকে না। তারা শুধু অনুভূতির ভেতরেই বেঁচে থাকে।

ফেব্রুয়ারির শেষের দিকেই শান্তনু সৃষ্টিকে নিয়ে ভারতে আসার টিকিট কেটে রেখেছিল। পরিকল্পনা ছিল, মার্চের মাঝামাঝি মৈথিলীকে সঙ্গে নিয়ে ফিরে যাওয়ার।

এই সময়টায় প্রতিদিনই শান্তনু তার বাবার পুরোনো ফোনটা হাতে তুলে নিত। মনে মনে আশা করত, হয়তো অনন্যার কোনও মেসেজ বা ই-মেল এসে পৌঁছেছে।

সে বুঝতে পারছিল না, এতদিন ধরে অনন্যা কেন তাদের বাবার সঙ্গে যোগাযোগ করেনি। ও কি ঠিক আছে? এই প্রশ্নটাই তাকে বারবার তাড়া করে ফিরছিল।

কখনও কখনও অজানা আশঙ্কা তার মনকে ভারী করে তুলত। কিন্তু সে নিজেকে থামিয়ে দিত। নেতিবাচক কিছু ভাবতে চাইত না। সে বিশ্বাস করতে চাইত, অনন্যা ভালো আছে।

হয়তো শান্তনুর মতোই, অনন্যাও অপেক্ষা করে ছিল একটি ফোনকলের জন্য। এমন এক কল, যা আর কোনওদিন পৌঁছোবে না।

রবিবার সন্ধ্যা। ঘড়িতে রাত আটটা। চারপাশে এক নিস্তব্ধতা নেমে এসেছে। সামনে অপেক্ষা করছে নতুন সপ্তাহের ব্যস্ততা।

শান্তনু আদর করে সৃষ্টিকে 'ওর্লা' বলেই ডাকে। তাকে রান্নাঘরের দিকে যেতে দেখে সে-ও এগিয়ে গেল, ডিনারের কাজে একটু সাহায্য করার জন্য। ঠিক তখনই হঠাৎ এক শব্দ নীরবতাকে

ভেঙে দিল। তার বাবার ফোন থেকে নোটিফিকেশনের আওয়াজ ভেসে এল। শান্তনুর বুক ধড়ফড় করে উঠল।

মাসের পর মাস সে এই ফোনটা নিজের কাছে রেখে দিয়েছে। প্রতিদিন একটাই আশায়, হয়তো কোনওদিন হঠাৎ করে কোনও খবর এসে পৌঁছোবে।

আজ কি তা হলে সেই দিন?

শান্তনু ছিল স্বভাবতই একজন সদয় এবং সংযত মানুষ। সে সবসময় তার সিদ্ধান্তে পরিপক্কতার পরিচয় দিত। তার বাবার গোপন জীবনের সত্য যখন তার সামনে উন্মোচিত হল, তা মেনে নেওয়া তার পক্ষে সহজ ছিল না। মাত্র আটাশ বছর বয়সে এমন একটি সত্যের মুখোমুখি হওয়া, যে সত্য তার বাবার পরিচয়কে নতুন করে প্রশ্নের মুখে দাঁড় করায়, তা গভীরভাবে বেদনাদায়ক। তবুও, সেই কঠিন সময়ে তার মায়ের একটি কথা তাকে ভেতর থেকে নাড়া দিয়েছিল।

'অনন্যার জায়গায় নিজেকে দাঁড় করাও। তার দৃষ্টিকোণ থেকে বিষয়টা বোঝার চেষ্টা করো।'

এই কথাগুলোই ধীরে ধীরে শান্তনুকে সত্যকে গ্রহণ করার শক্তি দিয়েছিল। তাকে বুঝিয়েছিল, দায়িত্ব নেওয়ার গুরুত্ব।

সময়ের সঙ্গে সঙ্গে সে পরিস্থিতির সঙ্গে নিজেকে মানিয়ে নিল। মায়ের পাশে দাঁড়ানোর, তাকে সমর্থন করার, আর বোঝাপড়ার সঙ্গে এগিয়ে চলার সিদ্ধান্ত নিল।

স্ক্রিনে আলো জ্বলে উঠতেই শান্তনুর মনে হঠাৎ এক ঝলক আশা জেগে উঠল।

এটাই কি সেই মুহূর্ত, যার জন্য সে এতদিন অপেক্ষা করছিল?

তার বাবা, ডঃ সন্দীপ শর্মা, ২০২৪ সালের জুন মাসে মারা গিয়েছিলেন। সেই বেদনাদায়ক ঘটনার পর ছয় মাসেরও বেশি সময় কেটে গেছে। এই সময়ের মধ্যে প্রায় সব রোগীই তার মৃত্যুর খবর জেনে গিয়েছিলেন। ফলে ফোনে কল বা মেসেজ আসা প্রায় বন্ধ হয়ে গিয়েছিল। যদি জরুরি কিছু হত, হাসপাতাল বা সংশ্লিষ্ট কর্তৃপক্ষ সরাসরি শান্তনুর সঙ্গেই যোগাযোগ করত। সেই কারণেই, হঠাৎ করে এই নোটিফিকেশনটি তাকে অস্থির করে তুলল।

সে দ্রুত লিভিং রুমে রাখা ফোনটার দিকে এগিয়ে গেল। বুকের ভেতর ধড়ফড়ানি বাড়ছিল।

ফোনটা হাতে তুলে নিয়ে সে স্ক্রিন আনলক করল।

মেসেজটি খুলল।

আর পড়ার সঙ্গে সঙ্গেই সে স্থির হয়ে গেল।

*'তুমি কি আমাকে ভুলে গেছ, পাপা? আমি অনেকবার তোমাকে ফোন করার চেষ্টা করেছি, কিন্তু তুমি কখনও উত্তর দাওনি। আমি এখানে একদম একা, পাপা। আমার খুব ভয় করছে। তুমি কোথায়?'*

মেসেজটি এসেছিল একটি অজানা নম্বর থেকে।

শান্তনু কিছুক্ষণ স্ক্রিনের দিকে তাকিয়ে রইল। তার ভেতরে একসঙ্গে বিস্ময় আর স্বস্তির ঢেউ খেলল।

অবশেষে... সে একটি সূত্র পেয়েছে ।

"হ্যাঁ... অবশেষে," শান্তনু ফিসফিস করে বলল। তার গলা কাঁপছিল।

সে হঠাৎ রান্নাঘরের দিকে চিৎকার করে উঠল, "ওর্লা, তাড়াতাড়ি এখানে আসো। আমি অনন্যার মেসেজ পেয়েছি। এটা ওরই মেসেজ।"

সৃষ্টি দৌড়ে ঘরে এল। তার চোখে কৌতূহল আর আশার মিশ্র ঝলক।

শান্তনুর হাত কাঁপছিল। ফোনটা সে শক্ত করে ধরে ছিল। এতদিন ধরে যে মুহূর্তের জন্য সে অপেক্ষা করছিল, সেই মুহূর্তে এসে সে নিজেই অভিভূত হয়ে পড়েছে।

মৈথিলী আজ অনেকক্ষণ গঙ্গার তীরে দাঁড়িয়ে ছিল। তার মন আবেগে ভরপুর, কিন্তু সেই আবেগগুলোর প্রকৃতি সে পুরোপুরি বুঝে উঠতে পারছিল না।

কাশীর প্রতি এই অদ্ভুত টান সে আগেও অনুভব করেছে। কিন্তু আজ, এই চিরন্তন আলোর শহরের বুকে দাঁড়িয়ে, সে নিজেকে প্রশ্ন করছিল কেন? ধীরে ধীরে সে বুঝতে শুরু করল, এটি কোনও আধ্যাত্মিক দ্বার উন্মোচনের আকাঙ্ক্ষা নয়, কিংবা অলৌকিক জ্ঞান লাভের তৃষ্ণাও নয়। এটি ছিল জীবন ও মৃত্যুর গভীর সত্যকে উপলব্ধি করার এক আহ্বান।

এখানে দাঁড়িয়ে সে অনুভব করল, জীবন কখনও সাদা বা কালো নয়। ভালোবাসা, ত্যাগ, ভুল, অনুতাপ এবং ক্ষমা সব একসঙ্গে সহাবস্থান করে।

কাশী তাকে মুক্তির প্রতিশ্রুতি দিয়ে ডাকেনি। কাশী তাকে ডেকেছিল সত্যের মুখোমুখি দাঁড় করাতে। এমন এক সত্য, যা সহজ নয়, তবুও এড়িয়ে যাওয়ার কোনও উপায় নেই।

সন্দীপ ছিল মৈথিলীর জীবনের ভিত্তি। একজন নীরব, সংযত অথচ গভীর ভালোবাসায় ভরা মানুষ। তিনি নিজের লড়াইগুলো নিঃশব্দে সহ্য করতেন, কখনও তাঁর কষ্টের বোঝা মৈথিলী বা মীনাক্ষীর ওপর চাপিয়ে দেননি। তাঁর জীবনের একমাত্র লক্ষ্য ছিল তাঁর পরিবারকে রক্ষা করা, তাদের নিরাপদ রাখা। এমনকি শেষ দিনগুলোতেও, যখন জীবন ধীরে ধীরে তাঁর হাত থেকে ফসকে

যাচ্ছিল, তিনি শুধু তাদের কথাই ভেবেছেন। অনন্যার ভবিষ্যৎ সুরক্ষিত করতে তিনি সব ব্যবস্থা করে গিয়েছিলেন।

কিন্তু জীবন কখনও পরিকল্পনার নিয়ম মেনে চলেনা। যত যত্নেই তৈরি করা হোক না কেন, প্রতিটি পরিকল্পনাকেই সে একদিন প্রশ্নের মুখে দাঁড় করায়।

জীবন যেন এক বৃত্ত। আনন্দ, দুঃখ, ভালোবাসা, যন্ত্রণা, সাফল্য আর ব্যর্থতার সুতোয় বোনা এক জটিল বুনন। প্রতিটি সুতোই প্রয়োজনীয়, কারণ এই সবকিছু মিলিয়েই তৈরি হয় জীবনের পূর্ণতা।

কিছু মানুষ হয়তো তাদের পূর্বজীবনের সুকর্মের ফলস্বরূপ এই জীবনে শান্তি ও স্বাচ্ছন্দ্য পায়। মৈথিলীর জীবনও তেমনই ছিল। স্বাভাবিক, স্থিতিশীল, নিরাপদ।

সবকিছু বদলে গেল সেই দিন, যেদিন সে সন্দীপের শেষ চিঠি পেল।

মীনাক্ষীর মৃত্যুর পর লেখা সেই চিঠি যেন সন্দীপের হৃদয়ের একটি খোলা জানলা। দীর্ঘদিনের নীরব যন্ত্রণা, অদেখা লড়াই আর অপ্রকাশিত সত্য সেখানে একসঙ্গে ধরা দিয়েছিল।

এই প্রথমবার, মৈথিলী উপলব্ধি করল, সন্দীপ কতটা ভার নিজের ভেতরে বহন করে রেখেছিলেন। তাঁর কোমল হাসির আড়ালে লুকিয়ে ছিল এক গভীর বেদনা।

এই উপলব্ধি তার হৃদয়কে ভারী করে তুলল। কারণ যাঁকে সে এত কাছ থেকে চিনত বলে ভেবেছিল, তাঁর জীবনের একটা বড়ো অংশ তার অজানাই রয়ে গিয়েছিল।

চিঠিটি মৈথিলীর জীবনে এক মোড় ঘোরানো মুহূর্ত হয়ে উঠেছিল। এটি তাকে বাধ্য করল নিজের তৈরি ভ্রমের মুখোমুখি হতে। সে বুঝতে পারল, জীবন মানে কষ্ট থেকে পালিয়ে যাওয়া নয়, আবার দুঃখকে আঁকড়ে ধরে বেঁচে থাকাও নয়। জীবন মানে এক নিরবচ্ছিন্ন সংগ্রাম, যেখানে বেঁচে থাকার অর্থই হল এগিয়ে চলা।

জীবনকে সম্পূর্ণভাবে অনুভব করতে হলে তার আলো আর ছায়া, দুটোকেই গ্রহণ করতে হয়। তবেই জীবন পূর্ণতা পায়।

এই কারণেই যখন কাশীর ডাক এসেছিল, মৈথিলী সাড়া দিয়েছিল। এটাই ছিল তার নিয়তি।

কাশী শুধু একটি শহর নয়। এটি তার আত্মার এক নিঃশব্দ প্রতিফলন। এই শহরের বিশৃঙ্খল পথ, পবিত্র ঘাট আর গঙ্গার অবিরাম স্রোত তাকে সেই সব সত্যের মুখোমুখি দাঁড় করাচ্ছিল, যেগুলো সে এতদিন এড়িয়ে গিয়েছিল।

পুরোপুরি বাঁচতে হলে শিখতে হয় ছেড়ে দিতে।

সত্যিকারের ভালোবাসতে হলে ত্যাগ করতে হয় আসক্তি।

মৈথিলী বুঝতে পারল, তার এই যাত্রা দুঃখ থেকে পালানোর নয়, কোনও অলৌকিক শক্তি খোঁজারও নয়। এটি আত্মসমর্পণের এক পথ।

কাশী তাকে শেখাচ্ছিল বন্ধন ছিন্ন করতে। সেই ভ্রম, যা সে এতদিন আঁকড়ে ধরে ছিল। সেই ভয়, যা নীরবে তার ভেতরে বাসা বেঁধেছিল। আজ এই পবিত্র শহরে দাঁড়িয়ে সে এক অদ্ভুত মুক্তির অনুভূতি পেল। সন্দীপের ভালোবাসা তাকে জড়িয়ে রেখেছিল, এতে কোনও সন্দেহ নেই। কিন্তু এখন সে বুঝতে পারল, প্রকৃত মুক্তি মানে নিজেকে ভাসতে দেওয়া। জীবনের উদ্দেশ্য সংগ্রাম এড়ানো নয় বরং তাকে গ্রহণ করা, তার মধ্য দিয়ে এগিয়ে যাওয়া, আর শেষে সবকিছু ছেড়ে দিতে শেখা।

কাশীতে দাঁড়িয়ে মৈথিলী শুনতে পেল এক চিরন্তন আহ্বান।

সেই আহ্বান আমাদের প্রত্যেকের কাছেই একদিন আসে। যখন আমরা তা শোনার জন্য প্রস্তুত হই।

আমরা সবাই সেই ডাক শুনি।

কিন্তু প্রশ্ন একটাই।

আমরা কি সেই ডাকে সাড়া দেওয়ার মতো সাহস নিজেদের মধ্যে খুঁজে পাই?

**মোক্ষ লাভের পথে...**

তৃষ্ণার্ত প্রাণের তীর্থযাত্রা,
জীবনের বাঁকে বাঁকে পথের আভাস।
চঞ্চল মন চায় শান্তির ছোঁয়া,
নির্জনে খোঁজে অন্তরের আকাশ।

আলো-অন্ধকারে মেশা এই পথ,
মায়ার জাল ছিন্ন করার ডাক।
গৃহের বন্ধন, দেহের মোহ,
সবই কি তবে মিথ্যা এক ফাঁক?

নদীর স্রোতে সুরের আহ্বান,
'তোমায় যেতে হবে গভীরের পানে।'
নিজেকে ছেড়ে, সত্তাকে পেরিয়ে,
পৌঁছোও তুমি নীরব ধ্যানে।

ধ্বনি থেমে যায়, নীরবতার গান,
মন খুলে শুনো চিরন্তন প্রাণ।
কর্মের অর্ঘ্য, আত্মার দীপ,
অন্তরে জ্বলে অমল এক স্ফুলিঙ্গ।

জানো না কী আছে সেই দুয়ারে,
তবু পথ ডাকে, নীরব আলোয়।
সত্যের স্পর্শ, অনন্তের ছোঁয়া,
জেগে থাকে অন্তর, অশেষ বিস্ময়ে।

সমাপ্ত

www.ingramcontent.com/pod-product-compliance
Lightning Source LLC
La Vergne TN
LVHW052249200926
848481LV00002B/319
* 9 7 9 8 9 0 5 4 0 5 4 7 1 *